KB174270

풀어쓰는 중국 역사이야기

춘추전국지
3

춘추전국지_풀어쓰는 중국 역사이야기 ③

© 작가와비평, 2021

1판 1쇄 인쇄__2021년 01월 10일
1판 1쇄 발행__2021년 01월 20일

편저자__박세호
감수자__이수웅

펴낸이__홍정표
펴낸곳__작가와비평
등록__제2018-000059호

공급처__(주)글로벌콘텐츠출판그룹
　　　　대표__홍정표　이사__김미미　편집__하선연 김수아 권군오 이상민 홍명지　기획·마케팅__이종훈
　　　　주소__서울특별시 강동구 풍성로 87-6(성내동)　전화__02) 488-3280　팩스__02) 488-3281
　　　　홈페이지__http://www.gcbook.co.kr　메일__edit@gcbook.co.kr

값 14,800원
ISBN 979-11-5592-268-2 03820

풀어쓰는 중국 역사이야기

춘추 전국지

春秋戰國志

3

이수웅 감수 | 박세호 편저

작가와비평

차 례

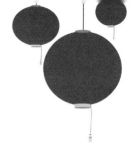

"

전통적으로 탐오가 습관화된 관료와
태어나면서 자유롭고 자재임을 바라는
유아독존인 백성이
법치를 수용하기 위해서는
과도적으로 악성종기를 도려내는 아픔과
약을 마실 때의 쓴 맛을 견뎌내는
각오가 없어서는 안 된다

"

제43장
분기충천(憤氣衝天)

 진나라 공실의 실권이 6경으로 넘어가고, 6경의 상호 도태 끝에 조, 한, 위의 이른바 3진의 독립으로 춘추전국의 양상은 일변했다. 그 기본적인 특징은 정치적인 지배형식이 변한 것이었다. 그때까지 공실이나 귀족에게 식읍 또는 봉읍으로 분배되었던 영토가 국가의 군주가 직할하는 '군'이나 '현'으로 재편성되었다. 소위 '군현제도(郡縣制度)'가 생겨난 것이다.

 당시 씨족공동체적인 지배형식이 변하여, 중앙집권적인 정치제도가 출현한 것이다. 이미 언급했듯이 그것은 정치권력의 변화와 지배관계의 변용을 구현하고 있었다.

 그러한 변화와 변용은 춘추전국의 세력판도를 지도에 다시 그리게 했다. 즉 그때까지는 정복한 작은 나라를 부용국으로서 지배하고 있었지만, 이제는 소국은 가차 없이 쓰러뜨려 영토로 편입하고, 군현으로서 직접 지배할 수 있게 된 것이다. 약소국에겐 정치적인 타협이나 외교적인 조작으로 살아남을 수 있었던 생존환경이 사라진 것이다.

 그리고 군현제도를 가능하게 한 것은 시대에 편승해 출현한 한 무리의 우수한 관료의 존재였다. 물론 그 배경에 경제나 사회의 변동이 있었던 것은 말할 것도 없다.

예나 지금이나 어느 시대라도 군사적인 요망이 새로운 기술을 낳는다. 3백 년이나 계속된 전쟁은 견고한 무기와 예리한 병기를 요구하게 되고 새로운 제철 기술을 낳았다. 그에 수반하여 농기구나 공구가 제작되고, 농경과 수공업의 기술을 비약적으로 발전시켰다.

한편 군대의 민첩한 이동을 필요로 하는 것이 운하 굴삭의 기술을 낳았고, 힘든 성 공격을 극복하기 위해 고안된 수공격이 토목 기술을 낳았다. 그리고 농지에 물을 끌어들이는 관개기술을 유도하여 농업생산을 비약적으로 증가시켰다.

그 농업생산의 비약으로 경제유통이 활성화되고 상업이 발달했으며, 상업의 발달은 결과적으로 금융의 발전을 촉진시켰다. 저 월나라의 재상 직을 버린 범려(范蠡)가 '도주의 부(陶朱之副)'라 칭해지는 대부호가 된 것은 이 시기의 경제발전을 표징 하는 이야기다.

금융의 발전은 당연히 소지와 운용에 편리한 금속화폐의 출현을 촉진시켰다. 그것이 직업의 분화를 초래하고 사회구조를 변화시켰다.

어느 의미에서 관료는 그 과정에서 태어났다. 저 오나라의 태재비(太宰嚭)는 그 상징적인 존재이고 마침내 '모신' 즉 직능으로서의 관료, 샐러리맨 계급으로서의 직능집단이 탄생한 것이다. 중앙집권적인 새로운 국가의 출현은 그러한 경제, 사회에 대응하는 것이고, 유능한 무리들인 관료의 존재에 의해 기능한 것이었다. 사실 이들 관료가 새로운 조정 신하로서 조정을 움직이고, 또 '령(令)'이나 '수(守)' 또는 '태수(太守)'라 불리는 군수나 현장(縣長)으로 임명되어 군현제도를 유지했던 것이다.

그러나 새로운 중앙집권적인 국가의 탄생은 역사적인 변혁의 과정에 있어서 새로운 출발점이지 그때까지 더듬어 온 과정의 종점은 아니다. 그렇기 때문에 새로운 독립국들은 그러한 프로 관료 외에 새로운 시대를 개척할 포부를 갖은 현인, 인재를 구하지 않으면 안 되었다. 그들이 소위 제자백가라 불리는 사람들이다.

그러나 수요가 있으면 공급은 있기 마련으로 그들은 그러한 포부나 수완을 여러 국가를 두루 다니며 팔러 다녔다. 동시에 국가가 오래되었든 새로 탄생했든 관계없이 정치의 절반은 '의식'과 '제전'이었다. 그러나 새로운 나라에 있어서 의식이나 제전은 단순히 정치적인 형식이 아니라, 정치적인 정신적 안정의 역할을 하는 것이었다. 즉 새롭게 독립한 국가는 얽매인 전통으로부터 해방된 대신에, 전통이 초래한 정신안정제적인 효용의 은혜는 받을 수 없었다.

그런 까닭에 정치적인 의식이나 제전은 오래된 국가에서 오히려 더욱 중요시했다. 따라서 새로운 국가에는 관료, 현인, 인재와 나란히 고전에 밝고 의존에 능통한 '집례사의(執禮司儀)'의 인재를 갖추지 않으면 안 되었다.

삼진(三晉) 중에서 그러한 여러 인재를 가장 수완 좋게 모은 나라는 위나라였다. 한, 조 두 사람과 결탁하여 지씨를 멸망시킨 위환자는 이미 세상을 떠났고, 그의 손자가 후사를 이어 위문후(魏文侯)라 칭하고 있었다. 이 위문후가 후에 춘추전국의 서두를 장식하는 '개명군주(開明君主)'라 칭해졌고 그만큼 그는 상당한 수완가였다.

널리 인재를 모으기 위해 위문후는 '예현하사(禮賢下士: 현인에게 예를 다하고 선비에게 겸손을 표한다)'라는 좌우명을 내걸었다. 그래서 그 본보기로 위나라 수도 안읍에 살고 있던 현인 단간목(段干木)의 집 앞을 지나갈 때에는 반드시 수레 위에서 경례를 했던 것이다.

그것은 그리 대단한 것은 아니었다. 단지 그는 월나라의 왕 구천(勾踐)을 그대로 흉내 낸 것이었다. 이전의 월왕 구천은 오나라와 결전하기 전의 일이지만 길에서 병거 앞을 가로막았던 용감한 두꺼비를 향해 예의를 다해 경의를 표했다. 그것은 월나라 병사들의 용기를 고무시키기 위한 연극이었다. 그것을 보고 월나라의 병사들은 전쟁터에서 오나라 군사와 맞서 용감하게 싸웠다.

정치가의 재능의 절반을 차지하는 것은 연극을 연출하는 기능이라고 하지만, 확실히 정치적인 연극의 효용은 무시할 수 없는 것이다.

과연 위문후가 단간목의 집 앞을 지나갈 때면 경례한다는 소문이 나돌자 여러 나라에서 쟁쟁한 인물이 안읍으로 모여들었다. 맨 처음 나타난 인물은 단간목의 선생이면서 그 6예학원의 수재였던 자하(子夏)이다. 기이하게 생각되겠으나 위문후는 그다지 시대착오를 범하고 있는 것은 아니었다. 아무리 역사적인 변혁의 첨단을 가로지르는 새로운 독립국에서도 혁신과 동시에 보수적인 안정을 지향한다. 그리고 유가의 정치망이야말로, 실로 그 보수안정을 목표로 한 것이다. 게다가 이미 언급했듯이 의식은 정신안정에 불가결이다.

아니 그뿐만이 아니었다. 새로운 나라의 군주일수록 국내적인 인기와 국제적인 평판에 신경을 쓰는 법이다. 그렇기 때문에 유가와 결탁할 필요가 있었다. 동시에 6예학원에서 배운 3천 명이 넘는 공자 문하의 제자들이 제각기 교육자로서 여러 나라에 흩어져 기하급수적으로 문하생의 수를 늘리고 있었다. 즉 평판을 얻고 인기를 높이기 위해 극히 효과적인 선전매체를 형성하고 있었다. 위문후는 거기에 착안했던 것이다.

참으로 얄궂게도, 옛날 태평천하 시대의 복귀를 목표로 한 유가가 의식이나 제전에 통달하지 않은 새로운 독립국가의 출현에 의해 그 존재 가치를 인식 받았던 것이다. 그리고 거의 독점적인 선전매체를 형성했기 때문에 새로운 시대의 각광을 받았다. 역시 기다리면 쥐구멍에도 볕들 날이 있는 법이다.

그래서 의식이나 제전의 지도자를 얻어 위문후의 정신은 안정되고, 유가의 선전매체를 타고 천하에 평판을 받아 상당한 인기를 얻었다. 역시 위문후는 '조직적인 구전(口傳) 커뮤니케이션', 말하자면 매스커뮤니케이션을 최초로 이용했다는 의미에서 확실히 개명(開明)군주였다.

자하에 이어 이번에는 제나라에서 전자방(田子方)이라 불리는 현인이 안읍에 나타났다. 전자방은 무욕염담(無慾恬淡)하고, 정치적인 야심이 없는지라 현인이라 불리던 인물이었다. 그만큼 그는 자존심이 세고 다루기 어려운 남자였다.

그런고로 위문후는 전자방에게도 스승의 예를 갖춰 가르침을 받았다. 어느 날 위문후는 전자방과 함께 새 사냥을 나갔다. 새 사냥의 어려움은 나무에 앉은 새무리를 날아가지 않게 하고 나무에 접근하는 데 있다.

수십 수백 개의 새무리의 눈이 사냥꾼을 보고 있기 때문에 접근하는 것이 어려운 것은 당연한 일이다. 마찬가지로 군주는 두 개의 눈으로 신하와 백성을 바라보고 있지만 수만 개의 눈이 군주를 지켜보고 있는 것이다. 그러니까 보이지 않는 것처럼 조심스럽게 행동하는 게 좋다고 전자방은 사냥에 빗대어 위문후에게 가르쳤다. 전자방은 자기가 두드러진 존재라고 평판을 받는 것에 신경 쓰는 위문후를 충고한 것이다. 그것이 위문후에게 있어서는 한 모금의 청량제가 되었다. 평판에 신경 쓰는 것은 상상 외로 정신적으로 매우 피곤한 일이었기 때문이다.

어느 날 전자방이 조가성(朝歌城)에 갔다 오는 길에 태자 자격(子擊)과 우연히 만났다. 부군이 스승의 예를 다하는 상대이기 때문에 자격은 서둘러 수레에서 내려 정중히 인사했다. 그러나 전자방은 수레를 탄 채 가만히 인사를 했다. 이에 기분이 상한 태자는 이유를 캐물었다.

"부귀한 자가 거만하게 굴어야 하는가? 빈천한 자가 교만을 떨어야 하는가?"

"당연히 빈천한 자가 교만해야 합니다. 제후가 교만하면 나라를 잃고, 경대부가 교만하면 직위를 잃습니다. 그러나 빈천한 자에게는 잃어버릴 것이 없습니다. 행위가 마음에 들지 않고 말이 통하지 않으면 떠나 버리면 그뿐입니다. 너무 오래 신어서 낡아빠진 짚신을 벗어던지는 것과 마찬가지입니다."

전자방은 그렇게 대답하고 그 자리를 떠났다. 그 무례함을 안읍성으로 되돌아온 자격이 부군에게 고했다.

"좋은 가르침을 받지 않았느냐? 화내기보다는 감사해야 하느니라."

위문후는 더욱 전자방을 존경했다. 그로 의해 위문공은 더욱 좋은 평판을 얻었다.

전자방에 이어 이리(李悝), 서문표(西門豹)와, 그리고 오기(吳起)가 안읍에 나타났다. 모두 둘째라면 서러워할 당대의 일류 인물이다. 이리는 법률가로 4천 년 역사에 성문법전을 정한 시조(始祖)로서 이름을 남겼다. 서문표는 실무관료로 역사상 가장 우수한 태수(지방장관)

로서 말대까지 후세에 전해진 인물이고, 오기는『손자병법』과 더불어『오자병법』으로 유명한 병법가이다. 그러나 세 사람 모두 공통적으로 처음에는 태수로 등용되었다.

위나라에는 위성(魏成)과 적황(翟璜)이라 불리는 두 사람의 진나라의 중신(重臣)이 있었다. 자하와 단간목과 전자방을 천거한 것은 위성이었다. 이리를 중산(中山: 하북성 정현)의 태수로 천거한 것은 적황이었다. 위성이 천거한 세 사람은 모두 위문후에게 스승으로서 존경받았다. 그런데 중산은 방대한 지역이지만, 그 태수라 해도 역시 신하인 것이다.

그래서 이리는 자기를 무시했다하여 불만을 품고 취임을 거절했다. 단순히 자존심을 상처받았다고 하는 것만이 아니다. 이리는 지방 행정관을 지망한 것이 아니라 치국의 포부와 경국의 경륜을 품고 있었다.

정치적 인사는 어느 시대에서나 늘 두통거리이다. 위문후는 이리에게 그 포부경륜을 실행하게 하려는 생각이었다. 하지만 그렇게 쉽게 결정할 수 없어, 적황의 입장을 고려하여 한 가지 꾀를 궁리해냈다. 상당히 재간꾼이었던 위문후는 동시에 사람을 부리는 데도 천재였다. 그는 이리에게 위성과 적황 중 누가 적임자인지 의견을 물었다. 위문후는 처음부터 위성을 재상으로 승진시킬 속셈이었다. 게다가 이리가 적황에게 은혜를 느끼기는커녕 반대로 원한을 품고 있다고 읽고 있었다.

과연 이리는 묘한 핑계를 늘어놓으며 넌지시 위성이 적임자라는 의견을 피력했다.

"오오, 좋은 것을 가르쳐 주었소. 그대의 소견을 존중하지."

위문후는 위성을 재상에 임명했다. 기분이 좋아진 이리는 중산의 태수 자리를 이유 없이 받아들였다. 이리는 어쨌든 조정의 중요 자리에 취임됐다고 믿고 중산의 태수를 일시적인 자리라고 받아들인 것이었다.

중산은 원래 하나의 국가이고 위나라가 정복한 곳이었다. 그렇기 때문에 태수로서 부임한 이리는 우선 그곳 치안에 심혈을 기울였다. 예전 중산국의 잔당이 산간벽지에 숨어서 이웃 진나라의 병사를 빌려 유격활동을 하고 있었기 때문이다.

그 대책으로서 이리는 민병대를 조직했다. 그러나 훈련에 너무 많은 시간을 들이면 생계에 지장을 초래하기 때문에 이리는 묘책을 고안한 끝에 궁술 경기를 장려했다. 그래서 민사소송에서 서로 확실한 증거가 없을 경우에는 소송 당사자에게 궁술을 경쟁시켰다. 즉 표적의 중심에 승(勝)이라 쓰고, 그것을 쏘아 맞추는 사람에게 승소 판결을 내린다는 포고령을 내렸다.

중산의 백성들은 만일에 대비해서 일체의 노름을 그만두고, 양궁 교습에 힘썼다. 어느덧 오락으로서 궁술 경기가 유행하고, 각지에서 무수한 숙련자가 배출되었다. 그것이 커다란 전력이 되어, 출몰하는 반란군을 멀리 격퇴시킬 수 있었다.

태수로 부임한 지 일 년이 지나자 고형(苦陘: 중산 영내의 한 지방)의 수령이 선두를 가르며 수지보고를 하러 나타났다. 보고서를 살펴보니 법 외적인 수입이 많았다. 태수 마음에 들 수 있게 하려고 백성으로부터 가혹한 수탈을 행한 결과였다.

"의(義)에 거스르는 뜻밖의 변명을 조언(窕言)이라 한다. 조언은 들어서는 안 된다. 도를 넘어서 모은 재화를 조화(窕貨)라 한다. 조화도 받아서는 안 된다. 따라서 잠시 그대의 직책을 면하노라.”

이리는 고경의 수령을 정직 처분했다. 수령은 울상을 지었지만, 백성은 만세를 외쳤다. 그리고 이리는 더욱 생산에 힘쓴 결과 백성도 국고도 수입이 늘어났다.

그 공로로 의해 이리는 대부로 승진했다. 뜻을 이뤄 조정으로 되돌아온 이리는 즉시 그 경륜을 실행으로 옮겼다. 우선 농민의 권익을 옹호하는 토지 생산력을 다하는 법을 정하여 생산을 늘리고, 『평적(平糴)의 법』을 정하여 풍작의 해에 곡물을 사들여 흉작의 해에 방출해서 물가의 조절을 도모했다. 또 역사적인 『법경(法經)』을 공포하여 법도를 정비했다.

『법경』은 도법(盜法)·적법(賊法)·수법(囚法)·포법(捕法)·잡법(雜法: 뇌물 등을 벌함)·구법(具法)의 6법으로 이루어졌고, 구체적인 형벌로는 태형, 장형, 도형, 유형, 사형의 5형이 정해졌다.

이미 언급했듯이 『법경』이야말로 중국에 있어서 형법의 성문법전의 원형이다. 즉 이리의 포부경륜이라는 것은 법치주의에 기초한 부국강병책이었다. 이미 본 바와 같이 그것은 독창적인 것이 아니지만, 옛 사람들을 초월한 진보적인 시도였다. 그리고 그것을 실행한 위나라는 순식간에 강대한 나라가 되었다.

그러나 왠지 역사에 커다란 흔적을 남긴 이리의 경력이나 치적에 관한 기록은 별로 남아 있지 않다. 어쩌면 자하와 단간목의 가르침을 받은 위문후는 그 때문에 ‘개명군주’가 되었고, 그 때문에 위나라는 훌륭히 번성 할 수 있었다. 미신을 정착시키기 위해서 역사적으로 유일한 정치와 문화의 선전매체를 형성한 유가의 문도중(門徒衆)이 그 득의양양한 소세공(小細工)을 우롱하여 이리의 업적과 경력을 말소했을지도 모른다. 혹은 유가가 내거는 '덕치'와는 정면으로 대립되는 '법치'의 치적을 은폐한 것인지도.

서문표가 업(鄴)의 태수로 취임한 것은 위문후 11년(기원전 414)이므로, 이리가 평적법을 시행하고 몇 년 후의 일이다.

서문표는 성격이 과격한 사람이었다. 그 때문에 그는 항상 부드럽게 손질한 다섯 치 정도 되는 가는 가죽 끈을 오른쪽 허리에 달고 다녔다. 만일 분노가 폭발하면 그는 오른손으로 그 부드러운 가죽 끈을 꼬면서 마음을 가라앉혔다.

그런 반면 그는 마음이 약하고 정에 약한 사람이기도 했다. 그래서 그는 왼쪽 허리에 역시 다섯 치 정도의 청동 철사를 달고 다녔다. 도리에 있어서는 끝까지 자기의 주장을 관철하지 않으면 안 되고, 정에 이끌려 견디지 못할 경우라도 단호히 수행하지 않으면 안 될 때에, 그 철사를 꽉 쥐면서 결단력을 분발시켰던 것이다.

서문표는 부임지인 업에 도착하자, 먼저 노인들을 모아 정치적인 요구 사항이나 어려움 등을 경청해 들었다. 그 중 한 노인이 괴로움을 토로했다.

"이 업에는 삼로(三老)라 불리는 노장이 있습니다. 그 사람이 정연(廷掾 : 지방공무원)과 결탁하여 심하게 세금을 징수하기 때문에 가난한 사람들은 밥도 제대로 먹을 수 없습니다. 물론, 그들에게도 그들 나름대로의 구실은 있습니다."

"어떤 구실인고?"

"일 년에 모은 세금액수는 거의 백만 전에 달합니다만, 그것의 약 3분의 1은 하백(河伯)의 결혼식 비용으로 없어진다는 것입니다. 물론 그것은 구실이고, 그들은 그것으로 줄곧 자기 욕심을 채워왔습니다.

그리고….”

“잠깐, 하백의 결혼이라는 것이 무엇이냐?”

“네, 저기 커다란 강에 호색한 나쁜 하백이 있어서 매년 젊은 처녀를 신부로 달라고 계속 요구해 왔습니다. 처녀를 보내주지 않으면, 물이 범람하거나 마르거나 하여 사람들에게 화를 끼칩니다. 그래서 매년 봄이 되면, 업에서 가장 미인을 선발해서 하백에게 시집을 보내 왔습니다.”

“어떻게 시집보내느냐?”

“뗏목에 신부를 태워 바다로 띄웁니다.”

“그래! 그럼 신부는 누가 뽑는가?”

“제자를 가진 무녀(노파)가 있습니다. 그 노파가 선택합니다만, 그 노파 또한 나쁜 여자여서 그 사악함을 말하자면 말도 안 되는 일이 수없이 많습니다. 삼로가 정연과 결탁해서 젊은 처녀가 있는 집들을 돌아다니며 강제로 청하러 다닙니다. 딸이 지명당하는 게 두려워 금품을 주지 않으면 안 됩니다. 그래서 부자들은 도망치거나, 혹은 막대한 금품을 바치고 이를 모면해 왔습니다. 따라서 하백의 신부가 되는 것은 모두 가난한 자의 딸들입니다.”

“알았다. 이제 곧 봄이 온다. 하백에게 딸을 보내는 날이 결정되면 반드시 본관에게 알려라. 결코 잊어서는 안 된다.”

서문표가 분부했다. 또 한 사람의 노인이 말했다.

“그런 연유로 지금 업에는 부자가 없습니다. 그래서 경작자금의 융통을 부탁하는 집도 없고, 게다가 매년 홍수가 나거나 아니면 가뭄이 들기 때문에 백성은 곤경에 처해 있습니다.”

“그거 참으로 안 됐구나. 그러나 신부를 바쳤는데도 강을 범람시키거나 마르게 하는 것은 하백이 부당하질 않느냐? 조만간 하백을 퇴치하여 물 문제를 해결해 주리라. 그러나 경작자금은 자기 배를 살찌운 삼로나 정연이나 무당에게 부탁하면 되지 않느냐?"

"당치도 않습니다. 부탁하면 기꺼이 융통해 주지만, 눈이 튀어나올 정도로 이자가 붙습니다."

"고리대금을 하고 있는가?"

"네. 빌리긴 하지만 나중에는 반드시 토지나 집까지 빼앗깁니다."

"상관하지 말고 모르는 척 하고 빌려라. 집과 토지가 빼앗길 것 같으면 소송에 나오라. 반드시 보살펴 주리라."

서문표는 확고한 어조로 말했다.

"꼭 도와주시는 겁니까?"

노인들은 힘주어 묻고 서로 끄덕이면서 감사의 뜻을 표했다.

이윽고 봄이 찾아왔다. 하백에게 신부를 보낼 날이 왔다. 해안에 많은 사람이 모여 있었다. 신부가 대기하는 작은 판자로 만든 오두막집이 있고, 그 건너편에 커다란 막사가 펼쳐져 있다. 그 오두막집의 옆에 신부의 부모가 넋을 잃은 채 목 놓아 울고 있었다. 막사 안에는 삼로와 정연이 무당을 둘러싸고 축하주를 마시고 있었다.

그때 예고도 없이 서문표가 현장에 나타나서는 신부가 대기하는 오두막집을 제거시키고는 막사로 발을 옮겼다. 뜻하지 않은 태수의 출현에 막사 안은 긴장감이 감돌았다.

"지금 신부를 봤지만, 전혀 아름답지 않다. 그리고 그대들에게 물어보고 상담하고 싶은 것이 있다. 모두 막사를 나와서 강가의 벼랑 위에 일자로 서라."

하고 명했다. 모두 일렬로 늘어서자 서문표가 왼쪽 허리에 찬 철사를 꼬옥 쥐면서 말을 건넸다.

"아름답지 않은 신부라도 괜찮은지 어떤지 하백에게 물어보고 와라."

서문표는 따라온 병사에게 명하니, 병사가 갑자기 무당을 해안 위에서 강 속으로 밀어 넣었다. 일렬로 서 있던 사람들의 얼굴이 순간 창백해졌다. 잠시 사이를 두고 서문표가 또 철사를 쥐면서 말했다.

"무녀는 늙어서 혀가 잘 돌아가지 않을 것이다. 젊은 자가 가서 물어 보고 오너라."

그러자 병사가 무당의 으뜸 제자와 두 번째 제자를 동시에 물속으로 밀어 넣었다. 모든 사람들이 부들부들 떨기 시작했다. 서문표가 또 철사를 꼭 쥐었다.

"하백은 여자들을 모두 무시해서 교섭에 응하지 않을 것이다. 교섭은 역시 노련한 노장에게나 맞는다. 그렇다. 정연을 보좌로 붙여라."

노장과 정연을 바다로 처넣었다. 그리고 팔짱을 끼면서 수면을 들여다보았다. 이번에는 손을 바꾸어 가죽 끈을 비비면서 일동을 바라보았다.

"하백은 부재중인지도 모른다. 그렇다면 심부름 보낸 자들을 데리고 오려면 누군가 가야 하지 않을까?"

라고 중얼거렸다.

"부디 용서해 주십시오."

일동은 땅에 엎드렸다. 땅에 머리를 너무 세게 부딪친 나머지 이마가 깨져 그 피로 인해 바위를 뻘겋게 물들인 자도 있었다.

"알았는가? 하백 따위는 어디에도 없다. 두 번 다시 바보 같은 연극은 하지 말라. 이 기회에 다짐해 둔다. 과도한 차입금으로 취한 토지나 집은 주인에게 돌려주어라. 앞으로 일 할 이상의 이자를 받아서는 안 된다."

라는 말을 남기고 서문표는 사라졌다.

일 년이 지나고 서문표는 연도의 수지보고차 조정으로 들어갔다.

"그대는 이렇다 할 업적을 올리지 못했소. 따라서 업의 태수를 면직하겠소."

위문후는 갑자기 말을 건넸다. 서문표는 놀랬지만 곰곰이 생각하며 오른쪽 허리에 찬 가죽 끈을 비볐다.

"부디 일 년만 더 하게 해주십시오. 반드시 업적을 올려 보이겠습니다. 실패하면 그때 다시 죄를 물으셔도 결코 원망하지 않겠습니다."

서문표는 탄원했다. 다행히 허락이 떨어져 서문표는 업으로 되돌아가 금세 관개수로 공사를 하기 위해 답사를 시작했다. 드디어 본격적인 공사에 착수했으나 농민들의 맹렬한 반대에 부딪히고 말았다. 그러나 이에 아랑곳하지 않고 서문표는 우선 오른손으로 가죽 끈을 비비며, 계속해서 왼손으로 철사를 꽉 쥐었다.

백성에게 그 성과를 즐기게 할 뿐 그 시작을 도모하게 해서는 안 된다고 생각한 서문표는 강인하게 수로공사를 진행시켰다. 농민들은 반대하면서도 훌륭한 태수라고 존경하고 있었기 때문에 명령에 따랐다.

그래서 또 일 년이 지났다. 예에 따라 서문표는 연도 보고를 위해 조정으로 들어갔다. 갑자기 형세가 바뀌어 위문후는 반갑게 서문표를 맞이했다.

"약속대로 훌륭한 업적을 올렸구려. 장하오. 포상하리라."

"포상해 주시지 않아도 괜찮습니다. 이것을 돌려드리고 싶습니다. 부디 받아 주십시오."

서문표는 태수의 관인(官印)을 내밀었다.

"갑자기 무슨 일인가?"

위문후는 의아스런 얼굴로 서문표의 얼굴을 바라보았다.

"작년에는 위나라와 전하를 위해 열심히 일하여 해고될 뻔했고, 금년에는 조정신하들을 위해 열심히 일해 칭찬받았습니다. 이런 조정을 섬길 수는 없습니다."

"어떤 의미인가?"

"작년에는 피폐한 업의 민력을 분발시키게 하려고 세금을 가볍게 하여 민심을 수습했습니다. 단만 조정신하들에게는 조그마한 선물도 하지 못 했습니다. 금년에는 세금을 수렴해서 그 일부를 조정신하들에게 주었습니다. 백성들에게는 원망을 얻어 비난받고, 거꾸로 그것으로 칭찬받는 조정에서 어떻게 봉사할 수 있겠습니까?"

"음, 그랬소?"

위문후는 순간 창백한 얼굴로 변했다. 위문후는 자신이 어리석고 민첩하지 못한 탓이라고 시인하고, 직무를 계속 수행해줄 것을 간곡히 부탁했다. 보기 좋게 위나라의 조정과 위문후를 농락한 서문표는 가죽 끈을 만질 필요도 없이 관인을 다시 품에 넣고 업으로 귀임했다.

이미 완성된 최초의 관개수로 주변의 밭이 훌륭한 논으로 바뀌어졌다. 이렇게 되자 매우 기뻐하는 농민들로부터 이전에 반대했던 것이 황송하다는 듯이 두 번째, 세 번째의 수로를 파자는 신청이 쇄도했다. 업 전역의 농민의 요망에 따라 순식간에 12개의 관개수로가 정비되었다.

그 무렵 서문표는 겨우 보급하기 시작했던 우경(牛耕: 날이 철재로 된 쟁기를 소에게 이용해서 경작하는 것)의 기술을 업에 도입했다.

수로의 완성과 우경의 기술에 의해 생산량은 비약적으로 증가했다.

예전에 서문표가 말했던 것처럼 백성은 그 성과를 즐겼다. 누구나 할 것 없이 업의 사람들은 감사와 존경과 숭배를 담아 서문표를 '서문군(西門君)'이라 부르게 되었고 그것은 후에도 대대손손 이어졌다.

한나라 시대에 이르러 이 12개의 수로를 넘는 다리가 도로공사의 장애가 되자, 공무원이 3개씩을 하나로 합하여 4개로 하려는 것을 주민들이 맹렬히 반대했다.

"서문군이 지으신 수로의 정리는 단연코 용서할 수 없다."

라고 극구 반대에 나선 것이다.

제44장
올빼미 이리 보듯 한다

오기(吳起)가 위문후의 명성을 우연히 듣고 위나라의 수도 안읍에 나타난 것은, 서문표가 업(鄴)의 태수로 취임하고 상당히 나중의 일이었다. 그를 천거한 사람은 이리였다.

'지력(地力)을 다하는 법'이나 '평적법'을 실시한 위나라는 상당히 국력을 증강시켰지만, 애석하게도 군사를 통솔할 명장이 없었다. 그래서 골치를 앓고 있던 차에 때마침 오기가 나타난 것이었다.

"인격과 행동으로 여러 모로 비난을 받고 있습니다만, 그 모두가 사실은 아닙니다. 그는 사마 양저(司馬穰苴)에게도 뒤지지 않을 명장입니다."

이리가 오기를 문후에게 천거했다.

오기가 비방과 중상을 받은 것은 그 인격품행 때문이 아니라 그가 '병법의 귀재'이며 '법치의 화신'이기 때문이었다. 그는 위(衛)나라에서 태어나 젊은 시절에 청운의 뜻을 안고 고국을 떠났다. 그는 '배움을 이루지 못하면 죽어도 돌아오지 않으리라'는 말을 만들게 한 장본인이다. 그렇게 맹세하고 오기는 노나라로 와서, 증자(曾子: 공자의 수제자)의 제자로 입문했다. 하지만 제자로 들어온 지 얼마 안 되어서 모친이 본국에서 세상을 떠났다. 부고를 받고 오기는 눈물을 흘렸지만 그러나 향관을 떠나올 때의 맹세를 지켜 장례에 참석하지 않았다. 따라서 있어서는 안 될 오기의 불효는 스승 증자를 격노케 했다. 사실 증자는 공자 문하생 중에서도 '효도'로써 이름이 널리 알려진 사람이었다. 게다가 그것뿐이라면 그래도 괜찮지만 오기는 유학을 단순한 문학이라 이해하고 있었다. 즉 문자(文字)나 수사(修辭)의 습득에는 전념하면서도 전혀 유학의 교의를 신봉하고 있지 않았다. 그런 이유로 오기는 결국 파문당했다.

그러나 그것을 뉘우치는 기색도 없이 오기는 즉시 병법을 익히기 시작했다. 그래서 몇 년 후에 배움이 성숙하여 노나라의 조정으로 입관하게 되었다. 노나라에서는 삼환(三桓)이 국정을 좌지우지하게 되고 나서는 국세는 쇠퇴일로를 걷게 되었다. 오기가 임관했을 무렵에는 끊임없이 제(齊)나라에게 국경을 침범당하고 있었을 때였다. 실은 그것 때문에 병법이 요구되어 오기의 임관이 이루어질 수 있었던 것이다.

그럼에도 불구하고 모처럼 등용한 오기를 장수로 임명한 노나라는 횡포한 제나라에 반격을 가하는 단계에 이르러 오기에게 묘한 트집을 잡았다.

오기는 제나라 여자를 아내로 맞이했다. 그 때문에 제나라를 벌하는 군대의 장수로 오기를 임명하는 것은 위험하다는 것이었다. 그 충성심이 의심스럽다는 것이었다. 그렇게 되자 오기는 단호히 아내와 이별하여 충성의 증거를 보였다. 그리고 얼마 안 되는 군사를 이끌고 도성을 떠나 노나라를 침입한 압도적인 제나라의 대군을 쫓아 평륙(平陸: 산동성 문상현)에서 섬멸시켰다. 이 대승으로 오기는 천하에 그 이름을 날려 명장이라 칭해졌다.

하지만 그 명성을 기뻐할 겨를도 없이 오기의 운수에 마가 낀다. 이제 노나라는 약소국이 되었다. 국력이 약한 노나라가 전쟁에 강한 것은 나라를 망하게 하는 원인이 된다는 것이었다. 어처구니없어 말도 안 나오는 생트집이었다. 그에 의해 오기는 조정에서 소외당하고 급기야는 노나라를 떠나지 않으면 안 되게 되었다.

그때 마침 오기는 우연히 위문후의 소문을 듣고 나룻배로 위나라를 찾아온 것이다. 그러나 오기가 발을 들여놓는 것보다도 먼저 그를 중상하는 소문이 이미 위나라에 퍼져 있었다.

오기는 냉혹하고 비정하여 제나라를 치는 노나라 군대의 장군으로 취임하고 싶은 욕망으로 조강지처를 죽였다. '오기살처구장(吳起殺妻求將)'이라는 모략선전이 나돌고 있었던 것이다. 사실은 단순히 헤어졌을 뿐이고 게다가 이별한 이유는 딴 데 있다고 이리는 알았기 때문에 아무런 망설임 없이 위문후에게 천거한 것이었다.

그리고 이리가 오기를 천거하는데 명장으로서 참고인으로 내민 사마 양저는 제나라의 명재상 안영(晏嬰)이 찾아낸 명장이었다. 안영은 이미 작고했지만 생전에는 일세를 풍미한 명장이었다. 그 명장보다 오기가 뛰어나다는 말을 듣고 위문후는 탐이 난 것이다.

그러나 그것을 전혀 내색하지 않고 위문후는 오기를 접견했다. '개명군주'의 자세를 취한 것이다.

"병기에 뛰어나다고 들었는데 실상 과인은 전쟁에 별로 흥미가 없소."

위문후는 형식을 갖추어 말했다. 그런데 오기는 천성이 강인한 남자였다.

"그렇게는 보이지 않습니다. 신은 남이 숨긴 것을 알아내는 기술을 터득하고 있어 가는 말을 유추해서 오는 말을 살필 수가 있습니다. 왜, 마음에도 없는 말씀을 하십니까?"

오기가 위문후에게 서슴없이 말했다.

거리낌 없이 내뱉는 오기의 말을 듣고 위문후는 깜짝 놀랐다. 오기는 또 틈을 주지 않고 계속 몰아붙였다.

"그렇다면 여쭙겠습니다. 군대나 전쟁에 흥미가 없으신 분이 왜 훌륭한 무기를 정비해 두시는 겁니까? 고급 가죽을 찢어 옻칠을 하여 단청을 입히고, 코뿔소나 코끼리의 가죽으로 요소를 보강한 갑옷은 평상복으로 하자면 여름에는 시원하지 않고 겨울에는 따뜻하지도 않습니다. 또 거기에 맞서는 두 치 네 척의 긴 창과 한 치 두 척의 단창은 무엇에 쓰실 겁니까? 그리고 가죽으로 만든 수레에 예비 곡식을 준비해 두었는데, 저것은 그냥 보기에도 아름답지도 않고 사냥에 사용하기에는 너무 무거워서 도움이 되리라고는 생각지 않습니다."

"그것은 그렇소."

문후는 경계하는 듯한 자세를 어느 정도 무너뜨렸다. 오기가 이야기를 원점으로 돌렸다.

"그러나 싸움에서 물러난 후 나라를 지키기 위해서는 무기를 갖춘 병사를 양성해도 능력 있는 명장이 없으면, 닭의 무리에게 살쾡이를 노리게 하고, 강아지 무리를 호랑이에게 대적시키는 것과 같아서 싸울 의지가 있어도 싸울 수가 없습니다."

"그것은 그렇소."

"지금까지 덕을 수양하고 무기를 폐한 여러 나라가 망했습니다. 동시에 무기를 의지하고 용맹을 좋아하여 망한 나라도 있습니다. 명군

(明君)은 그것을 거울삼아 안으로 문덕(文德)을 쌓고 밖으로 무비(武備)를 갖추지 않으면 안 됩니다. 특히 소홀히 하면 안 되는 것은 명장을 구하는 것입니다.”

“과연 그렇소.”

“적을 만나 병사가 진격하면 그때에 이르러 의(義)를 설명해도 늦고, 병사가 쓰러져 죽고 나서 불쌍히 여기면 인(仁)은 미치지 못합니다. 그 의와 인은 장군이 임금을 대신하여 항상 가르치고 이끌어 고락을 함께 함으로써 달성됩니다.”

“좋소.”

“전쟁터에서 명심해야 할 것은 화합, 이 말 한 마디밖에 없습니다. 나라에 화합 없이는 군을 내서는 안 됩니다. 군에 화합이 없으면 진지는 설 수 없고, 진지에 화합이 없으면 싸우지도 않고 패하게 됩니다. 싸움에 화합이 없으면 승리를 제압한다는 것은 기대할 수 없습니다.”

“잘 알았소. 즉시 그 화(和)라는 것을 정해두겠소.”

위문후는 갑자기 일어났다. 그리고 스스로의 자리를 깔고, 잔을 가져 오게 한 다음 오기를 대장으로 임명했다.

과연 이리에게는 통찰력이 있었고, 위문후는 장수를 대우하는 도를 터득하고 있었다. 오기는 생애에 76전(戰)하여 64승했다. 나머지 12전은 무승부였다.

대장으로 임명된 오기는 또 서하(西河)의 태수로 임명받았다. 서하는 위나라의 황하(黃河)이서의 광대한 지방이었다. 서쪽으로 진나라와 남쪽으로 한나라와 국경을 접하고 있어 자주 양국의 침략을 받고 있었다.

따라서 위문후가 오기에게 기대한 것은 서하의 경영보다도 우선적으로 영토의 보전이었다. 사실 특히 진나라는 영토적인 야심을 노골적으로 드러내고 호시탐탐 서하를 삼켜버릴 기회를 노리고 있었다. 실로 서하는 군침을 흘리게 하는 땅이었다.

과연 오기가 서하에 부임하여 시찰하니, 국경선을 따라 진나라의 군사가 교두보라고 할 성채가 다섯 개나 축조되어 있었다. 병법가 오기의 눈에도 별 것도 아닌 볼품없는 성채였다. 역시 눈에 거슬렸다.

그렇다고 군대로 쳐부술 정도도 아닌 물건이었다. 아니, 섣불리 병사를 출두시켜 진나라를 자극하고 싶지도 않았다. 그것보다 긴 국경선에서 이쪽을 먹게 되면 저쪽으로부터 침입당할 우려가 있었다. 그래서 어느 성채에도 많은 병력을 두고 있지 않은 것 같으니, 각 성채에 면한 지방 주민이 일제히 야습을 감행하면, 수월하게 함락시킬 수 있다고 오기는 생각했다.

그렇게 간파한 오기는 그들 다섯 지방의 대표를 서하성으로 소집했다. 그리고 그날 밤, 성 남문에 수레의 창을 세워두고 '이것을 북문으로 옮긴 자에게는 논 백 마지기와 저택 한 채를 준다.'고 방을 붙였다. 동시에 북문에 적두(赤豆) 한 석을 두었다. 마찬가지로 이것을 남문으로 옮긴 자에게도 같은 상을 주겠다는 방을 붙였다.

날이 밝아 벽보를 읽은 성내 백성들은 말도 안 되는 농담이라고 웃어 넘겼다. 그러나 긴긴 여름날 저녁 무렵에 식사를 마치고, 시간을 주체 못 하던 남자들이 각각 남문과 북문에 나타났다. 어차피 속는 셈 치고 아직 날도 밝고 운동 삼아 해보겠다고 남문의 창과 북문의 적두를 옮겼다. 별로 기대도 하지 않고 그것을 옮긴 두 명의 남자는 태수부로 나와 상을 청구했다.

생각지도 않게 두 남자는 태수 앞으로 안내되었다. 질책 받을 것으로 생각하고 두 사람은 겁에 질려 있었다.

"아니, 뭐 별로 꼭 상을 바라는 것은 아닙니다."

두 사람은 미리 손을 비빈다.

"본관은 어떠한 약속이라도 입 밖에 낸 것은 반드시 지킨다."

오기는 이미 준비하고 있었던 논과 집을 부여하는 증서를 건넸다. 두 사람은 뛸 듯이 기뻐하며 보증서를 품에 안고 돌아갔다. 놀란 것은 본인들보다도 그때 태수와 같이 식사를 하고 있던 다섯 명의 주민 대표였다. 그렇지 않아도 고귀한 태수님과 같은 자리에서 저녁식사를 하는 것에 황송하고 감격해 하고 있었다.

"이미 입 밖에 낸 이상 일은 긴급하고 은밀하게 처리하지 않으면 안 된다. 빨리 되돌아가서 주민들과 신중히 상담해라. 성채를 떨어뜨리면, 참가한 자에게는 향후 3년간 과세를 면해 준다. 조속히 절차를 밟아 내일 중으로 다시 태수부로 모여라. 오늘은 제대로 식사를 내오지 못 했지만, 내일 밤은 신경 써서 융숭하게 대접하겠다. 가능한 빨리 와주면 좋겠지만, 결말을 짓는데 시간이 걸려서 늦는 것은 뭐 어쩔 수 없을 것이다. 아무리 늦어도 성문을 열어놓을 테니까 꼭 와야 한다. 저녁식사를 하지 않고 기다리고 있겠다."

오기는 주민대표들을 돌려보냈다.

다음 날 저녁식사 시간까지 모인 사람은 세 명뿐이었다. 초경(初更: 오후 7시) 종소리가 울려도 나머지 두 명의 대표는 모습을 보이지 않았다. 오기는 공복을 감싸 쥔 세 명에게 저녁식사를 권했다. 그러나 자신은 수저를 들지 않았다.

이경(二更: 오후 9시)을 알리는 종이 울렸다. 오기는 식사도 하지 않고 기다렸으나 두 사람은 아직도 나타나지 않았다. 그리고 삼경(三更: 오후 11시)을 알리는 종이 울렸다. 종소리를 들으면서 두 명의 대표가 약속한 것도 아닌데 어깨를 나란히 하고 태수부로 뛰어 들어왔다. 오기는 기뻐하며 노고를 치하했다. 새로이 다섯 명의 대표와 식탁에 둘러앉아 식사를 하면서 성채 습격 작전을 내렸다. 또 새벽까지 술잔을 기울이면서 소상히 각 지방의 사정을 들었다.

새벽이 되어 다섯 명의 대표는 태수부를 나왔다. 그들은 이 태수를 위해서라면 가령 3년간의 세금 면제가 없더라도 성채를 습격할 용의가 있었다.

과연 다음 날 아침 새벽을 기해 다섯 지방의 주민은 일제히 결의하여 각 성채를 습격했다. 별안간 공격을 받은 진나라 병사들은 당황했으나, 열어 놓은 퇴로로 도망쳐 갔다. 불필요한 살상을 하지 말라고 오기가 명령했던 것이었다. 고의로 병사들을 놓아 주었지만 그 때문에 작전은 어렵지 않게 성공했다. 그 성채는 흔적도 없이 부서졌다.

그리고 3개월 후에 진나라가 성채 파괴에 대한 보복으로 대군을 서하로 파견했다. 그러나 그것을 예기하여 만반의 준비를 하고 있던 오기 휘하의 위나라 군사에게 진나라는 크게 패하여 물러갔다. 그들을 뒤쫓아 진나라 땅으로 침입한 위나라 군사는 순식간에 여섯 개의 성을 함락시켰다.

위나라 군대의 멋진 대승리였다. 그것이 대장 오기의 작전의 치밀함과 지휘의 묘에 의한 결과라는 것은 두말 할 필요도 없다. 하지만 역시 병사들이 용맹하게 싸웠기 때문이었다. 거기에는 구체적인 연유가 있었다.

진나라 군사의 내습을 미리 짐작하고 군사들을 훈련하기 시작했을 무렵, 오기는 병사 하나가 발을 질질 끌고 다니는 것을 보았다. 그를 불러서 물어 보니 허벅지가 곪았다는 것이었다.

"딱하질 않느냐? 그다지 아프지는 않겠지만, 그냥 놓아두면 치명적인 악성 종양이 될 수 있다. 하지만 걱정할 필요는 없다. 고름을 입으로 빨아내면 낫는다. 누군가에게 빨아 달라고 해라."

오기가 병사에게 처방을 알려 주었다.

"네. 의사도 그렇게 말했습니다. 그러나 제 입은 환부에 닿질 않고, 악취가 대단해서 아무도 빨아 줄 사람이 없습니다. 실은 집에 노모가 혼자 가난하게 살고 있습니다. 어차피 죽을 목숨이라면 그 전에 공을 세워 상금을 벌어 노모를 편하게 해드리고 싶습니다. 그러니 부디 전투에 참가 하게 해주십시오."

병사는 눈물을 흘렸다.

"어리석은 것 같으니라구. 전공은 언제라도 세울 수 있다. 생명은 소중한 것이야. 좋아, 이리로 앉아 보아라."

오기는 명하고 자신의 허리를 굽혔다. 그리고 아무렇지도 않게 입을 병사의 환부에 대고 깨끗하게 고름을 빨아냈다.

그것을 보고 있던 병사들이 이 장군을 위해서라면 목숨을 버려도 아깝지 않다고 마음속으로 맹세했음은 말할 것도 없다. 그렇지 않아도 오기는 훈련을 시작함과 동시에 태수부를 나와서 병사들과 함께 기거를 했다. 그의 병법에서 이르는 '화(和)'를 실천하기 위해서였다. 그 결과 병사들은 참으로 의기충천해 있었던 것이다.

그 소문은 전군의 병사들의 입에서 입으로 서하 지방의 구석구석에까지 전해졌다. 이윽고 그 소문이, 노나라에서 위나라로 이주해온 지 얼마 안 되는 그 병사의 노모의 귀에도 들어가게 되었다. 마찬가지로 소문을 주워들은 이웃 사람들은 장군이 아들의 고름을 빨아 준 영광과 행운을 노모에게 축복해 주었다. 그러나 노모는 너무 운 나머지 눈이 통통 부었다.

"오장군은 명장입니다만, 우리 집에 있어서는 역신(疫神)과 다름없습니다. 우리 아이의 부친은 몇 년 전에 오장군이 노나라 장수로서 제나라의 대군을 격파했던 평륙 전투에서 전사했습니다. 역시 종기를 앓아 오 장군이 빨아 주시어 그 은혜에 보답하려고 과감하게 출전하여 전사를 한 것입니다. 어찌된 운명인지 우리들이 위나라로 이주하면 오장군도 위나라로 오시고, 게다가 우리 아이도 아버지와 마찬가지고 종기가 나서 오 장군께서 빨아 주셨습니다. 그런데 무엇이 영광이란 말입니까? 저 아이도 필시 오 장군 때문에 죽음을 당할 겁니다."

노모는 이렇게 호소하며 더욱 슬피 울어댔다. 그런데 노모의 아들이 뜻밖에도 불쑥 집으로 돌아왔다.

"오, 너는 아버지보다도 영리하구나. 잘됐다. 전쟁터에 가지 않고 돌아오다니 다행스런 일이구나."

노모가 눈물을 훔치며 웃기 시작했다.

"당연하지요. 어머니, 전쟁은 아직 시작되지 않았어요. 급여는 나오니까 잠시 집에 돌아가 쉬라고 오장군께서 주시는 선물까지 받아 왔습니다."

"그래, 정말 훌륭한 장군님이시구나. 그러나 전쟁은 위험하다. 그러니 이대로 다리가 불편한 셈 치고 두 번 다시 군대로 가지 말거라. 급료도 받을 수 있고 게다가 장군님은 마음이 좋으시니까 꼭 놓아 주실 게다."

"그럴 수는 없습니다."

아들은 웃음을 지었다.

서하의 태수로 취임하자마자 진나라의 대군을 격파하고, 게다가 진나라의 여섯 성을 한 번에 무너뜨린 일로 오기의 명성은 천하에 울려 퍼졌다. 그리고 조정에 이리, 업에 서문표, 서하에 오기라는 인재를 고루 갖추어 위나라는 일약 중원 최대의 강국으로 급부상했다.

이리하여 주변 여러 나라들은 위나라에 굴복하게 되었다. 서방의 강대국 진(秦)나라도 야망을 품고는 있으나, 서하에는 당해낼 도리가 없었다. 그러나 진나라는 3년 전에 서하에서 대참패 당한 것을 설욕하려고 위문후 35년(기원전 390)에 서하를 피해 대군을 일으켜 위나라로 침입했다. 그래서 양호(陽狐)에 이르렀는데, 그 전쟁에서 원군을 일으켜 달려간 오기에게 다시금 참패당하고 물러갔다.

오기 장군이 이끄는 군대는 항상 승리를 거둔다는 것만으로는 이제 이렇다 할 이야깃거리도 못되었다. 하지만 실은 이때 오기는 신통하고 재치 있는 병법의 '곡예(曲藝)'를 연출하여 위나라 조정신하들을 놀라게 했다.

양호 구원의 명령을 받은 오기는 얼마 안 되는 병거 열 대, 병사 천 명과 기마 3백 명을 이끌고 일단 안읍의 도성으로 들어갔다. 그 군세라고도 할 수 없는 미미한 병력을 보자 위문후는 눈살을 찌푸렸다.

"아무리 명장이라 해도 그래 가지고는 싸움이 되지 않을 것 같은데…."

"물론입니다. 도성의 병사를 빌려 주십시오."

"그것은 괜찮지만, 알다시피 도성의 병사는 머리수를 채우고 있는 것에 불과하며 한 번도 전공을 거둔 적이 없는 엉성한 병사들이오.

성을 수비하는 데에는 그럭저럭 소용이 되나, 전쟁터에서는 하등의 도움도 되지 않을 것이오."

"아닙니다. 그 볼품없고 무지한 병사들을 데리고 승리를 거두어 보이겠습니다. 수는 적어도 서하에서 데리고 온 병사들은 선발된 소수 정예 요원들입니다. 함께 싸우게 하면 그 엉성한 병사들도 정예화되기 때문에 걱정하실 필요는 없습니다."

오기가 말했다.

과연『오자병법』에 이르기를,

> 사람의 재능에는 각기 장단점이 있고, 기(氣)에도 성쇠(盛衰)가 있다. 공이 없음을 가벼이 여겨서는 안 된다. 여기 도적이 있어 많은 이들이 이를 쫓아 버리려 한다. 많은 사람들은 서로 올빼미처럼 두리번두리번 주위를 둘러보고 도적에 관심을 두는 이가 없다. 도적이 갑자기 일어나서 자기를 해칠까봐 그것을 두려워할 뿐이다. 이래서 한 사람이 용감히 목숨을 걸고 나서면 나머지 사람들은 두려워 부들부들 떨기만 한다.

즉 서하의 정예에 '사적(死賊)'의 역할을 연출시키면 아둔한 도성의 병사들도 뒤를 이어 승리를 거둘 수 있다고 오기는 믿고 있었다. 그래서 병거 5백에 병사 5만과 기마 3천을 빌려서 신속히 양호의 전쟁터로 달려갔다. 그리고 싸움을 시작하기 전에 오기는 병사에게 포고했다.

"수레는 반드시 적의 수레와 싸워라. 기(騎)는 기로, 보병은 보병에 맞서라. 만약 수레가 적의 수레를 얻지 못하고, 기가 기를, 보병이 보병을 치지 못하면, 적을 쳐부수어도 전공을 인정하지 아니한다. 확실히 명심하라."

즉 대적해야 할 상대를 잘못 판단하면 승리해도 공을 인정하지 않고, 상을 주지 않겠다는 것이었다.

과연 양호의 전투에서 오기 휘하의 그 엉성한 5만의 병력은 50만의 진나라 군수를 쳐부수고 대승했다. 그러나 그 대승의 뒤안에서는 저 노나라에서 이주해 온 노파가 눈물을 흘리며 절규했다. 그 아들 역시 용감하게 돌격하여 장렬히 전사한 것이었다.

이는 오자(吳子)가 아니라 손자(孫子)의 말이지만

병(兵)은 국가의 중대사이다. 그것을 너무 잘 탓인지 자기의 재능을 과시하기 위해서 '곡예'를 부리는 장수는 극히 조신하지 못할 뿐더러 위험하기 그지없다.

라는 소리가 양호에서의 전승 승보와 함께 위문후의 귀에 들려왔다. 그러나 위문후는 그 비방에 귀를 기울이지 않고 오기를 원수(元師)에 봉했다.

그 후 3년이 지나 위문후는 세상을 떠났다. 후사를 이은 위무후(魏武侯)는 아직 어렸지만, 역시 오기를 중용하여 스승과 같이 받들었다.

그 다음 해 위문후의 뒤를 따르듯이 재상 위성(魏成)이 세상을 떠났다. 그리고 상문(商文: 전문(田文)이라고도 함)이 새로이 재상에 취임했다. 틀림없이 자신이 재상이 될 줄로 여기고 있던 오기가 어느 날 상문과 관운(官運)을 논했다.

"임관에도 관운이라는 것이 있는 것 같네 그려."

오기가 말했다.

"아니, 그런 건 없을 걸세."

상문이 대답했다.

"그러면 3군을 이끌고 국토 보전을 도모하는데 어느 쪽을 중히 여기는가?"

오기가 물었다.

"분명히 나는 자네에게 못 미치지."

"그렇다면 백관을 다스리고 만민과 친밀하게 지내며, 부고(府庫)를 풍성히 채우는 일에 대해서는 어떤가?"

"두말 할 것도 없이 자네가 위지."

"또 하나만 물음세. 서하를 지켜 늑대와 같은 진나라를 위축시키고, 조·한 두 나라를 굴복시키는 것은, 자네 능력으로 되는 일인가?"

"나는 도저히 할 수 없네."

"그러나 자네는 재상이 되었네. 보게나, 역시 운이 있지 않은가?"

"기다림세. 자네에게 반문하네. 아직 어린 위무후를 보좌하여 조정에 풍파를 일지 않게 하는 일에 자네가 임관되어야 하는가, 내가 임관되어야 하는가?"

"음, 틀림없이 자네야말로 그 자리에 적절한 인물이로세."

오기는 웃어 넘겼다. 이른바 잡담을 나눈 것이었다. 아니, 세력에 편승하여 권력을 휘두르지 말라고 상문에게 못을 박으려는 의도도 있었다. 하지만 그렇다고 해서 별다른 뜻이 있었던 것은 아니다. 사실 오기는 상문을 재상으로서 공경하고 예를 다했다.

그러나 그 잡담이 과장되어 오기는 재상의 자리를 호시탐탐 엿보고, 권력을 독점하려고 기도하는 야심가라는 중상비방이 일어났다. 하지만 위무후도 재상 상문도 굳이 그것을 마음에 두지 않았고 진나라와의 자잘한 경합은 끊이지 않았지만, 위나라의 조정은 10년 정도

태평성대가 계속되었다. 그러나 상문이 세상을 떠나고 공숙(公叔)이 재상에 취임하자 갑자기 삐걱거리기 시작했다. 새로운 재상 공숙이 오기를 배척하기 시작했기 때문이었다.

하지만 오기는 이제 누구의 눈에도 위나라를 지탱하는 커다란 기둥이었다. 재상이라 해도 배척할 만한 상대도 안 되었다. 그래서 공숙은 대부 왕착(王錯)과 손을 잡았다.

오기가 서하에 침입하는 진나라 군대를 추방하면서, 결코 깊숙이 몰아 부치지 않은 것은 아무래도 위나라를 버리고 진나라로 도망가려고 그런 것이 아닌가라고 두 사람은 입을 모아 무후에게 간언했다. 그러나 무후는 그런 얘기는 전혀 귀담아 듣지 않았다. 그래서 왕착은 한 가지 계략을 궁리 해냈다.

"오기가 위나라를 버릴 속셈인지 아닌지를 시험하기 위해 공녀(公女)와의 혼담 얘기를 꺼내 보면 어떻습니까? 그가 위나라를 배신할 속셈이라면 그것을 거절할 것입니다."

무후에게 진언했다. 때마침 오기에는 정식 부인이 없고 무후에게는 한 번 결혼했다가 실패한 아름다운 숙모가 있다. 진언한 두 사람의 흑심과는 관계없이 무후는 문득 거기에 생각이 미치자 오기를 서하로부터 불러들였다.

실은 공숙의 부인이 결혼에 실패했다는 그 숙모의 동생이었다. 공숙과 왕착은 '자는 호랑이 코침 주기'격으로 괜한 일을 벌려 화를 자초하게 되어 당황했으나 왕착은 서둘러 머리를 굴렸다. 그래서 공숙과 짜고 서하로부터 상경한 오기를 재상관으로 초대했다. 그 자리에서 미리 짜놓은 각본에 따라 오기의 면전에서 공숙 부인이 남편을 호되게 모욕하는 연극을 꾸몄다.

"공녀는 이래서 난처합니다. 그 언니가 결혼에 실패한 것도 전 남편이 너무 난폭하여 참을 수 없었기 때문이에요."

왕착이 느닷없이 귀엣말을 했다.

소문에 듣자면 오기는 그 유명한 부인에게 큰소리치는 전제군주적인 남편이었다. 그가 노나라에서 제나라 여자와 이별한 것은 그녀가 오기의 지시대로 가죽 끈을 완성하지 않았다는 사소한 일이 원인이 되었다. 왕착은 오기의 유일한 약점 급소를 교묘히 찌른 것이다.

다음 날 아침, 궁정에 들어온 오기에게 무후는 그 숙모와의 결혼을 권했다. 오기는 완곡하게 딱 잘라 거절했다.

그렇다고 해서 위무후가 별안간 공숙과 왕착의 진언을 받아들인 것은 아니었다. 그러나 아무튼 유쾌한 일은 아니었다. 아니 분명히 재미없는 일이다. 대나무 숲을 쑤셔 뱀을 나오게 한 것은 공숙과 왕착이 아니라 위무후였다. 그 일로 인해 위나라는 커다란 기둥을 잃게 되었고, 그리고 오기도 그 운명을 달리하게 되었다.

제45장
구름 걷히고 안개 개이면
나르는 용도 하찮은 미물이 아니랴

   전쟁터에서 백만 대군을 질타할 정도의 장군이 부인에게 깔려 누워도 껄껄 웃으며 넘긴다. 본인의 스트레스 해소도 되고 곁에서 보면 애교스럽기도 하다. 하지만 백만 병사를 수족 부리듯 하는 장군이 자신의 아내를 마음대로 할 수 없는 것은 수치스럽다고 오기(吳起)는 철석같이 믿고 있었다.

   그러나 현실적으로 한 사람의 여자를 조종하는 것이, 실은 백만 병사를 부리는 것보다 더 어렵다는 것을 오기는 그 쓰라린 경험과 냉철한 관찰로 이미 알고 있었다.

   때문에 그 치욕에서 완전히 해방되는 길은 아내를 두지 않는 것 외에 달리 방법이 없었다. 그렇게 생각하여 오기는 처음 부인과 이혼한 후 줄곧 독신으로 지내왔다.

   그렇기 때문에 재상 공숙(公叔)과 대부 왕착(王錯)이 묘한 연극을 벌이고, 재상 부인에게 섣부른 연기를 시키지 않았어도 오기가 위무후가 들고 나온 혼담을 거절했으리라는 것은 틀림없는 사실이다. 게다가 그 때 연극을 한 공숙부인의 연기가 어딘지 모르게 부자연스럽다고 오기는 느끼고 있었다. 그러나 있을 수 있는 여흥 정도로 생각하고 별로 마음에 두지 않았었다. 그런데 다음 날 아침, 무후에게 재혼을 권유받은 오기는 불현듯 과연 그 연극에는 나쁜 꿍꿍이속이 있다는 것을 깨닫게 되었다.

위무후의 숙모와의 혼담을 거절하여 무후의 심기를 흐려놓은 것만으로도 큰일이었다. 하물며 공숙과 왕착이 묘한 책동을 벌였다고 한다면 사태는 심각하고 머지않아 신변에 위험이 미치리라는 것은 자명한 일이다.

"아무래도 나의 생에 일단락을 지을 때가 온 것 같다."

라고 오기는 서하로 되돌아가는 도중에 그렇게 중얼거렸다.

오기의 머릿속에는 정교한 병법으로 가득 들어 있었다. 동시에 가슴 속에는 심원한 치국의 방책을 간직하고 있었다. 이미 그는 그 병법으로 이름을 천하에 날렸다. 그리고 은밀히 가슴에 묻어둔 치국의 방책, 정치적 포부를 펼쳐 볼 기회를 살피고 있었다. 그 생각이 자신도 모르게 '생의 일단락'이라는 말이 되어 입에서 나온 것이다. 따라서 그는 위무후를 원망하지도, 공숙이나 왕착을 미워하지도 않았다.

오기 장군이라면 어느 나라에 가더라도 쌍수를 들어 환영받으리라는 것은 그가 쌓아 올린 명성으로 보면 의심의 여지가 없다. 하지만 정치적 포부를 강매하게 되면, 그리 쉽사리 사려는 이를 만나기가 어렵다는 것은 자명하다. 신중하게 상대를 선택하지 않으면 안 되고, 선전 방법도 궁리해야 한다고 생각하면서 오기는 남쪽의 초나라를 떠올렸다.

초나라는 옛 부터 중원에서는 촌놈 취급을 당해 왔다. 게다가 백여 년 전에 손무(孫武)와 오자서(吳子胥)가 이끄는 오나라 군사에게 수도

영(郢)을 유린당하고, 망국의 위기에 직면한 적이 있었다. 그때 수도를 영에서 약(鄀)으로 옮기고 재기를 도모했었다. 그럭저럭 국력을 회복하여 약 50년 전에 다시 영으로 환도했지만, 아직 회복 과정에 있는 개발도상국이다. 게다가 역사가 짧은 나라이기 때문에 전통의 구조가 약하고, 한 번 망국에 처하고 나서는 부국강병의 생각은 한층 깊은 것이다. 그렇게 생각하여 오기는 초나라로 목표를 정했다.

일단 결정되면 좋은 일은 때를 놓치지 말고 서둘러야 하는 법이다. 위나라에서 문제가 일어나고 나서 그들의 속셈을 알아차린 오기는 마부에게 명하여 서하로 서둘러 돌아왔다.

서하에 도착한 오기는 그날 밤, 태수부로 막료들을 모아 만찬 모임을 베풀었다. 조정에서 뭔가 좋은 일이라도 있었겠지, 부모의 심정을 모르는 아이들처럼 막료들은 술잔을 들고 신이 나서 떠들어댔다.

"내일 아침 다시 도성으로 떠난다. 얼마간 체재할 것이므로 나 없는 동안 잘 지켜줄 것을 부탁한다."

오기는 적당히 때를 맞추어 연회를 끝냈다. 마지막 건배하는 오기의 손이 미미하게 떨렸다. 그러나 그것을 알아차리는 자는 아무도 없었다.

다음 날 아침, 태수부 문전에 늘어선 막료들에게 전송을 받으며 오기는 다시는 돌아올 기약 없는 태수부의 문을 나섰다. 행선지를 알고 있었던 것은 심복인 마부뿐이었다. 배웅하는 사람들의 시야에서 얼마간 멀어지자 마부는 동쪽으로 향하고 있던 말머리를 남쪽으로 돌렸다. 그리고 얼마 안 되어 오기를 태운 수레는 위나라의 경계인 안문(岸門: 산서성 하진현 남쪽)에 당도했다.

오기는 안문에서 잠시 수레를 멈추게 하고는 서하를 뒤돌아보며 굵은 눈물방울을 뚝뚝 떨어뜨렸다.

"원수께 있어서 위나라를 떠나는 것은 헌 짚신을 벗어던지는 거나 매한가지라고 사료됩니다. 그런데 어째서 눈물을 흘리시는 겁니까?"

마부가 의심스러운 듯 물었다.

"서하 땅과 백성들에게 눈물을 흘린 것이다. 위나라 따위에는 털끝만큼의 미련도 없다. 그러나 서하는 내가 16년간 심혈을 기울여 지키고 일구어 온 땅이다. 다행히 백성들도 병사들도 친해져 잘해 주었다. 그 사람들에게 한 마디 인사도 없이, 아니 하지 못하고 지금 내가 떠나려 하고 있다. 게다가 내가 떠나면 서하는 전쟁터가 되고, 머지 않아 진나라에게 먹힐 것은 불을 보듯 뻔한 일이다. 그것이 걱정스럽고 가여워 견딜 수가 없구나."

"심중은 헤아릴 수 있으나, 그 결과 바보가 되는 것은 위나라 조정 뿐입니다. 전쟁터가 되면 병사들은 전투 수당을 벌 수 있고, 백성들은 평화로운 땅을 찾아 도망칠 수도 있습니다. 근본적으로는 서하를 어느 나라가 지배해도 큰 관계는 없습니다. 심려하지 않으셔도 되리라 생각합니다. 그보다 우선 서두르지요."

마부는 그렇게 말하며 다시 말을 달렸다.

오기가 초나라 국경에 들어온 것은 초도왕(楚悼王) 15년(기원전 387)의 늦은 봄이다.

초도왕은 오기가 왜 무엇을 하러 초나라에 나타났는지 알지 못했다. 아니 이 시점에서는 위무후조차도 아직 오기가 위나라를 떠나버린 것을 몰랐다. 서하 태수부에서는 어디까지나 오기가 안읍으로 출장 간 것으로 믿고 있었고, 안읍 조정은 확실히 그가 서하 태수부에 있는 것으로 생각 하고 있었다.

다른 일은 어떻든 간에 오기가 초나라 국경을 넘어서 도성인 영으로 들어왔다는 보고를 받은 초도왕은 즉시 환영 사자를 파견했다. 그리고 도성으로 들어온 오기를 정중히 궁정으로 초대했다. 몸소 궁전 문에 나와 맞이할 정도로 상례(上禮)를 다한 것이다.

오기는 내심으로 회심의 미소를 지으며 환대를 기뻐했다. 오기가 위나라에서 문제를 일으키지 않았더라면 정식으로 수직을 사임하고 서하 태수의 자리에서 물러났을 리가 없다. 그 오기를 초도왕은 위나라로부터 빼돌리려고 생각했었다. 그래서 정중히 예를 다해 맞이한 것이다.

실로 오기가 예상하던 대로 들어맞았다. 관광유람 여행을 가장한 오기를 환대하면서 초도왕은 열심히 초나라에 머무르도록 설득했다. 그리고 기회를 봐서 영윤에 임하여 국정을 맡기고 싶다는 의중을 밝혔다. 오기는 서두르지 않고 태연자약하게 여러 가지 조건을 붙이면서 결국 이를 수락했다.

이리하여 취직운동으로서는 원하지도 않던 이상적인 형태로 오기는 초나라의 영윤으로 취임했다. 그리고 내심 벼르고 있던 그 치국의 방책에 따라 오기는 즉시 온 정성을 기울여 그 정치 포부를 실현시키려고 노력했다.

그 방책도 정치포부도 결국 궁극적으로는 부국강병을 목표로 한 것이었다. 그러나 그 주안점을 오기는 사회 환경의 정돈과 통치기구의 개혁에 두고 있었다.

환경의 정돈이라는 것은 우선 정치적인 목표(권력, 영예, 보상, 복리)를 적당히 분배하여 사람들에게 의욕을 불러일으켜 주는 것이다.

통치기구의 개혁이라는 것은 세습제도에 의해 너무 두터워진 정부를 가볍게 하여, 업적 본위에 기초한 정치개혁을 실행한 것이다. 그 윤곽은 일하는 자와 일하지 않는 자에게 차별을 두어 그 행정적인 공헌도에 따라 적당하고 공평한 처우를 실시하고, 이로써 조정신하들의 의욕과 사기를 높이는 것이다.

"초나라는 도성에 사람이 너무 많이 모여 조정에서 놀고먹는 사람이 부지기수입니다. 우선 그것을 줄여야 합니다."

오기는 영윤에 취임하자 곧 초도왕에게 진언하여 무위도식하는 공족이나 귀족들을 인구가 적은 지방 군수나 현령으로 임명했다. 그로 인해 그들은 싫든 좋든 성 안의 백성들을 거느리고 부임하지 않으면 안 되었다. 그러나 그들 공족이나 귀족들은 교묘히 아귀를 맞춰서 그럭저럭 적당히 얼버무리려고 했다. 그래서 오기는 그들의 식량 운반줄을 끊어 버리고, 임지 경영에 힘쓰지 않으면 밥술을 구경도 못하는 입장으로 몰아넣었다.

"초나라는 봉군(封君)의 수가 너무 많고, 그 봉지 또한 지나치게 넓습니다. 그것을 고치지 않으면 나라를 부강하게 하거나 병력을 강하게 할 수 없습니다. 또 그것이 정치적인 정체와 전쟁의 원인이 됩니다. 봉군의 작위를 영대 세습하는 제도를 3대에 한하도록 다시 정해야 합니다."

하고 진언하여 제도를 고치고, 그에 의해 수많은 봉군의 자손들에게서 작위를 몰수했다. 그것을 몰수당한 공족이나 귀족들은 울며불며 임명된 땅으로 부임해 먹기 위해 어렵사리 일했다.

"이번에는 녹질제(祿秩制)를 폐하여 직무가 없는 지관(枝官)을 정비해야 합니다."

그래서 관위가 있으면 직무에 오르지 않고도 봉록을 받을 수 있었던 녹질제도를 폐지하여 무직관의 급여를 중단시켰다. 또 형식적으로만 직무를 가지고 있고, 현실적으로 업무가 없는 지관의 직을 면했다.

게다가 직분을 확실히 하여 우수한 선비를 관에 임명하고, 엄정하게 그 업적을 사정하여 적당한 대우를 부여했다.

또 시기를 정하여 성 안의 백성 대표를 모으고, 불시에 지방주민을 방문해서 정치적 의견을 구하며, 공무원의 평판을 들었다. 그리고 군대에서는 훈련이나 전투가 없는 한 장군은 병사와 기거하며 식사를 함께 하라는 군율이 정해졌다.

그런 개혁으로 인해 눈 깜짝할 사이에 초나라는 부강해졌고, 병사는 전투에 나가면 패전을 모를 정도로 강해졌다.

오기가 영윤에 취임한 지 6년, 초나라 조정의 국고에 재화와 무기가 넘쳐나고, 주민들의 곳간은 곡식으로 가득했다.

그 6년 사이에 초나라는 남쪽으로 백월(百越: 월족)을 평정하고, 진나라를 쳤으며, 북쪽으로 채(蔡)·진(陳) 두 나라를 병합했다. 그리하여 삼진(三晉)을 비롯한 중원 여러 나라를 긴장시키기에 이르렀다.

하지만 좋은 일에는 마가 끼는 법. 취임 7년째에 이르러 그때까지 전면적으로 무조건 오기를 지지하던 초도왕이 급사하자, 사태는 급반전되어 별안간 초나라의 조정은 뒤숭숭해졌다. 초도왕의 장례식이 거행되던 날, 그때까지 오기에게 굽신굽신 비굴한 웃음을 흘리던 공족이나 귀족들이 서로 짜고 활시위를 들이댔다. 그리고 틈도 없이 오기를 향하여 폭우와 같은 화살을 퍼부었다.

아무리 용맹무쌍한 오기라도 갑자기 사방팔방에서 화살이 날아오자 어떻게 손 쓸 도리가 없었다. 궁전 안이라 무장도 하고 있지 않았던 오기는 기둥을 방패로 난을 피했으나, 결국 양팔에 화살을 맞았다.

"너희들, 잘 들어라. 너희들을 길동무로 삼겠다. 죽으면서 또한 적을 죽이는 것이 우리 병법의 본령임을 똑똑히 봐 두어라. 이걸 저승 길 선물로 주마."

오기는 그렇게 외치더니 갑자기 달려 나가 도왕의 주검 위에 몸을 덮치고는 화살 한 개를 팔에서 뽑아 그것을 왕의 시체에 깊숙이 찔렀다.

이에 평정을 잃은 공족과 귀족들은 더욱 골수에 사무치는 원한으로 오기에게 활을 쏘아댔다. 이윽고 오기의 몸은 고슴도치가 되어 절명하기에 이르렀다. 그러나 당연하게도 표적을 빗나간 몇 발의 화살이 도왕의 유체에 꽂혔다.

하지만 그런 것에 신경 쓸 여력이 없는 그들은 오기의 시체를 떼어냈다. 선군이 죽고 새로운 군주가 즉위하기 전의 정치적인 공백을 교묘히 이용하여 잔혹한 폭력을 가한 것이었다.

그것은 그런대로 괜찮았지만 초나라의 법에 의하면, 그 옛날 오자서가 평왕의 시체에 채찍을 친 것이 계기가 되어 왕의 시체에 무기를 댄 자는 사형의 죄를 물게 되어 있었다. 물론 이 경우에는 누가 쏜 화살이 초도왕의 주검에 꽂혔는가는 알 수 없다. 그러나 그것이 오히려 화가 되어 오기에게 활시위를 당긴 전원이 사형되었다. 게다가 그 사건에 연루된 70여 명이 죄를 문책 당했고, 수백 명이 처형되었다. 실은 새로이 즉위한 초숙(楚肅)이 교묘히 이 사건을 이용하여 대숙청을 감행한 것이었다.

그러나 무른 오기는 자신이 장담했던 대로 죽어서 적을 죽였다. 게다가 혼자서 수백 명과 대결한, 선명한 무승부였다. 역시 『오자병법(吳子兵法)』은 실패하지 않는다. 『손오병법』이라는 말은 자주 오자와 논쟁을 해온 손자(孫子)가 춘추 전국시대에 두 사람에 관한 것을 기술한 것이다. 초대 손자 손무(孫武)는 오기보다 백이삼십 년 전에 등장했다. 그리고 그 자손인 2대째 손자 손빈(孫臏)은 오기가 위나라를 떠난 지 20여 년 후에 위나라에 모습을 나타냈다. 오기가 초나라로 출분하여 뚫린 구멍을 메우기 위해 위나라는 방연(龐涓)을 장군으로 임용했다. 그 방연과 손빈은 병법의 학우였다. 그래서 방연이 손빈을 위나라로 불러들인 것이다.

병법 기술로는 하루해가 길다고 손빈이 한 수 위였다. 그러나 방연이 기회가 닿아 한 발 먼저 출세했다. 이 때 방연은 이미 어엿한 무장으로서 천하에 그 이름을 떨치고 있었다. 그러나 방연은 언젠가는 손빈이 자신의 명성을 위협할 것이라 생각하고 두려워하고 있었다. 그래서 비열한 수단을 동원하여 불리한 조건을 손빈에게 붙이려고 위나라로 꾀어낸 것이었다.

그런 줄도 모르고 손빈은 위나라를 찾아왔으나, 방연이 쳐놓은 올가미에 걸려들어 밀정혐의로 빈경형(臏黥刑)에 처해졌다. 빈(臏)이라는 것은 양 무릎의 무릎 뼈를 부수는 것이고, 경(黥)이라는 것은 얼굴에 뜸을 떠 문신을 새기는 것을 가리킨다. 걸을 수 없게 될 뿐만 아니라 먹으로 얼굴에 문신이 새겨짐으로 전과자의 낙인이 찍혀 사람들 앞에 나갈 수 없게 되는 것이다. 그렇게 해서 방연은 자신의 명성을 위협할지도 모르는 손빈의 재능을 쓰지 못하게 일을 꾸몄다.

그러나 이 세상에는 죽이는 귀신이 있으면, 구해주는 신도 있기 마련이다. 때마침 제나라로부터 위나라 도성에 온 관리 한 사람이, 형벌을 받게 되어 신분이 영락해진 손빈의 처지를 알고, 그 학식에 감동하여 은밀히 제나라로 손빈을 빼돌렸다. 제나라 수도 임치(臨淄)로 들어온 손빈은 제나라의 장군 전기(田忌)에게 몸을 의탁했다. 함께 병법을 이야기하는 가운데 『손자병법』에 심취한 전기는 손빈에게 예를 다해 상객으로서 대우했다.

전기는 보기 드문 경마 광이었다. 자주 제나라의 당주 위왕(威王)의 남동생과 큰돈을 걸고는 서로 자기 말을 경합시켰다. 어느 날 전기가 손빈과 함께 경마하러 나갔다. 양쪽의 말을 견주어 보면서 손빈이 전기에게 필승의 비법을 전수했다.

"과감하게 돈을 많이 거십시오. 이기는 방법을 가르쳐 드리겠습니다."

"반드시 이긴다는 것이오?"

"전체적으로 보면 그 쪽 말이나 우리 말에 큰 차이는 없습니다. 우선 말을 상·중·하 세 급수로 나누는 것입니다. 그리고 상대편의 상말에는 우리 쪽 하말을, 상대편 중말에는 우리 편 상말을, 그리고 상대편 하말에는 우리 쪽 중말을 각각 대결시키십시오. 그러면 2승 1패로 이기게 됩니다."

"음, 과연…."

전기는 큰돈을 걸고 손빈이 시킨 대로 말을 내보내서 큰돈을 챙겼다.

그런 일이 있고 난 후 전기는 더욱 손빈을 신임하게 되었다. 그리고 손빈을 제위왕에게 군사(軍師)로 천거했다. 위왕도 『손자병법』에 감탄하여 당장 손빈을 군사로 임명했다.

제위왕 26년(기원전 353)에 위나라가 조나라에 군사를 출두시켰다. 수도 중모(中牟: 하남성 양음현)를 포위당해 고전을 면치 못하던 조나라가 제나라에 지원을 요청했다. 그에 응한 제위왕은 전기를 장수로, 손빈을 군사로 임하여 조나라를 지원하러 군사를 내보냈다.

조나라로 출두하려고 하는 전기에게 손빈이 말했다.

"지원이라는 것은 요컨대, 상대의 곤란을 해결하고 분규를 끝내주는 것입니다. 그렇기 때문에 주먹을 꽉 쥐고, 그것을 위로 치켜들고 휘두르면서 분규 현장에 발을 들여놓아서는 안 됩니다. 지원자가 한편이 되어 함께 싸웠다가는 분규 그 자체를 더 확대시킬 뿐입니다. 교묘히 양쪽을 떼어 놓은 것이야말로 지원의 목적입니다. 그런고로 군대를 위나라 도성 안읍으로 출두시켜야 합니다. 우리들이 안읍으로 향했다는 것이 알려지면, 아무튼 위나라 군사는 조나라 수도의 포위망을 풀고 강행군하여 귀로길에 오르게 됩니다. 그리고 우리 제나라 군대와 만나게 될 때는 위나라의 병사들은 강행군에 모두들 지쳐 있을 겁니다. 그 피로에 지쳐있는 군사를 우리들과 싸우게 할 정도로 위나라 장수는 어리석지 않을 것입니다. 즉 우리들은 한 번에 조나라의 난을 구하여 지원의 목적을 달성하고, 게다가 싸울 마음이 없는 위나라 군사들과 가볍게 전투, 부상 없이 임치로 개선할 수 있습니다."

전기는 군사를 안읍으로 출두시켰다. 과연 위나라 군사는 중도에 포위망을 풀고 황급히 귀로길에 올랐다. 그리고 계릉(桂陵)에서 제나라 군사와 가볍게 싸워, 패배하고는 안읍으로 철수했다. 그를 뒤쫓지 않고 제나라 군사는 의기양양하게 제나라 수도로 개선했다.

그리고 부터 13년 후, 위나라가 한나라를 치게 되자 역시 한나라는 제나라로 지원을 요청했다.

"지원을 거절하면 한나라에서는 전의(戰意)를 잃게 되어 위나라에 항복하고 말 것입니다. 그럼 상황이 영 재미없어지니까 지원을 승낙해야 합니다. 단지 서둘러 군사를 움직일 필요는 없습니다. 위·한 두 나라 군대가 사투를 되풀이 하여 피로에 지쳐있을 때, 병사를 움직이면 편하게 위나라 군대를 한나라로부터 쫓아낼 수가 있습니다. 마찬가지로 한나라도 숨이 넘어가기 직전에 구해주어야 더욱 고마움을 깊이 느낄 것입니다."

손빈은 군사회의 석상에서 말했다.

그러나 한나라를 공격하고 있는 위나라 장수가 방연임을 알고 손빈은 갑자기 생각을 바꾸었다. 그리고 보복하리라 마음속으로 맹세하고 서둘러 군사를 일으켰다.

손빈은 역시 전기 휘하의 제나라 군대의 군사(軍師)로서 종군하고, 마찬가지 작전으로 위나라 안읍으로 군사를 진격시켰다.

과연 제나라 군대가 안읍으로 향했다는 보고에 방연 휘하의 위나라 군사는 한나라 공격을 멈추고, 맹렬히 제나라 군사의 뒤를 쫓았다. 방연이 뒤를 쫓아오고 있다는 것을 알고 손빈은 행군하면서 야영에서 취사하는 솥단지의 수를 10만에서 5만, 5만에서 3만으로 급격히 줄였다.

과연 방연도 뛰어난 병법가라 그것을 간과하지 않았다. 겁이 많기로 이름난 제나라 병사들이 전쟁터(안읍)가 가까워옴에 따라 집단적인 탈주를 시작했다고 생각하고는 혼자서 회심의 미소를 지었다. 그리고 보병을 뒤에 남겨두고, 장비를 가볍게 한 병거를 이끌고 추적 속도를 냈다. 손빈의 계략이 맞아떨어진 것이다.

손빈은 결국 위나라 군대가 제나라 군대를 따라붙어 저녁 무렵에는 마릉(馬陵: 하북성 대명현 북쪽)의 험악하고 협소한 길에 당도하리라고 머릿속에 계산해 넣고 있었다. 그리고 군대를 멈추게 하고는 절벽 위에 궁병(弓兵)을 대기시켰다. 그리고는 길옆의 커다란 나무줄기를 베어 '방연, 여기서 죽으리라'라고 크게 썼다.

초저녁에 위나라 군대가 마릉의 협도에 당도했다. 어둠이 내리기 전에 그 험로를 빠져 나가려고 하다 방연이 큰 나무 줄기에 커다란 하얀 벽보가 있는 것을 발견하고 가던 길을 멈췄다. 글씨가 씌어져 있으나 어두워서 잘 읽을 수 없었다. 신경이 쓰인 방연은 그것을 읽으려고 병사에게 불을 지피게 했다.

"손빈, 이런 바보 같은 자식. 나 보고 여기서 죽으라고 웃기는군."

방연이 혀를 찬 것과 거의 동시에 양측 절벽 위에서 일제히 화살이 날아왔다. 전방에 복병이 있었음은 말할 나위도 없다. 철수하려고 해도 길이 좁아 병거는 움직일 수가 없었다. 폭우와 같은 화살 세례는 더욱 맹렬해졌다.

"드디어 얼빠진 바보로 이름을 떨치게 됐군."

진퇴양난에 처한 방연은 결국 자결하고 말았다. 대장을 잃은 위나라 병사들은 때맞춰 기다리고 있던 제나라 군사의 먹이가 되어 괴멸했다. 그리하여 제나라 군사는 마릉의 싸움에서 대승을 거두게 되었다. 이 일전으로 손빈은 천하에 그 이름을 떨쳤다. 방연이 가한 비열한 짓에 병법가로서 전쟁터에서 당당하게 응징한 것이 사람들의 마음을 흡족하게 하여 더더욱 그 명성이 높아만 가 후세에까지 계속 전해졌다.

이쯤에서 이야기를 오기에게로 돌린다. 『손오병법』에 대해 논하는 것은 흥미롭지만, 그 정도로 의미 있는 일은 아니다. 확실히 두 사람은 모두 역사를 장식하는 병법가로 쌍벽을 이루지만, 본질적으로 오자는 무장(武將)이고 법치주의 정치가이며, 손자는 군사(軍師)이고 정치사상가였다.

따라서 그 본질적인 차이는 그대로 병법서로서의『오자』와『손자』의 차이이기도 하다. 병법서로서 읽으면 확실히『손자』는 철학적이고 격조가 높다. 이론적이며 논리가 정연하고 비유가 화려하고 수사는 절묘하다. 즉 읽을거리로서 재미있고, 이해가 쉽고, 사상적인 공명을 불러일으키는 설득력이 있다.

그러나 그것은 또 병법서가 쓰인 당시의 상황과 깊게 관여하고 있다.『오자병법』이 오기와 위문, 위무 양후와의 문답 기록을 토대로 정리된 것인데,『손자병법』은 두 명의 손자가 심사숙고한 끝에 퇴고를 거듭하여 완성되었다.

즉『손오병법』의 서적으로서의 차이는 양자의 기본적인 입장의 차이와 그 성립 경위의 차이에 의한 것으로, 천부적인 재능의 차이나 기량의 차이를 나타내는 것은 아니다.

하지만 역사적인 인물로서 오자가 자신이 살았던 시대에 부여한 영향력은 손자보다도 훨씬 절대적이다. 우선 오자는 위나라와 초나라를 거의 그 양 손아귀에 쥐고 강하게 만들어서 춘추와 전국의 전환기에 서서 헤매는 여러 나라들에게 새로운 국가 창설의 전망을 열어 '초현빙장(招賢聘將)시대'의 막을 열었다.

이미 몇 번인가 언급했지만 정치 인재 즉, 실무적인 관료나 조정의 막료, 참모, 혹은 사상적인 포부 경륜을 가진 현인 제자의 종용이나 영입은 꽤 이전부터 여러 나라에서 실시하고 있었다. 그러나 오자의 출현으로 아니 그가 위나라와 초나라에서 올린 실적의 눈부심에 이끌려, 혼자서 국가를 등에 짊어진 지략계모(智略計謀)의 대형인물이 순식간에 촉망받자 여러 나라에서 발굴 경쟁이 시작되고, 이른바 '초현빙장'의 시대가 열렸다. 그 결과로서 진(秦)나라의 상앙(商鞅), 한나라의 신불해(申不害), 조나라의 염파(廉頗), 연나라의 낙의(樂毅) 등 수많은 지략계모 선비들이 역사무대에 등장하여 시대의 각광을 받았다. 한 명의 지략계모의 선비가 일국의 흥망이나 성쇠를 좌지우지하는 시대가 시작된 것이다. 그 것에 따라 정치 흐름이 바뀌고, 영고성쇠(榮枯盛衰)의 주기가 전에 없이 짧아졌다.

경제나 사회의 변동으로 정치적인 지배형태는 이미 꽤 이전부터 변화하고 있었다. 그러나 여러 나라는 눈앞에 열린 신시대의 문 앞에 멈추어 서서, 발을 들여놓기를 주저하고 있었다. 그러한 역사적인 국면에 임한 오자는 힘찬 기세로 선두를 가르며 질주하기 시작한 것이다.

그리고 너무 지나치게 질주한 결과, 비업(非業)의 죽음을 맞이했다. 아니, 역사는 앞으로 나아간다는 것을 믿는다면 그것은 명예로운 전사라고 해야 할 것이다. 아니 격심한 시대의 전환기에 있어서 그것은 거의 피할 수 없는 희생이었다.

역사 속에서 사람들은 앞으로 나아가려고 생각하면서도 주의 깊게 아니 종종 의미도 없이 의식적으로 뒤를 돌아본다. 예를 들면 위·한·조 이른바 삼진(三晉)은 오기가 서하의 태수로 취임하던 해에, 빠짐없이 낙양(洛陽)의 천자로부터 독립국으로서의 인가를 받았다. 삼진은 그것을 거슬러 올라가 37년 전에 사실상의 독립을 이루었고, 현실적으로도 그 이래로 국제사회에서 독립국가로서 인정받고 있었다. 그에 예전 신하인 삼진에 알현함으로 가까스로 명맥을 유지하고 있던 진(晉)왕은 유공(幽公)이 항구로 여자를 사러 나갔다가 도적에게 죽음을 당한 사건을 보더라도 분명하듯이 스스로 군주의 위신을 아니, 긍지조차도 버리고 있었다. 즉 진나라의 구 공실이 주권 회복을 원하여 어딘가로 호소하고 나올 두려움은 전혀 없었던 것이다. 그럼에도 불

구하고 삼진은 그래도 낙양 천자의 보증서를 원하고 있었고 사실 그
것을 받았다.

마찬가지로 이전의 제나라(강씨)를 탈취한 전씨의 제나라도 실질
적으로는 이미 20년간 어떤 불평이나 불만도 듣지 않고, 전혀 문제없
이 존립하면서 삼진과 거의 때를 같이하여 낙양의 천자로부터 제나
라의 정식 임금으로 인정받는 증서를 고맙게 받았던 것이다.

마치 그것은 중세 말기의 유럽인들이 천국에 올라갈 수 없다는 것
을 알면서도 '면죄부'를 산 것과 같은 것이지만 사실상 조금은 의미
차이가 있었다. 즉 이 경우는 나이를 먹었어도 탯줄이 떨어지지 않고
매달려 있었던 것이다.

예를 들면 봉후의 보증서를 고맙게 받은 제나라에서, 그 몇 십 년
후에 즉위한 환공(桓公)은 낙양에서 거행된 주열왕(周烈王)의 장례식
에 늦게 참석한 것을 힐책받았을 때 '똥이나 먹어라. 이 쌍놈아'라고
즉위한 지 얼마 안 되는 천자 주현왕(周顯王)의 면전에 대고 욕을 했
다. 그 듣기에도 민망한 야비한 말로 욕한 상대(천자)로부터 불과 20
여 년 전에 제나라는 감사하게도 보증서를 받았다는 것은 아무리 생
각해도 기묘한 이야기이다.

그러나 이제는 단순히 유명무실을 넘어서 참혹한 입장에 처해 있
지만, 그래도 낙양의 천자는 계속 존재해 왔다. 인간의 머리 위에 하
늘이 있듯이 국가 위에 천자가 있다는 고정관념이 천자를 존재시키
고 있었던 것이다. 그러나 천자는 하늘의 아들이고, 그는 필연적으로
천하를 지배하는 권력을 가진다고 하는 유교 무리들의 주장은 황당
무계한 날조였다. 즉 천자는 거기에 천하가 존재함을 표시하는 기호
에 지나지 않았기 때문이다.

그것을 그 무렵 주현왕의 면전에 대고 욕지거리를 한 10여 년 후에 제나라의 수도 임치에 나타난 정치사상가 신도(愼到)가 기교 있는 비유로 명쾌하게 해설했다.

비룡(飛龍)은 구름을 타고 날아다니므로 용(龍)이고, 등사(騰蛇)는 안개를 희롱하므로 사(蛇)다. 즉, 구름이 걷히고 안개가 개면 비룡과 등사도 하찮은 지렁이와 마찬가지다.

용이라는 것은 천자, 뱀이라는 것은 관리이고, 구름은 병사이고, 안개는 백성이다. 권력은 그 자체로서 존재하지 않고, 병사와 백성에 의해 부여된다고 설파한 것이다.

신도는 저 역사적으로 유명한 '직하(稷下)의 학사(學士)'의 한 사람이다. 제위왕(천자를 면전에서 욕했던 환공의 아들)이 도성 임치의 서문, 즉 직문에 세운 학자의 집합소에 여러 나라에서 모인 학자들로부터 '직하의 학사'라 칭해졌다. 신도는 그 중 한 사람이지만, 중국의 정치사 상사를 이야기하는 데에는 빠뜨릴 수 없는 사상가이다.

그것은 어떻든 간에 오자는 아직 배꼽이 떨어지지 않은 시대에 살았다. 낙양의 천자가 존재하는 한 춘추전국시대는 안정되어야 하는 것인데도 안정되지 않고 그대로 지속되었다. 그러나 계속 오자의 뒤를 잇는 지략 계모 선비가 나타나고 역시 시대는 진보한다.

제46장
백마는 말이 아니다

오기(吳起)의 출현으로 인해 '초현빙장'의 시대는 시작되었지만, 구시대의 막을 열었던 것은 원래 위문후였다. 그러나 위문후는 처음부터 탁월한 인재를 노린 것은 아니었다. 막연히 널리 모은 인재 중에서 오기가 용문(龍門)을 타고 용이 된 것이다. 다시 말해서 위문후는 처음부터 거물급 지략모계의 선비를 노려 낚아 올린 게 아니라, 때마침 던진 망에 큰 물건이 걸려든 것이라고 할 수 있다.

저 사상사에 남을 신도를 배출한 '직하의 학사'를 모은 제위왕의 시도는 분명히 위문후의 방식을 답습한 것이었다. 그리고 실은 신도 정도의 학자는 그 당시 직하에서는 그다지 눈에 띄는 존재가 아닐 정도로 직하에 모인 학자나 사상가, 혹은 예능에 뛰어난 쟁쟁한 인재는 수없이 많았던 것이다.

실은 방연의 간계에 걸리기 전의 손빈도 그 중의 한 사람이었다. 그리고 후대에 맹자라 불린 맹가(孟軻) 또한 그 중 하나이다. 맹가는 풍채가 좋고 목소리가 크며, 언변이 좋아 직하에서는 굉장한 위세를 떨쳤다. 사족을 붙이자면 직하의 학문이 후세에 유가(儒家)에 의해 사실 이상으로 과장된 것은 이 유교의 '아성(亞聖: 맹자를 일컬음)'이 거기에서 유학을 위해 기염을 토하고 그 모양새를 정비했기 때문이다.

그건 그렇고 확실히 그 당시 직하에는 신도, 손자, 맹가와 순간곤(淳于髡), 추연(鄒衍), 전변(田騈), 환연(環淵), 송연(宋姸), 윤문(尹文) 등의 제각기 개성을 달리하는 우수한 인물이 76명이나 얼굴을 맞대고 있었다.

송연과 윤문은 비전(非戰)과 박애를 설파하는 묵자(墨子)의 제자들로 축성술을 터득하고 있던 그들 묵도(墨徒)들은 집단생활을 하고 있었다. 송연과 윤문이 직하에 있었던 것은 학술 교류나 정보 수집의 임무를 띠고 있었기 때문이었고, 그것은 두 사람이 우수한 묵도였다는 증거이다. 전변과 환연은 자연무위론을 외치는 노자(老子) 사상의 흐름을 받드는 사상가였다.

순간곤은 비천한 신분 출신으로 풍채도 그리 좋지 않고 학자도 아니었지만, 박학다식으로 알려져 있었으며 특히 고사(故事)에 능통했다. 지금으로 말하면 민담이나 재담, 콩트로 괜찮은 밥벌이를 할 수 있는 스탠딩 개그맨이었다.

어느 세상에서나 시대적인 가치가 혼미하고, 사회의식이 다극화되면 다재다능한 인물이 대두한다. 순간곤은 말하자면 그 원조적인 존재였다. 그는 다재다능한 인물로서 직하의 학사에 가담하여 중추적인 위치를 차지했으며, 정객(政客)으로서 제위왕의 신임을 얻어 제나라의 조정에서 당당히 위세를 떨치고 있었다.

사실 그는 제위왕에게 절묘한 간언을 하여 제나라 정치에 공헌하고, 또 외교사절로서 많은 공적을 세웠다. 물론 그는 단지 언변이 좋은 잔심부름꾼은 아니었다.

제위왕은 즉시 황금 백 근과 병거 40대를 선물로 준비하여, 순간곤을 조나라에 지원을 요청하는 사자로 보내려고 했다. 제위왕은 상당히 셈에 밝은 인색한 인물인데 웬일인지 관직도 없는 직하의 학사들에게 저택을 지어 주고, 대부와 동등한 급여를 학사들에게 주었다.

사자로 명을 받고 선물을 본 순간곤은 위왕의 인색함에 관의 끝이 떨어질 정도로 웃어댔다. 그리고는 그 특유의 말솜씨로 위왕을 꼬드겨서 지갑 끈을 열게 만들었다.

"지금 동쪽 성에 올라갔다 오는 길입니다. 도중에 농부 한 사람이 길옆의 논에서 오곡 풍요를 기원하고 있었습니다만, 자세히 보니 제를 드리고 있는 음식은 짧은 돼지 족발 하나와 한 잔의 술뿐이었습니다. 그러나 가만히 귀를 기울이니 언덕 위의 좁은 밭에서는 커다란 바구니 하나 가득 조를, 언덕 아래 밭에서는 수수를 한 수레 수확할 수 있도록 해 달라며 진지하게 기도하고 있었습니다. 그걸 듣고 있자니 너무 뻔뻔스럽다는 생각이 들어 저도 모르게 웃어 버렸습니다."

"과연 그것은 너무 적소."

위왕은 말하면서 서둘러 선물을 다시 준비했다.

그리하여 준비된 황금 천 일에, 병거 4백 대, 거기에 백옥 20개를 지참하고 순간곤은 조나라로 가서, 망설이는 조혜왕(趙惠王)을 멋지게 설득하여 병거 천 대에 병사 10만으로 구성된 대지원군의 파견을 즉시 승낙 받았다.

이윽고 임치에 도착한 조나라의 대군을 보고 초나라 군대는 순식간에 제나라에서 철수했다.

그런 일이 있고 난 후 순간곤은 제나라의 조정에서 그 비중이 더욱 커졌다. 그것을 배경으로 하여 직하 학사들의 수령격으로 보살펴 주면서 지휘봉을 휘둘렀다.

그러나 직하에 나타난 긍지가 대단한 맹가의 눈에는 순간곤같이 가볍고 경박한 말재주를 부리는 무리는 문제도 아니었다.

"인의(仁義)는 사람의 도리이고, 정치와 사회는 그에 의해 성립된다. 어떤가? 다른 의견이 있는가?"

맹가는 당장 지론을 전개하여 논쟁을 걸었다.

느닷없이 큰 주제를 들고 나와서 대답을 요구하는데, 처음에는 대답하려고 하지 않던 순간곤은 주제를 세분화시켜 반문했다.

"의(義)에 의하면 남녀는 서로 손을 마주 잡아서는 안 된다. 물건을 주고받는 것조차 손으로 건네서는 안 된다고 들었는데, 과연 그러한가?"

"그렇소."

맹가는 순간곤이 논쟁에 참여하게 된 것을 기뻐하면서 가슴을 펴고 대답했다. 맹가가 토론광이라는 말은 익히 들어서 알고 있었지만, 가슴을 펴고 여유 있게 대답하는 표정에서 소문보다 훨씬 훌륭한 실력가로 보고, 순간곤은 그 실력을 인정하는 기분이 들었다.

"그러면 묻겠소. 형수가 물에 빠졌다면 어떻게 하는가?"

"그것은 말할 거리도 못 되오. 형수가 물에 빠지는 것을 보고 내버려 두는 것은 도리에 어긋나는 일이오. 때문에 손을 뻗어 잡아도 의에는 거스르지 않소. 그것을 칭하여 방편이라고 하는 것이 아닌가?"

"그렇다면 그 방편이라는 것을 치세의 도(道)에 적용할 수는 없는가? 인의의 도는 훌륭하지만, 이 급변하는 난세를 구하는 데에는 도움이 되지 않소. 때문에 인의만으로 이 세상을 구하려고 하지 말고 지금 현재 전란의 홍수 속에 빠져 있는 천하의 사람들에게 방편으로서 손을 내밀어 줄 마음은 없는가?"

"아니, 천하의 사람들이 빠져 있다고 해도 역시 그것을 구하는 것은 올바른 도리 즉, 인의에 의하지 않으면 안 되오. 그것보다 다른 말을 들었소. 그대는 '손'을 가지고서 천하를 구하는가?"

맹가는 보기 좋게 말꼬리를 잡았다. 과연 정평이 있는 맹가의 비상한 말재주라는 것이 말꼬리를 잡는 것인가 라고 순간곤은 흠칫 놀랐다. 이제 그만두자고 마음속으로 중얼거리며 입을 다물었다. 그래서 맹가는 논쟁에서 이겼다. 아니, 상대를 침묵하게 만드는 언쟁에서 이긴 것이다. 맹가는 『맹자』라 불리는 책을 남겼다. 『맹자』는 후에 사서오경이라 불리는 유교 경전의 하나로 유명하다. 그러나 이 시점에서 『맹자』는 아직 완성되지 않았다. 즉 순간곤은 『맹자』가 있다는 것을 모른다. 만일 순간곤이 그것을 읽었다고 한다면 그 정도쯤 말꼬리를 잡혔다고 해서 기 막혀 할 필요는 없었을 것이다.

『맹자』의 개권 제 1항의 첫머리는 맹자와 조혜왕과의 문답으로 시작된다.

"먼 길을 일부러 온 것은 필시 우리나라에 이(利)가 되는 것이라도 가르쳐 주기 위함인가?"

혜왕이 먼저 물었다.

"왜 인의를 말하지 않고, 갑자기 '이(利)'를 입에 올리시는 겁니까? 왕이 우리나라의 이익을 입에 담으신다면, 대부는 우리 집(영읍)의 이익을 말하고, 선비나 백성도 이익을 말합니다. 그러면 상하가 서로 이익을 쟁탈하게 되어 나라가 위험하게 됩니다. 전시에 병거 만 대를 낼 수 있는 임금을 죽이는 것은 반드시 천 대의 임금, 천 대의 임금을 죽이는 것은 필경 백 대의 임금일 것입니다. 만에서 천을, 천에서 백을 취하는 것도 매우 많은데 의(義)를 뒤로 하고 이(利)를 우선하면, 그 모두를 취해도 만족하지 못합니다. 게다가 인(仁)이 없어 부모를 버리고, 의가 없어 임금을 뒤로 합니다. 왕은 단지 인의를 말할 뿐 이익을 입에 올려서는 안 됩니다.”

맹가는 답했다. 아니 답한 것이 아니다. 말꼬리를 잡아서 ‘인의’를 광고한 것이다. 그러면 안 된다는 것은 아니다. 광고를 하려면 정정당당하게 했더라면 좋았다는 것이다. 솔직히 ‘인의야말로 나라의 보배(利)입니다.’ 라고 말하면 그만인 것이다.

그럼에도 불구하고 그렇게 하지 않았던 것은 일부러 진부하고 상투적인 수단을 부린 것이다. 모임의 우두머리로서 허세부리는 공연한 방해물이다.

그러나 이 상투적인 수단은 그것이 상투적인 수단인 만큼 알기 쉬우니까 그런대로 괜찮았다. 『맹자』 제6편 ‘고자편(告子篇)’에 가설논적인 고자와의 문답이 수록되어 있다.

“생(生)을 성(性)이라 한다(존재하는 것에는 보편적으로 성이 있다).”

고자가 말했다.

“그 성이라는 것은 예를 들면 대상이 달라도 하얀 것은 하얗다는 것인가?”

맹가는 다짐하듯 물어보았다.

“그렇다.”

“흰 깃털의 백은 하얀 눈의 백이고, 하얀 눈의 백은 흰 구슬의 백이라는 얘기인가?”

“그렇다.”

"그렇다면, 즉 개의 성은 소의 성이고, 소의 성은 사람의 성이라는 게 아닌가?"

맹가는 단정했다. 즉 '생을 성이라 한다'는 것은 틀린 것이다. 그것은 있을 수 없는 일이라고 맹가는 논파했다. 아니 논파한 것이 아니다. 논점을 살짝 바꾸어 고자를 아연케 하여, 말을 못하게 막아 버린 것이다. 맹가는 여기서 또 논의(論議)가 아니라 언쟁에서 이긴 것이다. 일일이 예를 열거하자면 전편을 다 베끼지 않으면 안 될 정도이고, 이 '고자편'이라는 것은 그런 식의 논의로 되어 있다. 즉 맹가는 논의에 있어서 태연히 문제를 살짝 바꾸어 논점을 비껴놓아 전제를 바꾸었다. 그가 탁월한 변론가였다는 비결은 거기에 있다.

그것에 의해서 그는 가장 우수한 사상 변론가로 추대되었다. 그러나 최초로 그를 추대한 사람은, 그다지 재미있지도 않은 농담을 진지한 얼굴로 잘했다.

앞에 막스 베버가 『논어』를 읽고, 이것은 아메리카 인디언 '추장'의 잡담이 아닌가 하고 말했다는 것을 소개했다. 만약 그가 『맹자』를 읽었더라면, 어쩌면 이것은 아메리카 인디언 이들의 말장난에 지나지 않는다고 말했을 것임에 틀림이 없다. 그렇게 말하니 어느 중국의 노학자가 이런 식의 책만 읽었다면, 청나라 말기의 사대부들은 머리가 이상하게 되어 중화제국을 멸망시켰을 것이라고 말했을 것이다.

그것은 그렇고, 맹가와 거의 같은 무렵에 공손 동(公孫童)이라 불리는 형식논리의 연구가가 있었다. 그 유명한 '백마는 말이 아니다'라는 명제를 전국시대에 제공하여 제자백가의 논의를 물 끓듯 일게 했던 장본인이다.

하얀 말이 말이라면 검은 말도 말이다. 그렇다면 백과 흑은 같은 것이 된다. 고로 하얀 말은 말이 아니라고 말했다. 그것이 재미있어서 제자백가는 모이기만 하면 으레 그것을 화제로 삼았다. 그리고 그것에 싫증이 난 춘추전국 최후의 제자백가인 한비자(韓非子)가 그렇다면 그 하얀 말을 데리고 세관을 통과해 봐라, 과세되지 않으면 말이 아니고, 과세당하면 말이라고 단정한 것은 춘추전국시대 일막의 끝부분에 어울리는 이야기이다.

그렇다고 하더라도 형식 논리적으로는 문제가 없는 '백마는 말이 아니다'라고 주장한 공손 동은 후에 궤변가라는 꼬리표를 달게 되고, '하얀 눈의 백이 하얀 옥의 백이라면, 말의 성은 사람의 성이다'라고 말한 맹자는 변론의 대가, 아니 때로는 논리학의 선도자로서 받들어졌다. 과연 역사에는 그러한 진묘한 일이 실현 가능하기 때문에 재미있는지도 모른다.

여기에서 새삼 맹자의 명예를 위해 사족을 붙이지 않으면 안 된다. 그것은 일반적으로 중국 사회에서는 논의의 조리를 왜곡하는 것은 굉장한 악덕이 아니라는 것이다. 사실 그들은 일상적으로는 논의의 장에서 태연히 문제를 슬쩍 바꾼다든지, 논점을 비껴놓아 전제를 옮긴다든지 한다.

그런 연유로 맹자는 중국적인 변론의 달인이라 해야 한다. 게다가 그는 공구(孔丘)보다도 훨씬 정치를 잘 터득하고 있었다. 예를 들면 공구는 그가 존경하고 있던 정자산(鄭子産)법을 기초하여 공개한 정나라의 재상이 겨울날 차가운 강을 맨발로 건너는 농민을 가엾게 여겨, 자신의 수레에 태워 건너게 해주었다 하여 그 '인(仁)'을 칭송했지만, 맹가는 그것을 '소혜(小惠)'라고 비난했다. 일국의 재상은 모름지기 다리를 건설하는 '대덕(大德)'을 베풀어야 한다. 그러한 작은 은혜를 베풀어서는 안 된다고 비판했던 것이다. 그리고 아는 사람은 적지만, 맹가는 지금 유행하고 있는 식도락의 대가였다. 그는 생선보다는 곰발바닥이 얼마나 맛있는가를 말하고, 역아(易牙)를 중화요리의 기본적인 맛을 정한 조미의 원조로서 거명하기를 주저하지 않았다. 역아는 춘추시대의 패왕(霸王) 제환공을 아사시킨 삼귀(三貴)중의 한 사람으로 이전에는 자신의 아이를 통째로 삶아 환공의 식사 상에 올린 사람이다. 그 사람을 맹가는 아무 주저함 없이 맛의 선도자로서 칭찬했다.

어찌 보면 아무것도 아닌 일이지만, 중국 사회에서는 상당히 용기가 필요한 일이다. 식도락의 대가로서 보은을 하겠다는 집념이 강했었던 것일까? 공구라면 당장 그러한 대악당이 무슨 선도자냐고 결코 그 이름을 입에 올리지 않았을 것이다.

맹가가 어느 정도의 기간을 직하에서 보냈는가는 불분명하다. 그러나 그가 학사들의 동아리에 있던 동안, 추측컨대 직하가 시끄러웠으리라는 것은 상상하기 어렵지 않다. 인의를 세상에 베풀지 않으면 안 된다고 맹가는 강렬한 사명감을 품고 있었다. 마찬가지로 그 제각기 개성이 다른 학사들도 각자 정치에는 일가견을 가진 학자나 사상가나 연예인 같은 존대들이었다. 그 수령격인 순간곤에게 느닷없이 논쟁을 걸어온 맹가이기에 당연히 누구에게나 상관하지 않고 논쟁을 벌였다.

아니, 그렇지 않아도 제각기 다른 분야에서 일가견을 가진 학사들이 모이면 자연스럽게 담론이 터져 나온다. 단지 언쟁과 구별하기 어려운 논쟁보다는 상호계발을 도모하여 집단적인 토론회가 형성, 세

미나가 열리는 것은 자연스러운 결과이다.

그러나 학사라고 칭해지기는 하지만, 그들은 제각기 학문을 이룬 뛰어난 인물이다. 아니 처음부터 그들의 주요한 목적은 취직, 사관이었다. 따라서 당연히 취직 정보의 교환이 우선되었다. 게다가 구성원은 고정화되어 있던 게 아니라, 쉴 새 없이 교체됨으로 자연히 직하는 정보교환의 장이 되었다.

그러한 정보교환의 장이 성립될 수 있었던 것은 그들이 각자분야를 달리하는 일가견의 소유자로 서로 경합을 벌이는 경쟁 상대가 아니라, 넓은 의미에서 동료였기 때문이다.

그런데 그 일가견이라는 것은 넓은 의미로는 세상을 다스리는 이치나 치국의 방책이고, 간단히 말하면 정치 처방전이다. 맹가가 내세우는 인의조차 정치의 처방전이었기 때문에 온갖 학설이나 주장, 의견도 처방전이었던 것이다.

그래서 그들은 제각기 치세의 포부나 치국의 방책이나 정치의 처방전을 내세우며 여러 나라를 돌아다녔다. 이들 학자, 사상가, 탤런트가 춘추 말기에 행렬을 이루어 여러 나라를 두루 다니며 사관을 구한 공구와 그 제자들까지를 포함하여 이른바 제자백가(諸子百家)라고 불린다.

즉 제자백가라는 것은 말 그대로 제각기 일가견을 가진 많은(백가) 선생님(제자)을 가리킨다. 원래 정확한 정의가 있는 것도 아니고 그럴 필요도 없다. 그런데 이 제자백가는 송대(宋代) 이후 공구와 맹가 두 사람을 제외하고 유가, 도가, 법가, 묵가, 명가, 종횡가, 농가, 잡가, 음양가의 아홉 파로 분류되었다. 그러나 분류의 기준이 정확하지 않고, 실태에도 맞지 않으며 게다가 모순투성이어서 중시될 가치가 없다. 아니 그것에 정신을 빼앗긴다면 오히려 춘추전국사의 이해를 방해하고 머리가 혼란스러울 뿐이다.

일반적으로 중국의 학자 중에는 기묘한 분류 광이 많고, 게다가 분류 방법이 예를 들면, '기르던 개가 도망가서 야생개가 된 개'를 '개'의 일종에 넣거나, 혹은 동물원 등에서도 다리 하나가 없는(잘라 내버린) 닭을 '쌍각계(雙脚鷄)'로 표시하여 '닭'의 일종으로 세는 등, 묘한 분류를 하기 때문에 제자백가의 분류는 좀 납득이 가지 않아도 눈에 쌍심지를 켜고 노려볼 일은 아닐지도 모른다.

그렇지 않아도 이 정도로 잡다한 인물을 정확히 분류하는 일은 거의 불가능하다. 굳이 억지로 나누기보다는 단순하게 부국강병에 찬성한 자와 반대한 자, 법치에 의한 강제를 시인한 자와 부인한 자, 역사의 변화에 응해 전진한 자와 제자리걸음하여 상황을 바라보며 우회하여 그 옛날 좋았던 시절로 되돌아가려 했던 자, 군사동맹이나 블록 형성을 설파한 자와 비동맹을 주창한 자, 또 군사동맹을 남북으로 맺으려고 획책한 자와 동서로 맺어야 한다고 분주한 자로 구분하는 것이 역사적인 이해를 위해서는 오히려 효과적이다.

그런데 직하에 취직정보센터가 출현함으로 춘추전국에 있어서 정관계(政官界)의 정보전파 양상이 별안간에 전환기를 맞이했다. 유학 일가가 그 집단적인 위력으로 구전 커뮤니케이션 집합명사로서 매스 커뮤니케이션의 기능을 단독으로 담당하고 있었던 바, 제자백가 중 쟁쟁하지만 소속이 없던 제자백가가 비집고 들어온 것이다.

즉, 유학 일가의 독점은 붕괴되었지만, 그 유학도의 무리들을 끌어들여 매체는 비약적으로 그 규모를 확대시키고 사상가들은 엄청나게 그 수를 증가시켰다. 그리고 취직정보센터는 제자백가의 모임으로 활기를 띠었다. 게다가 사상가의 모임이 매체였기 때문에 그 정보전파는 상상을 뛰어넘는 위력을 발휘했다.

그리고 제일 먼저 그 은혜를 받은 것은 제위왕(齊威王)과 그 아들 선왕(宣王)이었다. 여러 나라로부터 직하에 모이고 여러 나라에 흩어져 있던 제자백가의 입을 통해, 제위왕과 선왕은 도량이 크고 선비를 대우하는 도를 알고 있는 현군이라고 평판이 나 순식간에 명성이 높아졌기 때문이다.

세상은 초현빙장의 시대였다. 그 평판이나 명성이 거물급의 지략모사 선비들을 불러들이는 자본이 되었다. 그뿐만이 아니다. 현군이 다스리는 나라에는 농민이 모이고, 도성에는 상인이 운집한다. 그래서 임치는 당대 제일가는 대도시가 되어 번영하고, 농촌도 인구가 늘어 국력을 증강 시켰다.

나아가 명성 그 자체가 실은 일종의 힘이다. 동시에 직하에 떼 지어 모인 제자백가가 역시 일종의 비밀 병기가 되어, 제나라에서는 여러 외국의 침략으로부터 모면할 수 있었다. 즉 제나라 직하를 기지로 하여 정보전달을 행한 제자백가 네트워크의 최초 수익자가 제나라이다. 따라서 위왕과 선왕 부자는 그에 보답하려고 더욱 제자백가를 우대하고 예우했다.

그러나 산전수전 다 겪은 능수능란한 제자백가가 단순히 그러한 약간의 신세에 대한 은혜나 예우에 응하여 열심히 제등을 가지고 다닌 것은 물론 아니다. 그들은 대부분의 경우 서로 받들어서 (의리상 칭찬해 주고 치켜 세워줌) 서로의 가치를 높이고, 또 제나라에서 받은 예우를 밖에 나가서는 극대화시켜 이용했다.

즉 현대의 매스컴 매체와 광고주의 기업이 그렇듯이 제자백가와 나라의 임금들은 우호적인 관계를 유지하고 있었던 것이다.

예를 들면 직하에서 두각을 나타내고 제나라의 조정에서 귀히 여김을 받던 추연이 위나라를 방문했을 때에 위혜왕이 성문으로 직접 마중을 나와 국빈에 대한 빈객의 예를 취했다. 조나라를 방문했을 때에는 재상 평원군(平原君)이 역시 마중 나와 길 중앙을 양보하여 길옆으로 수행했으며, 옷소매로 추연의 자리에 있던 먼지를 떨었을 정도로 예우했던 것이다.

그리고 연나라를 방문했을 때에는 연소왕(燕昭王)이 스스로 정원을 쓸어 깨끗이 한 표시로 비를 손에 쥐고 영접하여 제자의 예를 취해 가르침을 받고, 갈석(碣石: 하북성 소현 서쪽)에 집을 지어 스스로 '스승'을 보살피는 등 진심으로 접대 했다.

추연은 천지를 우러러 '음양의 소식' 즉 생성변화의 묘를 안다고 하여, 중국은 그 이름을 '적현신주(赤懸神州)'라 하고, 천하의 불과 81분의 1을 점유하는 데 지나지 않는다는 등 그윽하고 조예가 깊은 천문지리를 설파해서 사람들을 취하게 한 인물이다.

하지만 그 설교를 이해할 수 있는 사람은 그 어디에도 없었을 것이다. 그렇다면 고마운 일인지도 모르지만, 그러나 여러 나라의 임금이나 재상이 그를 빈이나 스승으로서 예우한 것은 원래 그 설교에 심취했기 때문이 아니다. 분명히 예우의 대가로서 평관을 높이고 명성을 천하에 넓히려고 하는 것을 기대했던 것이다. 이리하여 초현빙장의 시대는 부수적으로 제자백가의 황금시대를 구축했다. 그리고 이 미증유의 황금시대는 전국시대 말기까지 계속되었다.

그러나 그 시초가 된 제위왕의 네트워크 방식과는 전혀 다른 방식으로, 진나라의 효공(孝公)은 그 정통으로 핵심을 찌르는 지략모사의 한 방법으로, 훌륭하게 초대형급의 거물 상앙을 얻었다.

　상앙은 공손 앙 또는 상군으로도 불리어지는데 그의 출현으로 진나라는 믿기 어려울 정도로 강대해지고 전국의 형세는 일변한다.

제47장
설상가상(雪上加霜)

상앙은 위나라 공실의 혈통을 이어받은 서공자(庶公子)이다. 어려서는 형명(形名)의 학문(실증적인 법치)을 배우고, 성장해서는 위나라 재상 공숙좌(公叔座)에게 몸을 의탁했다. 소위 사인(舍人)으로 사인이라는 것은 권문세도가에서 봉사하면서 조정으로 임관할 날을 기다리는 관료 후보생을 말한다.

상앙은 공숙좌 저택에서 사인으로서는 간부인 중서자(中庶子)로 근무하고 있었다. 그러나 천거의 기회를 얻지 못한 채 공숙좌는 급병으로 쓰러져 위독한 상태에 이르게 되었다. 이때 위혜왕(魏惠王)이 병문안하러 왔다가 재상의 후계 인사를 의논하게 되었다.

"좀 더 빨리 천거했으면 좋았겠지만, 신하의 중서자로 공손 앙이라 칭하는 인재가 있습니다. 아직 나이는 어리지만 국정을 맡기면 사직의 안녕은 물론 반드시 우리 위나라의 위광을 천하에 빛내줄 것은 의심할 여지가 없습니다."

공숙좌는 상앙을 자신의 후계자로서 별안간 천거했다.

그러나 혜왕은 관심 없다는 듯이 한 귀로 흘려들으면서 자리를 뜨려고 했다. 이에 공숙좌는 혜왕을 만류하며 사람 부리는 방법을 얘기했다.

"만약 공손 앙을 등용하시지 않으실 거라면 그를 살려두어서는 위나라를 위해 아니 됩니다. 외국으로 내치시면 꼭 위나라에 화가 될 것입니다."

라고 공숙좌가 말했다.

"그런가? 알았소."

위혜왕은 대답하고는 떠났다. 혜왕이 떠나자 곧 공숙좌는 상앙을 불러 혜왕과의 대화를 있는 그대로 상앙에게 알려주었다.

"그런고로 위나라에 머물러 있어서는 위험하다. 한시라도 빨리 아니 성문이 닫히기 전에 즉시 성을 빠져 나가거라."

공숙좌는 말했다.

"아닙니다. 얼마간은 이 저택에 머물겠습니다."

"그건 안 된다. 나의 최후를 지켜보고 이별을 고한 후에 떠나려는 마음이겠지만 지금은 그런 의리를 따질 경우가 아니다."

"그렇게 말씀하셔도 여기서 서둘러 도망쳐 나간다면 남자의 체면이 말이 아닙니다. 쾌유되실 때까지는 여기를 떠나지 않겠습니다. 그리고 천거해 주셨는데도 임금께서 관심을 보이지 않으신 것은 제가 경시되고 있기 때문입니다. 그렇게 경시하고 있는 자를 설마 일부러 죽이지는 않겠지요."

라고 상앙이 말했다. 공숙좌는 잠자코 고개를 끄덕이더니 이윽고 숨을 거두었다.

그 1개월 후에 상앙은 위나라의 도성 안읍을 떠났다. 그리고는 곧바로 진(秦)나라로 들어갔다. 진나라에서는 효공(孝公)이 즉위하여 아직 체제가 정비되어 있지 않은 상태였다. 21세 약관의 나이로 임금의 자리에 오른 진효공은 즉위하자마자 '초현(招賢)의 령(令)'을 발표했다. 상앙은 그 소문을 듣고 진나라로 온 것이었다.

진나라의 수도 낙양(洛陽)에 들어온 상앙은 효공의 총신(寵臣) 경감(景監)의 사인이 되었다. 경감은 1년여에 걸쳐 상앙을 면밀히 관찰하고는 효공에게 천거했다.

그러나 상앙을 접견한 효공은 상앙의 이야기를 들으면서 졸기 시작했다. 그리고 상앙을 물리고 나서 경감을 불렀다.

"굉장한 사람이라고 해서 만나 보니 별것도 아니질 않느냐?"
하고 효공은 경감을 질책했다. 꾸중을 들은 경감이 상앙에게 역정을 냈다.

"도대체 어떤 이야기를 올렸느냐?"

"제왕의 도를 설파했습니다. 그것이 마음에 드시지 않은 것 같습니다."

"왜 보통 그대가 주장하던 바를 말씀드리지 않고?"

"진나라의 임금 전하의 기량을 알아본 것입니다."

"무슨 얘기를 하고 있느냐? 무례하게. 그런 실례되는 말은 입 밖에 내는 게 아니다."

"아닙니다. 새도 가지를 선택하여 둥지를 틀지 않습니까? 선전도 중요하지만 그전에 신하도 군주를 택할 권리가 있습니다. 그런고로 이다음에는 왕도를 말씀드릴 테니 부디 기회를 만들어 주십시오."

상앙은 조금도 기죽지 않고 말했다.

효공은 다시 상앙을 접견했다. 이번에도 효공은 하품을 하면서 상앙의 변을 들었다. 그 일이 끝나고 나서 경감이 불려가 전과 마찬가지로 꾸중을 들었다.

"이 다음에는 패도(霸道)를 강독하겠습니다. 이제 질책 받으실 염려는 없습니다. 부디 다시 한 번 기회를 만들어 주십시오."

상앙이 다시 한 번 경감에게 부탁을 했다.

그리고 열흘 후에 상앙은 다시 알현을 허락받았다. 과연 상앙의 이야기를 열심히 귀담아 들으면서 효공은 자기도 모르는 사이에 무릎걸음으로 조금씩 조금씩 상앙에게로 접근했다. 이어 상앙이 물러나고도 효공은 생각에 잠겨 경감을 불러들이질 않았다.

안절부절 하면서 기다리고 있던 경감에게 상앙이 미소를 띠면서 돌아 왔다.

"잘하고 왔습니다. 이제 기회를 만들어 주실 필요는 없습니다. 내일 아침 일찍 저를 부르는 사자가 올 것입니다."

상앙은 가슴을 펴며 경감에게 보고했다.

다음 날 아침, 예기한 대로 상앙은 궁정으로 불려 들어갔다. 그리고 해 질 무렵까지 효공에게 부국강병의 도를 설파했다.

또 그 다음 날도 상앙은 부름을 받았다. 이번에는 진나라 조정의 실력자 감용(甘龍)과 두지(杜摯) 두 대부가 동석했다. 상앙이 제시한 부국강병의 정책을 실시하려면 '변법(變法)', 즉 제도와 기구를 개혁하지 않으면 안 된다. 그것을 자문하기 위함이었다. 원래 효공은 이미 변법의 의미를 가슴에 간직하고 있었다.

"법을 개혁하고는 싶으나, 천하의 물의를 빚게 되지는 않을까 그것이 걱정이오. 어떻게 생각하는가?"
라고 효공이 물었다.

"실행을 주저하면 이름을 이루지 못하고, 일을 의심하면 공을 세울 수 없습니다. 고매한 행동은 원래 세상의 의론을 불러 일으켜 비난을 받게 되어 있습니다. 독창적인 견해는 반드시 비방을 면할 길이 없습니다. 우매한 자는 물정에 어두워서 일이 성사되어도 그 뜻을 깨닫지 못하고, 지혜 있는 자는 일이 성사되기 전에 그것을 먼저 살필 수 있습니다. 백성은 모두 일이 성사되고 나서의 성과를 즐길 수는 있어도 그 시작을 함께 심사숙고 할 수는 없습니다. 지덕을 논하는 자는 세속에 부화(남의 의견에 까닭 없이 붙좇음)하지 말고, 큰 공을 이루려 하는 자는 대중에게 의견을 구할 필요는 없습니다. 그래서 군주는 오로지 나라를 강하게 할 뿐으로 그 옛 기준에 따를 필요는 없습니다. 모름지기 백성에게 이익이 되게 할 뿐 그 예에 따를 필요는 없습니다."

라고 상앙이 말했다.

"좋소."

효공이 수긍했다. 그러나 감용이 반론을 제기했다.

"성인(聖人)은 사회를 바꾸지 않고 가르치며, 현자는 법을 바꾸지 않고 백성을 다스립니다. 백성은 있는 그대로 가르치면 힘들지 않게 성공하고, 법에 의해서 다스리면 관리는 익숙해지고, 백성은 평온을 누릴 수 있습니다. 법을 바꾸어서는 안 됩니다."

"아니, 그것은 세속적인 말입니다. 확실히 사람은 관습에 안주하고, 세상의 학자들은 늘 들어 익숙한 것에 침전합니다. 그러나 그것 가지고는 법을 고수하자는 의견으로는 충분하지 않습니다. 그러면 법을 발전시킬 수 없습니다. 소위 3대(하·은·주 왕조)는 예를 달리해서 왕이 되었고, 오패는 법을 달리하여 패를 장악했습니다. 지혜로운 자는 새로이 법을 만들고, 우매한 자는 옛 것을 제정하며, 현명한 자는 예를 갱신하고, 어리석은 자는 그에 구애됩니다."

라고 상앙이 반론했다. 이어 두지가 끼어들었다.

"바꿈으로 해서 이익이 백배되는 것이 아니라면 예전의 법을 바꾸어서는 안 되고, 공이 열배가 되는 것이 아니라면 제도를 자꾸 뜯어고쳐서는 안 됩니다."

라고 변법에 반대를 표명했다. 상앙이 또 반론했다.

"옛날에는 가르침이 모두 같지 않았는데 모두 옛 것을 따르자는 것입니까? 옛 제왕은 모두 죽어서 돌아오지 않습니다. 모두 예를 따라야 합니까? 정치는 모두 도(道)를 하나로 하지 않으면 새로운 나라를 왕시(往時)에 따르게 할 수는 없습니다. 그 옛날 탕왕(湯王)과 무왕(武王)은 옛 것에 따르지 않고 은·주 왕조를 세우고, 하(桀王)와 은(紂王)은 예를 바꾸지 않아 망했습니다. 옛날에 거스르는 것을 가지고 '아니다'라고 해서는 안 됩니다. 예를 따르는 것은 '좋다'고 만은 할 수 없습니다."

"알았소. 과연 옹색한 마을에 괴이한 일이 많고, 뒷골목의 초라한 집들이 들어선 막다른 골목에 소문이 끊이질 않고, 왜곡된 학문에 괴변이 많다고 했소. 어리석은 자의 웃음은 지혜로운 자를 슬프게 하고, 미친 자의 즐거움은 현명한 자의 근심이라는 말은 자주 거론되어 오는 말이오. 이제 천하에 물의를 일으킬까 따위에는 신경 쓰지 않겠소. 변법을 단행하기로 하지."

효공은 변법을 재가(裁可)했다.

그리고 이미 상앙의 손으로 완성된 '변법의 령'을 발포했다. 동시에 그것을 통할하여 집행하기 위해서 상앙을 좌서장(左庶長)에 임명했다.

변법령을 정식으로는 '간초령(墾草令)'이라 한다. 초라는 것은 황무지를 가리키기 때문에 직역하면 황무지를 개간한다는 의미이다. 그 간초령은 290개 조로 되어 설명이 붙어 있고, 각 조의 끝이 '즉, 초(황무지)는 간척되느니라.'로 되어 있기 때문에 그렇게 불렸다. 그 연결 단어는 문장의 리듬을 맞추기 위한 것이지만, 거기에는 부국강병의 집념이 내포되어 있다.

제1조: 백성의 청원이나 신청 등의 서류는 관서에서 하루도 묵히지 말고, 당일 중으로 반드시 처리할 것.
따라서 아관이 백성들에게 뇌물을 요구할 틈을 주지 말고, 서류를 차례차례 돌려서 일을 지연시켜 부정을 서시르는 것을 방지하기 위함이다. 그러면 농민은 수고와 금품을 빼앗기지 않고, 농경을 방해 받지 않게 된다. 이리하여 농민에게 다음 날 시간이 있으면 즉, 초는 간하게 되느니라.

제2조: 납세는 일률적으로 곡식 조로 물납하고, 세율을 일정하게 하여 고지할 것.
따라서 농민은 납부해야 할 조의 양을 알고, 관은 부정을 저지르지 못한다. 그렇게 되면 즉 초는 반드시 간하게 되느니라.

제3조: 항간에서 얻은 세력을 갖고 벼슬을 내리지 말고 관으로 자처하지 말 것.
따라서 학문 언변에 의해 항간에 얻은 명성과 외교로 얻은 세력을 묵살하면 백성은 농업을 천시하지 않게 된다. 따라서 초는 반드시 간하게 되느니라.

제4조: 녹봉이 높아 봉읍의 세금이 많은 집은 그 부양 식객의 수에 따라 세금을 중하게 하여 역을 부과할 것.

따라서 정상적인 직업이 없이 떠돌이 생활을 하는 식객을 거주할 장소를 마련해서 그들을 농경으로 흡수하게 한다. 그러면 즉 초는 간하게 되느니라.

제5조: 상인은 곡물을 매점, 투기하지 말고, 농민은 시장에 곡물을 팔아서는 안 되며 국가의 매수에 따라야 한다.

따라서 정부의 평적 (곡가조정)에 따르면, 상인은 폭리를 취하지 않고 농민은 곤궁하지 않게 된다. 이로써 이익이 오르지 않으면 상업도 농업으로 전환하여 백성은 농업에 정진, 즉 초는 반드시 간하게 되느니라.

제6조: 각 향토음악, 무용이 현내에 퍼져 타현으로 옮겨가는 것을 허용하지 않는다.

따라서 백성은 휴시 그로 인해 마음이 혼란스럽지 않고 마음을 편하게 할 수 있다. 그에 마음을 빼앗기지 않으면 농민은 악습에 물드는 일이 없다. 즉 초는 반드시 간하게 되느니라.

제7조: 경대부의 가장은 함부로 집을 개축해서는 안 된다. 가사일로 많은 사람의 일손을 고용해서는 안 된다.

따라서 권세 있는 집 자제라 해도 무일도 않고 앉아서만 먹을 수는 없으며, 아울러 일하게 하여 식객은 기식할 곳이 없다. 따라서 즉 초는 반드시 간하게 되느니라.

제8조: 여관을 없애 표류민에게 주식할 곳이 없게 할 것. 따라서 간음하여 초조한 마음이 된 악덕한 무리가 농민을 대신하여 농경을 문란케 하는 일을 막고, 그들을 농경에 취직시키면 먹을 걱정은 덜게 된다. 이리하여 즉 초는 반드시 간하게 되느니라.

제9조: 국유의 산림지소(山林池沼)로부터 임의로 나무를 베거나, 짐승과 고기를 잡아서는 안 된다.

따라서 많은 이익을 얻게 되면, 농업을 경원시하여 밭을 일구지 않는 자가 많아진다. 먹을 것을 얻을 곳이 없게 만든다. 이로 인해 즉 초는 반드시 간하게 되느니라.

제10조: 술과 고기의 값을 비싸게 하고 세금을 무겁게 하여 분수에 넘치는 생활을 못하게 할 것.

따라서 술의 판매가격을 원가의 십 배로 하여 백성들이 술에 취하여 붉은 얼굴로 돌아다니지 않도록 하고, 대신들의 포식여흥을 없게 하면 대신은 국정을 게을리 하지 않을 것이며, 백성은 태만하지 않을 것이다. 이리하여 즉 초는 반드시 간하게 되느니라.

제11조: 형을 무겁게 하여 죄를 연좌시켜 경내에 바르지 못하고 불량한 백성이 없게 할 것.

따라서 포악한 백성의 사투(私鬪), 망민(妄民)들의 쟁투, 게으른 백성들의 떠돌이 생활, 악한 백성들의 모반 등을 없애면, 즉 초는 반드시 간하게 되느니라.

제12조: 백성들이 제멋대로 거주지를 옮기는 것을 허용하지 않고, 농경을 문란케 하는 자를 주살하여 우매한 백성들의 마음을 소요케 하는 요인을 없앨 것.

따라서 농민을 우롱하는 자의 출몰을 막고, 농촌을 조용하게 하여 농민의 마음을 하나로 모으면, 즉 초는 간하게 되느니라.

제13조: 지정토목(地政土木)을 담당하는 관리는 경대부의 적자(嫡子)를 제외한 여러 서자(庶子)에게 그 세대 서열에 따라 용역을 할당하고, 그 책임을 엄하게 하여 상응하는 봉록을 정할 것.

따라서 경대부의 후손이 떠돌이 생활을 하면서 사대부집을 출입해서 대관(大官)을 사냥하는 폐습을 끊고, 세상을 공평하게 하면, 즉 초는 반드시 간하게 되느니라.

제14조: 대신, 모든 대부는 쓸데없는 학문(견문광전)에 힘쓰지 말고, 언변을 자랑삼아 농하지 말 것.

따라서 나쁜 모범을 백성들에게 보이지 않으면 백성들은 애석하게도 농경을 떠나 배움에 힘쓰려는 자는 없다. 이리하여 초는 간하게 되느니라.

제15조: 군시(軍市)에서 여인은 장사를 하지 말고, 병기나 양식을 파는 자도 또한 출입을 허용하지 말 것.

따라서 병기나 양식을 훔치는 자에게 파는 것을 금하며, 군 양식을 수송하는 자도 또 부정을 못하게 할 것. 고로 간교한 무리들이 군시에서 소굴을 이루지 못하도록 하면 농민은 침해받지 아니한다. 따라서 즉 초는 반드시 간하게 되느니라.

제16조: 모든 현은 그 행정 방식을 통일하고 각 현의 특수성을 폐지하여, 관원이 부정을 저지르는 일이 없게 할 것.

따라서 관이 그 부정을 가장하여 악을 은폐하는 것을 막으면, 또 후임자가 전임자의 부정을 들추어내는 것이 쉽고, 퇴임 후에도 그 죄를 추적할 수 있다. 그러면 관속(부하)의 수가 적어지고, 일은 잘 진척되고, 백성 또한 수고를 덜게 된다. 이리하여 농경에 여유가 있으면, 즉 초는 반드시 간하게 되느니라.

제17조: 관문과 시장에 세금을 무겁게 하여 상인의 운영에 압력을 가하게 할 것.

따라서 상인의 교활함을 미워하고, 그 폭리를 질투하는 농민의 마음을 평정한다. 게다가 상인을 몰아붙여 귀농을 권장한다. 그렇게 되면 즉 초는 반드시 간하게 되느니라.

제18조: 상가(商家)는 그에 따르는 자(종업원)에게만 의지하여 장사를 하고, 그 하인배 무리들의 출입을 반드시 등기(登記)시키고, 또한 부역을 가할 것.

따라서 상업의 수고를 많게 하여 규모를 억제하고, 농민의 이익을 감하는 것을 적게 하는 것이다. 그렇게 되면 즉 초는 반드시 간하게 되느니라.

제19조: 부곡을 운반하는 자에게 개인적으로 운임을 받는 것과 돌아오는 길의 빈차에 개인적인 짐을 싣는 것을 금하고, 정해진 양을 넘게 적재시키지 말 것.

따라서 민첩한 수송을 도모하고 농민에게 해가 될 만한 요인을 없애는 것이다. 때문에 즉 초는 반드시 간하게 되느니라.

제20조: 관리에게 청탁하여 죄인에게 음식물을 넣어주는 행위를 금하고, 아울러 죄인을 고립무원하게 할 것.

따라서 간음을 하면 예상외로 죄가 크다는 것을 깨닫게 하여 농업으로 돌아오는 길 외에는 달리 살아갈 방법이 없게 할 것.

이상 20개 조가 이른바 '간초령'이다. 아무래도 놀랄 만큼 경상중농(輕商重農)주의를 표방하고 있다. 그러나 이 시대에는 시비를 가릴 것 없이 부국의 방책을 달성하려는 당연한 정책이다. 그런 것뿐만이 아니라 중농은 강병을 위해서도 양자는 연동하기 때문에 때놓을 수 없을 만큼 필요한 정책이었다. 농민이야말로 정말로 대부분이 유일한 병원(兵源)이었기 때문이다.

그러나 간초령은 융숭한 농민보호와 용의주도한 농경장려에도 불구하고 예기했다고는 하나 시행 당초에는 농민들에게도 극심하게 평판이 나빠 반대의 소리가 높았다. 농민들은 확실한 이유나 근거가 있어서 반대한 것이 아니고, 그 전대미문의 법률에 단지 당황했을 뿐이었다. 과연 3년 세월이 흐르자 농민은 풍요롭게 되고, 이번에는 손바닥을 뒤집듯이 상앙을 구세주처럼 숭상했다.

그것을 지켜본 후 상앙은 강병책을 추진했다. 그러나 농경조차 괴로운 가업이었지만, 병역은 그것보다 더 괴로움에 찬 인과의 업이었다. 아니 전쟁터는 될 수 있는 한 누구나 피해 가고 싶은 수라장이었다.

그것을 상앙 자신은 누구보다도 잘 알고 있었다. 따라서 강병책을 추진하는 데에 상앙은 이만저만 궁리를 하지 않으면 안 되었다.

'이녹관작(利祿官爵), 박출어병(博出於兵), 무유이시야(無有異施也)'라는 것이 그것이었다. 전공에 의해서만 이녹관작을 부여하고 그 이외에 이녹관작을 얻는 길을 모두 폐쇄시켰던 것이다.

상간에서 입신출세하여, 아니 한 사람의 몫으로 얼굴을 내밀고 싶어도 그러기 위해서는 전쟁터에서 전공을 세우지 않으면 달리 방도가 없도록 한 것이었다.

게다가 그 전공이라는 것이 극히 구체적이다. 적의 수령급을 하나 올렸다면 작위 1급을 준다는 식으로 철저했다. 수령급이라는 말은 이 '일수 일급'에서 유래한다. 따라서 전공이 없는 자는 가령 종실이라 해도 가차 없이 작위를 박탈했다.

또 존비작질(尊卑爵秩)의 등급에 따라 봉전(封田)과 저택의 크기를 정하여 노골적으로 차별을 두었다. 그리고 노비의 수나 의복을 규정하여 전공이 있는 자를 크게 상을 주어 칭송했다.

이리하여 전공이 없는 자는 가령 신분이 높은 귀족이라도 혹은 어느 만큼의 부유한 상가일지라도 모양새 좋게 출세할 수 없게 만들어 놓은 것이었다. 즉, 작위를 존경하는 사회적인 분위기를 쌓아올리고

'귀귀(貴貴)' 즉 귀를 귀히 여기는 사회적인 기풍을 조성했다.

그 기풍의 기운을 타고 진나라 병사들은 전쟁터에 임하여 굶주린 늑대가 고기를 만난 것과 같이 적진으로 돌진할 수 있었다.

그렇다고는 해도 고기를 본 굶주린 이리가 얼굴색을 바꿀 정도로 진나라 병사들이 이녹관작만을 탐하여 용맹하게 싸웠던 것은 물론 아니다.

즉 철저한 스파르타식 교육이 있었기 때문이었다.

"네가 방패를 지고 돌아오겠느냐? 아니면 방패가 너를 짊어지고 오게 하겠느냐?"

스파르타인은 자녀를 이런 식으로 교육하여 전쟁터에 보냈다고 한다. 그러나 진나라 백성들은 그것보다 더욱 심하여 섬뜩하기까지 했다.

"부득(不得), 부반(不返) - 적의 우두머리를 잡아라. 잡지 못하면 돌아오지 말거라."

라고 하며 그들은 자식을 전쟁의 아수라장으로 내보냈던 것이다. 아니 그것뿐만이 아니다. '연좌법'에 따라 병사들이 만약 법을 버리고, 령을 어기면 친형제는 물론 마을 사람들까지 벌을 받지 않으면 안 되었다. 그러나 병사들이 만일 그것을 뒤돌아보지도 않고 탈주를 기도하여도 넓은 진나라의 영내에는 간초령에 의해 도망쳐 은둔할 곳이 없었다. 문자 그대로 천하에 몸을 숨길 곳이라고는 없었다.

물론 법의 집행의 엄격함은 군법뿐만이 아니었다. 게다가 오로지 백성만이 대상은 아니었다. 모든 공족은 말할 것도 없고, 태자조차도 법을 어기면 용서 없이 처벌당했다.

진효공 12년(기원전 350)에 효공은 상앙의 진언을 받아들여, 낙양(櫟陽)에서 함양(咸陽)으로 천도했다. 낙양은 35년 전에 옹(雍)으로부터 천도해 왔던 곳이다. 그래서 태자 사(駟)가 천도에 반대하여 동궁을 함양으로 옮기는 것을 거부했다. 즉 태자 사는 천도령에 위반한 것이었다.

법을 어긴 태자 사는 '근신 10일간'의 벌을 받았다. 연좌법에 의해 태자의 보좌관인 공자 건(虔)은 보좌를 잘 하지 못한 죄를 물어 '좌로(坐牢) 10일간'에 처해졌다. 스승인 공손 가(公孫賈)는 교육의 죄를 물어 경형(黥刑: 이마에 먹물로 뜸을 뜨는 형)에 처해졌다.

그 후 공자 건은 다시 죄를 범해 의형(劓刑: 코를 베는 형)에 처해졌다.

게다가 상앙은 태자나 공자를 처벌하여 법을 준수했을 뿐만 아니었다.

명군은 법에 의해 나라를 다스려야 한다. 법을 버리고 자의대로 맡겨두면 나라는 반드시 문란해진다. 잠시라도 법을 잊어서는 안 된다. 즉 명군을 원하면 법에 의해야 한다며 군주에게도 법을 지킬 것을 요구한 것이다.

왜냐하면 법은 이른바 척도나 저울로 나라의 기준을 이루며, 군주는 그 눈금을 읽는 존재이지만 저울 그 자체는 아니기 때문이다.

그리고 태자나 공자를 처벌한 것은 그 저울에 정해져 있던 상벌이 '부실소원 부사친근(不失疏遠 不私親近)' 즉, 소원한 자와 친근한 자를 차별해서는 안 되기 때문이다.

무릇 '형자의지본야(刑者義之本也)'로 형은 의(질서)의 기본이기 때문이다. 그리고 엄형을 과하는 것은 '자형이거형(藉刑以去刑)' 즉, 형을 빌어서(집행함으로) 형을 없애기(범죄를 없애는) 위함이다.

그 때문에 '상즉필다 위즉필엄(賞則必多 威則必嚴)' 즉, 상은 반드시 많아야 하고, 벌은 반드시 무겁게 하지 않으면 안 된다. 왜냐하면 상이 적어서는 받은 사람에게 이익이 적고, 벌이 가벼워서는 받은 사람에게 해가 적어서 본래의 목적을 이루지 못하기 때문이다. 그렇게 믿어 상앙은 '상후이신 형중이필(賞厚而信 刑重而必)'을 단행했다. 문자 그대로 상을 많게 하고 벌을 무겁게 행한 것이다.

또 상앙은 저 이리(李悝)의 『법경』을 가지고 진나라로 들어왔다. 그것을 다듬어서 상앙이 진나라의 법을 기초했음에 틀림이 없다. 그래서 그것이 후에 『진율』이라 칭해졌고 후대의 법체계의 기초가 되었다.

제48장
무사안일은 기를 꺾는다

상과 벌을 똑같이 중하게 여기는 신상필벌(信賞必罰)에 의한 수법과 전공을 바탕으로 한 관록 수여에 의한 사회기풍을 조성하면서 '중농정병(重農精兵)'을 추진한 진나라의 부국강병책은 간초령이 시행된 지 5년째에는 놀라울 만큼 큰 성과를 올렸다.

그리고 진효공 8년, 진나라는 그 성과를 천하에 알리기 위해 위나라로 출병했다. 과연 진나라 병사들은 '고기를 본 굶주린 늑대'처럼 적진을 향하여 앞을 다투며 나아갔다. 그리고 눈 깜짝할 사이에 위나라 군사를 원리(元里)에서 멸망시키고 소량성(小粱城)을 함락시켰다.

이 싸움에서 '참수 7천'을 처치한 위나라 군사의 머릿수가 기록되어 있다. 일수일급 규정에 의해 그것을 기록할 필요성이 생겨난 것이다. 덧붙여서 사서(史書)를 보면 진나라 전기(戰記)에는 이 이후 다른 나라에는 없는 '참수' 숫자가 기록되어 있는 것이 관심을 끈다. 아마도 전과를 과대선전하기 위함이었을 것이다.

그런데 앞에서 언급했지만, 진나라가 낙양에서 함양으로 천도한 것은 그 이듬해였다. 그리고 천도를 기화로 상앙은 중심가에 커다란

문을 만들어 거기에 법령을 공포하여 '법치'를 내걸었다. 동시에 제2차 개혁을 꾀했다.

그때까지 진나라 각 가정에서는 대가족이 큰 방에서 혼숙하고 있었다. 이 바람직하지 못한 것을 없애기 위해 먼저 큰 방에 칸막이를 하게 했다. 그리고 남자 형제가 두 명 이상 있는 집에는 분가를 명하여 분가한 가족을 인구가 적은 지방으로 이주시켰다.

각 지방에 거점을 만들고 각각 주변 향읍을 합병하여 현을 편성하고, 현령(縣令)과 현승(縣丞: 현령보좌)을 두어 업적을 경쟁시켰다. 그렇게 함으로써 전국에 새로운 31현이 생기게 되었다.

동시에 전국의 농지를 다시 측량하여 지적부를 고치고, 그것을 바탕으로 세율을 정하고 세제를 개혁했다.

이어서 전국의 도량형을 통일했다. 나아가 다른 나라, 특히 삼진(三晉)에서 병역 면제와 일정기간의 면세를 조건으로 농민을 유치하여 진나라의 광대한 토지를 개간했다. 그리고 이들 타관 농민에게는 좁쌀을 공납시켜 공납하는 좁쌀 양에 따라 작위를 주었다. 나아가 희망자에게는 귀화를 허락했다. 그와 같은 새로운 여러 가지 개혁으로 진나라는 국력을 더욱 비약적으로 증강시켰다.

진효공(秦孝公) 18년(기원전 344) 요청하지도 않았는데 낙양의 천자(주현왕)가 무슨 생각을 했는지 별안간 칙사를 함양으로 파견하여 진효 공을 백작으로 봉했다. 진효공은 깜짝 놀랐으나 상앙은 쓴웃음을 지었다. 아니 그뿐만이 아니라 진효공의 서작(敍爵)에는 엉뚱한 사건이 전개 되어 있어서 흥을 돋우었다.

그때까지 중원 여러 나라는 진나라를 촌놈 취급하고 있었다. 아니 이전까지 진나라는 오랑캐 친척 정도로 취급을 받은 적도 있었다. 그런 중원 여러 나라의 군주들이 줄을 지어 함양에 나타난 것이었다. 물론 효공의 서작을 경축하기 위해서였다. 앞으로 친하게 지내고 싶다고 손을 내민 것이었다. 결국은 진나라의 '힘'에 경의를 표한 것이었다. 그러나 어쨌든 이 세상은 뜻대로 되지 않는 것이어서 한 동아리로 승인했을 때에는 그 동아리는 이미 놀랄 만큼의 강적, 그것도 중원 여러 나라가 다 뭉쳐도 이길 수 없을 정도의 대적으로 변모하고 있었다.

사실 강대해진 진나라의 출현으로 그때까지의 '천하삼분'의 형성은 붕괴되고, 중원 여러 나라는 진나라에 저항하기 위해 남방에 있는 초나라를 중원에 가담시키지 않으면 안 될 지경이 되었다. 그리고 천하는 동과 서, 진나라와 초나라를 포함한 중원 6대국으로 양분되었다.

그 무서운 강국의 맨 먼저 표적이 된 것은 원교근공(遠交近攻)의 이치에 따라 위나라였다. 그보다 위나라가 영유하고 있던 황하 서쪽 땅 즉, 서하(西河)는 진나라에게는 눈에 가시였던 것이다. 틀림없이 서하를 병탄(倂吞)하면 진나라는 황하를 사이에 두고 위나라와 국경을 접하게 되니까 국방은 수월해지기 마련이었다.

그리하여 진효공 22년, 진나라는 서하로 출병했다. 그 해는 제선왕(齊宣王) 3년이므로 제나라 군사가 마릉(馬陵)에서 위나라 군사를 무찌르고 손빈이 방연으로 하여금 자결하게 했던 다음 해이다. 따라서 위나라 군사에게는 마릉 싸움에서 받았던 상처가 아직 남아 있었다. 게다가 중원에서도 대국인 제나라가 위나라를 지원해 줄 기색도 없었다.

그뿐만 아니라 진나라가 위나라로 출병하자 무슨 심사인지 제나라는 조나라와 의논, 출병하여 반대로 위나라를 토벌하기로 꾀하는 진나라 군대에 가담했다. 원래 위나라를 치고자 진나라에 가담한 것은 아니었다. 제·조 두 나라는 소문으로만 듣고 있던 진나라 군사의 싸우는 모습을 정찰하기 위한 것이었다.

하여튼 상앙이 5만 군사를 이끌고 서하를 침입했다는 보고를 받은 위 혜왕은 급히 군사회의를 열었다.

"뜨는 해와 같은 진나라 군사와 정면충돌을 한다는 것은 말도 아니 됩니다. 먼저 강화를 신청하고 만약 적이 응하지 않으면 후퇴하여 성을 철석같이 지키고 그런 다음 한나라와 초나라 두 나라에 원군을 요청함이 옳은 줄 압니다."

공자 앙이 진언했다. 공자 앙은 안읍에 살았을 때, 상앙과 우의가 두터웠다. 위혜왕은 망설이지 않고 공자 앙의 진언을 받아들였다. 그리고 어차피 강화를 청할 바에는 그것을 진언한 공자 앙을 내세우는 것이 좋을 듯싶어 그를 서하 지원군 장군으로 임명했다.

공자 앙은 5만 군사를 인솔하고 서둘러 서하로 향했다. 안읍을 떠난 공자 앙 휘하의 위나라 군사는 황하를 건너 서하에 들어가 오성으로 직행했다. 오성은 전에 서하에서 태수를 지낸 오기(吳起)가 지은 성으로 그 이름을 따서 그렇게 부르고 있었다. 규모는 그다지 크지는 않지만 난공불락의 명성이었다.

서하로 침입한 진나라 군사는 먼저 국경 부근에 있는 위나라 군사의 성채(城砦)를 샅샅이 뒤지면서 오성으로 향했다. 그리고 공자 앙 휘하의 위나라 군사가 오성으로 입성한 그 다음 날 성 아래에 도착했다.

오성에 입성한 공자 앙은 성 점검을 마치자 상앙에게 강화의 뜻을 전하는 서신을 썼다. 그러나 그것을 전하기도 전에 진나라 군사가 성문에 모습을 나타냈다. 성문은 열리지 않고 성벽에 줄사다리가 내려졌다. 진나라 군사는 그 사다리에 매달려 성벽을 기어올라 성으로 들어갔다. 적이 눈앞에 있을 때는 어떤 경우이건 장군의 명령이 있기 전에는 성문을 열어서는 안 된다는 오기의 말이 그때까지 남아 있었던 것이다.

그 군사가 공자 앙 앞으로 보낸 상앙의 친서와 함께 지참한 진나라 특산물인 약재 한우(旱藕)와 사향(麝香)을 공자 앙에게 진상했다.

안읍에서 파견된 지원군의 장군이 그대임을 알고 매우 난처한 바이다. 다른 사람이라면 절대로 살려 보내지 않겠지만 그대와는 싸우고 싶지 않다. 그래서 이 싸움은 후일을 기약하기로 했다. 그러나 아무 말 없이 병사를 철수시킬 수는 없는 노릇이다. 오랜만에 잔을 주고받으면서 형식상 강화를 맺고 싶은데 어떨지? 이의가 없다면 일단은 옥천산(玉泉山)에서라도 회의를 열고 혈맹하여 병사를 철수시킬까 한다. 다시 다짐을 하는데 이번에는 병사를 철수하지만 언젠가는 꼭 재출병할 것이다. 그때에는 절대로 그대가 장군으로 임명받는 일이 없도록 해 주기 바라노라.

친서는 이런 내용이었다. 공자 앙은 상앙의 변함없는 우정에 진심으로 감사했다.

그래서 양쪽의 군사가 왕래하여 일이 수습되고 드디어 옥천산에서의 회동이 시작되었다. 그에 앞서 상앙은 강화를 맺는 성의 표시로 진나라 선봉부대를 우선 성 아래에서 철수시켰다.

옥천산은 오성에서 그다지 멀지 않은 곳에 있었다. 상앙과 공자 앙은 약정에 따라 각각 비무장 병사 3백 명을 똑같이 대동하고 옥천산에 나타났다. 그리고 거의 20년 만에 두 사람은 얼굴을 마주 대했다.

두 사람은 적·군을 떠나서 옛정을 확인하며 잔을 들었다. 그때에 별안간 호포가 울려 퍼졌다.

공자 앙은 깜짝 놀라 상앙의 얼굴을 쳐다봤다.

오성의 성 아래에서 철수한 진나라 선봉대는 우회하여 옥천산 부근에 잠입하고 있었다. 호포는 그들을 불러내는 신호였던 것이다.

회동 장소에서는 그것을 신호로 상앙 수행원으로 참가하고 있던 오획(烏獲)과 임비(任鄙) 두 사람이 공자 앙에게 다가왔다. 그리고 좌우에서 갑자기 공자 앙의 팔을 잡고 안아 올렸다. 덧붙여서 오획과 임비라는 이름은 특정한 인물을 가리키는 이름이 아니다. 그 신의(神醫) 편작(扁鵲)이 그러했듯이 그 이름은 고유명사가 아니고 상당히 힘이 센 장사의 대명사이다. 따라서 여러 세대에 걸쳐 오획, 임비라고 불린 장사는 많이 존재했다.

그 오획과 임비에게 팔을 잡힌 공자 앙은 순간 안색이 변했다.

"무슨 짓인가? 비겁하지 않은가? 상앙!"

공자 앙은 노기를 띠었다.

"속여서 안 됐네만, 다른 뜻은 없었네. 용서하게!"

상앙은 나직이 사과했다.

"무엇을 용서하고 뭐가 다른 뜻은 없다는 건가?"

"미안하네, 뭐니 뭐니 해도 오성은 천하의 병법가인 오기가 쌓은 성이어서 쉽게는 함락시키지 못한다고 생각했네. 이번 출병 목적지는 안읍이지 서하는 아니네. 전혀 함락시키지 못하는 것은 아니나 오성에서는 시간과 병력 낭비를 피하고 싶었던 걸세. 잠시 답답하겠지만 제발 참아 주게. 절대로 나쁘게는 하지 않을 테니."

하며 상앙은 준비했던 감거(監車)에 공자 앙을 가두었다.

공자 앙의 수행원들은 잡혀가는 공자 앙을 빼내려고 했으나 도저히 손을 쓸 수가 없었다. 그리고 어느새 회동 장소는 진나라 선봉대에게 완전히 포위당했다.

　빈손에 칼도 차지 않았던 3백 명의 위나라 병사는 어쩔 수 없이 항복했다. 그리고 반 정도의 군사는 옷을 빼앗겼다. 공자 앙도 감거에 갇히기 전에 역시 다른 옷으로 입혀졌다. 미리 선정됐던 공자 앙을 쏙 빼닮은 남자가 그 옷을 입고 '공자 앙' 행세를 하고 있었다. 똑같이 위나라 병사에게서 빼앗은 옷을 진나라 병사가 입었다.

　이리하여 공자 앙 일행은 아무 일도 없었던 듯이 옥천산을 떠났다. 비수를 가슴에 품은 오획과 임비가 오성으로 돌아가는 일행의 맨 끝을 따랐다.

　이변이 있었음을 꿈에도 생각지 못한 문지기가 공자 앙 일행이 돌아오는 것을 보고 조용히 성문을 열었다. 그리고 눈 깜짝할 사이에 위장한 진나라 병사에게 성문을 점거 당했다. 그때 기다리고 있던 진나라 본대가 물밀듯이 쳐들어갔다. 대장을 잃고 허를 찔린 그 오성도 어이없이 진나라 군사 손에 함락되었다.

　오성이 함락한 다음 날에 제나라와 조나라에서 파견된 원군이 성에 도착했다. 모처럼 보내준 원군이지만 짐이 되어서는 안 된다고 하여 상앙은 그들을 예비군에 편입시켰다.

　그 다음 날 진나라 군사는 황하를 건너 안읍으로 진군했다. 안읍까지 접근해도 위나라 군사는 성에서 나와 싸우려 하지 않았다.

　안읍에 도착한 진나라 군사는 성 아래에 이르러 서문 앞에 진을 쳤다.

　오성에 수비병 5천을 남겼으므로 진나라 군사의 병력은 4만 5천이었으며, 위나라 수도인 안읍성을 공격하는 군세로는 결코 대군은 아니었다. 게다가 성을 공격하기 위한 장비도 갖추고 있지 않았다.

그런데 다음 날 성을 공격하기 시작한 진나라 병사들은 개미처럼 떼를 지어 성벽에 붙어 앞을 다투며 기어오르려고 했다. 그 광경을 보고 두려워한 위나라 조정은 서둘러 회의를 열고 대부인 용가(龍賈)를 사자로 내세워 강화를 청했다.

상앙 역시 처음부터 안읍성을 공격할 작정은 아니었으며 성 아래에서 오래 진을 칠 생각도 아니었다. 그리하여 서하를 정식으로 반을 양도받는 조건으로 강화는 성립됐다. 상앙은 서하 지도와 백성들의 호적부를 양도받고 일단 오성에 돌아온 뒤 함양으로 개선했다.

이리하여 서하 땅은 오기가 안문(岸門)에서 울면서 예언한대로 위나라에서 진나라 손으로 들어갔다. 이듬해 위나라는 수도가 다시 침공당하는 것을 피하여 안읍에서 동쪽으로 약 2만 리 떨어진 대량(大梁: 하남성 개봉시)으로 천도했다. 이미 위나라 북쪽에 위치한 조나라는 수년 전에 역시 진나라의 침공을 두려워하여 수도를 진양에서 동남쪽으로 1천여 리 떨어진 한단(邯鄲: 하북성 한단시)으로 천도했다. 그리고 남쪽에 위치한 한나라는 재빨리 옛 수도 선양에서 한애공 2년(기원전 375)에 멸망시킨 정나라 수도인 신정(新鄭: 하남성 신정현)으로 천도했다.

그래서 위나라 수도인 대량은 조나라 수도 한단, 한나라 수도 신정과 서쪽의 진나라에서 거의 같은 거리로 남북으로 일직선 모양을 이루었다. 즉 위나라는 교묘하게도 강대국 진나라와 국경을 접한 조·한두 나라에서 그 군사압력을 분산시켰다. 이제는 단독으로 급성장을 이룬 진나라를 대항할 엄두도 내지 못한다고 판단한 것이었다.

한편 함양으로 개선한 상앙은 그 전쟁에서 세운 공으로 열후(列候)로 발탁되어 상(商: 섬서성 단봉현)에 봉해져 '상군(商君)'이라는 칭호를 제수 받았다. 상앙이라는 이름은 그 지명에서 유래된 것이다.

상으로 봉해진 상앙은 즉시 오성 공격 전에 옥천산에서 잡은 공자 앙을 상읍으로 옮기고 귀빈 대접을 했다. 그러나 완전히 믿고 있던 옛 친구에게 속아서 포로가 된 공자 앙이 받은 마음의 상처는 쉽사리 치유되지 않았다.

"그대를 잡은 것은 전사(戰死)시키고 싶지 않았기 때문이네. 이해해 주게."

상앙은 기회가 있을 때마다 변명했지만 공자 앙은 완강하게 거부하며 상앙을 대면하려고도 하지 않았다. 물론 상앙은 마음에도 없는 거짓말을 하고 있는 건 아니었다.

"진나라는 머지않아 중원 여러 나라를 평정하여 천하를 통일할 것일세. 지리적인 조건 때문에 어쩔 수 없이 맨 먼저 위나라가 희생양이 된 것이네. 나중에는 살리고 싶어도 살릴 길이 없어질 걸세."

상앙은 말했다. 이것도 진심이었다. 그러나 공자 앙은 납득할 수 없었다.

그것을 어떻게든 이해시키려고, 어느 날 상앙은 시간을 내어 자초지종을 설명했다. 상앙이 공자 앙에게 말한 것은 진정 상앙의 역사관이며, 장치적인 신념이기도 했다.

천지가 창조된 이래 인간은 이 지상에 생존하고 있었다. 그러나 그 당시 사람들은 모친만 알고 부친에 대해선 알지 못했다. 사람들은 육친끼리만 친교를 이루는 것밖에 알지 못했고 '자신'의 이익을 추구하기에 바빴다. 그러나 육친의 의식은 타인을 차별하여 사리를 구하는 일로 세상은 험악해졌다. 당연히 그 험악함 때문에 세상이 어지러워졌다.

그 난세 속에서 사람들은 오직 타인을 이겨야 된다는 일념으로 힘을 기울였다. 그리하여 싸움은 그칠 날이 없었으며 사람들은 안주 할 수가 없었다. 그래서 현인이 나타나서 공정한 규칙을 만들어 서로가 그것을 지키도록 가르쳤다.

그래서 잠시 동안은 좋았는데 그 가르침은 강제성을 띠지 않았다. 그래서 다시 난세가 도래했다. 다시 현인이 나타나 이번에는 토지, 재화, 남녀 구별을 정했다. 그리고 강제성을 띠지 않으면 사람들은 규칙을 지키지 않음을 알고 있었기 때문에 법에 의한 금지를 만들었다. 그러나 법으로 금하는 것이 있으면 그것을 관리하는 자가 있어야 했다. 그래서 그것을 관리하는 관(官)을 세웠다. 그러나 관을 세우면 그것을 하나로 통솔할 자가 있어야만 했다. 그래서 관을 하나로 하는 군(君)을 세웠다.

그리하여 잠시는 조용했지만 얼마 안 가서 다시 난세는 시작됐다. 관, 군 등을 사람들이 받들지 않은 것이다. 금지법을 지키게 하기 위해서는 관과 군이 존경받는 존재가 되어야 했다. 그러나 현실 적으로 관과 군은 그렇지 못했다. 그들은 합당한 덕행과 실적을 지니지 못했기 때문이다. 그래서 또 다시 새로운 개혁이 필요하게 되었다.

즉 상세(上世)는 사람들이 성(性)에 맡겨 육친과 타인을 분별하여 사리를 구한 시대였다. 중세(中世)는 그 상세의 어지러움을 바로 잡기 위해 현인이 교화를 했던 시대였다. 하세(下世)는 중세의 어지러움을 다스리기 위해 관리와 군주가 금지법을 집행한 시대였던 것이다.

그리고 지금 또 다시 그 하세가 어지러워졌다. 이제 가장 급한 것은 그 어지러움을 누가 어떻게 다스리느냐에 있는 것이다. 그래서 생각했다. 상 중 하 3세(三世)의 정치 방법은 각각 그 길을 달리하고 있다.

세상사가 변하면 행동 또한 변하는 것은 당연한 일이다. 그러나 왕도에는 언제나 기준이 있다. 그것은 그때그때의 어지러움을 다스릴 마땅한 새 질서를 정하는 일이다.

주조(서주왕조)가 몰락하여 질서가 없어진 지 벌써 4백 년이 지났다. 그런데 전쟁은 끊이질 않고 새로운 질서도 정해지지 않았다.

이 어지러움을 다스릴 질서를 정립할 때가 온 것이 아니겠는가?

그러나 마땅한 새 질서는 현상유지만을 지속시키는 데에서는 생기지 않는다. 하(夏)·은(殷)·주(周) 소위 3대 후에 4대째 새로운 왕조가 계속해서 출현하지 않는 것은 지금 차지하고 있는 여러 나라 군주가 옛 법에 따라 현상유지 외에 길이 있다는 것을 알지 못 하기 때문이다.

옛 법에만 따르면 시대에 처져서 변해가는 역사를 따를 수 없고 안일한 현상유지는 맥을 끊고 역사 흐름을 탈 수가 없다. 새로운 질서를 만든다는 것은 과거로 돌아가지 않는다는 것이며 뒤돌아보지도 말고 현재에도 집착하지 않는, 아니 앞장서서 현상을 타개하는 일에서부터 비롯된다. 즉 지금 눈앞에 분할된 여러 나라를 우선 통일하지 않으면 안 되는 것이다.

"그런 이유에서 위나라는 제일 먼저 멸망한다고 말한 것일세. 아무렇게나 지껄인 것은 아니었네. 어쨌거나 그대 덕분에 힘들이지 않고 서하를 점령했네. 서하를 정돈하고 다시 위나라로 출병할 생각이네. 위나라를 멸망시키기 전에는 결코 철군하지 않을 결심이네. 그래서 실은 그대의 도움이 필요하다네."

상앙이 말했다. 도와 달라는 소리를 들은 공자 앙은 번개가 스치듯 상앙의 속셈을 깨달았다.

그러나 공자 앙은 어떤 속셈일지라도 오랜 친구를 속여서 감금한 사실은 용납할 수 없었다. 게다가 조국을 멸망시키는 일을 도와 달라니, 그런 말이 어떻게 나올 수 있단 말인가?

공자 앙은 어이가 없었다.

그러나 상앙이 허공을 바라보면서 포부를 열성적으로 늘어놓았을 때는 약간의 감동이 일었다. 동시에 상앙이 가슴에 간직하고 있는 그 불타는 듯한 사명감에 오싹해지기까지 했다.

공자 앙은 진나라로 연행돼 온 후 처음으로 상앙에게 입을 열었다.

"그대 속셈을 이제 겨우 알았네. 그러나 그대와 같은 망은망의(忘 恩忘義)한 짓을 나는 할 수가 없네."

"그런가? 이제야 이해해 주었군, 그래. 하지만 강제로 시킬 마음은 전혀 없네. 아직 시간이 있으니까 그동안 천천히 생각해 주기 바라네. 귀를 기울이면 '제4대'가 출현하는 발소리가 들릴 걸세. 역사의 전환기에 뜻을 모아 그 변혁에 참가할 수 있는 행운을 저버려서야 되겠는가?"

"그러나 불행하게도 이 몸은 그보다 먼저 위나라 신하의 한 사람으로 태어났네. 수상한 행동을 하게 되면 다른 사람이면 받지 않아도 될 비난을 나는 받게 되네."

"그건 그렇지 않네. 예전에 정나라 자산(子産)은 법정을 공개했을 때 누가 뭐라고 하던 그건 천하를 위해 한 일이라며 맹렬한 비난을 물리쳤다네."

"그러나 그것과 이것은 뜻이 다르네. 틀림없이 법정은 천하를 위한 것이 됐지. 사실 지금은 법을 공개하는 것은 상식이네. 그러나 천하가 통일된다고 하더라도 그것이 천하를 위한다는 보증은 없네. 아니 통일적인 권력을 꺼리기 때문에 천하의 여러 나라는 낙양 천자를 돌아보려고 하지 않는 것일세. 그대가 말한 4대째 왕조가 출현하더라도 결국은 진나라 군주가 '힘을 갖춘 낙양 천자'로 바뀌는 것뿐이 아닌가?"

"아니네, 그건 오해일세. 그러기 때문에 옛 법을 따르는 것이 아니라 세상이 바뀜에 따라 가야 할 길이 스스로 달라지는 거라고 조금 전에 말하지 않았던가?"

"도대체 세상이 어떻게 달라진다는 건가?"

"우선 제3대(주왕조)의 봉건체제는 사라지고 중앙집권제도가 출현하겠지. 현재도 여러 나라에서 군현제도를 시행하고 있으니 그것이 자연적인 흐름이란 말일세. 그리고 왕권 즉, 통일적인 권력을 법체계에 봉해 버리는 법치체제가 생기는 거지. 4백 년간 동란을 겪으면서 겨우 사람들은 법치에 대한 이점을 깨닫게 되었지. 그리고 4백 년 동안 낙양에서 천자가 부끄러움을 당하면서 풍전등화 격으로 살아온 사실이 어떻든 왕권의 실체를 백일하에 드러내놓고 있지 않은가?"

"그건 단순히 힘을 잃은 결과가 아닌가?"

"맞았네. 권력은 힘이지. 힘을 잃어버리면 그건 권력이 아니지, 즉 천자의 덕은 천부적인 것이 아니며, 권력 또한 하늘이 준 것이 아닐세. 그런 연유로 불가침이 아니라는 것을 증명해 보인 셈이야. 즉, 그건 당연한 일로 원래 군주라고 해서 덕이 남달리 뛰어나게 높은 것도 아니며, 용기와 역량 또한 남달리 우수한 건 아니네."

"그건 맞는 소리야."

"게다가 전에 말했듯이 먼저 관(官)이 생기고 나중에 군이 생겼지. 즉, 군주는 백관(百官)을 거느리는 우두머리일 뿐, 먼저 군주가 있고 그 후에 백관이 있는 것은 아니네. 그리고 백성들에게 군주보다 덕과 힘이 있어도 감히 군주를 넘보지 않고, 처벌을 받아도 원망하지 않는 것은 그 권력과 권위 때문이 아니고 법에 복종할 것을 백성들에게 맹세했기 때문이네. 그리고 법은 군주를 위해 있는 것이 아니고 군주와 백성을 함께 다루는 것이라네. 그래서 제4대 군주는 생살여탈권을 갖지 못하고 싫어도 법에 복종해야만 된다네."

"음, 그렇게만 된다면 할 말은 없지만."

"그렇게 된다면이 아니라 그렇게 돼야만 하네. 지금까지 4백 년 동안 치세의 역사는 그것이 가능하다는 것을 보여주고 있네. 이제는 의심하여망설일 때가 아니란 말일세. 모습은 아직 보이지 않지만 제4대는 황하 건너편에서 우리를 손짓하며 부르고 있네. 위나라만의 문제가 아닐세. 그 제4대의 새 시대를 이룩하는 장거에 참가해 주게. 꼭도와주기 바라네. 무슨 일이든 시작이 중요한 법일세. 위나라를 평정한 여세를 몰아서 중원에 임한다면 천하를 통일하는 것도 그다지 어렵지는 않다고 생각되네."

상앙이 말했다. 대단한 기백이었다. 그러나 공자 앙은 그 말에 대꾸하지 않았다. 할 말이 없었던 것이다.

상앙이 들은 '제4대'가 다가오는 발소리는 단순히 헛된 것은 아니었다. 그가 본 역사의 흐름도 그 방향이 틀리지 않았다. 그러나 황하의 물은 아니 모든 강은 동쪽으로 흐르는데 어떤 곳에서는 남쪽으로 향하기도 하고 북쪽으로 흐르기도 한다.

마찬가지로 역사의 흐름도 확실하게 제4대를 향해 흐르고 있었지만 그것이 일직선으로 흐르고 있는 것은 아니었다. 아니, 사람들은 그 흐름을 막을 수는 없지만 그 방향을 조금 바꾸거나 속도를 조종할 수는 있었다. 그리하여 이런 사람들의 힘이 춘추전국의 난세에 부르기만 하면 등장할 것 같은 제4대의 출현을 저지했다.

즉, 그 저지하는 힘에 의해 제4대로 향하는 도도한 역사의 흐름을 타고 더욱 기세를 펼치려는 상앙의 시도를 좌절시켰다. 아니, 상앙은 별안간 그 흐름 속으로 전락해 버렸다.

진효공 24년(기원전 338)에 효공은 45세 젊은 나이로 갑자기 세상을 떠났다. 상앙에게는 그야말로 청천벽력과 같은 엄청난 사건이었던 것이다.

어쩔 줄 모르는 상앙에게 일찍이 상앙과 함께 효공의 총신 경감의 관에서 같이 기거한 조양(趙良)이 충고했다.

"잘못하면 초나라에 있는 오기에게 당하는 수가 있네. 상읍 봉지와 관직 작위를 반납하고 깨끗이 물러남이 어떤가?"

"그런 것들을 버리는 데는 티끌만한 미련도 없네만, 그 같은 패배주의적인 입장은 취하고 싶지 않네. 오자(吳子)는 초나라를 다스린 지 몇 년 안 되어 사고를 당했네. 그러나 본인은 20년에 걸쳐 이 나라 법치의 뿌리를 내려 정착시켜 왔네. 아무리 본인을 증오하는 자일지라도 그 성과를 무시하고 기반까지 때려 부수는 어리석음은 범하지 않을 걸세. 잠시 정세를 살피기로 하세."

하고 상앙은 조금도 미동하지 않았다. 그러나 만일의 경우를 대비하여 상앙은 행동의 자유를 확보하기 위하여 도성을 나와 거처를 상읍으로 옮겼다.

"문제는 여러 나라의 공족과 귀족이 아니라 새로 즉위한 군주가 아니겠는가? 위태롭네 그려."

공자 앙도 상앙을 염려했다.

"분명 새 군주가 태자였을 시절에 그의 원망을 산 일이 있지. 그러나 그것은 사실이 아니고 나라에 법을 두루 알리기 위해서였네. 그리고 지금 새 군주는 법치의 성과를 받아 누린 최대의 수익자가 아닌가? 그러니 우를 범하는 일은 없을 걸세. 그냥 천천히 동정을 살피기로 하겠네."

상앙은 공자 앙에게 큰 소리를 쳤지만 역시 마음은 불안했다.

과연 상앙의 생각에는 큰 잘못은 없었다. 그런데 그들은 교묘하게도 법을 앞세워 상앙을 공격해왔다. 전에 의형(劓刑)과 경형(黥刑)을 받은 바 있는 공자 건과 공손 고가 상앙을 모반이라는 이유로 새 군주(진혜왕)와 짜고 정식으로 조정에 고소했던 것이다.

고소가 수리됨과 동시에 용의자를 연행하는 병사들이 상읍으로 파견 됐다.

"분명 법의 형식을 갖춘 함정일 걸세. 그대와 내가 악연일지라도 그대를 돕겠네. 우선 함께 위나라로 도망치세."

하고 공자 앙이 말했다. 상앙은 생각에 잠긴 채 말 없이 고개를 끄덕였다. 억울한 누명임을 알고 있는 함양에서 파견된 병사의 대장은 상앙이 도망가도록 눈감아 주었다. 그리하여 상앙과 공자 앙은 상읍을 떠나 위나라로 향했다.

제49장
영웅은 서로를 아낀다

너무 눈에 띄면 좋지 않다는 이유로 위나라로 향하는 상앙과 공자 앙은 상인으로 변장했다.

상읍에서 위나라로 들어가는 길은 여러 길이 있었으나, 역시 함곡관(函谷關: 하남성 영보현 서남쪽)을 통해서 가는 것이 길도 좋고 거리도 가까웠다. 관문을 지날 때는 약간 절차가 까다로웠지만 관문에서는 상앙 신상에 이변이 일어났다는 것은 아직 모르고 있을 것이 분명했다.

체포령이 나있지 않는 한 상앙은 '상군(商君)'이었다. 하여튼 조처할 수 있으리라고 두 사람은 다짐하면서 함곡관으로 향했다. 상읍을 떠난 것은 정오가 조금 지나서였다. 어떻게든 서둘러야 한다고 해서 두 사람은 밤을 새워 수레를 달렸다.

그리고 다음 날 저녁때가 되어 함곡관에 도착했다. 관문은 아직 열려있을 시각이었다. 그러나 어두워질 무렵에 관문을 급히 지나려고 한다면 아무리 '상군'일지라도 문제가 생길지도 모른다. 그런 생각에 상앙과 공자 앙은 근처에 있는 주막에서 투숙했다.

그러나 주막에서 두 사람은 신분증명서를 검사받게 되어 있었다.

상앙도 공자 앙도 그런 것을 가지고 있을 리가 없었다.

"상군 법에 의하여 증명서가 없는 자를 투숙시키면 위법행위가 되오. 안됐지만 묵게 할 수가 없소."

하고 주막의 주인은 거절했다.

"음! 반듯한 마음가짐이군."

상앙이 문득 현재의 자기 위치를 잊고 중얼거렸다. 그리고 축 처진 모습으로 수레가 있는 곳으로 갔다.

"낭패로군."

현실로 돌아온 상앙은 공자 앙과 얼굴을 대했다.

"노숙할 신세가 됐지만, '간초령'이란 정말 대단하지 않은가?"

공자 앙은 탄복했다.

"그야 그렇지. 내가 만든 법률이고 엄격하게 집행하라고 엄하게 하달했지. 그건 잘하는 일이지만, 우리에겐 난처한 일이군 그려."

두 사람은 수레를 만지면서 멍하니 서 있었다. 그때 갑자기 주막 주인이 나타나서 상앙 앞에 엎드렸다. 두 사람의 대화를 엿들은 하인의 말을 듣고 상앙임을 알게 되었던 것이다.

"몰라보고 결례를 범했습니다. 분명 증명서가 없는 자는 숙박시킬 수가 없게 되어 있습지요. 하오나 암찰(은밀히 하는 감사) 중인 나리를 숙박시키면 안 된다는 금령은 없습니다. 이제 곧 어두워지며 주안을 마련하겠으니 부디 천천히 쉬었다 가십시오."

엎드린 채 고개도 들지 않고 말했다.

"그런가? 고마운 일이로군. 숙비와 식대비 모두 지불하겠으니 조용한 방을 부탁하네."

상상은 주막집 주인 어깨를 잡고 일으켜 세우며 말했다.

상군이 암찰 납시었다는 소문이 하룻밤 사이에 주막집 전체는 물론이고 주막집을 관할하는 관리 귀에도 들어갔다.

　그러나 고관이 암찰하는 것을 알게 되어도 지방관은 인사를 가면 안 된다는 규정이 있었다. 하지만 상대는 예사 고관이 아닌 상군인 것이다. 어찌할 바를 모른 관문 사령관은 다음 날 아침 일찍 일어나 쩔쩔매고 있었다.

　그때 상앙과 공자 앙이 관문에 나타났다. 관문 사령관이 벌써 상앙의 암찰을 알고 있었으므로 아무런 문제도 없었다.

　"잠깐 지나가겠네."

하고 말을 한 상앙에게 관문을 지키던 사람들은 말없이 머리를 숙이고 두 사람을 지나가게 했다.

　함곡관을 빠져나간 상앙과 공자 앙은 황하를 건너 위나라로 들어가, 옛 수도 안읍에 들려 휴식을 취했다. 공자 앙이 없을 때에 천도했으므로 그의 집은 여전히 안읍에 남아 있었다.

　그곳에서 상인 옷을 벗어 버리고 훌륭한 수레로 바꿔 탄 두 사람은 계속 새 수도인 대량으로 향했다. 대량까지는 서둘러 가면 보름이 걸리는 거리였다. 그러나 그렇게 급하게 여행길에 오를 필요는 없었다.

　"어떤가? 위나라를 위해서 아니, 위나라에서 그대의 꿈을 실현시킬 생각은 없는가?"

　대량으로 가는 도중에 공자 앙이 물었다.

　"아닐세, 위나라에서는 본인을 받아들이지 않을 걸세."

　상앙이 말했다.

　"그거야 아직 알 수가 없네. 내가 혜왕과 조정신하들을 설득해 보겠네."

"실은 제나라로 갈까 생각 중이라네. 완전히 북쪽으로 올라가서 연나라로 가는 것도 좋다고 생각하고 있네."

"왜, 위나라를 싫어하는가?"

"싫어하는 게 아닐세. 위나라가 날 싫어할 거라고 생각하고 있다네."

"나 혼자 정할 일은 아니지만 내게 맡겨 주게."

공자 앙이 말했다.

상앙의 장대한 기개와 도량, 식견, 타는 듯한 정열과 재능에 공자 앙은 반해버렸던 것이다.

두 사람은 20일쯤 걸려서 위나라 수도 대량에 도착했다. 그러나 공자 앙이 온갖 심혈을 기울여 설득을 시도했지만 위혜왕과 조정신하들은 상앙을 향한 원한이 가실 줄 몰랐다. 등용을 거부했을 뿐만 아니라 진나라의 원한을 사서는 큰일이라고 판단한 조정신하들은 상앙을 진나라로 강제 송환하기로 결정했다.

난처한 것은 상앙이 아니라 공자 앙이었다.

"데리고 온 것은 본관이니, 본관이 송환의 소임을 맡겠네."

공자 앙은 스스로 상앙을 호송하는 임무를 맡겠다고 자청하고 나섰다.

"그대가 원하는 방향과 반대여서 안 됐네. 하지만 조정회의에서 결정 된 것이니 어길 수가 없다네. 다만 송환지는 진나라라고 정해졌지만 어느 장소라고까지 정해진 것은 아니네. 일단 진나라 땅만 밟으면 그 다음은 어디로 가든 상관이 없으니까. 어떻게 하겠나?"

"음, 그러면 한나라로 가겠네. 진·한 국경이면 어디든 상관없지만 먼저 상읍으로 가 주게나."

"뭐? 상읍으로 돌아갈 작정인가? 안 되네. 그건 위험해."

"아니, 그렇지 않네. 상읍 부근에 있는 진·한 국경이라면 느낌으로 와 닿는 게 있네."

"하필이면 왜 한나라인가?"

"한나라 재상인 신불해(申不害)와는 친교는 없으나 안면이 있네."

"그런가. 알았네. 사나이는 사나이를 가까이 하고 영웅은 서로를 아낀다고 하지. 맞았네. 신불해라면 결코 모른 척 하지 않을 걸세. 참으로 현명한 선택일세. 그런데 용서하게! 이런 꼴이 되어서 면목이 없네."

공자 앙은 진심으로 사과하고 머리를 숙였다.

"아닐세. 그대에게 갚지 못한 빚이 있네. 미안하게 생각할 것 없네. 그런데 진효공이 갑자기 요절해서 천하통일의 기회를 잃어버린 것은 아까운 일일세. 그러나 그 때문에 위나라가 목숨을 건진 것은 위나라를 위해서가 아니라 자네를 위해 기뻐하겠네."

"이보게. 역사의 흐름이니, 천하통일이니, 이런 말은 이제 집어치우게, 그대 마음은 모르는 바가 아니나 신상에 해로울 걸세."

"음. 누군가의 부탁을 받은 것이 아니니 마음만 먹으면 그만 둘 수도 있네. 허나 이건 사냥개의 본능 같은 것이라 결국은 그만두지 못할지도 모르네. 사명감이라고나 할까, 말하자면 업(業) 같은 말일세." 하고 상앙은 쓴웃음을 지었다.

위나라의 수도 대량으로부터 상앙을 송환하는 공자 앙의 호송대는 맹렬한 강행군으로 보름이 채 못 되어 황하 강기슭에 다다랐다. 맞은편은 서하이며 그들이 다다른 곳은 진나라 영토였다.

공자 앙은 강가 선착장에서 특별히 배를 구하여 상앙을 건너게 했다. 이것으로 공자 앙은 분명히 위나라 조정회의의 결정사항을 어김없이 집행한 셈이었다. 그러나 상앙을 태운 배는 강의 중심부에 이르자 뱃머리를 돌려 되돌아왔다. 사실은 공자 앙이 대량에서 황하 강기슭에 이르는 동안 전쟁터에라도 가듯 강행군을 감행한 것은 송환 임무를 마친 후 다시 상앙을 민지(澠池)로 보내는 시간을 벌기 위해서였다.

민지는 이미 멸망한 정나라에 있던 옛 지방 도시로 그곳에는 상앙의 친구가 있었다. 희(版)씨 성을 가진 그 친구는 정나라의 몰락한 귀족으로 소금 장사를 하고 있었다. 상읍으로 봉해진 직후에 상앙은 희씨를 상읍에 초대한 일이 있었고 공자 앙도 안면이 있었다.

그런데 희씨를 찾아간 상앙은 한나라 내부사정을 듣고 어리둥절했다. 비호를 청하려고 믿고 있던 재상 신불해가 얼마 전부터 병상에 누워 정무를 전혀 돌보지 않는다는 것이었다.

상앙이 민지에 있다는 사실이 신불해가 없는 한나라 조정에서 알게 된다면 위나라에서와 같이 강제송환이 될 것이 뻔했다.

"어떻게 한다지?"

공자 앙이 근심스러운 얼굴로 말했다.

"이제 됐네. 자네는 바로 대량으로 돌아가게나. 더 이상 폐를 끼칠 수는 없네. 진심으로 감사하고 있네."

"어쨌거든 날짜가 너무 지체됐으니 어물어물할 틈이 없네. 그런데 정말 어떻게 할 작정인가?"

"그냥 상읍으로 돌아가겠네. 돌이켜 생각해 보니 이게 바로 하늘의 뜻인지도 모르네."

"안 돼. 그건 말도 안 되네."

"아닐세. 궁지에 몰려서 생각한 건 아니네. 전부터 계속 생각해 왔네."

"왜, 그런 생각을?"

"20년 동안이나 심혈을 기울인 사업 결과를 확실하게 확인해 보고 싶어서라네."

"그거라면 다른 나라에 있어도 할 수 있지 않는가?"

"실은 모반을 기도했다는 등 엄청난 누명을 쓰게 됐는데 그렇다면 그 거짓을 진짜로 만들자고 생각했지. 그렇다고 그것을 성취시킬 승산이 있는 것은 아니지. 그러나 백성과 병사가 결국 이 몸을 어디까지 지지하고 있었는지 그것을 확인하고 싶네."

상앙은 고개를 들어 맑게 갠 하늘을 올려다봤다. 그 표정은 언젠가 상읍에서 '제4대'의 도래를 설명했을 때의 의미심장한 표정 바로 그 표정이었다.

"이젠 아무 말도 하지 않겠네. 그러나 목숨만은 소중히 여기게나."

공자 앙은 상앙에게 마지막 인사를 주고받고는 희씨 집을 나왔다. 그리고 그 길로 호송대 병사들을 이끌고 대량으로 향했다.

상앙은 소금 가게를 경영하고 있는 희씨 집의 한 종업원으로 변장했다. 그리고 마차에 소금을 싣고 국경선을 넘어 상읍으로 들어갔다. 물론 품 안에는 거짓, 아니 진짜 소금집 종업원의 신분증명서를 지니고 있었다.

과연 주막에 투숙하려고 하자 신분증 제시를 요구받았다. 상앙이 상읍을 떠난 지 반년이 경과한 뒤였다.

"상군이 없어져서 신분증을 갱신할 필요가 없다고 들었는데."

상앙은 시무룩하게 물어 봤다.

"그런 일은 없어요. 모두들 말하고 있죠. 상군은 사라졌으나 상군법은 남아있다고 말이에요."

주막집 주인은 재미있다는 듯이 대답했다.

"그런가요? 그렇군요. 그러나 진나라 사람에게는 상군 법 따위는 없어졌더라면 좋았을 텐데요."

"아니, 그렇지 않아요. 번거로울 때도 있지만 쓸모도 있죠. 적어도 우리에게는 떠돌이에게 봉변을 당하지 않는 것만이라도 고마운 일이니까요."

"그런가요?"

상앙은 주막 주인의 말에 아니 스스로 만족하며 몇 번이고 고개를 끄덕였다.

상읍에 들어간 상앙은 역시 옛 자기 집이 마음에 걸려 그 주변을 배회 했다. 대문을 들여다보니 당연한 일이지만 문패가 바뀌어 있었다. 공자 건의 소유가 되어 있었다. 상앙이 모반을 꾀한 대역 죄인으로 고소한 공으로 하사받았음이 분명했다.

반 년 전까지 이곳에서 살고 있던 아내와 자식, 삼족이 연쇄적으로 처형되었음은 듣지 않아도 뻔한 일이었다. 그러나 자기가 만든 법이니 마음은 쓰라리지만 어쩔 수 없다고 상앙은 자기 마음을 스스로 달랬다.

그리고는 예진에 자기가 특별히 아끼던 교외 이장(里長)집 마당에 수레를 세웠다. 전에 상앙은 암암리에 그 이장을 염탐꾼으로 삼아 뒤에서 여러 가지 편의를 제공한 일이 있었으며 아무도 그 이장과 상앙의 관계를 모르고 있었다.

소금장수가 왔다는 말을 듣고 마당에 나타난 이장은 상앙을 보자 안색이 변했다.

"처음 뵙겠습니다. 잘 부탁합니다."

상앙은 싱글벙글 웃는 얼굴로 신분증을 내밀었다. 그것을 보고 이장도 어색하게 미소 짓고 상앙을 안채로 안내했다. 다행히도 그 안에서 상앙의 얼굴을 아는 사람은 아무도 없었다. 아니 딱 한 사람, 이장의 장남이 상앙의 얼굴을 알고 있었는데 그 장남은 상앙의 특별 천거로 꽤 먼 현청으로 출사 중에 있었다.

이장은 상앙을 안으로 모시고 자리를 바로잡으며 환대했다.

"앞으로 가끔 싼 소금을 가지고 와서 그대에게 넘겨주겠네. 그 싼 소금을 사람들에게 나누어 주고 사람들을 잘 포섭하기 바라네."

상앙은 단도직입적으로 용건을 털어놨다.

"예전에 은혜를 많이 입어 상군께는 목숨을 바칠 각오입니다. 무슨 일이든지 말씀만 하십시오."

이장은 진지한 표정을 지었다.

"갑자기 무언가를 하려는 것은 아니네. 그러나 아무쪼록 사람들에게 인심을 얻어 두도록 하게. 그런데 이유도 없이 싼 소금을 얻었다고 하면 수상하게 여길 것이니 옛 친구가 소금장수를 시작해서 오면 공짜로 숙식을 제공한 대가로 싸게 넘겨주는 것이라 퍼뜨리도록 하게. 따라서 앞으로는 말투를 바꾸게. 대등한 말투를 쓰지 않으면 안 되네."

"말투는 상관없습니다만, 퍼뜨린다는 건 좀…."

"상관없네. 중요한 일은 숨기면 숨길수록 드러나기 마련이지. 경우에 따라서는 관청에는 친구인 소금장수에게 숙식을 제공하고 있다고 신고하는 것이 좋겠네. 어차피 아래 관리들은 아무도 내 얼굴을 본

적이 없으니까.”

“그럼, 말씀대로 하겠습니다.”

“이보게, 그런 말투는 안 된다고 했지. 즉시 고치게.”

“알아 모시겠습니다, 아니 알았네.”

“좋아, 그렇게 하게. 그런데 상군 법은 요즘 어떻게 되어 있지?”

상앙은 그것이 궁금했다.

“그것보다 상군 목에 막대한 상금이 걸려 있네. 공개해도 백성들은
협력하지 않는다는 것을 알고 있어서 거리에 방을 붙이지는 않았네.
들에게서 들은 바로는 밀고한 자는 황금 오십 돈에 벼슬 1급, 잡은 자
에게는 황금 백 돈에 벼슬 2급이라네.”

“고작 그것뿐인가? 상군도 업신여김을 당하는군. 가엾게도!”

“그러나 다짐하겠지만 그 상금은 일반 백성들에게는 대단한 것이
라네. 역시 조심하지 않으면 안 되네.”

“그야, 그렇겠지.”

“그런데 조정은 제멋대로란 말이야. 상군 목에 현상을 걸면서 상군
법은 매우 소중히 여기고 있으니까.”

“그건 바람직한 일이지.”

“바람직하지만 상군이 없어지면 상군 법도 소용이 없는 거나 마찬
가지라네.”

“왜?”

“관리들이 나쁜 궁리를 하기 때문이지. 실제로 각지에 있는 법령
게시장에서는 법령을 바꿔 쓰거나 바꿔 붙이는 곳도 많다네.”

“법령을 고쳤단 말인가?”

“아들에게 물어 봤지만 그렇지는 않는 모양이네. 그러나 일반 백성

들에게는 법령이 개정되었는지 잘 모르게 관리들은 멋대로 번거로운 조항을 삭제하거나 고쳐서 읽지 못하게 한다더군."

"읽지 못하게 하다니?"

"일부러 먹을 흐리게 해서 쓰거나 높은 곳에 붙이기도 하는 거지. 하기야, 이건 최근에 시작된 건 아니네. 상군이 계셨을 때부터 지방에서 공공연히 행해졌었지. 알지 못한 사람은 상군 혼자뿐이었을 거야."

"아니, 법문을 더럽히거나 늘리거나 줄여도 엄벌에 처한다고 정해져 있었을 텐데?"

"그렇지. 그러니까 그들은 눈에 띄지 않도록 비밀리에 했던 거지. 그러나 지금은 공개적으로 하고 있다네."

"왜 조정에 알리지 않지?"

"소용이 없어. 이젠 조정에 상군도 안 계시고 지금이야 조정 고관도 지방관과 한통속이니까. 잘못 말을 했다가는 죄를 뒤집어쓰지 않으면 다행이지."

"고관과 지방관이 결탁하여 어떻게 하고 있는데!"

"아, 아무 것도 모르고 있군. 뇌물을 받기 위해서지. 그래서 그들은 그것을 못하게 못 박은 간초령을 처음부터 송충이처럼 싫어했다네."

"그건 알 수 있을 것 같군. 그런데 백성들은?"

"이 넓은 하늘 아래에 법을 좋아하는 사람이란 한 사람도 없을 거야. 다만 백성들은 간초령 덕분에 관리들이 행패를 부리는 일은 없어졌으며, 생활이 풍요로워졌으니 참아야지 한다네. 이렇게 된 거라네. 가능하다면 법이란 없는 게 좋아. 모두가 속으로는 그렇게 생각하고 있지. 아니 실은 나도 그렇게 생각하고 있다네."

"그런가? 간초령을 사람들은 그 정도로 밖에 여기고 있지 않다는 말이지?"

"아니, 아까 말한 건 원칙론이고 간초령의 경우는 귀족 아니 세자에게도 그것을 지키라고 명령하고 꼭 지키게 했다는 점이 훌륭했지. 그런 점에는 사람들 모두가 박수갈채를 보냈을 거야. 그러나 그것도 그 엄한 상군이 있었기 때문이었지. 그러나 이제는 상군도 조정에 없고 앞으로도 그런 분은 나타나지 않을 것이야. 그렇다면 그 간초령은 관리들이 악이용하여 백성들을 괴롭히는 엉뚱한 악법으로 둔갑하게 될 게 분명해."

"음, 그런데 진나라 사람들은 상군이 다시 나타나기를 원하고 있다고 생각하는가?"

"글쎄, 열렬하게 환영은 안 해도 지금과 같은 상황이라면 원한다고 생각하네. 나는 진심으로 대환영이구."

이장은 의미 있게 웃어 보이고 잔을 높이 들었다.

"여러 가지 좋은 얘기를 들려주어서 고맙네."

상앙도 잔을 든 다음 이장 집을 나왔다. 그리고 숙소로 향하면서 수레 위에서 이장이 한 말을 되새겼다.

그 후 상앙은 거의 한 달에 한 번 꼴로 이장 집을 들러 소금을 넘겨주고 이야기를 나누고 숙식을 제공받았다. 그 사이에 상앙은 상읍을 중심으로 인근에서 바쁘게 소금을 팔며 다녔다. 때로는 대담하게 옛 심복이었던 부하를 찾아갔다.

그런데 그렇게 찾아간 부하들은 약속이라도 한 듯 밀고는 결코 하지 않겠다고 맹세하면서도 두 번째 방문은 극구 거절했다. 역시 연좌법이 두려워서였다. 바꿔 생각하면 연좌형은 그만큼 사람들에게 법을 지키게 하는 데에는 효과적이라는 것이었다.

그러나 상앙은 찾아갔던 심복 부하들의 생활이 반 년 전보다 훨씬 풍요롭고 사치스러워진 것을 알고 탄식했다. 과연 이장의 말이 거짓은 아니라는 것을 실감했다. 관리들은 상앙의 옛 심복을 포함하여 뇌물을 막은 간초령의 엄한 집행을 혐오하고 있었던 것이다.

그리고 또 반년이 지났다. 어느 날 평소와 다름없이 이장 집을 찾은 상앙은 평소보다 유달리 기뻐하는 얼굴로 맞아준 이장의 말을 듣고 창백해졌다.

"실은 얼마 전에 장남이 휴가를 얻어서 귀가했다네. 꼭 뵙고 싶다고 휴가가 지났는데도 가지 않고 있네. 목이 빠지도록 기다리고 있다가 지금 나갔는데 이 근처 어딘가에 있을 걸세. 오늘 밤은 셋이서⋯."

이장은 말했다.

"조금 전까지 집에 있었다구?"

상앙은 이장의 말을 막아서 물었다.

"그렇다니까. 그런데 도대체 어디로 갔을까?"

이장은 주변을 둘러보면서 고개를 갸우뚱거렸다.

"안 되겠네. 난 실례!"

말이 채 끝나기도 전에 상앙은 금방 내렸던 수레에 뛰어올랐다.

"단연코 모르는 체 하라고 말했으니 걱정할 건 없네."

이장이 말했을 때에 상앙은 이미 말 머리를 돌리고 있었다. 그리고 돌연히 말에 채찍을 가했다. 돌아보지도 않고 단숨에 달렸다.

상앙은 국경을 향해 쏜살같이 말을 달렸다. 그러나 역시 국경은 봉쇄되어 있었다. 그리고 이장의 장남이 거기에 있었다. 상앙은 체념하고 오라를 받았다.

수레에 갇힌 상앙은 그대로 수도 함양으로 호송되었다. 한 발 늦게 이장이 역시 잡혀왔다.

"죄송합니다. 불초 소생 자식 놈 때문에 돌이킬 수 없게 되었습니다. 부디 용서하십시오."

이장은 상앙에게 용서를 청했다.

"아니네. 나야말로 폐를 끼쳤네. 용서하게!"

상앙이 반대로 사과했다.

"무슨 말씀을 상군님 죄에 연좌된 것을 자랑으로 여길 뿐입니다. 저승으로 함께 모셔갈 수 있게 되어 더 없는 영광입니다."

이장은 넘쳐흐르는 눈물을 닦으면서 잘라 말했다.

진혜왕은 백성과 병사들이 소동을 일으키는 것을 두려워하여 재판에 붙이지도 않고 급히 상앙과 이장의 처형을 명했다. 이장은 참수형을 받고 상앙은 차열형에 처해졌다.

그제야 자신의 행동을 후회한 장남은 부친과 상군의 유체 수용을 청원했다. 역시 백성들이 상앙의 피를 보고 격분하는 것을 두려워한 진혜왕은 그 청원을 허락했다.

이장 장남은 본래는 당연히 연좌 죄에 저촉되는 것이었다. 그러나 밀고한 공로로 그 죄를 면제받았다. 형을 받지 않았지만 상도 받지 못했던 것이다. 이리하여 드디어 춘추전국시대에 막을 내리려고 했던 거대한 별은 땅에 떨어졌다. 국가를 위해서도 아니고 군주를 위해서도 아니었으며 미녀와 재물, 그리고 지위와 명성을 위해서는 더더욱 아니었다. 오로지 하나 자신의 신념과 이상을 위해 상앙은 죽어간 것이다.

양 다리가 찢기고 대지를 벌겋게 물들인 피는, 그가 '제4대'에 바친 공물이었다. 그 죽음을 애도할 필요는 없다. 그는 자기 소원대로 역사 속에 순사했기 때문이다.

분명히 상앙은 그야말로 그 시대가 원하던 초대형급 지략계모를 갖춘 인물이었다. 그리고 역사상 그리 많지 않은 영걸(英傑)이었다. 그는 혼자서 역사를 움직이려고 시도했다. 사실 천하양분의 형세를 이룩함으로써 그 움직임의 테이프를 끊은 것이었다.

훗날 상앙의 죽음을 전해들은 위나라 공자 앙은 대성통곡했다.

그런데 그 상앙이 중국 역사상에서는 계속 초지일관하여 '정평 있는 악당'으로 지탄을 받아왔다. 악당으로 불리는 이유는 그 냉혹한 '연좌법(連坐法)'과 잔인한 '일수일경(一首一頃)'에 두고 있다.

그러나 이미 말했지만 '연좌법'은 상앙이 발견한 것이 아니고 그것은 춘추전국에 이어지는 역대 왕조로 승계되어 장(蔣)씨 소왕조에까지 이르렀다. '일수일급'도 '일수일경(一首一頃)'으로 형태가 바뀌어 현대까지 전해지고 있다.

즉, 장왕조도 또한 연좌법을 대만에 전하여 대만인들을 학대해왔다. 그럼에도 불구하고 상앙은 악당이라는 문구가 적힌 역사 교과서를 학생들에게 읽게 하는 한편, 장개석 부자의 '덕정(德政)'이 구가(謳歌)된 것은 넌센스라 하겠다.

그리고 '일수일경'은 더욱 심각하다. 1990년, 대만 신문을 떠들썩하게 만들었던 수전증(授田証)소동이 실은 이 '일수일경'의 후유증이다.

일찍이 장개석은 상앙의 지혜를 배워 국공(國共)내전에서 국민당군(國民堂軍) 병사를 '고기를 본 굶주린 늑대'로 만들려고 '수전증'을 남발 했다. '일수일급'을 그대로 본 딴 일수일경의 일경이란 전답 백마지기를 뜻한다. 그러나 국민당이 무참히 패배당하여 대만으로 쫓겨

남으로써 수전증은 공수표가 되었다.

공수표가 되었지만 노병들은 그래도 보물단지 모시듯 소중하게 품에 지니고 있었다. 그러나 '대륙반공(大陸反攻)'이 절망적인 단계에 이르자 노병들이 별안간 소동을 일으켰다. 즉 부도수표를 매입하라고 정부에게 요구했던 것이다. 조사한 결과 대만에 살아남았던 대륙노병들이 소지하고 있던 수전증만으로도 거뜬히 대만 전답의 총면적을 넘는 방대한 숫자였던 것이다.

국민당 정부는 당연히 그 값을 절하하여 현금으로 환산하여 지불하려 했으나 그 협상이 잘 이루어지지 않아 논쟁을 일으켰다.

상앙에게만 나쁜 지혜가 있었던 것은 아니다. 2백 년 전인 옛날이나 오늘날이나 중국인들은 자진해서 법을 지키려 하지 않고, 중국병사들은 보너스를 주지 않으면 절대로 목숨을 걸고 싸우려 하지 않는다.

만약 노병들이 소지하고 있는 방대한 '수전증'이 '진짜'였다면 국민당은 내전에서 틀림없이 공산당을 이겼을 것이다. 즉 수전증에 알맞은 수급을 올렸었다면 중국내전에서 공산군은 하나도 남지 않고 전멸했을 것이고, 장개석은 대만으로 망명하지 않아도 되었을 것이다.

2천 년 전 진나라 병사들은 기묘하게 전공을 과대선전하고 작위를 속여서 취득했다. 2천 년 후 국부군(國府軍) 병사들도 같은 수법으로 살짝 수전증을 손에 넣었던 것이다. 어느 시대에나 중국병사들은 꽤나 고집이 세다고 할 수 있다.

제50장
지록위마(指鹿爲馬)

　상앙(商鞅)이 차열형으로 죽은 다음 해, 병상에 누워있던 한나라 재상 신불해(申不害)는 세상을 떠났다. 신불해가 재상으로 취임한 것은 한 소공 8년(기원전 315)의 일이었다. 다시 말해 상앙이 위나라를 침공하여 고양(固陽)을 함락시켰던 해였다.

　그 또한 출중한 지략계모의 인물이라 일컬어지면서 신불해는 상앙과는 그 치세 방책을 달리하고 있었다. 아니 정반대라고 하는 것이 옳을 것이다. 말하자면 신불해는 부국강병을 추진하여 국력을 팽창시키는 것보다 이미 가지고 있는 정치자원을 효율적으로 운영하여 국력을 다지는 일에 주력해왔다.

　즉 신불해는 그 시책의 중심을 철저한 인사관리에 두었던 것이다. 그렇게 하여 행정효율을 높이고 뜻한바 목적을 달성하고자 했다.

　그러기 위해 그는 독특한 치세 철학을 갖고 있었다. 그리고 그것을 바탕으로 관리들을 다스리는 '통어지술(統御之術)'을 개척했다. 치세학을 '법술'이라고 칭하는 경우의 '술(術)'이다. 다시 말해서 그는 그 '술'을 사상 최초로 고안한 개척자였다. 신불해를 한소후(韓昭候)에게 천거한 것은 소후가 스승으로 받들고 있던 당계공(當谿公)이었다. 신불해는 비천한 신분의 출신이었지만 당계공은 그의 재능을 깊이 사랑하고 칭찬했다.

"전하, 바로 이곳에 천금의 값어치를 지닌 밑 빠진 옥치(玉巵: 옥으로 만든 큰 술잔)와 제대로 밑이 막힌 보통 와치(瓦巵)가 있다고 하면, 전하께서는 주안을 드실 때에 어느 잔을 사용하시겠습니까?"

당계공은 어느 날 소후에게 물었다. 대답은 듣지 않아도 뻔했다.

"신분은 비천하나 학문이 높고 재능에 뛰어난 백관통어의 술(術)을 지닌 자가 있습니다. 등용하심이 어떨까 합니다. 반드시 쓸모가 있는 자임을 소신이 보증하겠습니다."

당계공은 신불해를 천거했다. 보증한다고 할 정도이니 여부가 없다고 판단한 소후는 즉시 신불해를 등용했다.

"현재 천하에서 범용(凡用)하는 법도를 시행하고 있으나 번거롭고 힘이 드는지라 어려움이 많소. 무슨 좋은 방법이라도 없겠소?"

"물론 있습니다. 신이 개척한 술을 사용하시면 어려움이 없는 줄로 압니다."

신불해는 가슴을 펴며 당당하게 말했다.

"그 술이란 무엇인가?"

"전하는 아무 것도 하지 않는 것입니다."

"뭐? 아무 것도 하지 않는다고?"

"그렇습니다, 전하. 군주는 하는 일이 없고, 백관은 그 능력을 다하는 것이 궁극적인 술입니다."

"어찌하면 그 지경에 이를 수 있겠는가?"

"아무 것도 하실 필요가 없습니다. 치는 관을 넘지 않는지라(治不

踰官), 백관의 직권과 직책을 정하여 월권과 부당관여를 불허하고, 안다고 할지라도 입을 다물 것이며(雄知不言), 벗을 중상모략하지 말 것이며, 나아가 명과 실을 비교하여(名實相比), 명분과 실제가 부합하는지 맞추어 볼 것이며(名正審分), 객관적인 기준으로 조사를 공평히 하여 즉 복무규정과 일에 대한 기준을 정확하게 갖추면 그것만으로 충분하다 고려됩니다. 본래 군도(君道)는 무지무위(無知無爲), 현자(군사, 재상)에게 유지유위(有知有爲)를 떠맡기면 군주께서는 아시고 행하실 필요는 전혀 없습니다."

"흠! 아무 것도 모르고 아무 일도 하지 않아도 된다는 말이군?"

"그러합니다, 전하. 하오나 그와 동시에 쓸데없는 참견과 아는 체를 하시는 그런 일은 삼가심이 가한 줄 아룁니다."

"구체적으로 예를 들면 어떤 경우를 말하는가?"

"법도를 함부로 해석하시거나 그 집행에 있어서 참견하시는 일 등을 말합니다. 하옵고 총신을 좌우로 두거나 무슨 청탁을 받는 일은 절대로 삼가실 일입니다. 질투하는 아내는 집안을 망치고 총신은 나라를 어지럽게 합니다. 꼭 마음속에 간직하십시오."

"귀머거리, 벙어리로 있으란 말인가?"

"아닙니다. 전하는 편히 전하 자리를 지키셔야 합니다. 군도와 신도는 서로 다릅니다. 북소리는 오음(五音), 즉 궁(도), 상(레), 각(미), 치(솔), 우(라)가 주된 음이지 다섯 음으로는 나지 않습니다. 처음과 끝을 알리는 북소리를 들으면서 정치 무대에서는 그것을 치는 군주의 모습은 보이지 않고, 아니 백성들에게 그 존재를 알지 못하게 하는 것이 최고의 치세입니다."

신불해는 결론을 지었다.

"잠깐, 그 말은 어디에선가 들은 적이 있는 것 같은데….”

"아, 이이(李耳: 노자)가 남긴 『도덕경』에서 읽으셨을 것입니다. 조금 전에 말씀드린 군주의 도가 무지무위라는 것도 그가 한 말입니다.”

"알겠소. 그럼, 그 유지유의를 대신하는 현자의 역할을 그대에게 맡기겠소.”

얼마 후 한소후는 신불해를 재상으로 임명했다.

어느 날 한소후가 술에 취해 선잠을 자고 있을 때였다. 계절은 늦가을인지라 꽤 쌀쌀했다. 감기에 걸려서는 안 되겠다고 생각한 전관(典冠)이 자기 옷을 벗어서 살짝 소후에게 덮어 주었다. 그래도 추운지 소후가 잠에서 깨어났다.

"옷을 덮어준 자는 누군가?”

소후가 묻자 전관이 앞으로 나섰다.

"덕분에 감기에 걸리지 않았소.”

소후는 치하하여 상을 내렸다.

그때 신불해가 나타났다. 소후는 신불해에게 전관의 충성을 칭찬했다. 전관은 받은 상을 안고 그 자리를 떠나려고 했다.

"잠깐!”

신불해가 제지했다. 그리고 전의를 불렀다.

"그 전관과 전의 두 사람을 잡아서 사직(司直)에게 넘겨라.”

신불해는 엉뚱하게도 수전관에게 명령했다.

"왜 그러시오?”

소후가 깜짝 놀라면서 물었다.

"치불유관(治不踰官)의 규정에 의해 경미한 죄는 볼기 오십이라 정해져 있습니다. 전관은 직무를 넘어 월권행위를 했고, 전의는 직무를 소홀히 하여 태만의 죄를 범했습니다. 같은 죄로 다스림이 가한 줄로 아룁니다."

신불해는 말했다.

"그렇다고 그다지 엄히 아니하여도…."

소후가 동정의 빛을 나타냈다.

"아닙니다. 사소한 것일지라도 놓치지 않는 것이 기강을 바로 잡는 기본입니다. 붕당비주(朋黨比周)하여, 한 패로 결탁해서 악행을 일삼고 직무를 서로 미루어 책임을 회피하는 오랫동안의 폐습은 쉽사리 고쳐지기 어렵습니다. 이것은 안성맞춤인 본보기입니다. 여기에서 정을 보이면 군주는 행하지 않고 백관은 능력을 다할 수가 없습니다. 통촉하십시오."

"과연 옳은 말이로다."

소후는 고개를 끄덕였다. 불쌍하게도 좋은 일을 한 전관은 하사받은 상을 빼앗겼을 뿐 아니라 전의와 함께 볼기 오십 대를 맞아야 했다. 전관과 전의는 둘 다 소후가 아끼는 측근이었다. 그 일이 있은 후로 백관은 정신을 바짝 차렸다.

그리고 해가 바뀌었다. 정월의 대제(大祭)가 종묘에서 시행되었다. 중요한 의례였으므로 예행연습을 했다. 준비된 희생 제물인 돼지가 너무 작은 것을 보고 소후는 바꿀 것을 명령했다.

그러나 뻔뻔스러운 제관은 바꾼 체만 하고 그 돼지를 그대로 다시 내놨다. 그것을 알아본 소후는 크게 노했다. 그래도 분명히 바꿨다고 제관은 마구 우겨댔다.

"무엄한지고! 똑같은 돼지인 것을 아는데 과인의 눈을 속이려 들다니 괘씸한지고."

소후는 드디어 관을 면직할 것을 엄명했다.

"돼지 오른쪽 귀에 작은 반점이 있었음을 내가 똑똑히 기억하고 있소."

소후는 궁전에 돌아와서 의기양양하게 말했다. 그러나 신불해는 웃기는커녕 몇 번이고 고개를 저었다.

"무슨 연유로 제관을 면직시키시려 하십니까?"

소후에게 물었다.

"군주를 속인 죄요. 제물에 받치는 돼지를 바꿔치기 하여 횡령한 죄이기도 하오."

"증거는 있습니까?"

"과인이 이 눈으로 똑똑히 봤소."

"아니 그것은 증거가 될 수 없습니다, 전하."

"왜 그렇소?"

"인간의 눈이란 그다지 믿을 게 못됩니다."

신불해는 공자의 예를 들었다.

"그 옛날 공구(孔丘)가 공문 제자들을 데리고 여러 나라를 유세하면서 사관을 구하고 있을 때의 일인데, 어느 날 진(陳)나라와 채나라 국경에서 길이 막혀서 먹을 것이 궁한 적이 있었습니다. 그때 제자였던 안회(顔回)는 주린 배를 움켜쥐면서 짐차가 흘리고 간 쌀을 쓸어 담아서 그것을 스승인 공구에게 진상하려고 서둘러 밥을 지었습니다. 그것을 배를 끓고 낮잠을 자고 있던 공구가 실눈을 뜨고 그 광경을 보고 있었습니다. 그리고 다 지은 밥을 안회가 집어 먹는 것을 목격하고는, 그 밥을 차려서 내온 안회에게 공구는 참다못해서 '시식을

(독이 들었는지 확인) 하지 않아도 되었을 것을.' 하고 비꼬았습니다. 그러나 안회는 밥을 집어먹은 게 아니었고 밥을 지을 때 불을 지피다가 재가 솥에 들어간 것을 발견하고 그것을 집어내고 손가락에 묻은 밥풀을 핥았던 것입니다. 사정얘기를 듣고 오해임을 알게 된 공구는 스스로를 부끄럽게 여겼다 합니다. 그런 연유로 인간의 눈은 믿을 수 없습니다. 전하!"

"그것과 이것과는 다르지 아니한가? 공구는 실눈을 뜨고 보고 있었지만 과인은 눈을 똑바로 뜨고 똑똑히 봤다고 하는 데도…."

"전하께서 보신 것은 사실임이 틀림이 없습니다. 분명, 제관이 특별히 비육시킨 큰 돼지를 숨기고 작은 돼지를 내놓은 게 틀림없습니다. 하오나 그 자는 사육계 인부와 관리들과 결탁하여 횡령했을 터이므로 그들이 입을 맞추면 증거가 없습니다. 그래서 전하께서 가만히 계셨더라면 확실한 증거를 잡을 수 있었습니다. 이제 그들은 증거를 없애려고 서둘러 큰 돼지를 처분했음이 분명 합니다."

"그럼, 그 일을 방치하라는 말인가!"

"분하지만 달리 방법이 없습니다. 명실을 비교한다라는 규정에 따라 실(증거)을 잡아서 명(죄명)을 맞대어 볼 수가 없게 되었기 때문입니다. 이런 일이 있는 고로 쓸데없는 참견을 삼가시라고 당부 드렸던 것입니다."

"과연 그랬었군."

"이것을 교훈으로 명심하십시오. 아울러 말씀드리고 싶은 것은 믿을 수 없는 것은 눈뿐이 아닙니다."

신불해는 이번에는 정나라 자산(子産)에 대한 이야기로 예를 들었다.

"정나라 자산은 유달리 귀가 밝고 심지가 날카로운 인물이었습니다. 어느 날 그는 성 둘레를 순찰하던 중에 어떤 부인이 통곡하는 소리를 듣고 이상히 여겨 다가갔습니다. 남편의 죽음을 슬퍼하여 울고 있던 부인의 목소리로는 전혀 슬픈 기색이 없었습니다. 잠시 수레를 멈추고 통곡 소리를 듣고 있던 자산은 자신감을 갖고 그 부인을 관청으로 연행케 했습니다."

"알겠소, 그게 잘못이었군."

소후가 말했다.

"아닙니다. 조사를 해보니 그 여자 남편은 과연 병으로 죽은 것이 아니고 그 여자가 모살했음이 판명되었습니다."

"그럼, 잘한 일이 아닌가?"

"아닙니다. 자칫 잘못하여 재상 각하를 망신시켜서는 안 되겠다고 그 부하가 고문하여 허위 자백을 받아냈는지도 모를 일입니다. 그보다 일국의 재상이 군주라면 더욱 그와 같이 일일이 귀를 기울여 일을 넘겨짚다 가는 정치를 할 수가 없습니다."

"음, 그럴듯하오."

"그렇습니다. 앞으로는 눈과 귀, 그리고 마음을 함부로 쓰려 하시면 아니 됩니다."

신불해는 당차게 계속 강의를 했다.

"아무리 눈이 밝아도 담 밖 일은 보이지 않으며, 귀가 아무리 잘 들린다고 해도 십 리 밖에서 나는 소리는 들리지 않습니다. 마찬가지로 아무리 머리를 써도 궁중에서 일어난 일조차 완전히 알 수는 없는 법입니다. 하물며 동쪽 끝에 있는 개오(開梧), 남쪽 끝에 있는 다영(多鸎), 서쪽 끝의 수미(壽靡), 북쪽 끝에 담이(擔耳: 괄호 안은 모두 가공의 지명)까지 어떻게 알 수 있습니까? 총(摠: 밝음) 없이 듣는 것을 총이라 하고 시(視: 밝게 봄)를 떠나 보는 것을 명(明)이라 합니다. 마찬가지로 지(智: 넘겨 생각함)를 떠나 아는 것을 공(公: 正)이라고 합니다. 이목심지(耳目心智)는 참으로 믿기에는 부족한 것입니다. 심지로 알아내는 것은 매우 부족하며 이목에 의한 견문은 대단히 얕습니다. 그 얕은 심지와 이목으로 백성을 다스리지 않아야 함은 말할 필요도 없는 것입니다. 그러므로 군주는 이 이치를 똑똑히 명심하지 않으면 안 됩니다. 모든 치란(治亂), 존망(存亡), 그리고 안위의 길은 하나입니다. 그러므로 지(智)에 이르러 지를 버리고, 인(仁)에 이르러 인을 잊고, 덕(德)에 이르러 부덕을 이루어 무언무사 중에 고요히 때를 기다릴 것이며, 이리하여 마음에 여유가 있는 자만이 승자라는 것을 알아야 합니다. 이 이치에 따라 치기(治紀)를 바로 잡으면 화(和)가 생기고 앞장서지 않아도 사람들은 그에 따르게 됩니다. 고로 왕자(王者)는 행함이 없이 인(囚)이 많습니다. 즉 군도는 그에 기인하며 신도(臣道)는 그것을 행함이오, 행하는 자는 소(騷), 연유하는 자는 평(平: 靜)합니다. 이런 이치로 처음에 군도는 무지무위, 현자로 하여금 유지유의를 하도록 하라고 감히 진언 드렸나이다.”

신불해는 말했다.

“그랬었지.”

소후는 같은 말을 되풀이했다.

“그 무지무위를 철저하게 지킬 수 있도록 힘써 보겠소.”

소후는 맹세했다.

“하오나 힘을 쓰려함은 그 힘을 쓰고자 하는 의지가 이를 가로막고, 반대로 할 수 없다고 마음을 비움으로써 비로소 관철할 수가 있습니다.”

"알겠소. 애쓰지 않고 그 경지에 도달하겠소."

소후는 신불해의 말을 듣고 깨닫는 바가 컸다. 그리하여 그 후로는 지(知)를 버리고, 행하지 아니하고 오로지 법도에 인(因)하기로 했다. 그 결과 과연 한나라 백관들은 법도대로 그 직무를 다했다.

그리하여 신불해가 재상 지위에 오른 지 전후 17년. 그 동안 한나라는 끝내 한 번도 외세로부터 능욕을 당한 적이 없었다.

그런데 17년이라는 기간을 가볍게 여기면 장구한 춘추전국시대의 아주 작은 한 점에 불과하다. 그러나 그것은 참으로 경이적이며 귀중한 기록을 남게 한 시기였다. 그 기록이란 바로 신불해의 치적이었다. 그 엄연한 치세의 업적이 없었다면 아무도 신불해가 품었던 치세 철학과 그가 열거한 치세 방략이 치세에 도움이 되는 것으로 돌아보지 않았음에 틀림없다.

이미 아는 바와 같이 그 방략의 바탕이 된 정치사상의 기본은 노자(老子)의 가르침(도덕경)이었다. 그런데 자연무위를 제창한 노자 사상이 어찌하여 소용돌이치는 전국시대의 정치 수라장을 다스리는 유효한 사상이 될 수 있었는가?

그 불가사의한 모순을 신불해는 보기 좋게 극복해 나갔다. 사상사(思想史)에 있어서 말하자면 일종의 상식을 초월한 것이었다. 그러나 실은 그 상식을 초월한 것이 춘추전국을 더욱 빛나게 했다. 그리고 그 이해하기 어려운 정치사상은 춘추전국사뿐만 아니라 그 후 중국의 정치사상에도 깊숙이 내재되어 있다.

신불해의 사상과 방략은 특이한 존재로서 전국시대 어느 한 곳, 즉 한 나라에 고립하고 있었던 것만은 아니었다. 그뿐만 아니라 신불해가 개척 한 술(術)은 후에 상앙의 법과 신도(愼到)의 세(勢)와 통합되어서 드디어 끊임없이 펼쳐져온 춘추전국의 장대한 정치실험을 종결로 이끄는 지배체제의 이론을 형성했다. 즉 신불해의 사상과 방략은 춘추전국시대의 정치 흐름으로 주류를 형성한 세 지류 중 하나였던 것이다.

역사에는 시대를 만들고 혹은 시대를 흔들며 움직였던 인물과 다만 시대에 기생하며 탐욕으로 그것을 차지했던 인물이 존재한다. 상앙과 신불해는 전자에 속하며, 두 인물에 이어 나타난 소진(蘇秦)과 장의(張儀) 두 사람은 후자에 속하는 인물이었다.

천하양분 형세의 파도를 타고 합종(合從)을 주장하여 책동한 것이 소진이며, 반대로 연형(連衡)을 제창하여 그 일을 이루도록 질주한 자가 장의였다.

그러나 춘추전국의 후반, 즉 전국시대를 풍미하고 후대에도 사람들 입에 오르내린 '합종연형'은 그 말의 요란함과 그 추상적인 의미의 비린내(권모술책의 냄새)에도 불구하고 현실적으로는 별 내용을 지니고 있지 않았다.

천하가 양분되었다고 해도 실제로는 진나라와 중원(초나라를 포함) 여러 나라와의 단순한 대립이었기 때문이다. 즉, 합종이란 중원 6개국이 동맹을 맺어 진나라와 싸우는 일이며, 연형이란 그 싸움을 피하여 공존 하자는 것이었다. 다시 말해서 양분된 천하에서 전쟁과 공존을 선택하는 것이었으나 큰 소동을 일으키지 않아도 길은 두 개뿐이었던 것이다. 그래서 합종이니 연형이니 하며 떠들썩하기는 했으나 실은 구체적인 선택이 문제가 된 것은 아니었다. 별안간 강해진 진나라의 군사적인 위협과 압박에 대한 중원 여러 나라들의 당혹감과 공포심이 소동을 확대했을 따름이었다.

그러므로 합종으로 이름이 널리 알려진 소진은 역사에 실재한 것이 아니라 허구의 인물이라고 주장하는 역사가도 있다. 즉 당시의 중원 여러 나라들의 방황을 설명하기 위해 설정된 가공의 인물이 아닌가 하는 게 그의 설이다.

설령 이것이 설이라 해도 경청할 가치가 있다. 그러나 현실과는 아무래도 상관없는 일이다. 존재 이유는 요란했으나 존재 가치는 없었던 인물이었기 때문이다. 즉 그가 구체적으로 무엇을 했는가 보다는 그 당시의 국제관계와 환경이 문제였다. 바꾸어 말하면 연기자의 행동이나 연기 보다는 무대장치와 조명, 그리고 음악이 더 중요했다는 뜻이다.

동시에 소진 자신에게 있어서도 역사는 문학적인 표현으로 표출되는 장엄한 드라마가 아니라 통속적인 막간 연극의 수준에 지나지 않았다. 그러므로 예를 들면 전쟁이냐 평화공존이냐 하는 엄숙한 선택도 그에게는 비 오는 날에 우산을 쓸 것이냐, 갓을 쓸 것이냐를 결정하는 정도의 사소한 일이었다. 사실 그는 합종으로 유명해졌는데 그전에 그는 연형을 제창했었다. 그리고 그것이 실패하자 금세 합종으로 전향했던 것이다.

영웅이 역사를 만드는 것인가? 아니면 역사가 영웅을 낳는 것인가? 라는 매혹적인 논의는 소진과 장의 두 인물에 한해서는 논의할 여지가 없다. 게다가 자기들을 낳은 역사 상황 가운데서 자기 세상의 봄을 노래한 다른 보통 영웅과 달리 소진과 장의 두 사람은 어디까지나 그것을 이용하여 무대를 독차지한 것밖에는 안 된다.

그런 의미에서도 소진과 장의 두 사람은 단순한 설선삼촌(舌先三寸) 즉, 능변자이면서 어떤 의미에선 천재이기도 했다. 다시 말해 그들은 나름대로 간사한 지혜가 남달랐다. 그러므로 그 지혜는 전혀 사람들의 감동을 유발시키지는 못했으나 한편의 연극으로 본다면 그런 대로 재미는 있었을 것이다.

그러나 눈물겨운 일화가 있다.

진나라에서 연형을 제창하다가 푸대접을 받은 소진은 조나라에 건너가서 합종을 제창했다. 진나라와 오랜 세월 동안 국경을 접하고 있던 조나라는 중원 여러 나라들 중에서도 특히 진나라 군사력을 두려워한 나머지 중원 여러 나라들과의 군사동맹을 갈망하고 있었다. 그런데 그때 소진이 나타났던 것이다. 조나라 군주인 숙후가 덮어놓고 소진이 제창하는 합종에 매달렸음은 말할 나위도 없다.

그뿐만 아니라 조숙후는 합종을 추진함에 있어서 지위가 없어서는 난처할 거라고 하며 갑자기 소진을 열후(列侯)로 봉하여 무안군(武安君)이란 칭호를 제수했다. 조숙후의 이 같은 처사에 누구보다도 소진 자신이 당황했다. 동시에 그는 염려가 되었다.

모양뿐인 합종을 성공시키는 것은 어렵지 않았다. 그러나 군사동맹을 맺는다고 해도 유사시에 여러 나라들이 진심으로 힘을 합하여 싸우리라고는 소진 자신도 믿을 수가 없었던 것이다. 그러므로 하늘에서 떨어진 모처럼의 지위를 지키기 위해서는 어떠한 일이 있어도 진나라가 중원으로 출병하는 일이 있어서는 안 되는 것이었다.

그래서 그는 오랜 친구의 장의를 이용하기로 했다. 때마침 장의는 실의에 빠져 있었다. 그 또한 소위 제자백가의 한 사람으로, 벼슬을 구하기 위해 여러 나라를 유세하고 다니고 있을 즈음, 초나라 재상집을 방문하게 되었는데 옥(璧)을 훔친 혐의로 곤장 형을 받은 끝에 초나라로부터 추방당했다.

이미 여비를 다 써버린 장의는 할 수 없이 위나라, 즉 자기 고향으로 돌아왔다. 거지와 다름없는 몰골로 귀향한 장의에게,

"바른 일을 하려 하지 않고 허명을 구하려 하시니 그와 같은 굴욕을 받게 되는 것입니다."

부인이 말했다. 그러자 장의는 큰 입을 있는 대로 벌려서 아내에게 보였다.

"보시오, 부인. 아직 혀가 그대로 남아 있지 않소? 이것만 있으면 그 끝 세 치로 반드시 성공해 보이겠소."

장의는 큰소리를 쳤다. 그러나 실제로 가산을 털어서 마련했던 여비를 모두 써버렸으니 생활은 말이 아니었다.

그런 때에 가뭄에 내리는 단비와 같이 소진으로부터 호출이 왔다. 소진은 이미 성공하여 기반을 잡고 있었던 것이다. 장의는 뛸 듯이 기뻐하며 조나라의 수도 한단으로 단숨에 달려갔다. 그리고 무안군 집을 찾아 갔는데 생각지도 않게 하인 취급을 받게 되었다. 그러한 푸대접에 장의는 분격하여 그 집을 뛰쳐나왔으나 돌아갈 여비조차 없었다. 어쩔 수 없이 마지막 남은 재산인 수레를 말과 함께 팔아 버리고 힘없이 고향으로 발길을 돌렸다.

그때 뒤에서 한 눈에 부호임을 알 수 있는 남자가 쫓아와서 장의를 그 훌륭한 수레에 태웠다. 자기는 소진에게 원한을 품고 있는 사람이라고만 소개했다. 그리고 천천히 말을 시작했다.

"선생의 고명은 소문으로 들어 익히 알고 있습니다. 소진으로부터 어떤 부당한 처사를 당했는지도 알고 있습니다. 어떻습니까? 힘을 합하여 소진의 코를 납작하게 해주지 않겠습니까? 소진은 진나라에서 실패했습니다. 그러니 진나라로 가십시다. 필요한 수레와 자금은 얼

마든지 제공 하겠습니다. 목숨을 걸고 진나라 왕에게 연좌를 제창해 보지 않겠습니까?"

라고 사내는 말했다.

장의의 가슴은 투지와 희망으로 꿈틀거렸다. 그리하여 진나라 수도 함양에 들어가 운 좋게 진혜왕을 설득하여 객경(客卿)으로 임명되었다. 그 다음 날 일찍 후견인이 된 사나이가 나타나서 장의에게 축하한다고 하면서 이별을 고했다.

"저는 사실은 무안군의 부하이며, 제공했던 수레와 자금도 모두 무안군의 것입니다. 무안군께서는 선생 재능을 높이 평가하고 계십니다. 이번에 이런 연극을 한 것은 선생의 발분(發憤)을 촉진하기 위해서였습니다. 이제야 겨우 무안군도 선생도 숙망을 이룩하셨습니다. 저는 보고를 위해 바로 한단으로 돌아가겠습니다. 부디 진나라에서 열심으로 연형을 추진하시도록 하십시오. 진나라에서 중원으로 출병하는 일이 있어서는 절대로 안 될 것입니다. 꼭 선생께 잘하시도록 격려하라는 무안군의 명령을 받았습니다. 아니 더 중요한 전달이 있는데… 선생이 진나라에 연형을 잘 설득시킨다면 천하는 무안군과 선생 손 안에 있는 것이나 마찬가지입니다. 힘을 합하여 그 천하를 손바닥 위에서 실컷 원하는 대로 주무르지 않겠느냐고 선생께 분명 이와 같이 전하라고 하명 받았습니다. 그럼."

이렇게 말하고 사나이는 돌아갔다. 재미있는 얘기는 계속된다. 어쨌거나 춘추전국의 세상은 터무니없는 엉터리 변론가를 한꺼번에 두 명이나 배출했던 것이다.

제51장
이현령비현령(耳懸鈴鼻懸鈴)

이른바 능변자의 본령은 그 산뜻한 변설에 있는 것이 아니라 그 맑은 췌마(揣摩)의 재능에 있다. 췌마란 췌마억측에서 비롯된 말인데, 본래는 사전에서 설명하고 있는 '어림짐작'이나 '자기 마음으로 상대를 추측함' 등의 의미는 아니다.

원래 췌마는 유추(類推)라는 뜻이다. '득태공음부지모, 복이통지, 간련이위췌마(得太公陰符之謀, 伏而誦之, 簡練以爲揣摩)'에서 생겨난 말이다. 태공음부지모란 태공망이 남겼다고 전해 내려오는 전설적인 환상의 '권모(權謀)의 글'을 말한다. 그리고 그것을 읽어서 그 정수를 골라 췌마(유추)의 표준으로 삼았다. 그것을 표준으로 삼은 것은 다름 아닌 소진이었다.

소진이야말로 췌마를 창출해낸 원조였던 것이다. 그러나 말은 살아 움직인다. 원조가 학습을 마치고 유세를 시작함과 동시에 췌마는 단순한 유추에서 '상대의 기대와 소망에 말을 맞추는 기술'을 의미하게 되었다. 그리고 어느새 그 기술이 변설의 재능을 넘어 '능변자의 우열'을 가리는 열쇠가 되었다.

사실 예로부터 성공한 우수한 능변자의 대부분이 변설보다는 췌마에 능했다. 후대에서도 일반적으로 어린 싹이라 할 수 있는 기회주의자는 의외로 달변자가 많고 그런 식의 사기꾼들도 매우 췌마에는 능하지만 달변인 경우는 많지 않았다.

　예를 들면 제2차 세계대전 후 일본의 경제 부흥기에 많은 기업의 수뇌부들이 M자금이다, 아랍자금이다, 혹은 무슨 자금이다라고 번번이 속였는데 그런 사기꾼들은 대개가 능변은 아니었다.

　능변자라는 말에서 간사한 지혜와 능변을 연상하는 것은 틀림없는 오해이다. 그들이 다 알고 있는 것을 진부한 말로 한 점 부끄럼 없이 하며 계속 지껄여 어린아이를 속이는 것과 같은 거짓말을 그야말로 태연하게 되풀이하고 있는 것뿐이다. 그런데 실은 그것이 심리적으로 췌마의 효과를 증폭시키고 있는 것이다.

　그러므로 반대로 두뇌가 지나치게 명석한 자와 너무 능변한 자는 사기꾼이 될 수 없으며, 된다고 해도 아마 성공하지는 못할 것이다. 쓸데없는 공상이 너무 많아서 수족이 움직이지 않고, 필요 없는 말(논리를 굳히기 위해)을 지껄여 지푸라기를 잡으려고 하는 상대의 심정을 어지럽히기 때 문이다.

　그것은 원조의 수법을 보면 잘 알 수 있다. 소진은 하고 싶은 말을 필요한 만큼 말하고 중원 6개국을 두루 다니면서 녹음기를 틀듯이 같은 말은 같은 어투로 반복했다. 그리고 보기 좋게 6개국 군주들에게 합종을 맹세케 했다. 즉 그는 단순 명쾌한 필승의 패턴을 만들어 냈던 것이다.

　그 패턴이란, 먼저 듣는 자가 말하는 자보다도 더 잘 알고 있는 것을 내세우는 것이다. 즉 귀국의 입지 조건은 이러이러하며 혁사는 얼마를 갖추고 있다는 것부터 이야기를 시작한다. 그렇게 함으로써 귀국에 관해서는 무엇이든지 다 알고 있다고 두려움을 느끼게 하는 것이다. 이어서 국왕은 총명하고 병사는 강하다고 치켜 세워주고 본래는 패(霸)왕국이라고 향수를 느끼는 듯한 말로 더욱 부추긴다. 그런 다음에 그런데도 진나라 따위에 쩔쩔매고 있다니 말이 되느냐고 일축한다. 더욱 더 진나라 따위에 굴복하여 땅과 성을 내주고 환심을 산다는 것은 크나큰 우를 범하는 것이며 부끄럽게 여겨야 마땅하다고 몰아세우고 듣는 이에게 입술을 깨물게 한다. 그리고 약간 틈을 주다가 사실은 진나라 따위는 무서워 할 일이 아니며 꼼짝 못하게 하는 좋은 수가 있다고 희망석인 말을 한다. 그것은 바로 중원 국가들이 군사 동맹을 맺는 일이다. 즉 합종을 맹세하는 것이라고 해결책을 제시한다.

그와 같은 패턴으로 소진은 합종을 제창했고 운 좋게도 차례차례 5개국을 설복시켰다. 그리고 마지막 마무리를 하러 초나라로 들어갔다. 초나라에서도 소진은 초위왕에게 같은 식으로 같은 말을 했다.

"초나라는 서쪽으로 검중(黔中), 무군(巫郡)이 있고, 동쪽에는 하주(夏州), 해양(海陽)이 있으며, 남쪽으로는 동정호(洞庭湖), 창오(蒼梧)가 있으며, 북쪽으로는 형새(陘塞), 순양(郇陽)이 있어서 5만여 리의 광대한 영역을 갖는 대국입니다. 게다가 백만 대군을 안고 있고, 병거는 천 대, 기마는 만 필이 넘으며 저장된 식량은 소비량의 십년분에 달하는 군사대국입니다. 그 초나라의 강(强)과 그것을 다스리는 초왕의 현(賢)을 합쳐 미루어 본다면 천하에서 초나라에 필적할 만한 나라는 없고, 초왕이야말로 참으로 패왕의 자격을 갖추고 있다고 할 수 있습니다. 그 강대한 초나라가 서쪽으로(진나라) 고개를 돌리고 공손의 뜻을 표한다면 중원 여러 나라들은 어떻게 될까 생각하니 한탄이 절로 앞섭니다. 모두 함양 아래에 무릎을 꿇지 않으면 안 됩니다. 참으로 한심하고 수치스러운 일입니다. 진나라가 강대화하는 것을 그대로 방치하면 가장 큰 피해를 입는 것은 초나라입니다. 국경을 접하는 양 대국은 대립하기 쉽습니다. 따라서 초나라는 중원 5개국과 동맹을 맺어 다시 말해서 합종하여 진나라를 고립시켜야 합니다. 초나라가 합종에 참가하지 않으면 언젠가는 진나라가 초나라로 출병할 것입니다. 한 무리의 군사가 무관(武關)을 떠나 검중에 도달하면 언(焉)을 침범당하고 영(郢: 초나라 수도)은 위태로워집니다. 아직 어지럽기 전에 다스리고, 병들기 전에 행해야 한다고 합니다. 병든 후에 걱정한들 소용없는 노릇이며 결단할 기회를 놓치면 돌이킬 수가 없게 됩니다. 초나라가 합종에 참가한다면 중원 여러 국가로부터 사계절의 공물이 줄을 잇고, 사직을 대왕(초왕)에게 맡기고 정예 부대의 지휘를 위탁하는 것이 틀림없는 사실입니다. 또한 한·위·조·제·연 나라로부터 묘음(음악), 미인이 계속 대왕께 후궁으로 보내질 것은 의심할 여지가 없습니다. 즉 합종하면 대왕은 중원 전체에 군림하게 되며, 만약 연형이 성립되면 진나라 왕은 제(帝)가 되고 초나라는 신하로서 진나라에 추종해야만 됩니다. 패왕의 업을 버리고 다른 나라에 추종함은 현명한 군주가 취할 도리가 아닐 것입니다. 애당초 진나라는 오랑캐의 후손으로 천하병탄(天下倂呑)의 야망에 불타고 있습니다. 땅을 갈라서 한때의 화평을 청함은 맹수에게 고기를 던져 주는 것과 같은 위험한 처사입니다. 이미 중원 5개국이 합종을 맹세했습니다. 거기에 초나라가 합친다면 아무리 진나라라 할지라도 속수무책일 것입니다. 고로 합종에 참가하여 존중을 받을 것인가, 아니면 진

나라와 결탁하여 굴복할 것인가를 결단할 때입니다. 어찌 하시겠습
니까?"

소진이 초위왕에게 결단을 재촉했다.

"알겠소, 기꺼이 합종함을 맹세하겠소."

초위왕은 대답한 뒤, 소진을 초나라 재상으로 임명하여 합종을 행
하는 전권을 일임했다.

초위왕 7년(기원전 333)의 일이었다. 이리하여 소진은 6국의 법인
하에 합종의 약장(사무총장)이 되었다.

초나라에서 소진은 초위왕을 합종의 맹주로 옹립하는 듯한 말을
제멋대로 떠들어댔다. 그러나 맹주는 처음부터 조숙후로 정해져 있
었다. 조숙후는 말하자면 소진의 후원자격이었기 때문이다.

초위왕으로부터 전권을 위임받은 소진은 그 경과보고와 정리를 하
기 위해 화려한 말과 수레를 대동해 위풍당당하게 조나라 수도 한단
으로 향하는 도중에 고향인 낙양에 들렀다. 낙양 천자 주현왕은 자기
슬하에서 영웅이 나타났음을 기뻐하며 연도를 깨끗이 쓸게 하고 사
자를 마중하러 보냈다.

환호성으로 환영받으며 금의환향한 소진은 무엇보다 먼저 유세를
떠날 때에 여비를 마련하기 위해 졌던 빚을 갚았다. 그리고 친족과
인근에게 금품을 쏟아서 축복에 답했다. 소진이 우쭐댄 모습은 상상
하고도 남을 것이다.

조나라 수도 한단에서는 조숙후가 백관을 거느리고 성문까지 마중
나왔다. 도성에 들어간 소진은 조숙후에게 보고를 마치고 합종 맹약
을 문서로 작성했다. 허리에 두른 6개국의 문서에 모두 날인하여 바

로 진나라로 보내게 했다.

그러나 문서를 일부러 진나라에 보낸 것은 얕은 지혜라기보다는 욕심이 낳은 실수였다. '지상(紙上)맹약'을 보고 진나라 조정은 코웃음을 쳤다. 즉 허세를 부린 속이 훤히 들여다보이는 처사였기 때문이다. 그 묘한 허세는 진나라에게 자극을 주었다. 그것보다도 소진이 비밀리에 이용하려고 하던 장의의 입장을 더욱 난처하게 했다. 싫어도 장의는 평화공존을 뜻한 연형에서 합종을 깨는 연형으로 바꾸지 않으면 안 되었다.

물론 진나라는 처음부터 중원 여러 나라들과 평화공존을 하리라는 생각은 추호도 갖고 있지 않았다. 아울러 중원 여러 나라들이 쉽게 단결될 수 있다고도 믿지 않았다.

과연 진나라는 이듬해에 제·위 두 나라를 부추겨서 연합군을 편성하여 조나라를 공격했다. 그 일격으로 제·위·진나라와 연합함으로써 모래성처럼 합종은 순식간에 허물어져 버렸다. 당연히 조숙후는 비를 잔뜩 머금은 저기압이 되었다.

그러나 소진역시 보통 인물은 아니어서 바로 그 파탄을 수습한다고 하며 조나라를 떠났다. 그 말은 완전히 거짓말은 아니었으나 실은 신상에 위험을 느껴 도망쳤던 것이다.

조나라를 떠나 소진은 발길을 연나라로 돌렸다. 그가 도망처로 연나라를 택한 것은 그만한 이유가 있었다. 그때 연나라는 문공(文公)이 병사하고 그 아들인 역왕(易王)이 즉위한 직후였다.

소진은 입놀림도 빨랐지만 눈치도 빨랐다. 예전에 연문공에게 합종을 설파하기 위해 연나라를 찾았던 소진은 그 얼마 안 되는 체류기간 동안에 문공 부인을 유혹하여 불륜 밀통을 일삼았다. 그 문공

부인이 지금은 왕태후인 것이다. 무슨 일이 있으면 왕태후가 힘이 되어 주리라고 믿고 소진은 은신처를 연나라로 정했던 것이다.

하지만 역시 소진의 운은 이제 다 되었던 모양이다. 연나라는 문공의 상을 치르는 중에 합종에 참가하고 있던 제나라로부터 열 개의 성을 탈취 당했다. 그래서 연나라에 나타난 합종 약장 소진을 역왕은 몹시 못마땅하게 여겼다.

"그대가 설파한 합종에 제일 먼저 응한 것은 이 연나라였거늘, 이런 결과가 되어 천하의 웃음거리가 되어 버렸으니, 이 일을 어이 수습할 것이오?"

역왕은 꾸짖듯이 말했다. 그러나 소진은 태연하게 대답했다.

"사소한 일입니다. 전하, 그 열 개의 성을 다시 빼앗겠습니다."

소진은 큰 소리를 쳤다. 역왕의 왕비는 진혜왕의 딸이므로 진나라의 위력을 빌려서 제나라를 협박하면 성을 도로 찾을 수 있을 것이라고 소진은 판단했던 것이다. 그래서 소진은 자신감을 갖고 제나라를 찾았다.

제나라 수도에 들어간 소진은 제위왕(齊威王)에게 강세를 몰아 담판 했다.

"사람이 굶주려도 독풀을 먹지 아니하는 것은 무슨 연유라 생각하시는지요? 잠시 허기를 채운다 한들 결국은 아사하는 것과 같기 때문입니다. 하온데 제나라는 그 교훈을 무시하는 잘못을 범하였습니다. 역왕은 진혜왕의 사위님이 아닙니까? 서로 번거로움을 피하기 위하여 이미 삼키신 연나라의 열 개 성을 뱉어내심이 가한 줄 아룁니다."

소진은 단도직입적으로 말했다. 진혜왕의 사위님이라는 말에는 크나큰 힘이 들어 있었다.

"알겠소."

제위왕은 진나라와의 문제를 피하려고 간단하게 대답했다. 그리고 즉시 열 개 성을 연나라로 반환했다.

제나라에서 소진은 유감없이 능변자의 실력을 발휘하면서 그것을 미끼로 연나라에서 큰소리를 쳤다. 그 때문에 그는 조정신하들로부터 심한 눈총을 받았다. 그 중 하나는 그와 왕태후와의 공공연한 불륜이 조정 신하들 눈에 띄었기 때문이기도 했다. 그래서 역왕은 굳이 소진을 관으로 임명하지 않았다.

그것을 못마땅하게 여기고 있던 소진이 어느 날 연역왕에게 관직을 내려 주기를 청했다.

"옛날 어느 곳에 지방으로 단신 부임을 했던 관리가 있었습니다. 그리고 지방에서 몇 년간 맡은 임기를 마치고 집으로 돌아왔습니다. 그런데 자기가 집을 비운 긴 세월 동안에 그 부인은 공공연하게 정부(情夫)를 집으로 끌어들여 정을 나누고 있었습니다. 남편이 돌아온다는 소식을 듣자 정부는 떠나려고 했습니다. 그러자 그럴 필요가 없다며 남편이 돌아오면 즉시 독살하겠다고 아내가 말했습니다. 남편이 돌아온 날, 저녁상에 독을 탄 술을 하녀에게 내오게 했습니다. 그런데 그 하녀가 그만 발을 헛디뎌서 독주를 쏟아 버렸습니다. 실수를 한 게 아니고 일부러 헛디뎠던 것입니다. 왜 그랬다고 생각하십니까?"

"모르겠소!"

역왕은 내뱉듯이 말했다.

"술을 내가면 주인 나리를 죽음에 이르게 하고, 실토를 하면 안방마님이 죽게 됩니다. 고민 끝에 하녀는 고의로 헛디뎌서 두 사람을 살렸습니다. 사려 깊고 충성스러운 하녀는 칭찬을 받아야 마땅합니다. 그러나 불쌍하게도 하녀는 실수를 범한 죄로 매를 맞았습니다. 현재 신이 놓인 입장이 바로 이 하녀의 입장과 같습니다. 통촉하여 주십시오."

라고 이야기를 재치 있게 이끌었다. 그러나 역왕은 그 하녀의 충절에는 감동했으나 아무리 생각해도 소진이 그 하녀와 입장이 같다고는 납득할 수가 없었다.

물론 소진이 말하고자 하는 뜻은 금세 알아차릴 수 있었다. 그러나 역왕은 이를 묵살했다. 소진 역시 역왕이 금방 자기 말에 반응을 나타내리라고는 생각하지 않았다. 마음속으로 미리 입을 맞추어 놨던 왕태후의 진인을 기대하고 있었던 것이다.

그러나 그것은 소진의 터무니없는 계산착오였다. 소진은 아마도 색(色)에는 대단한 남자가 아니었던 듯하다. 왕태후에게는 벌써 새로운 정부가 생겼던 것이다.

앞에서도 말했듯이 소진은 눈치가 빨라 도망치는 것도 빨랐다. 소진은 그런 사실을 알게 되자 신상이 위태로워짐을 깨닫고 재빨리 제나라로 도망쳤다.

다시 제나라 수도에 나타난 소진은 금세 마음이 바뀌어 연나라를 침략 하는 것을 돕겠다고 맹세했다. 제위왕은 그 말을 믿고 그를 객경으로 임명했다.

"그와 같은 무절조한 능변자를 신임하심은 부당합니다."

조정신하들이 입을 모아 반대했다.

"아니오, 그런 무절조가 때로는 필요할 때가 있소."

위왕은 조정신하들의 반대를 물리쳤다. 그러나 군주의 마음을 신하들은 헤아리지 못한 채 객경으로 임명받은 소진은 얼마 후 자객으로부터 습격을 당했다. 다행스럽게 소진은 즉사는 모면했지만 목숨이 위태로웠다. 위왕은 자객을 교준한 자를 탐색했으나 조정신하들이 짜고 입을 봉했으므로 범인을 찾을 수 없었다.

그러나 최후가 임박해진 소진이 최후의 발악을 했다.

"신의 숨이 끊어지면 소진은 연나라를 위해 진나라에서 음모를 꾀했다고 칭하여 차열형으로 처형하십시오. 그렇게 되면 자객은 틀림없이 나타날 것입니다."

하고 위왕에게 유언을 남겼다. 위왕은 그 유언을 실행에 옮겼다. 소진이 생각한대로 자객은 후한 상이 내릴 것을 기대하며 나타났다. 자객을 부추긴 것은 위왕의 측근이었다.

이것이 소진이 생애를 통해 연기한 것 중 가장 가치 있는 연극이었다. 그 소문을 진실로 받아들인 연역왕은 소진의 죽음을 애도했다. 과연 그때 말한 하녀의 입장이 역시 그의 입장이었는가 생각하니 감개무량했다.

그뿐만이 아니다. 소진에게는 소대(蘇代), 소여(蘇厲)라고 불리는 두 아우가 있었다. 그 두 아우가 형 소진의 유덕을 미끼로 이용하여 벼슬을 얻으려고 연나라 수도 계(薊: 북경)에 나타났다. 그리고 형의 유공으로 운 좋게 임관되어 중용되었다. 두 아우가 '위대한' 형의 의발을 이어받았음은 말할 나위도 없다.

소진의 죽음을 장의는 초나라에서 들었다. 진나라는 제나라를 치려고 했으나 제나라는 초나라와 동맹을 맺고 있었다. 그래서 제나라에 출병하기 전에 제나라와 초나라를 이간시키기 위해 장의는 사명을 띠고 초나라를 방문하고 있었던 것이다.

덧붙여서 소진이 제위왕에게 연역왕은 진혜왕의 사위이다. 약탈한 열 개 성을 반환하지 않으면 큰 일이 벌어질 것이라고 협박한 것은, 입에서 나오는 대로 함부로 지껄인 말은 아니었다. 사실 그 당시 진나라는 제나라로 출병하려고 하고 있었던 것이다. 그래서 장의는 초나라에서 열심히 진나라와의 동맹을 초희왕에게 설득하고 있었다.

장의는 '설득'의 유의를 소진과 달리하고 있다. 소진은 언제나 먼저 상대를 치켜세웠으나, 장의는 반대로 맨 처음부터 위협을 했다. 원래 목적이 다르므로 설득하는 내용도 정반대였다.

"진나라 영토는 천하의 반에 달하고 병력은 인접한 4개국을 합한 것보다 많습니다. 주위의 지세는 험악하고 강이 가로막혀 지키기는 쉬워도 공격하기는 어렵습니다. 정예화 된 병사는 백만을 넘고 병거는 천 대, 기마는 만 필이 넘으며 창고에는 양식을 산더미처럼 저장한 군사대국입니다. 게다가 법령은 밝아서 병사는 죽음을 두려워하지 않고, 군주는 현(賢)과 엄(嚴), 무장은 지(智)와 용(勇)을 겸비했습니다. 한 번 군사를 움직이면 땅 끝까지도 석권하여 대지의 등골마저도 부러뜨릴 기세입니다. 그러므로 합종을 꾀하여 진나라에게 총구를 겨누는 것은 양떼를 가지고 맹호와 싸우는 것과 같습니다. 그래도 대왕(초왕)은 맹호 쪽에 붙지 않고 양떼와 함께 하시렵니까? 진나라는 서쪽으로 파촉(巴蜀: 사천 성)을 안고 문산(汶山)에서 병사와 식량을 배에 싣고 하루 새 3백 리 속도로 강을 내려가면 초나라에 이르는 길이 3천 리가 된다고 하더라도 소와 말의 힘을 빌리지 않고도 열흘이면 한관(扞關)에 도달합니다. 그 한관을 위협하면 동쪽 여러 성들은 거점을 잃고 검중이나 무군을 치는 것은 문제도 아닙니다. 더욱 한관에서 병사를 출병시켜 남쪽으로 향하면 초나라 북쪽 땅을 짓밟는 것은 누워서 떡먹기 입니다. 게다가 어떠한 악조건에서도 진나라는 원하는 땅을 수중에 넣는 데에는 석 달도 걸리지 않았습니다. 그러므로 초나라가 제나라에 구원을 요청한다 해도 원군이 도착하기까지 반년은 족히 걸립니다. 일단 진나라가 움직이면 초나라가 재해를 피하지 못함은 불을 보듯 뻔한 일입니다. 그 재해를 피하는 길은 단한 가지 관(關)을 막고 제나라와의 약속을 어기고 진나라와 화평을 맺는 일입니다. 게다가 진나라는 초나라에게 화친의 증표가 되는 예물을 준비했습니다. 제나라와 단절한다면 상어(商於) 6백 리 땅과 진나라 미인을 잘 골라서 대왕의 후궁으로 시중들게 하겠다고 했습니다. 그리고 진·초나라의 왕실끼리 혼인을 맺으면 양국은 다음 세대에는 형제국이 됩니다. 그렇게 하면 북쪽에 위치한 제나라를 약화시키고 서쪽 진나라와 남쪽 초나라를 강화시키는 길이라 할 수 있습니다. 어찌하시겠습니까?"

장의는 초희왕에게 선택을 요구했다. 초희왕은 망설이는 기색도 없이 제나라와의 맹약을 끊기로 했다. 아니 상어 6백 리 땅에 눈이 뒤집힌 것이다.

초나라 조정신하들도 회공의 뜻을 환영하고 찬성했다. 바로 제나라에 맹약을 파기하는 사자를 보냈다. 병사를 움직이지도 않고 6백 리 땅이 판도에 편입된다고 하자 초나라 조정은 잠시나마 승전 기분에 들떴다.

그때 초나라 수도에 머무르고 있던 유세의 명인인 진진(陳軫)이 조정에 모습을 나타냈다.

"하늘에서 금이 떨어지는 것 같은 그런 일은 있을 수 없습니다. 제나라를 분노케 할 뿐 땅은 차지하지 못합니다. 결국 진·제 양쪽 나라와 싸우지 않으면 안 됩니다. 진부한 속이 훤히 들여다보이는 거짓말에 넘어가 웃음거리가 되시렵니까?"
하고 진진은 초회왕을 타일렀다.

"아니, 천하가 합종으로 움직임에 따라 진나라는 골머리를 앓고 있소. 이것은 궁여지책이며 그 대가로 6백 리 땅을 우리에게 주는 것은 결코 비싼 것이 아닐 것이오. 속이 들여다보이는 거짓말을 했다고 했는데 속이 보이므로 거짓이라 할 수 없소. 진정으로 거짓말을 할 거라면 더 신중한 거짓말을 했을 것이오."
하며 회왕은 진진의 말을 듣지 않고 행운의 사자 장의를 환대했다. 그리고 6백 리 땅을 수령하는 사자를 지명했다.

장의는 제나라에 고하는 사자가 떠난 것을 확인하고 초나라 수도를 떠났다. 토지를 수령하는 사자로 지명된 장군이 장의를 수행하고 함양으로 향했다.

그러나 함양에 도착한 장의는 수레에서 내릴 때에 잘못하여 발목을 삐었다. 그것을 핑계로 3개월간이나 입궐하지 않고 집 문 앞에 '면회사절'이라고 써 붙였다. 초나라에서 온 장군은 어쩔 수 없이 마냥 기다릴 뿐이었다.

초나라에서 장군이 돌아오기를 학수고대하고 있던 회왕은 장군의 보고를 받고 생각했다. 장의가 땅을 인도하는 것을 주저하고 있는 것은 초나라와 제나라의 파약이 확실하지 않다고 생각했기 때문일 것이라고 생각하고 파약이 아닌 단교를 알리는 사자를 다시 제나라로 보냈다.

그 보람이 있어서인지 얼마 후 장의는 '면회사절'이라고 써 붙인 것을 떼어냈다. 그날로 초나라 장군이 장의의 집 대문을 두드렸다.

"약속하신 바대로 토지 지적장과 주민의 호구부를 건네주시오."

하고 재촉했다.

"아, 그랬었구려, 기다리게 했음을 용서하오."

장의는 준비하고 있던 자기 식읍의 땅 6리에 대한 서류를 내놓았다.

"이야기가 틀리오."

장군은 받기를 주저하며 안색이 변했다. 그런데 장의는 태연했다.

"토지를 주겠다고 말한 것은 본인이오. 본인이 6백 리나 되는 땅을 소유하고 있을 리가 없지 않소? 6백 리는 틀림없이 그대들이 잘못 들은 것이오. 없는 것을 주겠다고 했을 리가 없소."

이렇게 말하며 시치미를 뗐다.

장군은 몹시 화가 났으나 어찌할 바를 몰라 체념하고 초나라로 돌아갔다.

격노한 초희왕은 초나라에서 으뜸가는 용장 굴개(屈匃)를 대장으로 임명하여 진나라를 토벌하기 위해 병사를 일으켰다. 그것을 진나라와 제나라는 연합군이 되어 초나라 군대를 기다리고 있었다.

진나라와 제나라 연합군은 단양(丹陽: 하남성 내향현)에 병사를 출두시켜 초나라 군사와 싸워 진나라 역사에 '참수 8만'이라는 대기록을 남겼다. 이 싸움에서 초나라 장수 굴개는 전사하여 50만 초나라 군사는 참패됐다. 그리고 초나라는 단양을 잃었을 뿐만 아니라 초나라 영토 6백 리(호북성 죽산현)까지도 잃었다.

그러나 분노가 가라앉지 않은 초희왕은 제나라 군사가 떠난 후 다시 출병하여 함양으로 개선하는 진나라 군사를 추격했다. 그러나 남전(藍田)에서 반격을 받아 더욱 상처만 입었다. 남전에서 포위당한 초나라 군사를 구출하기 위해 두 성을 양도하기에 이르렀다.

이리하여 장의의 말을 믿은 초나라는 진진이 예인한 대로 천하의 웃음거리가 되었다. 그리고 장의는 졸지에 그 악명을 높였다. 하기야 악명 또한 '유명'함에 속하는 것이다.

장의는 그 여세를 몰아서 남은 중원 5개국에 진나라와의 동맹, 즉 진나라의 위광을 등에 업고 연형을 설파하며 다닌 결과 즉각 5개국을 설복 시켰다.

그러나 그 성과를 올리고 함양으로 돌아왔을 때에는 이미 혜왕은 승하하고 그 아들 진무왕이 즉위하고 있었다. 장의는 전부터 조정신 하들에게 눈총을 받고 있었으며, 무왕도 태자 시절부터 장의를 미워하고 있었다.

신상에 위험을 느낀 나머지 장의는 소진의 고사 '연나라를 위해 일하다'를 인용해 진나라를 떠나 위나라에 몸을 의탁했다. 그곳에서 장의는 위나라 재상으로 임명받은 지 일 년 정도가 지나 실의 속에 생애를 마쳤다.

제52장
말은 꺼낸 사람의 것이다

　연나라 역왕은 재위 12년으로 막을 내리고, 아들 희쾌(姬噲)가 뒤를 이어 연희쾌라고 칭해졌다. 세상은 초현빙장의 시대로 각 나라의 군주는 인기와 명성을 경합하고 있었다. 당연히 연희쾌도 그것에 마음을 쓰고 있었다. 그러나 그런 시대에 편승하면서도 그는 미묘한 차이로 엉뚱한 시대착오를 범하고 있었다.

　즉 연희쾌는 고대 성왕이나 중세 패왕을 동경해서 인기와 명성을 높이려고 생각하고 있었다. 그러나 그는 터무니없고 얼토당토않은 구석이 있었다. 그는 짐말과 준마도 구분하지 못하고 아니, 말과 사슴조차도 구별하지 못했던 것이다.

　천금의 말은 있지만 천금의 사슴은 존재하지 않는다. 아무리 크고 모양새가 좋아도 사슴은 사람을 태우고 달릴 수가 없기 때문이다. 이와 마찬가지로 세상에는 전혀 쓸모가 없는 인간이 있다. 그는 그것을 알지 못했던 것 같다. 예를 들어 연나라 재상이 그런 인물이었다.

　연희쾌는 재상 희지(姬之)와 외교 고문인 소대(蘇代)를 매우 신임하고 있었다. 희지는 위풍은 당당했으나 정말 쓸모없는 인물이었다. 그리고 소대는 형 소진에 이어 버젓이 외교 고문 같은 행세를 하고 있었으나 역시 그 형에 그 아우였다. 게다가 그 희지와 소대가 인척관계로 맺어져 있었기 때문에 더욱 난처했다.

연희쾌가 천하의 형세 속에서도 유달리 마음을 썼던 것은 강대한 이웃 나라인 제나라의 동향이었다. 어느 날 그는 제나라에서 연나라로 돌아온 소대에게 제나라 군주인 선왕(宣王)의 기량에 대해 물었다.

"그 자는 별 볼일 없는 국왕입니다. 도저히 천하에 그 이름을 떨칠 수 있는 그릇이 못됩니다. 그 옛날 제환공(齊桓公)은 나라를 재상인 관중에게 위임하고 앉아서 패왕이 되었습니다. 재상을 전폭적으로 신뢰하고 정무를 전면적으로 맡기지 못하는 국왕은 대성할 수가 없으며, 인기를 얻을 수도 또한 명성을 높일 수도 없습니다."

소대는 대답했다. 그렇게 말한 소대의 속셈은 뻔했다. 희지를 더욱 신뢰하고 전권을 위임하라고 암암리에 부추기고 있는 것이었다.

"알았소. 과인도 그 말을 잘 새겨듣도록 하겠소."

희쾌는 소대의 감언이설에 넘어가 즉시 정무를 완전히 희지에게 맡겼다. 천금의 값이 있는 그 진언에 희지는 진심으로 감사하며 소대에게 백금을 선사했다.

그러나 소대는 그것을 품에 넣지 않고 고스란히 친구인 녹모수(鹿毛壽)에게 주었다. 그리고 녹모수를 거물급 은자로 꾸며서 연희쾌에게 묘한 진언을 하게했다.

"지금 전하의 인기와 성망은 대단합니다. 그것을 한층 더 높이기 위해 차라리 왕위를 희지에게 넘겨주심이 어떠하신지요. 그 옛날 요나라 제왕은 제위를 허유(許由)에게 넘겨주려 했는데 허유는 그것을 받지 아니했습니다. 그래서 결과는 아시는 바와 같이 요나라 왕은 왕위를 잃지 않았을 뿐만 아니라 양위하려고한 미명을 얻어 만천하의 칭송을 받았습니다. 마찬가지로 희지도 전하께서 양위하신다고 분부하셔도 아마 틀림없이 거절할 것입니다. 그러나 억지로라도 받도록 강요하십시오. 하오면 전하께서는 요나라 제위를 능가하는 성군으로 천하의 절찬을 받게 되심이 틀림없는 줄로 아룁니다."

"과연 옳은 말이로다. 하나 조정신하들은 찬성하지 않을 것이오."

"그 반대를 물리칠 방법이 있습니다. 그 옛날 우왕(禹王)이 역시 익(益)에게 왕위를 넘겨주었는데 얼마 안가서 태자 계(啓)에게 다시 빼앗겼습니다. 그리하여 우왕은 왕위를 익에게 양위함으로 미명을 받았으면서 실은 계에게 잇게 하지 않았다고 위선자라는 비난을 받았습니다. 그러나 그것은 억울한 말이었고 문제는 조정신하들이 익을 따르지 않고 계를 더 따랐기 때문입니다. 그 교훈을 살리신다면 조정신하들이 반대하는 것을 쉽게 물리칠 수가 있으실 겁니다. 하오면 조정신하들은 희지를 거역할 수가 없고, 전하께서는 우왕을 능가하는 현명하신 군주라고 온 천하 모든 이들이 칭송할 것임에 틀림없습니다."

녹모수는 계속 부채질했다.

"과연."

연희쾌는 즉각 관록 3백 석 이상 되는 녹봉을 관리에게서 거두었다. 그것을 모아서 희지에게 건네주고 왕위를 넘겨주었다. 왕위를 받은 회지가 이번에는 천금을 소대에게 보냈다. 소대는 그것을 6대 4로 나누어 4는 녹모수에게, 6은 자기 품에 넣었다.

그러나 2년도 못되어서 연나라 조정은 수습할 수 없는 혼란 속에 빠져 들었다. 태자 희평(姬平: 희지의 아들)이 군사를 일으켜 내전이 시작되고 수만 명에 이르는 사망자를 냈다. 그 혼란을 틈타서 제나라가 침입했다. 연희쾌와 희지는 살해되고 태자 희평은 조나라로 도망쳤으며 연나라는 결국 멸망했다.

도망간 태자 희평은 가까스로 조나라로 들어가 조나라의 힘을 빌려, 일단 멸망한 연나라를 재흥시켰다. 완전히 폐허가 된 궁전에서 태자 희평은 즉위하고 연소왕이라 칭했다.

연소왕 원년(기원전 312) 소왕은 즉위하자 바로 '초현빙장'을 이전의 신하인 곽외(郭隗)에게 의논했다.

"이 황폐한 연나라를 다시 일으키기 위해서는 지략계모를 겸비한 인물을 찾지 않으면 아니 되오. 그러나 연나라는 본래가 작고 힘이 없는 나라가 아니오. 게다가 선생으로 무참하게 황폐되었소. 이 허물어진 작은 나라에 발을 들여 놓을 지모의 인물이 있다고 생각하오?"

연소왕은 탄식했다.

"심려 마십시오. 부르면 반드시 올 사람이 있습니다, 전하."

곽외는 큰소리를 치고 초현빙장의 길을 설명했다.

"황제의 신하는 그 이름이 신(臣)이로되 실제로는 사(師)입니다. 마찬가지로 왕의 신하는 신이면서 우(友)이고, 패자(霸者)의 신하는 이름을 가진 하인(僕)입니다. 왕이 지략모사를 오만하게 찾으면 하인 재목만이 모여들고, 형식상의 예를 갖추고 찾으면 보통 인재밖에 모여들지 않습니다. 그러나 겸허하게 머리를 숙이면 붕우(朋友)의 재(材)를, 나아가서 공손하고 정중하게 허리를 굽히면 사부(師傅)의 재를 얻습니다."

곽외는 말했다.

"반드시 사부의 인재를 얻고 싶은데…."

소왕이 먼 곳을 바라보며 말했다.

"하오면 말을 꺼낸 사람부터 시작하십시오. 길은 반드시 열릴 것입니다."

"그건 무슨 소린가?"

"평범한 인재는 쓸어서 버릴 만큼 많이 있습니다. 그런 평범한 인재를 세상이 깜짝 놀랄 정도로 후대하여 스승으로 받들고 스승의 예를 갖춰 주십시오. 그 소문은 순식간에 퍼질 것입니다. 도처에 있는 현자와 지혜 있는 장수가 소문을 듣고 천 리 길도 마다 않고 줄지어 몰려올 것이 틀림없습니다."

곽외는 말했다. 연소왕은 그 말을 받아들이고 곽외에게 호화스러운 저택을 지어 주며 스승의 예를 갖추어 존경의 뜻을 표했다. '먼저 말을 꺼낸 사람부터 시작하라'를 실행했던 것이다.

그리고 1년이 지났다. 과연 여러 나라에서 지략계모의 인물임을 자인하는 남자들이 줄을 이어 연나라 수도인 계(薊)로 몰려왔다. 겉모습만 번지르르한 자들이 많았는데 그 가운데 낙의(樂毅)가 끼여 있었다.

연소왕은 낙의의 인물식견에 심취해서 상객의 예를 갖추었다. 임무를 마친 곽외는 그 호화저택을 낙의에게 양도했다. 그러나 진심으로 연나라 재건을 위해 헌신하려고 결의한 낙의는 스스로 소왕이 내린 객례(客禮)를 사양하고 신하로 일하기를 청원했다. 그래서 아경(亞卿)으로 임명되었다.

아경으로 임명된 낙의는 당장 연나라 부국강병을 위해 나섰다. 그리하여 20년 후에 연나라는 중원을 흔들 만큼 강대국이 되어 중원 최강대국인 나라를 멸망 직전까지 몰고 갔다. 그러나 그 또한 오기(吳起)와 상앙(商軮)의 경우와 똑같이 연소왕의 죽음이라는 사고를 맞이하게 된다. 그 사고가 없었다면 연나라는 제나라를 삼켜 아마 전국시대의 세력판도가 달라졌을 것이다.

낙의가 연나라 재건을 위해 나선 것과 거의 때를 같이하여 진나라
는 농민 일만 호를 촉(蜀: 사천성 성도시 일대)으로 보내서 서남부의
대개척을 시작했다. 그것은 다가오는 중원 제패를 대비하여 국력 증
강을 꾀한 것이었다. 진나라 조정신하들은 만반의 준비를 위해 힘쓰
고 있었음에도 성질이 급한 진무왕은 곁눈으로 노려보면서 벌써 꿈
은 낙양으로 달리고 있었다.

진나라 외에 밖으로 나가 본 적이 없는 무왕은 중원을 알지 못했
다. 천자가 있는 낙양은 천자의 존재와는 별도로 그가 동경하는 도시
였다. 그 보다 급히 그 구정(九鼎)이라는 보물을 보고 싶었던 것이다.
아니 경우에 따라서는 그 전통적인 왕위의 상징을 일찌감치 낙양에
서 함양으로 옮기고 싶다는 생각까지 품고 있었다.

그래서 그는 좌우의 두 정승과 의논했다. 우승 저리질(樗里疾)은 선
군 혜왕의 이복동생으로 바로 무왕의 숙부였다. 좌승 감무(甘茂)는 지
략계모의 인물로 선대부터 조정에 사사하고 있었다.

"어떻게 해서든 한 번 낙양에서 노닐고 싶구려. 삼천(三川: 伊水, 洛
水, 黃河로 통하는 길)의 길을 넓혀 큰 수레를 타고 가고 싶소. 어찌
생각하오."

진무왕은 의견을 물었다.

"그러기 위해서 한나라를 쳐야 하고 낙양까지 가려면 싫어도 의양
(宜陽)성을 함락시키지 않으면 아니 됩니다. 아시는 바와 같이 의양은
한나라 옛 수도로 매우 튼튼하여 함락시키기가 쉽지 않습니다. 게다
가 위나라와 조나라와도 가까워서 공략이 쉽게 끝나지 않으며 두 나
라는 원군을 보내올 것입니다. 어느 것이나 희생이 너무 큽니다. 이

번에는 단념하시고 후일을 기약하십시오.”

저리질은 간언했다. 그러나 감무는 이 기회에 어느 정도의 희생을 치러서라도 무왕이 친히 낙양으로 거동하여 천하에 위세를 떨치는 것도 손해는 아니라고 생각했다.

“과연 우승의 말은 옳습니다. 하오나 우선 사자를 위나라로 보내서 압력을 넣어 함께 의양을 공략할 것을 강요하면 문제가 해결되리라 생각합니다.”

감무가 말했다.

“그게 좋겠소. 그렇게 하도록 하오.”

하고 말하는 무왕의 얼굴에는 희색이 만면했다. 그리하여 즉시 감무를 위나라에 보내는 사자로 명했다. 감무는 부사(副使)로 저리질의 측근인 대부 향수(向壽)를 지명하고 그와 함께 위나라로 향했다. 그리고 일이 잘되어 위왕에게 의양으로 출병할 것을 승낙 받았다.

그런데 귀향길에 섰던 감무는 함양 도성을 눈앞에 두고, 급한 볼일이 생각났다고 하며 대부 향수를 한 걸음 앞세워 도성으로 보냈다.

“위나라는 출병을 허락했지만 생각해 보니 역시 의양을 치는 것은 그만 두는 게 좋을 것 같다고 전하께 보고해 주기 바라오.”

향수에게 보고를 하게하고 감무는 식양(息壤)에 남았다. 급한 볼일이 있다는 것은 거짓말이었다. 저리질의 체면을 세워주고 무왕을 식양으로 불러내기 위한 구실이었다.

과연 석연치 않게 여긴 무왕은 감무가 돌아오는 것을 기다리지 못하고 식양으로 거동했다.

“어떤 연고로 갑자기 의견을 달리 하였소?”

하며 불만의 기색을 나타냈다.

"천 리나 떨어진 한나라의 견고한 옛 도성을 공략하려면 날짜가 얼마나 걸릴지 짐작조차 할 수가 없습니다."

감무는 우선 그렇게 대답했다. 그리고 고사(故事)를 예를 들어 말을 이었다.

백 년도 더 된 얘기입니다. 효성이 지극하기로 이름이 높았던 공문(孔門)의 증자(曾子)가 비 (費: 산동성 비현)에서 살았을 때의 일입니다. 어느 날 역시 증자를 자칭하는 동성동명의 남자가 거리에서 살인을 했습니다. 오해를 한 증자의 친구가 증자 노모에게 증자가 사람을 죽였다고 고했습니다.

그럴 리가 없다고 하며 베틀을 돌리고 있던 증자 노모는 손을 멈추지 않고 말했습니다. 그때 두 번째 친구가 와서 증자가 살인을 했다고 고했습니다. 설마 하면서 여전히 일손을 멈추지 않고 같은 말을 되풀이 했습니다. 잠시 후 세 번째 친구가 와서 똑같은 말을 했습니다.

중자의 노모는 깜짝 놀라 이번에는 일손을 멈추었습니다. 그리고 급히 일어서서 손에 잡고 있던 북(실을 꿰는 기구)을 내던지고는 뒷문으로 쏜살같이 도망쳤습니다. 연루(連累)를 두려워했던 것입니다. 그리고 친척 집에 숨었습니다.

"결국 선량하기 그지없는 자식이 사람을 죽였다고 믿은 것입니다." 하고 감무는 말했다. 그리고 계속 말을 이었다.

이번에는 정확히 백 년 전의 일로 위문후(魏文侯) 장수중에 낙양(樂羊)이라는 자가 있었습니다. 지금 연나라에서 부국강병을 시행하고 있는 낙의의 증조부인데 그 낙양이 위문후의 명을 받들어 중산국(中山國)을 토벌했습니다. 그런데 필사적인 저항으로 쉽게 함락되지 않았습니다. 그래서 정복하기까지 5년이라는 세월을 소비했습니다.

5년 만에 위나라 수도로 승리해서 돌아온 낙양에게 위문후는 말없이 큰 상자를 내놓았습니다. 낙양은 상품이 내려지는 것으로 여겨 기뻐했습니다. 그러나 상자를 열어 보니 셀 수 없을 만큼 많은 상서와 투서 등이 있었습니다. 읽어보니 어느 것이나 모두 낙양의 무능태만, 역모 등을 중상모략 하는 내용이었습니다.

그리하여 드디어 논공행상(論功行賞)이 시작되었습니다. 그 석상에서 낙양은 중산국을 정복한 공은 오로지 왕께 있을 따름이라고 말했습니다. 낙양에 빗발쳤던 그 많은 중상모략을 위문후가 받아들였다면 중산국을 정복할 수 없었노라고 말했던 것입니다.

"이런 일도 있은즉 의양을 공략하기에는 아마 상당한 기간이 필요할 것으로 사료됩니다. 그런데 신은 전하께 증자의 노모가 그 자식을 믿는 만큼의 신뢰도 받고 있지 않습니다. 그리고 신에 대한 어떠한 중상모략에도 결코 귀를 기울이지 아니하신다는 약조를 받기 전에는 신은 불안하여 의양으로 출병할 수가 없습니다. 통촉하여 주십시오."
하고 감무는 말했다.

"안심하오. 결코 귀를 기울이지 않겠소."
진무왕은 약속했다.

"성은이 망극하나이다. 하오나 이번 출병에는 저리질이 반대하고 있습니다. 즉 신은 벌써 저리질과 대립하고 있습니다. 더욱이 상대는 왕실 친족이며, 신은 보잘 것 없는 관료입니다."

"그토록 심려가 된다면 그대에게 맹세하겠소."
진무왕은 감무와의 서약을 문서로 작성하여 항아리에 넣고 그것을 식양 땅 속에 묻었다.

겨우 마음을 놓은 감무는 성으로 돌아가 병사 5만을 인솔하고 한나라 출정길에 올랐다. 그리고 의양성을 포위하여 맹공격을 퍼부었다. 그러나 성은 쉽게 무너지지 않고 눈 깜짝할 사이에 5개월이 지났다.

예상했던 대로 저리질이 이 일에 반대를 하며 나섰고, 무왕은 버티다 못해 철군 명령을 내렸다. 그러나 의양성 아래로 철군 명령을 전하러 온 사자에게 감무는 무왕 앞으로 서찰을 돌려보냈다.

사자가 가지고 온 감무의 서찰을 보고 무왕은 아연실색했다. 오로지 두 글자 '식양'이라고만 적혀 있었다. 사나이의 서약을 지키고자 이번에는 무왕이 저리질을 설득하여 원군 5만을 의양으로 파견했다. 서약도 서약이있지만 무왕은 꿈에 그리던 낙양행을 단념하지 못한 것이었다.

5만 원군을 얻고 감무는 얼마 안 가서 의양성을 함락시켰다. 이 싸움에서 '참수 6만'이라는 기록을 세웠다. 그리고 무왕의 소원대로 삼천에서 의양을 거쳐 낙양으로 이르는 길의 폭을 넓혔다.

진무왕 4년(기원전 307), 무왕은 숙원이었던 낙양 입성을 달성했다. 낙양의 천자는 진무왕을 어떻게 처우할 것인가 하는 문제로 골머리를 앓았다.

형식상으로는 이전의 천자(주현왕)가 진나라 군주를 백작으로 봉한바 있었다. 그렇다면 진무왕은 엄연한 신하였다. 그러나 지금의 진나라는 중원을 떨게 하는 초강대국으로 변했다. 게다가 주나라 왕실에서는 지금까지도 진나라는 오랑캐 같아서 무슨 짓을 할지 알 수가 없다고 하는 고정관념이 있었다.

게다가 진무왕이 왜, 무엇하러 낙양에 나타났는가 그 의도가 분명치 않았다. 섣불리 화를 돋우어서는 안 될 것이며 불필요한 자극을 주어서도 안 된다고 의견을 모아 '빈주(賓主)의 예' 즉, 객으로 대우하기로 했다.

그러나 그것은 이들의 지나친 걱정이었고, 진무왕이 흥미를 가지고 있는 것은 낙양 도시와 구정뿐이었다. 처음부터 천자의 존재 따위는 안중에도 없었다. 일부러 경의를 표할 필요도 없거니와 모욕할 필요도 없다고 생각했던 것이다. 그랬기 때문에 얼마 안 되는 수행원과 함께 낙양에 나타났으며 굳이 천자와 대면할 필요가 없었다.

따라서 낙양에 들어간 진무왕은 주왕실 관리들과의 접촉마저 삼갔다. 그리고 연락도 하지 않고 갑자기 주왕실 태묘(太廟) 앞에 수레를 몰고 갔다. 그곳에 구정이 진열되어 있었기 때문이다.

각각 문양(紋樣)은 달랐으나 같은 모양과 같은 크기의 대정(大鼎)이 한 줄로 진열된 모습은 분명히 장관이었다. 그냥 보기에는 아무런 변화가 없는 아홉 개의 대정이, 무언가 할 말이 있는 듯이 나란히 서있는 모습이 보는 이들로 하여금 위압감을 느끼게 했다. 참으로 중후하게 보였다. 그 중량감이 바로 사람들을 압도하는 정체인지도 모른다고 생각하면서 진무왕은 오랫동안 꿈에 그렸던 구정 하나를 자기도 모르게 만졌다.

"손을 대면 안 되도록 되어 있습니다. 삼가 주시지요."

구정 수호관이 주의를 주었다.

"무게는?"

진무왕은 손을 얹은 채 물었다.

"그 옛날부터 한 개의 무게는 천 균(千鈞)이라고 전해지고 있습니다. 낙양에 옮겨진 지 금년이면 470년이 됩니다. 지금까지 아무도 움직인 자가 없었기 때문에 그 무게를 아는 자는 없습니다. 아니, 움직이려고 해도 움직여지지 않을 것입니다."

수호관은 묻지도 않는 말까지 말했다. 그 마지막 한 마디가 진무왕을 자극했다. 평소에 진무왕은 거구인 만큼 힘을 자랑하고 있었다.

"좋아, 과인이 움직여 보이겠노라."

하고 양 팔로 그중 하나를 안고 허리를 낮추었다.

"으흠!"

큰 기합소리와 함께 진무왕은 구정을 안아 올렸다. 여덟 치 반 정도의 대정이 바닥에서 들려졌다. 그 순간 무왕은 갑자기 비명을 질렀다. 안았던 대정이 너무 무거워 미끄러지면서 다리가 부러지고 발이 짓이겨졌다. 그보다도 진무왕은 힘을 너무 지나치게 쓰는 바람에 내장이 파열되어 대정을 안은 채 숨이 끊어지고 말았다.

"그것 보라구. 벌을 받은 거지!"

주나라 조정신하들은 서로 소곤거렸는데 겉으로는 애도의 뜻을 표하며 온차(輼車: 장례차)를 준비했다. 그리고 진무왕 유체를 싣고 정중하게 함양으로 호송했다. 이렇게 하여 진무왕이 그토록 바라던 낙양행은 그림에나 있을 법한 웃지 못 할 최후의 길이었다.

그러나 구정을 안고 죽은 진무왕의 모습은 오히려 진무왕과 그 시대의 정치 흐름을 멋지게 풍자한 하나의 스케치였다.

천하통일의 프로그램이 벌써 준비되어 있던 것도 아니었거니와 그 기운이 감돌고 있던 것도 아니었다. 그럼에도 불구하고 진무왕은 구정에 묘한 흥미와 집착을 가지고 아무도 모르게 그것을 함양으로 옮길 생각을 하고 있었다.

이때 진무왕이 꿈에 그리고 있던 실제 눈앞에 있던 구정은 이제 전통적인 왕위와 왕권을 상징하는 것이 아니고 오로지 천하의 존재를 상징하는 '무엇'이었을 것이다.

천하통일은 그 모습도 아니, 그림자도 보이지 않았고 사람들의 의식에조차 없었다. 그러나 황하와 장강 유역이 '한 천하'라는 생각은 이미 사람들 마음에 싹트고 있었다. 그것을 사람들은 아니, 진무왕은 구정에서 확인했다. 그랬기 때문에 흥미와 집착이 컸던 것이다.

사실 '하나'에 대한 감각의 싹은 이미 국제정치 무대에 여러 가지 조짐으로 나타나고 있었다. 진무왕이 죽음을 당하기 전부터 각 국가 간에서 교류되고 있던 치상(置相)은 가장 두드러진 조짐이었다.

'치상'이라는 것은 상(相: 대신)을 다른 나라에 파견하는 것인데 일반적인 상식으로는 이 말의 의미를 이해할 수 없다. 즉, 국가 위에는 천하가 있었다. 그리고 그 천하는 하나라는 전제가 없으면 성립되지 않는 개념인 것이다. 그렇다면 국가 주권은 어떻게 되는가? 그 천하 아래에 있는 국가에는 도대체 주권이 있는가하는 번거로운 문제가 생겨서 더욱 그 개념을 애매하게 만든다. 물론 근대적인 의미에서의 대사(大使)는 아니다.

그러나 이 시대는 춘추전국이라는 오랜 정치적인 실험이 행해진 과도기였다. 그러기 때문에 갑자기 태도를 바꾸어 논리적으로 물을 필요는 없다. 어떤 의미에서 '치상'이란 마치 계열 기업 간끼리 중역을 파견하는 것과 같은 것인데 엄밀하게 말하면 그것과는 약간 차이가 있다.

하여튼 '치상'은 천하는 하나라는 감각이 싹틈과 동시에 출현한 독특한 정치적 수단인데 원래 갑자기 나타난 것은 아니다. 그리고 그런 길을 열게 한 것이 실은 제자백가였던 것이다. 즉 제자백가가 그 전제조건을 쌓은 것이다.

그 전제조건이란 국적과 국경의 형해화(形骸化)였다. 즉 유세하는 인물이 여러 나라를 두루 다니며 지략계모를 갖춘 인물을 포함해 국적이 없는 소유 집단인 관료들이 국경을 넘어서 일을 함으로써 국적은 그 본래의 의미를 잃고 따라서 국경 또한 그 본래의 역할이 약화되었다. 노동자들이 해외에 가서 돈을 버는 양상은 어느 나라 어느 시대에나 있다. 그러나 관료와 대신, 재상들의 해외근무는 흔한 일이 아니었다. 국적과 국경의 개념이 애매모호해지는 것은 당연하다.

더욱이 그것을 여러 나라 조정은 권모술수의 수단으로 이용했다. 치상은 그 결과로, 즉 권모술책을 완수하는 '국제적 정치수단'으로 생겨났던 것이다.

그리고 그 때문에 국제정치는 갑자기 어지러워졌다. 다시 말해서 치상의 목적은 참으로 가지각색이었다.

강대국이 약소국을 내정간섭하기 위하여 치상을 두는 경우도 있었다. 그 약소국을 견제하고 혹은 그 인접 국가를 침략하기 위해 두는 경우도 있었고, 노골적으로 상대국에서 우수한 인재를 얻기 위해 상대국에 치상을 강요하는 일도 있었다. 반대로 약소국이 강대국에게 적의가 없다는 증거로 두기도 했다.

원래 '한 천하'의 감각이 없으면 있을 수 없는 정치적인 임기응변의 술책인 것이다. 그리고 이 술책이 이후 계속 춘추전국시대의 종말까지 이어졌던 것이다.

그런데 국제정치를 혼잡하게 만든 이치상을 통렬하게 풍자함으로써 역사에 그 이름을 남긴 통쾌한 어린이가 있었다. 그 식양에서 진무왕에게 참언을 듣지 않겠다고 서약시켰던 감무의 손자 감라(甘羅)였다. 그 당시 감라는 아직 12세 어린아이였다. 어느 시대나 어린 아이의 눈은 역시 어른들의 눈보다 맑은 듯하다. 조부 감무는 진무왕이 승하한 후 초나라 재상으로 파견되었다. 그리고 위나라로 옮겨 위나라에서 생애를 마쳤다. 좌상을 지냈을 정도의 인물이 치상으로 사용되었다는 것은 진무왕의 죽음을 초래한 의양성 공략에 대한 책임 때문이었다.

이제 감라에게로 이야기를 옮기기로 한다. 장당(張唐)이라고 칭하는 진나라 대장부가 치상으로 연나라로 파견가게 되었다. 연나라로 가기 위해서는 어쩔 수 없이 조나라 땅을 거쳐 가야만 했다. 그런데 장당은 조나라 조정에 원망을 산 일이 있었다. 그래서 조나라를 통과할 때에 잡힐 우려가 있기 때문에 연나라로 떠나는 것을 미루고 있었다.

그 장당의 곤경을 구하는 한편, 자기를 사랑해 준 장당에게 보답하기 위하여 감라는 진나라 왕에게 조나라의 사자로 갈 것을 자청했다.

병거 5대를 이끌고 조나라 수도 한단에 들어간 감라는 조양왕(趙襄王)에게 말했다.

"진나라가 장당을 연나라 재상으로 두는 것은 진나라와 연나라 사이에 있는 조나라를 쳐서 하간(河間: 황하 유역에 있는 조나라 땅)에 있는 영토를 넓히기 위해서입니다. 목적이 확실하니 선수를 쳐서 하간에 있는 성 5개를 진나라에 바치는 것이 어떨지요? 연나라는 부흥 도상에 있지만 진나라의 후원이 없으면 조나라의 상대가 되지 않습니다. 그러니까 진나라에 바친 성을 메꾸기 위해 연나라 성을 빼앗는 것은 식은 죽 먹기입니다. 그 일에 대해 진나라는 이미 5개의 성을 받았기 때문에 간섭하지 않을 것입니다. 어떻게 하겠습니까?"

하고 감라는 제언했다.

"옳은 말이오."

하고 조양왕은 승낙하고 5개의 성을 진나라에 바쳤다. 그 대신 연나라 상곡(上谷) 지방에서 30개의 성을 탈취하여 다시 11개의 성을 진나라와 나누었다. 덕분에 장당은 연나라에 가지 않아도 되었다.

그 공으로 12세인 감라는 사상 최연소로 상경으로 임명되었다. 어린이의 눈으로 어른들은 왜 단순한 일을 그렇게 복잡하고 어렵게 하는 걸까? 라고 생각했을 것이다. 그리고 그는 그만큼 치상을 통렬하게 비꼬았다.

제53장
누가 새벽을 막으랴

진무왕이 낙양에서 목숨을 잃은 진무왕 4년(조무령왕 19년)에 조나라 무령왕(武靈王)은 호복령(胡服令)을 전국에 발포했다. 호라는 것은 오랑캐를 뜻하는 것이고, 호복은 오랑캐의 복장을 말한다. 따라서 호복령이란 오랑캐의 복장을 착용하라는 명령이다. 전통적인 중국의 복장은 원피스 모양이어서 말을 탈 수가 없었다. 그것을 투피스식인 호복으로 바꾸어 말을 타게 하려고 했던 것이다.

그것은 전국시대의 치열한 생존경쟁에서 살아남기 위한 조나라의 엄격한 선택이었다기보다 조무령왕이 내린 단호한 영단(英斷)이었다. 영단이라고 말한 것은 이전의 고정관념을 깨고 이른바 상식에 도전하는 비 중국적인 발상이기 때문이다.

다시 말해서 의식주 중 의(衣)를 변혁할 것을 강요하는 호복령은 단순한 습속개혁이 아닌 일종의 문화혁명인 것이다. 의식주를 가리켜 형식 문화라고 칭한다면 그것은 문화형식의 한 부분을 허물어 싫어도 문화의 재편성을 재촉하기 때문이다. 게다가 그것이 '문명개화'를 뜻하는 것이 라면 더욱 그렇다. 오랑캐는 야만스러운 종족이라는 일반통념 아래에서는 그것은 어김없는 낙후퇴화였던 것이다. 즉 중화의 사상문화는 매우 훌륭하여 다른 민족을 감화시키고 동화시키지만, 그 반대의 경우란 있을 수 없다고 믿고 있던 사회에서 호복령은 사람들의 신경을 곤두서게 하고 자존심에 상처를 입히는 언어도단이었던 것이다.

그럼에도 불구하고 조무령왕이 굳이 호복령을 발포한 것은 등대신배를 내밀 수 없었기 때문이다. 동시에 무령왕은 '위적약, 용력소이공다(爲敵弱, 用力少而功多)'를 호복령의 발포 이유로 들고 있었다. 즉, 정치 효율을 높이기 위함이었던 것이다.

즉 오랑캐족과 복장을 같게 함으로써 대립감정을 약화시키고, 위화감을 좁힐 수 있다고 생각했던 것이다. 그리고 그렇게 하는 것이 오랑캐족을 다스리는 데 효과적이라고 생각했다.

물론 그 같은 생각은 오랑캐족을 열등하고 야만스러운 종족이라고 인식하는 입장에서는 생겨나지 않는다. 무령왕은 오랑캐족을 중화사람들과 똑같이 취급할 수 없는 하등 종족이라고 생각하지 않았다. 문화인류 학자들이 '문화는 차이일 뿐 우열은 있을 수 없다'고 제창하기 시작한 것은 20세기 초엽의 일이다. 그러나 조무령왕은 2천여 년 이전에 이미 그렇게 믿고 있었다. 그보다 그는 중국문화의 우월성을 맹신하지 않았던 아마 사상최초의 인물이었을 것이다.

여기에서 공자 말을 되새겨 보자. 그는 관중(管仲)을 나무란 후에 그런데 만약 관중이 오랑캐족을 평정하지 않았더라면 우리들은 호복을 입었어야 했을 것이라고 말했다. 공자를 포함하여 모든 중국 사람들은 호복을 착용하는 것을 참을 수 없는 굴욕으로 생각하고 있었던 것이다. 물론 조나라 사람들도 예외는 아니었다. 그러나 무령왕은 과감하게 자기가 스스로 호복을 입고 조나라 사람들에게도 그것을 입으라고 명령했던 것이다.

물론 호복령을 내리려고 할 때 조무령왕은 거센 반발에 부딪혔다. 그래서 발안하고 나서 그것을 공포하기까지 신하들을 설득하는 데에 2년이란 세월이 걸렸다.

무령왕은 조숙후(趙肅侯)의 장남으로 15세 나이에 즉위했다. 원래 총명했던 무령왕은 즉위했지만 치세의 길을 잘 터득하지 못한지라 쓸데없는 참견으로 정무를 혼란케 할 것 같다고 생각해 조정의 정사를 재상인 조표(趙豹)에게 맡겼다. 그리고는 가까이에 사부(師傅) 3명과 사과(司過) 3명을 두어 밤낮으로 실력을 갈고 닦아 성인이 될 때를 대비했다.

드디어 5년이 지나 무령왕은 성년이 되었다. 성인이 된 그 해에 한나라 공주를 아내로 맞아들여 그때부터 친히 정무를 보게 되었다. 그리고 원로인 비의(肥義)의 녹봉을 올려 정무 보좌로 삼았다.

무령왕 8년, 조나라를 제외한 중원 5개국은 모두 '왕국'을 선포하고 군주를 '왕'이라 칭했다. 그러나 무령왕은 개호와 개칭을 감행하지 않았다.

"실체가 없는데 왕국이라 부르고 실력이 수반되지 않는데 왕이라 칭한들 무슨 소용이랴."

하고 스스로 군주라 불릴 것을 원했다. 여기에서 무령왕이라고 부르는 '왕'은 무령왕 사후에 시호된 것으로 생전에 그렇게 불렸던 것은 아니다. 어떻든 그 해 가을에 조나라는 초·한·위·연나라와 5개국 연합으로 진나라를 치기 위해 함곡관으로 출병했다. 이에 진나라는 공격을 맞을 태세를 갖추고 관문을 열었다. 그런데 5개국 연합군은 갑자기 겁을 먹고 공격하지도 못한 채 퇴각했다.

이듬해 9년 봄, 이번에는 한나라와 연합하여 진나라로 출병했으나 패하여 '참수 8만'이라는 희생자를 냈다. 그 해 가을 제나라에 다시 출병하여 관택(觀澤)에서 대패했다.

무령왕 10년, 진나라가 침입하여 중도(中都)와 서양(西陽) 두 성을 잃었다. 이웃의 연나라는 제나라의 침공을 받아 연왕 희쾌(姬噲)와 희지가 살해되었다. 멸망한 연나라의 후사를 세우려고 한나라로 망명하고 있던 연나라 공자 직(公子職)을 한단으로 불러들여 연나라로 호송했다.

그러나 연나라 사람들은 공자 직을 받아들이지 않고 태자 희평 (姬平: 昭王)을 옹립했다.

무령왕 13년, 진나라가 침입하여 린성(藺城)을 함락시켰다. 이때 대장 조장(趙莊)이 사로잡혔다.

다음 해 14년, 그때 국경을 침범해 있던 위나라로 출병했으나 승리를 거두지 못하고 오히려 큰 손상을 입었다.

무령왕 16년, 무령왕이 대릉(大陵)에서 유람하고 있을 때 밤에 머리맡에 미녀가 나타난 꿈을 꾸었다. 나중에 대부 오광(吳廣)의 딸인 맹요(孟姚)가 꿈에 나타났던 미녀와 닮았다는 것을 알게 되어 왕비로 맞아들였는데, 그녀가 바로 혜후(惠后)이다.

이듬해 무령왕 17년, 무령왕은 구문(九門)을 순찰하면서 높은 전망대를 짓게 하여 아득히 먼 중산국(中山國)과 제나라의 국경을 바라봤다. 북쪽을 향하여 바로 앞에 중산국이, 동남쪽으로 제나라, 동북쪽으로 연나라가 보였다. 그리고 아득히 먼 서남쪽에 한나라, 서북쪽에 진나라가 있었다.

중산국 뒤쪽에 지금은 멸망하고 없는 대(代)나라가, 그 동쪽에는 임호(林胡), 서쪽에는 누번(樓煩)이 자리하고 있었다. 또 그 배후에 유목 생활을 하는 흉노족의 생활공간이 저 멀리 무한하게 펼쳐져 있었다.

북쪽으로 뻗어가는 이 지역도 역시 천하다! 중원만이 천하가 아니다.

하고 무령왕은 아득히 먼 흉노족 땅을 바라보면서 생각했다.

눈앞에 있는 중산국은 백 년 전, 위나라 장군 낙양(樂羊)에게 멸망됐지만 끈질기게 부활한 나라로, 그들은 원래가 오랑캐였다. 그러나 이전부터 동화해서 농경을 시작하고 중원 사람들과 습속(習俗)을 같이 하고 있다. 그런데도 그들을 오랑캐로 여길 것인가?

하고 무령왕은 중산국 역사를 더듬으면서 생각에 잠겼다.

대나라를 멸망시킨 것은 조나라였다. 선조 양왕(7대째 조양자)이 누이를 대나라 왕에게 출가시켜 놓고, 그 대나라 왕을 쳐서 멸망시켰다. 그러나 그 나라를 멸망시켰으면서도 끝내 그 나라를 지배하지는 못했다. 왜냐하면 대나라 사람들을 야만인이라 멸시하며 정복자로서 임했기 때문이다. 그로 인해 대나라 사람들이 총반격에 나서자 결국은 지배를 단념하지 않을 수가 없었던 것이다. 천하는 끝이 없기 때문에 하나이다. 한 천하에서 왜 대등하게 하늘을 함께 차지하지 못하는 걸까? 습속이 다르다면 눈앞에 중산국의 예가 있다. 만약 그들이 중원을 가까이하지 않는다면 이쪽에서 그들에게 접근 하면 될 게 아닌가!

하고 무령왕은 구문 전망대 위에서 북방경략의 꿈을 가슴에 그렸다. 그런 끝에 '호복령'을 생각해냈던 것이다.

구문성에서 한단 도성에 돌아온 무령왕은 가슴 속에 품은 생각을 원로인 비의에게 털어놓았다.

"틀림없이 조나라 상황으로 볼 때 북방을 다스리는 것 말고는 달리 부국강병의 길이 없고 그것을 달성시키지 못하면 어지러운 세상에 살아남기가 어렵습니다. 그러나 호복 착용에 조정신하들이 이구동성으로 반대할 것은 보지 않아도 뻔합니다. 의논을 해본들 아무 소용이 없을 겁니다. 먼저 면밀한 계획을 세워야 합니다. 섣불리 말씀하셔서는 안 됩니다. 그보다 먼저 북방 사정을 파악해야 합니다. 실행가능성을 확인한 후에 강력하게 조정신하들의 반대를 물리치는 것 외에 방법은 없습니다."

이렇게 비의는 진언했다. 무령왕은 말없이 입술을 꾹 깨물고 고개를 끄덕였다.

이듬해 봄, 무령왕은 가슴에 꿈을 간직하고 북방 원정에 나섰다. 원정이라는 명목의 북방시찰의 여행이었다. 수레에는 상당한 금은보화와 예물이 가득 실려 있었다. 게다가 각 지방의 호족들의 언어와 습속에 통하는 많은 통역자들을 모아서 수행케 했다.

한단성을 떠난 원정군은 먼저 중산국으로 들어갔다. 그러나 중산국 도성을 그대로 지나쳐 방자(房子)에 이르러 옛날 대나라 영토에 들어가 계속 북상했다. 그리고 임호(林胡), 누번(樓煩)으로 진군하여 흉노 땅까지 발을 뻗쳤다.

통과한 각각 지방에서 무령왕은 수행한 많은 통역단을 선무반(宣撫班)으로 활용하면서 보화와 예물을 마구 뿌리고, 동시에 각지에서 유명한 마술기사(馬術騎射)를 공모하여 선생으로 한단에 초빙했다.

이 기묘한 원정군에게 호족들은 처음에는 경계를 했지만 마침내 마음을 열고는 약속이라도 한 듯이 많은 말을 무령왕에게 헌상했다. 마치 말 장사꾼처럼 많은 말을 몰게 된, 원정에 나선 조나라 병사들은 고개를 갸우뚱했다. 그러나 무령왕의 진의를 깨달은 자는 없었다.

원래 무령왕은 원정기간 중 계속 좋은 얼굴만 하고 있었던 것은 아니었다. 만일의 사태에 대비하여 무령왕은 돌아가는 길에 조나라 왕실 선조와 구 진(晉)나라 시대의 장수(漳水)나 부수(滏水)를 이용해서 쌓은 장성(長城)을 점검하면서 필요한 보수를 시켰다.

이리하여 원정군은 출발한 지 거의 반 년 만에 한 명의 피해도 없이 적과 싸우지 않고 한단 도성에 개선할 수 있었다. 도성에 돌아온 무령왕은 비의에게 시찰 결과를 보고하며 쉴 틈도 없이 북방경략에 대한 방책을 세웠다. 그리하여 그 일환으로 교묘하게 '호복령'을 조정회의에 부쳤다.

역시 조정신하들은 이구동성으로 반대했다. 찬성한 것은 원정군에 참가했던 장부 누완(樓緩) 한 사람뿐이었다. 게다가 무엇보다 재상인 조표가 제일 반대하고 나섰으므로 난처했다. 그보다 더 난처했던 것은 봉양군(奉陽君)으로 봉해진 공자 성(무령왕의 숙부)이 맹렬하게 반대했다는 점이다. 무령왕이 어려서 즉위했기 때문에 공자 성은 조정에서 막강한 세력을 구축하고 있었다. 게다가 공자 성은 태자 장(章)의 보좌역에 압력을 넣어 태자인 장에게도 반대를 표명하도록 조정한 것이었다.

조정신하들의 반대는 예기했던 바였으나 그 반대하는 정도가 너무 지나치자 그것에 질린 나머지 무령왕은 그 문제에서 물러났다. 이제 원로인 비의가 당연히 나서야 될 차례였다.

의사무공, 의행무명(疑事無功 疑行無名) 즉, 일을 의심하면 공이 없고 행동을 의심하면 이름을 날리지 못하는 법, 호의준순(狐疑逡巡)하면 할 수 있는 일도 못하게 된다고 비의는 조정신하들을 설득하기에 앞서 무령왕에게 충고를 했다. 허리띠를 다시 매고 확고한 신념으로 일을 시작하라고 했다.

이것은 일찍이 상앙이 '간초령'을 발표할 때 진효공을 격려한 것과 같은 수법이었다. 아니 말까지 똑같았다. 그러나 그것을 달리 여길 필요는 없다.

상앙이 남긴 『상군서(商君書)』와 『손자(孫子)』 『오자(吳子)』, 그리고 역시 관중이 남긴 『관자(管子)』 이 4권은 전국시대에 있어서 '4대 베스트셀러'였다. 비의는 낭연히 『상군서』를 읽었을 것이다.

그리고 실은 호복령을 조나라 조정신하들에게 납득시키려고 설득한 비의의 말솜씨와 논리는 상앙이 진나라 조정신하들을 설득했을 때의 『상군서』에 남겨진 기록 그대로였다. 상앙은 그 뜻을 달성하지 못하고 세상을 떠났다. 그러나 그의 사상은 정치적인 혁신을 바라는 사람들의 지침이 되었다.

이런 이유로 비의 또한 상앙의 수법을 답습해 호복착용의 시비를 논함에 앞서 변혁의 정당성부터 논리적으로 설파했다.

"여러 신들은 옛 법을 지키고 옛날의 예(禮)에 따르라고 주장하지만, 그 법이란 어느 시대의 법을 말하며, 예란 어느 제왕이 정한 예를 가리키는 것이오? 분명 지난 세대에는 여러 가지 법과 예가 있었는데 상법상례(常法常禮)라는 것은 존재하지 않고 있소. 즉 전통이란 말은 있지만 전 해야 할 통일성이 정해져 있는 것은 아니오. 과거시대 또한 각각 '때'와 '일'에 따라서 각각 법을 만들고 예법을 정했던 것이오. 다시 말해 옛날 것 역시 각각 변혁의 과정을 거치고 있소. 그렇다면 지금도 때에 따르고 일에 의해 변혁을 행하는 것이 왜 안 된다는 말인가? 변혁이야말로 생존하는 길 즉 역사인 것이오.”

비의는 『상군서』를 설파했다. 즉 교과서대로 설명한 것이었다. 이처럼 교과서대로 설명하면 누구나 반론하기가 어려워지게 마련이다. 현실적으로도 오래전부터 전쟁 양식이 소수정예의 병거전(戰)에서 대규모 보병전으로 바뀌고 있었다. 게다가 병거나 보병을 지원하기 위해서는 기병대가 필요했다. 이 때문에 기병대 창설을 바라는 소리가 도처에서 일고 있었다.

“바라면서도 그 실현을 저지한 것이 실은 전통적인 복장(갓, 옷, 신발)이었다. 그리고 호복이야말로 기병에게 가장 적합한 복장임은 누구나 다 알고 있었다. 하지만 문제는 단 하나, 그것이 야만족 오랑캐의 복장이라는 이유 때문이었다.”

그래서 비의가 이치를 따지며 부드럽게 논리적으로 설득하자 반대를 하던 신하들 마음은 서서히 움직이기 시작했고, 심한 반대로 살벌했던 분위기가 한결 부드러워졌다. 그리고 한 사람 두 사람 찬성하기 시작했다.

기회를 보아 어느 날 무령왕과 비의, 그리고 유일하게 처음부터 찬성했던 대장부 누완 셋이서 호복을 입고 조정에 나타났다.

이것이 신하들에게 큰 충격을 주었다. 이제 찬성자들도 자진해서 호복을 착용했다. 그리고 얼마 안가서 호복으로 조정에 나타나는 자가 반이나 되었다. 그러자 복장이 다른 조정신하들끼리 두 파로 나뉘는 형태가 되어 뭔가 대립되는 형세가 조성됐다. 그러나 무령왕과 비의는 그것을 모르는 체 방치해 두었다. 그리고 반 정도의 반대자들에 대한 설득은 깨끗이 단념했다.

새해가 시작되고 무령왕 19년 봄을 맞이했다. 14세가 된 태자 장은 여전히 호복착용을 계속 거부하고 있었다. 정월이 지나자 바로 무령왕은 갑자기 태자 장을 폐위시키고 네 살밖에 안된 공자 하(公子河)를 왕세자로 책봉했다.

공자 하는 무령왕의 꿈에 나타났던 미인을 꼭 닮은 혜비(惠妃) 소생의 왕자였다. 무령왕은 혜비를 유달리 총애했다. 그 소생인 왕자를 세자로 삼으면 혜비는 혜후가 된다. 무령왕이 공자 하를 세자로 삼은 것은 혜비를 기쁘게 해주기 위해서였다. 그런데 무령왕은 그것을 정략적으로 이용하여 태자 장이 호복착용을 거부했기 때문에 폐위시킨 것으로 表면적으로 드러냈다.

이렇게 되니 호복착용을 반대하던 조정신하들이 난처한 입장에 놓였다. 그래도 반대파의 거두였던 공자 성(公子成)은 계속해서 단호하게 반대를 했다. 그리고는 오히려 동요하는 자를 과감하게 처치했다.

마침내 공자 성은 무령왕과 비의의 술책에 빠지게 됐다. 어느 날 밤 무령왕은 비의를 공자 성 집으로 보냈다.

"조정신하를 교준하여 두 파로 나누어 대립을 조장했음은 모반 예비죄에 해당되오. 그 죄를 물어야 당연하지만 조정에서는 신하라 해도 공개적으로는 숙부님이니 어찌하면 좋겠느냐는 제언을 왕께 받았소. 다시 한 번 의논을 잘 하시도록 진언했으니 헤아려 주시길…."

비의는 엉뚱하게 공자 성을 구슬렸다. 아니, 위협했다. 아무리 공자 성이지만 그 말을 듣고 당황하지 않을 수 없었다.

다음 날 아침 일찍 조정이 열리기 전, 무령왕을 태운 가마가 아무런 예고도 없이 공자 성 문 앞에 당도했다. 공자 성은 당황하며 무령왕을 맞았다.

"특별한 볼 일이 있어서 온 것은 아니요. 산책 나온 김에 예물을 지참했소."

무령왕은 큰 보따리를 공자 성에게 건네주었다. 그리고는 그대로 돌아가 버렸다. 그 보따리 속에는 호복 한 벌이 들어 있었다. 그것을 본 공자 성은 어이가 없었다.

동이 밝자마자 직접 호복을 갖다 준 것은 오늘 조정에 그것을 입고 입궐하라는 의미였다. 그러나 무령왕이 별안간 나타나서 호복착용을 강요한 것은 아니었다. 반대파 조정신하들과 접촉하는 시간을 주지 않고 반대파 수령으로 하여금 갑작스러운 배반을 연출시키려는 것이다. 이것은 단순한 이간질이 아니고 갑작스러운 배반으로 신용을 실추시키려는 악랄한 모략이었던 것이다.

공자 성은 무령왕의 술책에 걸려든 것을 깨닫고 기가 막혔다. 그러나 고민 끝에 체념하고 호복을 입었다.

사실 무령왕과 비의는 교묘하게 이 기회를 틈타 지금까지 공자 성이 이룩한 위신을 실추시켜 권력을 빼앗으려고 계획하고 있었다. 그런데 공자 성이 보기 좋게 그 계략에 걸려든 것이다.

호복을 입고 입궐한 공자 성의 모습을 보고 반대파의 조정신하들은 모두가 자기 눈을 의심하고 고개를 돌렸다. 그러자 무령왕은 개의치 않고 염원하던 호복령을 발표했다. 이에 이의를 제기한 자는 한 사람도 없었다.

조무령왕 20년, 북방에서 군사훈련을 하기 위해 무령왕은 새로 창설한 기마대와 병거대의 혼합부대를 인솔하고 한단성을 떠났다. 중산국 영가(寧葭)를 거쳐 유중(楡中)에 이르러 임호까지 발을 뻗은 무령왕은 임호 왕으로부터 말을 선사받았다. 돌아오는 길에 대나라에 들러서 조고(趙固)를 대나라의 재상으로 임명하고 호나라 땅의 관할을 맡겨 호병을 징집할 것을 명령했다. 그리고는 훈련을 마치고 한단으로 돌아왔다.

다음 해 21년, 중산국을 치기 위해 무령왕은 병사를 이끌고 북상했다. 동시에 조고에게 그 동안 징집해 두었던 대·호나라 두 나라의 병사를 인솔해서 남하하라고 명령했다. 두 나라 군사들은 곡양(曲陽)에서 합류하여 그곳에서 작전회의를 마치고 다시 두 갈래로 갈라져서 남북 양쪽에서 중산국을 쳤다.

조고 휘하의 군사들은 단구(丹五), 화양(華陽), 홍상(鴻上)을 함락시켰으며, 무령왕 휘하에 있는 군사들은 효(鄗), 석읍(石邑), 봉룡(封龍), 동원(東垣)을 함락시켜 중산국의 수도인 영수(靈壽)로 육박했다.

공포에 질린 중산국 왕은 4개 읍을 헌상하고 강화를 청하자 무령왕은 그것을 수락하고 강화를 체결했다. 강화가 체결된 뒤 조고가 이끄는 군은 대나라로, 무령왕이 인솔하는 군은 한단으로 돌아갔다.

그로부터 2년 세월이 흐른 뒤 무령왕은 다시 중산국으로 쳐들어갔다.

또 무령왕 26년에는 본격적으로 중산국을 쳐서 마침내 멸망시키고 조나라 영토에 편입시켰다. 이로 인하여 조나라 영토는 북쪽으로는 연나라와 접하고, 서쪽으로는 운중(雲中), 구원(九原)에 이르렀다. 이로 인해 조나라는 중원에서 제나라와 어깨를 나란히 할 정도로 강대국으로 부상 했다.

다음 해 무령왕 27년, 무령왕은 왕위를 태자 하(太子何)에게 물려주었다. 즉위한 태자 하는 혜문왕(惠文王)이라 칭했다. 무령왕은 주부(主父)라 칭했으며 오로지 서쪽의 강대국인 진나라의 위협을 물리칠 것에 주력하며 우열을 결정하는 방도를 모색했다.

그 방도의 하나로 주부는 진나라의 의표를 찔러 북쪽에서부터 공격하는 방책을 고안해냈다. 즉 호나라 땅을 기반으로 운중과 구원에서 진나라를 습격하는 전략 전술을 생각해 낸 것이다. 그 때문에 그는 구원에서 수도인 함양에 이르는 도로와 지형을 탐색하기 위해 사자로 변장하고 함양으로 숨어 들어갔다.

낙양에서 객사한 진무왕의 뒤를 이은 소양왕(昭襄王)의 인물과 기량을 알아보려는 속셈도 있었다.

그런 사실을 전혀 모르는 진소양왕은 조나라의 사자를 불렀다. 그런데 그날 밤 소양왕은 잠자리에 들면서 문득 조나라 사자가 인품이 준수하며, 용모도 예사롭지 않고, 어딘지 모르게 타인을 위압하는 기풍이 있었음을 떠올렸다.

수상히 여긴 소양왕은 다음 날 조정회의를 가진 후 다시 조나라 사자를 접견하겠다고 말했다. 그러나 사자는 갑작스러운 발열을 이유로 알현을 하루 미루었다. 그리고 사흘이 지났다. 점점 수상하다고 여긴 소양왕은 강제적으로 사자를 연행하라고 명령했다.

공식문서상에 사자는 조초(趙招)라고 적혀 있었다. 따라서 소양왕 앞에 연행되어 온 것은 조초였다.

"사자로 위장한 자는 누군가?"

소양왕이 물었다.

"현재는 조나라 주부이시며, 전에 군주이셨던 무령왕이십니다."

조초는 주부가 시킨 대로 대답했다. 소양랑은 즉시 병사를 시켜 무령왕을 쫓게 했다. 하지만 무령왕은 이미 국경을 넘은 후였다.

진소양왕은 주부의 대담무쌍함에 혀를 내둘렀다. 그리고 경의를 표하여 무령왕 명령대로 움직인 조초와 그 일행을 문초하지도 않고 그대로 귀국시켰다.

그리고 조혜문왕 3년, 주부의 장남이며 전 태자였던 공자 장을 안양군(安陽君)으로 봉하여 대나라 재상으로 임명했다. 이미 멸망시킨 중산국에서 대나라에 이르는 큰 길이 만들어져 대나라는 이제 낙오된 땅이 아니었다. 게다가 대나라 재상은 호나라 땅을 관할하는 임무를 겸하고 있었으므로 대나라에 부임한 안양군은 대나라로부터 호나라 땅에 이르는 도로망을 정비하는 등 적극적으로 북방 경영에 나섰다.

안양군(공자 장)에게는 다른 속셈이 있었다. 그것을 발판으로 한단 조정에 대항하는 세력을 키우려고 꾀했던 것이다. 그것은 당연한 일로 공자 장에게는 적자로서의 의지가 있었다. 게다가 안양군의 보좌역인 전불례(田不禮)는 대단한 야심가였다. 두 사람은 뜻을 모아 힘을 합쳐 언젠가는 이복동생인 혜문왕의 왕위를 탈환하자고 서로 맹세하고 있었다. 북방 경영에 적극적으로 주력하기 시작한 것도 그 발판을 굳히기 위해서였다.

공자 장과 전불례에게 다른 속셈이 있다는 것을 주부는 눈치 채고 있었다. 그럼에도 불구하고 공자 장을 대나라 재상으로 임명한 것은 나름대로의 생각이 있어서였다. 즉 주부는 형편을 보아 장차 공자 장을 대나라 의왕으로 삼아 두 개의 조나라를 만들어 자기가 주부로서 두 나라를 장악하리라고 생각하고 있었던 것이다.

물론 두 조정을 경합시키면 하나보다는 정치 능률이 오를 것이라고 생각했기 때문이다. 또한 형인 공자 장이 아우인 혜문왕에게 부복(俯伏)하는 모습이 점점 애처로워 보였기 때문이기도 했다.

혜문왕 4년, 주부는 드디어 두 개의 조나라에 대한 구상을 실행에 옮기기 위해 혜문왕과 공자 장 두 명을 모래언덕에 있는 이궁으로 불렀다. 두 아들에게 힘을 합칠 것을 맹세케 하려는 목적에서였다.

그러나 그런 아버지의 마음을 헤아리지 못한 공자 장은 늘 심복 무사를 수행하게 했다. 광대한 이궁에는 꽤 넓은 간격을 두고 여러 채의 궁전이 있었다. 이들 부자 셋은 각각 자기가 좋아하는 궁전을 골라 숙소를 정했다.

자기 궁전으로 들어간 공자 장은 곧 전불례와 둘이서 혜문왕을 모살할 계획을 꾸몄다. 한밤중에 주부가 갑자기 병이 났다고 속여서 혜문왕을 유인하려고 했다.

그러나 혜문왕에게는 조표의 뒤를 이어 재상에 오른 비의가 있었다. 주부가 급병이 났음을 알리는 사자의 말을 수상히 여긴 비의는 자기가 먼저 가보고 오겠다고 궁전을 나섰다. 그리고 주부가 묵고 있는 궁전으로 가는 도중 습격을 받아 살해되었다. 어두운 밤이었기 때문에 혜문왕으로 잘못 보았던 것이다.

공자 장이 모반했음을 전해들은 혜문왕은 시종무관인 고신(高信)에게 명하여 공자 장을 공격하게 했다. 동시에 도성으로 지원을 요청하는 파발마를 보냈다.

막강한 무사를 대동하고 있던 공자 장의 수비는 견고했다. 고신이 지휘하는 얼마 안 되는 혜문왕의 경호병들은 공자 장이 농성하는 궁전을 공격하지 못했다.

그러나 도성으로부터 지원군이 생각보다 빨리 이궁으로 달려왔다. 공자 장의 모반을 예측하고 있던 대부 이태(李兌)와 공자 성이 만일을 대비하여 병사를 대기시켜 놓았기 때문이다.

원군이 도착했음을 알게 된 공자 장과 전불례는 주부가 묵고 있는 궁전으로 도망치려고 했다. 전불례는 도망치는 도중 사살되고, 공자 장은 등에 화살을 맞았으나 가까스로 도망쳤다. 주부가 문을 열어 주도록 허락했기 때문이다.

호복령 사건으로 주부에게 원한을 품고 있었던 공자 성과 이태는 주부가 있는 궁전을 포위하고 공자 장을 넘겨줄 것을 요구했다. 그러나 부상을 입은 공자 장은 궁전 안에 들어서자마자 숨을 거두었다. 주부는 이태와 공자 성의 무례한 처사에 격노하며 그들의 요구를 들으려 하지 않았다. 공자 성은 그대로 계속 궁전을 포위하고 있었다.

포위된 궁전에서 주부를 경호하고 있던 병사들은 식량이 떨어지자 공자 성의 꼬임에 넘어가 궁전에서 빠져나가기 시작했다. 궁전에 공자 장의 유체와 함께 홀로 남겨진 주부는 참새 집에서 새끼 알을 찾아 먹기도 하다 결국에는 굶어죽고 말았다.

혜문왕은 형 공자 장이 부상을 입고 주부가 묵고 있는 궁전으로 도망친 것을 눈으로 확인하고 도성으로 돌아갔다. 조정신하들의 동요를 수습하지 않으면 안 되었기 때문이었다.

주부는 혜문왕이 구출하러 와줄 것이라고 믿고 있었다.

그러나 혜문왕은 공자 장이 죽었다는 사실을 알지 못했다. 공자 성이 그것을 보고하지 않았기 때문이었다. 혜문왕이 공자 성에게 포위를 풀도록 명령하지 않았던 것은 공자 장을 죽이기 위해서였다. 그러기 위해서는 주부가 같이 죽게 되더라도 어쩔 수가 없다고 생각했다.

이렇게 하여 일세기의 영군(英君)이었던 무령왕은 참으로 처참한 최후를 맞았다.

중원을 위협하는 서쪽의 강대국과 자웅을 겨룰 방책을 가슴에 품은 채 처연히 전쟁 국사 무대에서 사라져 갔던 것이다.

제54장
계명구도(鷄鳴狗盜)

　조무령왕(趙武靈王)이 이궁에서 아사했다는 소식을 듣고 진소양왕(秦昭襄王)은 안도의 숨을 내쉬었다.

　무령왕이 진나라를 탐색하기 위하여 스스로 사자로 위장하여 함양까지 들어온 대담한 행동에 진소양왕은 간담이 서늘해지는 것을 느꼈기 때문이었다. 그렇지 않아도 전부터 기마병단을 창설하여 적극적으로 북방 경략에 힘을 경주하여 날로 강해지는 조나라에게 진나라는 적지 않게 위협을 느끼고 있었던 것이다.

　그에 대비하여 진소양왕 8년에 진나라는 제나라에게 치상을 강요하고 있었다. 일방적으로 경양군(涇陽君: 소양왕 아우)을 제나라로 파견하고 교환조건으로 맹상군(孟嘗君)을 파견해 올 것을 요구했다. 조나라가 진나라로 출병해 올 경우 제나라로 하여금 조나라 배후를 공격하도록 하기 위한 술책이었다.

　진나라가 지나칠 정도로 강요하자 제나라 조정은 반발감을 가졌다. 그러나 중원에서 두드러지게 강해지는 조나라는 제나라에게도 예외 없이 위협적인 존재였다. 그렇기는 하지만 맹상군은 제나라 조정에서 없어서는 안 될 소중한 인물이었다. 여러 가지 생각 끝에 제나라는 맹상군을 하는 수 없이 진나라로 보냈다.

맹상군의 부친 전영(田嬰)은, 제민왕(齊湣王)의 선친 선왕(宣王)의 이복동생이며 오랫동안 재상 자리에 있었다. 따라서 맹상군과 민왕은 종형제였다. 어려서부터 총명해서 이름을 문(文)이라 하여 전문(田文)이라고 불렸다.

전문에게는 40명이나 되는 형제가 있었다. 전문의 생모는 비천한 출신의 첩이었으며 게다가 전문은 5월 5일에 태어났다. 예전부터 5월 5일에 태어난 이는 불길하다고 전해지고 있어 아버지인 전영은 전문을 키우지 말라고 생모에게 말했다.

그러나 생모는 남몰래 숨어서 전문을 키웠다. 그리고 열두 살이 되던 해 부친 앞에 데리고 와서 인사를 드리게 했다. 전영은 전문을 보자 왜 명을 따르지 않았느냐고 생모에게 심한 질책을 가했다.

"왜 5월 5일에 태어나면 키워서는 안 되는 것입니까?"

전문이 전영에게 물었다.

"5월 5일에 태어나면 문 위의 선반에 닿을 정도로 키가 자라서 부모를 불행하게 만들기 때문이니라."

전영은 괴로워하며 아들의 물음에 대답했다.

"그러하면 머리를 부딪치지 않도록 문을 높이 만들면 되지 않습니까? 어느 날에 태어난 아이라도 하늘로부터 받은 생명은 똑같은 것입니다."

전문은 반론했다.

"그만 하라!"

전영은 전문 모자를 물러가게 했다.

그 후 전문은 부친에게 기회가 있을 때마다 질문을 던졌다. 어느 날 전문이 전영에게 물었다.

"아들의 아들이 손자라면 손자의 아들은 무엇입니까?"

"증손자이니라."

"그럼 증손자의 증손자는?"

"그런 것까지 어찌 알겠느냐!"

"조부님 때부터 저희 전씨 가문은 3대째 왕을 섬기고 있습니다. 그러나 제나라의 영토를 한 자도 넓히지 못하고 아버님께서는 큰 부를 가문에 세웠습니다. 장수의 가문에는 장수, 재상의 가문에는 재상이 있다고 들었습니다만 아버님의 문하에는 재상의 그릇이라 여겨질 인물은 하나도 없습니다. 그뿐 아니라 후궁은 비단을 밟으나 선비는 무명옷만도 못한 옷을 걸치고, 노비와 첩은 고기를 마다할 정도이나 선비는 겨와 비지만도 못한 것을 먹고 있는 실정입니다. 아버님께서는 그 명칭조차도 모르는 말대 손(孫)들에게 모은 재산을 남겨 주시려고 하십니까? 납득할 수가 없습니다."

전문은 뜻밖의 말을 했다. 요컨대 널리 식객을 모아서 후대할 것을 진언했던 것이다.

세상은 초현빙장의 기운이 점점 돌고 그것이 경대부(卿大夫) 사이에도 파급되어 일단 어느 정도의 지위에 있는 사람들은 식객을 두는 것이 통용되던 시대였다. 장수 가문에 장수가 있고, 재상 가문에 재상이 있다고 들었다고 전문이 말한 것은 장군과 재상이 될 만한 그릇을 지닌 인물을 식객으로 데리고 있지 않으면 현직 재상으로 말이 아니라는 뜻이었다.

물론 현실적으로 그런 장수나 재상의 그릇을 지닌 인물이 그렇게 세상에 흔히 있는 것은 아니다. 그렇기 때문에 확률적으로 식객을 폭넓고 많이 모으는 길 밖에는 없었다. 다만 그것이 경제적으로 큰 부담이 되어 어깨를 누르는 것은 말할 필요도 없다. 그럼에도 불구하고 식객을 모으는 것은 어느새 풍속화 되어 유행하고 있었다.

그것은 춘추전국시대가 전진함에 따라 권력구조가 달라지고, 특히 군주의 권력이 상대적으로 저하된 것과 깊은 관련이 있었다. 즉 군주의 총애와 신임이 곧 권세가들의 세력을 결정하는 시대는 지나가고 세상의 권세가들은 독자적으로 세력을 구축할 필요를 느꼈던 것이다. 그리고 실은 수용하고 있는 식객의 수야말로 그 세력의 지표가 되었던 것이다. 사실 식객들은 이제까지 제자백가가 연기하고 있던 홍보선전 역할을 의연하게 하면서, 게다가 권세가들의 지혜 주머니 같은 기능을 하며 사병(私兵)으로 되어 가고 있었다.

이런 형편이어서 정치적인 야심을 품는 경대부 즉, 권세가들은 다투어 식객을 두었던 것이다. 물론 제나라 재상인 전영 역시 예외는 아니었으나 워낙 식객의 수가 적고 질적으로도 형편없었다. 그것은 전영이 재상으로서 너무 정무에 바빴기 때문이었다. 아니 그보다 그는 접객에 능하지 못했고, 또한 진정으로 식객을 좋아하는 성품이 아니었다.

그런 중에 아들에게 당한 전영은 더 없이 좋은 기회라 여기고, 아들에게 그 역할을 맡길 것을 결심했다. 이렇게 하여 전문에게 빈객(食客)을 접대할 것을 명했다.

전문은 어린 시절을 숨어서 살았기 때문에 다른 사람들보다 유난히 정에 약했다. 식객 한 명 한 명과 천하 국가를 논하면서 그는 교묘하게 그 상대의 신상명세를 파악해서 기록했다. 그리고 식객이 고향에 남긴 부모 형제와 처자식에게 사자를 보내어 예물을 선사했다. 살림살이가 곤궁한 경우는 돌봐주기도 했다.

그 가족들은 식객이 된 자기 육친이 입신출세한 것으로 여기고 이웃 사람들에게 자랑하기에 이른다. 식객은 자기도 모르는 사이에 고향에서 유명인이 되고 얼마 후 그 소문은 다시 돌아서 본인 귀에 들려와 누구나 전문을 위해서라면 목숨도 아깝지 않다고 생각하게 되는 것이었다. 그리고 더욱 소문이 소문을 낳아 각처에서 뛰어난 인물이 제나라 수도로 몰려와 전영 저택으로 몸을 의탁하게 되었다.

얼마 안가서 도성의 전영 집에서는 그 많은 식객들이 불어나 수용할 수 없게 되자 전문은 객사를 전영의 식읍인 설(薛)로 옮겼다. 설로 옮긴 후에도 식객들은 끊임없이 모여 들여 2년 쯤 지나자 식객 수는 3천을 헤아렸다. 그렇게 사람 수가 늘어난 데는 전문이 오는 사람은 누구든지 가리지 않고 받아들였기 때문이었다. 동시에 전문이 식객의 역할 중에서도 가장 중점을 둔 것은 사병(私兵)적인 요소였다. 그래서 전문은 망명자나 범죄자마저도 호쾌히 받아들였다. 나쁜 짓을 하는 자는 좋은 일도 할 수 있다고 믿고 있었기 때문이었다.

그 결과 어쩔 수 없이 식객의 질이 문제가 되었다. 식객들 사이에서도 서로 통하는 자와 통하지 않는 자가 생겨서 공동생활이 곤란해지면서 자연히 유유상종 그룹이 형성되었다.

그것을 보고 전문은 객사를 신축하기로 마음먹었다. 그래서 대사(代舍: 상급), 행사(幸舍: 중급), 전사(傳舍: 하급) 이렇게 세 동을 세웠다. 그리고 각각 사칙을 정하여 대우를 달리했는데, 셋으로 대립된 그룹 들은 각자에게 맞는 객사에 조용히 자리를 잡았다.

그리고 세 객사에서 주인에 대한 공헌 경쟁이 시작되었다. 먼저 전사 사람들로부터 전문을 설공(薛公)의 후계자로 옹립하자는 움직임이 일었다. 설을 식읍으로 하는 전영은 설공이라 불렸다. 그런데 앞에서 말한 대로 설공에게는 40명이 넘는 아들이 있었다.

전문을 설공의 태자로 삼음이 마땅하다.

이런 구호를 내세워 전사 사람들은 먼저 설읍 주민들을 부추기기 시작했다. 그것을 본 행사 식객들이 분담하여 전문 형제들에게 여러 형태로 압력을 넣었다. 또한 대사 식객들도 도성으로 쳐들어가서 전영에게 결단을 요구했다.

3천에 이르는 사병은 과연 부서운 선력(戰刀)을 발휘했다. 진영은 드디어 뜻을 정하여 전문을 후계자로 정했다. 그리고 그 다음 해 전영은 세상을 떠났다.

덕분에 설공을 세습한 전문은 제나라 재상으로 취임했다. 진나라가 치상을 서로 두자고 강요해 온 것은 그 직후였다.

맹상군이 진나라와의 치상으로 함양으로 부임하는 것을 식객들은 이구동성으로 반대했다. 실은 한 달쯤 전에 진나라는 초나라를 속여 초나라 군주를 포로로 잡았다. 그 사건을 식객들은 이미 알고 있었기 때문이었다.

사건이라고 하는 것은 진소양왕이 초희왕과 동맹을 맺는다고 속여서 무관(武關)으로 초희왕을 유인하여 그대로 함양까지 납치해서 영토 할양을 강요한 진나라의 계략을 가리킨다.

여담이지만 '초사(楚辭)'에서 유명한초나라 대부 굴원(屈原)이 멱라(汨羅) 연못에 몸을 던진 것은 이 사건 직후에 있었던 일이었다. 초희왕이 무관으로 행차하는 것을 말렸으나 왕이 듣지 않아 그런 결과가 초래 됐다며 몸을 스스로 던진 것이었다.

이런 연유로 맹상군이 함양으로 가게 되면 무슨 일을 당할지 알 수가 없다며 식객들은 반대했던 것이다. 그러나 진나라에서는 치상의 상대역으로 파견된 경양군이 벌써 임치(臨淄)에 와 있었다. 이러한 정황으로 이루어 더 이상 거절할 수가 없었다.

맹상군은 굳은 결심을 하고 진나라로 떠났다. 유사시에는 쓸모가 있으리라고 자부하는 식객 백 명 정도가 맹상군을 수행하여 함양으로 들어갔다.

그런데 식객들의 걱정을 아는지 모르는지 진소양왕은 예를 갖추어 맹상군을 맞이했다. 길일을 골라 정식으로 맹상군을 정승으로 임명했다. 그리고 아무 일 없이 일 년이 지났다.

그러나 치상이라는 정치적인 권모수법은 단기적으로는 절묘한 수법이지만 장기적으로는 피하기 어려운 진퇴양난의 요소를 내포하고 있다. 즉 오래도록 재상으로 앉혀 두면 여러 국가 기밀이 누설되는 결과가 되기 때문이었다. 만약 재상으로 임명받은 자가 총명하다면 사태는 더욱 심각해지기 마련이다. 물론 그 폐단을 없애기 위하여 그 인물을 평생 잡아두 는 방법은 있다. 그러나 그것은 그것대로 불가피하게 내부 마찰을 일으키게 된다.

맹상군을 정승으로 임명한 진나라도 역시 그 난처함은 이루 말할 수 없었다. 게다가 백 명이나 되는 식객들이 함양 성내를 배회하는 일이 조정신하들의 신경을 거슬리게 하여 상황을 더욱 악화시켰다. 그리하여 드디어 맹상군 암살을 모의하는 조정신하가 나타나기 시작했다.

그런 와중에서도 별일 없이 또 한 해가 지났다. 그런데 그때 조무령왕이 아사했다는 소식이 함양까지 전해지자 갑자기 정세가 바뀌었다. 진나라는 조나라의 위협만 없어진다면 제나라 신하를 재상으로 둘 필요가 없었다.

때를 같이 하여 제나라에 파견되었던 경양군이 함양으로 돌아왔다. 당연히 진나라도 맹상군을 제나라로 돌려보내야 했다. 그러나 진소양왕은 맹상군을 그대로 진나라에 남겨둘 생각이었다.

함양으로 돌아온 경양군은 뜻밖에 맹상군의 암살모의를 듣게 됐다. 모의는 일 년 전부터 계획되고 있었으나 경양군이 돌아오자 갑자기 구체적으로 이야기가 진행되기 시작했다. 깜짝 놀란 경양군은 그 사실을 맹상군에게 알렸다. 그러나 맹상군은 위험이 닥쳤다고 해서 식객들을 남겨놓고 도망칠 수는 없었다. 그렇다고 백 명이나 되는 식객을 데리고 탈출한다는 것은 아무리 생각해 봐도 불가능한 일이었다.

그래서 경양군과 의논하기로 결심했다.

"왕께 고하지 않고 도망가는 것은 위험한 일이네. 정식으로 일시 귀국을 청원해 봄이 어떻겠는가? 물론 왕께선 쉽게 허락하시지 않을 것이네. 하지만 방법은 있네. 왕의 총애를 한 몸에 받고 있는 연비(燕妃)의 도움을 청하면 틀림없이 잘 될 걸세."

하고 말한 경양군은 쾌히 연비에게 설득하기 시작했다. 그러나 뜻하지 않던 어려운 문제가 생겼다.

맹상군이 함양에 왔을 때 소양왕께 여우 모피를 예물로 헌상한 바 있었다. 그런데 그것과 똑같은 것을 준다면 소양왕께 진언해 보겠노라고 연비가 조건을 내세웠던 것이다. 그것은 백여우 털로 만든 것으로 천하의 일품이라고 할 수 있는 물건이었다. 그런 것을 찾는 것은 쉬운 일이 아니었다. 난처해진 맹상군은 식객들과 의논했다.

"사태는 초급을 다투는 일입니다. 재빨리 진왕께 헌상한 것을 훔쳐 내어 연비께 드리는 수밖에 없습니다."

식객 중 한 명이 말했다. 그는 몸이 유달리 작은 왜소한 남자였다. 말을 하면서 그는 자기 짐 꾸러미에서 개털 옷을 꺼내서 살폈다. 그 것을 입고 개로 변장하여 도둑질을 하는, 말하자면 구도(狗盜)의 명수 였다. 게다가 그는 보물 수납장소를 냄새로 알아내는 그야말로 개와 같은 예민한 후각을 갖고 있었다.

그날 밤 그는 궁전으로 숨어들어 의상을 넣는 곳을 지키는 자가 잠 든 틈을 타 열쇠를 훔쳐서 문을 열고 흰 모피 옷을 쉽게 훔쳐냈다. 그 리고 문을 닫고 자물쇠로 잠그고 열쇠를 제자리에 갖다 놓았다.

그렇게 하여 손에 넣은 모피를 맹상군은 경양군에게 전하고 경양 군은 모르는 척하며 연비에게 갖다 바쳤다.

연비는 기뻐하며 경양군이 시키는 대로 소양왕에게 진언했다.

그 다음 날 조정이 파한 후 맹상군은 소양왕께 일시 귀국을 청원했 다. 소양왕은 쾌히 승낙했다. 그날 밤 맹상군 일행은 서둘러 떠날 준 비를 하고는 동이 트자마자 성을 빠져나왔다.

조정신하들은 조정이 열리고 나서 소양왕이 맹상군에게 일시 귀국 을 허락한 사실을 알게 됐다. 그래서 맹상군에게 일시 귀국을 허락한 것에 대한 시비로 의견이 분분했다. 역시 보내지 말았어야 했다고 결 론이 난 것은 정오가 다 되어서였다. 결론이 나자 즉시 맹상군 뒤를 쫓아 함양으로 다시 데리고 오기 위한 군대가 성문을 나섰다.

그러나 사태가 변할 것을 예측한 맹상군 일행은 날이 저물어도 쉬 지 않고 밤을 새워 강행군한 끝에 새벽녘에는 함곡관에 도착할 수 있 었다. 관문은 첫 닭이 울어야 열도록 되어 있었다. 아직 닭이 울려면 거의 한 시간 정도는 기다려야 했다.

"즉시 열게 할까요?"

식객 중 한 명이 말했다. 그는 성대모사의 명인이었다. 맹상군이 고개를 끄덕이자 그 남자는 호흡을 가다듬고 소리를 드높여 '꼬끼요' 하고 외쳤다. 그 소리를 듣고 관소에 있던 닭이 일제히 울어댔다. 관소 문지기가 눈을 비비면서 문을 열었다. 맹상군 일행이 통과했다.

두 시간 후에 맹상군을 추격하는 군대가 함곡관에 도착했다. 이제는 틀렸다고 추격하던 군대는 체념하고 허무하게 돌아갔다. 이른바 계명구도(鷄鳴狗盜)를 해낸 식객의 활약으로 맹상군은 위기를 모면했다.

함곡관을 빠져나온 맹상군 일행은 조나라로 들어와 혜문왕의 아우인 평원군(平原君)의 객이 되었다. 식객 3천 명을 거느린 맹상군은 전부터 널리 그 이름이 알려져 있었다. 그 맹상군이 진나라를 농락하고 탈출했다는 소문을 들은 건달들이 그 모습을 한 번이라도 보고 싶다고 몰려들었다.

그러나 실제로 맹상군의 모습을 본 건달들은 그의 모습에 실망했다. 맹상군은 몸집이 작고 풍채도 볼품이 없기 때문이었다. 용모가 준수한 영웅으로 상상하고 있던 그들은 너무 실망한 나머지 오히려 맹상군을 깔보기 시작했다. 그것을 공공연히 입에 담은 자가 몇 명 있었다.

재난은 입에서 생기는 법. 그 몇 명의 자가 그날 밤 똑같이 각각 자기 집에서 자는 동안 살해당했다. 그것도 증거를 조금도 남기지 않은 완벽한 범행이었다.

그 말을 전해들은 평원군은 경악을 금치 못했으나 증거가 없었으므로 추궁하지도 못했고, 오히려 식객의 효용에 바로 눈을 뜨게 됐다. 그리하여 맹상군에게 질세라 식객의 수를 늘렸다. 그 결과 평원군은 전국시대의 소위 '사군자(四君子)' 중 하나가 됐다. 사군자란 제나라 맹상군, 조나라 평원군, 그리고 위나라 신릉군(信陵君), 초나라 춘신군(春申君) 이상 4명을 일컫는다. 제나라로 돌아온 맹상군은 즉시 재상 자리에 복귀했다. 그가 진나라에 있던 동안에도 3천 명의 식객은 설읍에 그대로 있었는데 그의 귀국으로 다시 새로운 얼굴이 나타났다. 처음 나타난 사람은 성이 풍(馮), 이름은 환(驩)이라고 하는 차림새가 초라한 인물이었다. 그는 짚신을 신고 새끼줄을 감은 칼을 차고 있었다.

"먼 길을 여기까지 오신 것은 무슨 가르치실 것이라도…."

맹상군이 물었다. 물었다기보다는 말하자면 정해진 인사말이었다.

"소문을 듣고 다만 밥 한술 얻어먹으려고 왔습니다. 가르칠 것이란 아무 것도 없습니다."

풍환은 대답했다.

"특별한 환대는 하지 못하지만 무튼…."

하고 맹상군은 그를 전사(하급)에 배치했다. 처음에 온 사람은 특별한 경우를 제외하고는 전사에 배치시키는 것이 순서였다. 그런데 전사에 배치된 풍환은 노골적으로 불만을 표명했다. 식사가 끝나면 반드시 검을 쓰다듬으면서 큰 소리로 노래를 불렀다.

'검이여 돌아가라! 물고기도 먹을 수 없으니.'

가사는 이렇게 두 마디뿐이었는데 그는 매일같이 이 노래를 불러댔다. 보고를 받은 맹상군은 풍환을 행사(중급)로 옮기게 했으나 역시 그는 가사를 한 글자만 바꾸어 똑같이 불러댔다.

'검이여 돌아가라! 날고기도 먹을 수 없으니'

그래서 맹상군은 풍환을 대사(상급)로 옮기게 했다. 그래도 그는 계속 노래를 불렀다.

'검이여 돌아가라! 수레도 탈 수 없으니'

어쩔 수 없어서 맹상군은 풍환에게 수레를 주었다. 그러자 겨우 풍환은 노래를 부르지 않게 되었다. 하여튼 그는 이 시대의 식객 근성을 구현한 인물이었다.

맹상군이 귀국한 지 1년이 지났다. 맹상군의 식객 수는 점점 늘어만 갔다. 설읍은 1만 호나 되는 대읍이었는데, 그래도 그 수입으로는 식객의 경비를 감당하지 못했다. 할 수 없이 맹상군은 주민에게 돈을 빌려주고 이자를 벌어들였다. 그러나 그것도 뜻대로 이자를 받을 수가 없었고 원금 회수까지 어려워져서 맹상군은 곤경에 빠지게 됐다. 그 모습을 보다 못한 풍환이 이자 수금원을 자청하고 나섰다. 자청했으니 능숙한 솜씨려니 하고 맹상군은 기뻐하며 모든 권한을 그에게 맡겼다.

풍환은 대부 장부와 차용증서를 들고 초라한 모습으로 허리에 새끼줄로 감은 칼을 차고 수레를 타고 설읍 재부(宰府)에 나타났다. 그리고 재부 마당에 술과 소를 잡아서 요리를 마련하여 채무자를 소집했다.

"영주님(맹상군)은 재정이 부족하여 곤경에 처했소. 본인은 대사에 묵고 있는 상객인데 보시다시피 새 옷도 새 신발도 없는 형편이오. 어려운 재정을 타개하려면 가렴주구(苛斂誅求)라는 간단한 방법이 있소. 하지만 영주님은 자비로운 분이라서 그 방법을 취하지 않으셨소. 돈을 빌려준 것은 궁여지책이었소. 돈을 빌려주는 것은 정당한 상행위요. 그러니 가차 없이 이자를 받아내는 것이 마땅하오. 그러나 영주님께서는 고리대금업자는 아니란 말씀이오. 그래서 도저히 능력이 없는 자는 봐 주기로 했소. 그러나 여유가 있는 자에게서는 서슴없이 받아 내야겠소. 그래서 술과 고기를 준비했는데 자리를 좌, 우로 나누었소. 곤궁해서 이자를 갚지 못하는 자는 왼쪽에, 이자를 갚을 수 있는 자는 오른쪽에 자리를 잡기 바라오. 단 오른쪽에 가야 마땅한 자가 속여서 왼쪽으로 간다면 가차 없이 이 칼로 베어 버리겠소. 칼이 낡아 녹이 슬었으므로 이 칼로 베이면 고통이 극심하다는 것을 미리 밝혀 두겠소. 또한 돈이 있으면서 가난하다고 속여서 왼쪽 자리에 간 자를 알고 있으면서 묵인하여 동석시킨 자도 역시 같은 죄로 다스려 베어 버리겠소. 자, 알아들었으면 각자 자기 자리로 가 즐겁게 들도록! 실은 본인 또한 이만한 진수성찬을 받게 된 것도 오랜만이오. 함께 즐겁게 회식하기를 원하는 바, 칼을 뽑는 일이 없도록 부탁하겠소.”

풍환은 말했다. 좌냐, 우냐 하고 망설인 자가 몇몇 있었다. 왼쪽 자리에 앉으려고 하다가 동석을 거절당해 어쩔 수 없이 오른쪽에 간 자도 몇 명 있었다. 그리고 예상했던 대로 좌우가 거의 2:8의 비율로 나누어졌다.

풍환은 왼쪽에 자리잡은 자를 차용증서와 대조하면서 동석자의 증언을 듣고 곤궁한 사실을 확인했다. 그리고 면전에서 차용증서를 불살라 버렸다. 그리고 오른쪽에 자리를 잡은 자에게는 각각 이자 지불 날짜를 써서 제출하게 했다.

다음 날 풍환은 그 경과를 맹상군에게 보고했다. 그런데 보고를 받은 맹상군은 못마땅해 했다. 술과 소로 많은 경비를 지출하고도 모자라 차용증서를 불태워 버린 것이 마음에 들지 않았던 것이다.

“소를 잡고 술을 내지 않으면 채무자들이 모여들지 않습니다. 궁핍

한 자에게는 아무리 독촉한들 받을 수 없고, 자꾸 졸라대면 야반도주하게 될 것입니다. 국경은 있으나 없는 것과 다름없는 세상입니다. 농민은 어디로 도망가도 환영을 받습니다. 그렇다면 은혜를 베풀고 덕을 행하여 영내에 머물게 하는 것이 현명하지 않습니까?"

풍환은 말했다. 그의 말을 듣고 맹상군은 이해를 했다. 그리고 풍환에게 감사를 표했다.

이 일이 있은 후 맹상군은 더욱 그 명성을 높였다. 그런데 그 명성을 배경으로 맹상군이 제나라 정권을 노리는 것으로 여기고 두려워한 제민왕은 갑자기 맹상군을 재상직에서 파면시켜 버렸다. 별안간 재상직을 파면당한 맹상군의 객사에서는 썰물이 빠지듯 식객이 하나둘 떠나갔다.

"재상으로 다시 꽃피울 간단한 방법이 있습니다. 낙심 마시고 믿고 기다려 주십시오."

풍환이 말했다. 그리고는 훌륭한 수레를 빌리고 의복을 갖추어 서쪽으로 향했다. 진나라로 들어간 풍환은 진소양왕을 설득했다.

"제나라를 떠받치고 있던 것이 맹상군이었음은 아시는 바와 같습니다. 하온데 그 맹상군이 재상자리를 파면 당했습니다. 제나라를 골탕 먹이는 것은 바로 지금이 적기입니다. 지금 은밀하게 맹상군을 초빙한다면 틀림없이 응할 것입니다. 삼가 알려드리니 이 기회를 잘 이용하십시오."

"잘 알았도다. 즉시 사자를 보내겠노라. 그대도 맹상군에게 조언을 부탁하오."

소양왕은 쉽게 승낙했다. 풍환은 기뻐하며 제나라로 돌아갔다. 그리고 제민왕에게 말했다.

"진나라로부터 맹상군을 맞을 밀사가 함양을 떠났다는 소문이 있습니다. 맹상군이 진나라로 들어가 만에 하나라도 제나라와 적대하는 일이 생긴다면 제나라는 재해를 면할 길이 없습니다. 맹상군이 재상직을 파면 당한 즉시 식객을 해산시킨 것은 조정에 대하여 충성을 입증한 것입니다. 지금 바로 그 소문이 사실인지 확인해 보심이 마땅한 줄로 아룁니다. 만약 그것이 사실이라면 맹상군을 진나라로 가지 못하게 하는 방법은 단 하나, 즉각 재상으로 복직시키는 일입니다. 통촉하여 주십시오."

"지당한 말이로다. 즉시 그 소문을 확인하겠노라."

제민왕도 풍환의 말을 곧이들었다. 얼마 후 수레 열 대에 황금 백 돈을 실은 진나라 밀사가 국경을 넘었음이 확인되자 맹상군은 재상으로 복귀되었다. 한 발 늦은 진나라 밀사는 허무하게 되돌아갔다.

맹상군이 복직하자 흩어졌던 식객들이 설읍에 다시 모였다. 맹상군은 분격했다.

"화를 내시면 아니 되십니다. 이(利)에 의한 결탁입니다. 예를 들면 시장과 같아서 이른 아침에는 사람들이 모여들지만 밤에는 시장에 오는 사람은 없습니다. 밤에는 거래하는 물건이 없기 때문입니다. 전처럼 빈객으로 맞아들이십시오. 그들의 존재는 역시 필요합니다."

하고 풍환군은 맹상군을 설득했다. 그리고 제민왕 16년(기원전 285), 맹상군이 또 모반했다고 거짓을 고한 자가 나타나자 제민왕은 또 다시 맹상군을 재상에서 파면시켰다. 위험을 느낀 맹상군은 위나라로 망명했다. 위소왕(魏昭王)은 맹상군을 위나라에 오랫동안 머물게 하려고 즉시 재상으로 등용했다.

그 다음 해 연나라에서는 20년 전부터 꾸준히 부국강병에 주력하고 있던 낙의(樂毅)가 맹상군이 없어진 제나라를 치기 위해 움직이기 시작했다. 낙의는 조나라를 설득해 연나라와 공동전선을 펼 것을 강요했다. 그리고 조나라를 통해 위나라에도 협력을 요청해 왔다.

그 일에 대하여 맹상군은 개입하지 않았고, 위나라는 결국 조나라의 설득대로 제나라 정벌의 공동전선에 참가했다. 맹상군은 망명처에 앉아서 고국이 연나라 연합군에 당하는 것을 보고 방관했다. 그 또한 국가 위에 천하를 보고 있었는지도 모른다. 사실 그는 제나라 사람이었지만 이미 그때는 위나라 재상이었던 것이다.

제55장
문경지교(刎頸之交)

　잠시 동안이기는 했으나 제나라에게 멸망당하였다가 다시 나라를 복원한 연나라 소왕에게 제나라는 불구대천지 원수였다. 그 제나라를 쳐서 부왕의 원수를 갚는 것은 그가 한시도 잊은 적이 없는 소망이기도 했다. 그렇지 않아도 나라가 부강해지면 이웃 나라를 치는 것은 전국시대가 아닐지라도 당연한 힘의 논리인 것이다.

　지략계모의 인물인 낙의를 아경(亞卿)으로 맞이하여 20년 동안에 연나라는 제나라와 대등할 만큼의 국력을 길렀다. 그때부터 연소왕은 틈만 있으면 제나라로 출병하자고 낙의를 재촉하고 있었다. 그러나 낙의는 8년이나 그것을 반대해 왔다.

　"외관상 대등한 전력을 갖추었다고 해서 그것만으로 섣불리 옛 강대국을 상대로 전쟁을 일으키는 것은 경솔합니다. 옛 강대국에는 눈에 보이지 않는 저력이 있기 때문입니다. 예를 들면 신흥 자산가와 유서 있는 옛 가문은 같아 보입니다. 그러나 외부에 나타나 있는 자산은 대등해도 역시 옛 가문에는 당할 도리가 없는 것입니다. 뿌리가 있는 가문에는 큰 족자와 장식물(골동품) 따위에다 허드레 가재들을 내다 판 돈으로도 능히 호화주택을 세울 수 있는 경우와 같습니다. 게다가 현재 제나라 재상 전문(맹상군)은 가벼이 볼 인물이 아닙니다. 그 3천 명이나 되는 식객 또한 무시할 수 없는 존재입니다. 사병으로서의 전력도 만만히 볼 수 없습니다. 하나같이 능변자임은 물론 그들은 사방팔방에서 모여든 패거리들입니다. 싸움이 시작되면 그들은 여러 나라로 흩어져서 제나라를 위해 싸울 것입니다. 현재의 연나라 국력은 제나라와 단독으로 싸우는 것이 고작이며 열국의 지원군을 물리칠 수 있는 힘은 없습니다. 그러나 걱정 할 필요는 없고 그것을 극복할 방법은 있습니다. 기다리면 기회는 반드시 오고야 말 것이며 전쟁의 기회는 스스로 무르익을 것입니다. 그때를 기다립시오."

낙의는 재촉하는 연소왕의 성화를 억누르고 있었다.

연소왕 27년, 기다리고 기다렸던 그 기회가 드디어 오고 말았다. 그 미운 오리 새끼였던 맹상군이 모반혐의를 받아 위나라로 망명한 것이다.

때는 이때라고 생각한 연소왕은 힘차게 일어섰으나 그래도 낙의는 출병을 가로막았다.

"만전을 기하기 위해 열국과 연합하여 출병하심이 가한 줄로 아룁니다. 조나라를 설득하면 한·위 두 나라는 동조할 것입니다. 더욱이 조나라를 통하여 동조를 구하면 진나라도 참가할지 모릅니다."

하고 말하며 낙의는 조나라 도성 한단으로 향했다. 조혜문왕은 쾌히 낙의의 요청을 수락하고 자진해서 한·위 두 나라에도 사자를 보냈다. 게다가 운 좋게도 진나라 사자가 한단에 와 있었다. 함양으로 돌아가는 그 사자를 통하여 진소양왕에게도 권유를 시도했다.

일은 순조롭게 진행되어 한·위 두 나라는 서슴없이 출병을 수락하고 진나라에서도 출병하겠다는 기별이 한단으로 왔다. 그뿐만 아니라 조혜 문왕은 낙의에게 조나라 재상을 명했다. 재상으로 임명과 동시에 제나라를 토벌하는 5개국 연합군 총수로 낙의를 추대한다고 모든 나라에 공표했다.

낙의는 연나라 아경으로 취임하기 전 잠시 동안이었지만 조나라 조정의 벼슬자리에 있었다. 그래서 그 기량을 익히 알고 있던 혜문왕은 낙의에게 기탄없이 그 실력을 한 번 발휘시켜 보고 싶었던 것이었다.

다음 해 연소왕 28년(기원전 284), 연·조·위·한·진 5개국은 연·조·제나라 국경의 삼각 지대에 집결했다. 연나라 대장은 낙의, 조나라 대장은 염파(廉頗), 위나라 대장은 진비(晉鄙), 한나라 대장은 폭연(暴鳶), 진나라 대장은 백기(白起)로서 모두가 당대 일류급 명장이었다. 전국시대라고는 해도 이와 같이 쟁쟁한 장수가 그야말로 기라성처럼 한 곳에(전쟁터) 모인 것도 보기 드문 일로서 아마 전무후무한 일일 것이다.

이런 상황 하에 일단 낙의를 총수로 연합군을 조직했으나 낙의는 뜻한 바 있어서 각국 명장에게 경의를 표하고자 작전 지시는 하지 않고 각각의 공격 목표만을 정했다. 즉 각 나라 장수에게 독자적인 판단으로 독립적인 작전을 전개하도록 했던 것이다. 하기야 현실적으로도 그렇게 할 수밖에는 없었다. 낙의는 그렇게 함으로써 각 나라 장수의 경쟁의식을 불러일으키려고 했던 것이다.

제민왕이 친히 통솔하는 제나라 군사는 이미 제서(濟西), 즉 제수(濟水) 서안에 진을 치고 있었다. 제서는 광대한 지역으로 요충지에는 큰 성들이 드문드문 있었다. 전투가 시작되면 상황에 따라 그 성에서 병사를 내보낼 계획이었다.

그것을 알아차리고 있던 낙의는 각각 그 성들을 공격 목표로 하여 진격했다. 낙의 휘하에 있는 연나라 군사는 제수 서안에 진을 친 제나라 군사를 공격했다. 낙의는 조나라를 따라 기마 부대를 동반하고 있었다. 따라서 진격 속도는 제나라 군사가 예측한 것보다 훨씬 빨랐다. 뜻하지 않게 습격을 받고 제나라 군사는 당황했다. 그보다 적의 배후를 함께 공격할 것으로 기대했던 각 성의 병력이 봉쇄됐음을 전해들은 제민왕은 막막해졌다. 제수를 등에 업은 배수진은 협력 태세가 실패로 돌아감으로써 쓸모가 없어졌기 때문이었다.

작전을 역이용 당했음을 깨달은 제민왕은 승산이 없음을 알고 체념하여 배를 타고 동안으로 건너와 그 길로 임치(臨淄)성으로 도망쳤다. 정면으로 맹공격을 받은 제나라 군대의 병사들은 왕이 도망쳤음을 알고 우왕좌왕하다가 앞을 다투어 배로 도망치려고 했다. 그 결과 많은 병사들이 물에 빠져 죽는 참변이 초래되었다.

질서가 흐트러진 제나라 병사들은 수습할 길이 막막해졌다. 죽임을 당하거나 강줄기를 따라 도망치기도 했으며, 대장 한섭(韓聶)은 전사하여 마침내 제나라 군대는 참패했다.

연나라 군대는 거의 다치지 않았다. 낙의는 병사를 쉬게 하며 성을 공격하러 간 각국 군대의 소식을 기다렸다.

연합군 각국 대장들이 각각 독자적으로 작전을 전개함으로써 전쟁터가 별안간 다섯 명의 명장들의 작전시합과 또한 각국 군대의 '전투경기' 장소로 바뀌었다. 그것이 무서운 파괴력이 되어 폭발했다. 각각 몹시 빠른 속도로 거의 동시에 할당된 성을 함락시켰다.

그리하여 이 싸움은 5개국 연합군의 대승으로 끝났다. 낙의는 성대한 음식을 베풀어 군사들을 위로한 후 연합군을 해산시켰다. 진·위·한·조나라의 군사들은 각각 전리품을 수레에 가득 싣고 귀국길에 올랐다. 그들을 배웅하고 낙의는 제수를 건넜다. 운 좋게 제나라 군대가 버리고 간 배가 서안에 있었다. 제수를 건넌 연나라 군대는 파죽지세(破竹之勢)로 해안 길에 있는 성을 공격하면서 곧장 제나라 도성 임치로 진격했다.

제서에서 무참하게 패한 제민왕은 낙의 휘하의 연나라 군사가 임치에 임박했음을 알고도 굳이 공격하려 들지 않고 단지 성벽을 단단히 하여 농성을 했다. 그리고 급히 초나라로 구원을 요청하는 사자를 보냈다. 원군을 요청받은 초나라 경양왕(頃襄王)은 회북(淮北)땅, 회수(淮水) 이북에 있는 제나라 땅을 넘겨주는 조건으로 원군을 승낙했다. 그래서 요치(淖齒)를 대장으로 임명하여 10만 병사를 제나라로 보냈다. 하지만 원군이라기보다 회북 땅을 수령하기 위한 파병이었다.

"회북 땅을 인수하면 적당히 상황을 보고 대처해라. 원군이라는 말에 구애될 필요는 없느니라."

초경양왕은 병사를 인솔하고 제나라로 향하는 요치에게 말했다. 초나라에게 이익이 된다면 무슨 짓을 해도 무방하다는 뜻이었다.

확실히 초나라 수도 영(郢)에서 제나라 수도 임치에 이르는 길은 멀었다. 그러나 회북 땅을 받을 것을 확인한 요치 휘하의 초나라 군대가 임치에 도착했을 때는 임치성은 이미 연나라 군대의 손에 함락된 후였다. 원군을 요청받은 지 반 년이 지나고 있었으니 당연한 일이었다.

제민왕이 거성(莒城)으로 도피했다고 전해들은 요치는 거성으로 향했다. 10만 원군이 늦기는 했어도 도착했음을 알고 제민왕은 다시 살아난 듯이 기뻐했다. 그리고 바로 요치를 재상으로 삼고 국정을 맡겼다.

요치가 무장이며 정치에 어두운 것은 제민왕도 알고 있었다. 그럼에도 불구하고 국정을 맡긴 것은 그 충성심을 사기 위해서였다. 또한 너무나 어처구니없이 임치성이 함락됨으로써 신하들이 전사하기도 하고 또는 잡히고, 또 도망쳐 뿔뿔이 흩어졌기 때문이었다. 사실 제민왕을 수행하여 거성까지 피해온 중신은 대부 이유(夷維) 한 사람뿐이었다.

그런데 중원에서도 최대의 견성(堅城)이라 일컬어졌던 임치를 공략하려면 어떤 정예부대라도 3년에서 5년은 걸린다고 생각하는 것이 상식이었다. 그것을 낙의는 반 년 만에 함락시켰다. 기적적인 일이었는데 그것은 낙의가 10년 이상을 두고 그 책략을 연구하고 그 달성을 위해 병사를 훈련시켰기 때문이었다.

임치로 입성한 낙의는 바로 30년 전에 제나라가 연나라 궁전에서 가지고 갔던 보물을 우선 회수했다. 그러면서 낙의는 역사란 입장이 바뀌어 계속 되풀이 되는 것이라고 새삼스럽게 생각했다. 연나라에서 제나라 군대가 했던 그대로 연나라 군대는 임치 궁전에서 모든 금은보화를 찾아내어 연나라로 보냈다.

계(薊)의 도성에서 연소왕은 임치에서 보내온 금은보화를 보고 매우 기뻐했다. 연소왕은 되돌아온 보물을 어루만지며 감격의 눈물까지 흘렸다. 그리고 마음속으로 낙의에게 고마워했다. 곧 제상(濟上: 제수 변두리)까지 행차하여 삼군을 위로하고 낙의를 창국(昌國)으로 봉하여 창국군이라 칭했다.

낙의는 계속 제나라에 머물며 거의 일 년 동안에 70여 개의 성을 함락 시키고 그 땅을 모조리 연나라 영토로 편입시켰다.

이리하여 제나라에는 거성과 즉묵성(即墨城) 두 성만이 남게 됐다. 낙의는 먼저 거성을 치려고 군대를 재편성하여 거를 향해 진격했다. 밀려오는 연나라 군사의 파도와 같은 기세에 두려움을 느낀 요치는 서둘러 낙의에게 밀서를 보냈다.

제민왕은 이 몸이 처치하겠소. 그에 앞서 거성에서 병사를 내어 일단 공격하는 척 하겠으니 귀하는 병사를 돌려서 즉묵으로 향하여 먼저 즉묵성을 공격하시기 바라오. 민왕을 처지한 후 급히 연락을 취하겠소. 미리 말씀드리거니와 귀하와 제나라를 분할하여 다스렸으면 하오.

이런 내용의 밀서였다.

"알았노라고 요치 장군께 전해주기 바라오."

낙의는 밀서를 가지고 온 밀사에게 전했다.

계획대로 연나라 군사가 거성에 접근하자 요치는 병사를 성 밖으로 내보내고 진을 쳤다. 낙의는 약속에 따라 군사를 돌려 그대로 즉묵으로 향했다.

싸우지도 않고 이긴 초나라 병사를 치하하기 위해 제민왕은 친히 성에서 나와 초나라 진지로 들어가 본진에 있는 요치를 아가서 치하했다. 그러나 요치는 비웃으며 민왕을 포박하고는 그의 목을 졸라 잔인한 방법으로 죽였다.

민왕을 살해한 요치는 어깨에 힘을 있는 대로 주고 성 안으로 들어가서는 제나라 왕이라도 된 듯 마음대로 행동했다. 그리고 민왕을 해치우면 바로 연락하겠다던 낙의와의 약속도 잊은 채 밤낮으로 주색에 빠져 지냈다. 그러나 그것도 잠시 뿐 열흘도 채 지나기 전에 요치는 술에 흠뻑 취한 사이에 민왕의 시종에게 살해당했다.

대장을 잃은 초나라 군대는 거성을 버리고 초나라로 철수했다. 민왕의 옛 조정신하들은 곧 행방을 묘연했던 태자 법장(法章)을 찾아내어 즉위시키고 제양왕(齊襄王)이라 칭했다.

초나라 군사가 모두 철군하자 거성에 남은 제나라 병력은 겨우 일만도 못되었다. 그것을 공략하는 것은 식은 죽 먹기였으나 왠지 낙의는 군을 거성으로 출격시키지 않고 오로지 즉묵성 만을 계속 포위했다.

즉묵성의 수장은 전단(田單)이었으나, 그는 그다지 뛰어난 무장은 아니었다. 게다가 병사들도 훈련되지 않은 잡병이었으므로 즉묵성은 그다지 공격하기 힘든 성은 아니었다.

임치성을 반 년 만에 공략한 연나라 군대의 실력이라면 하루, 이틀 길어야 사흘이면 함락시킬 수 있는 성이었다. 그런데 왠지 낙의는 성을 포위하기만 하고 굳이 공격하지 않았다. 그러한 상태가 무려 1년이 지나고 2년, 3년이 지났다. 그래도 성을 포위하면서 물길도 식량길도 차단하지 않았다.

이유는 여러 가지로 생각할 수가 있었으나 낙의는 그 일에 대하여 죽을 때까지 끝내 한 마디도 하지 않았다. 이 점이 현재까지 전국사(戰國史)에 남는 하나의 흥미 있는 수수께끼이다.

제나라로 출병하여 5년째인 연소왕 33년에 소왕은 병을 얻어 승하했고, 소왕의 뒤를 이어 연혜왕(燕惠王)이 즉위하자 바로 장군 기겁(騎劫)을 즉묵으로 파견하여 갑자기 낙의와 교체시켰던 것이다.

그러나 즉묵을 떠난 낙의는 연나라로 돌아가지 않고 조나라로 망명했다. 낙의를 조혜문왕은 따뜻하게 맞아 관진(觀津)으로 봉했다. 그리고 망제군(望諸君)이라 칭했다.

즉묵의 수장 전단은 연나라 군대의 대장이 기겁으로 교체되었음을 전해 듣고 회심의 미소를 띠었다. 실은 낙의와 연나라 왕을 이간시킨 것은 바로 전단이었던 것이다. 전단은 즉시 기겁에게 뜻을 전했다.

밀사를 보내어 투항하고 싶지만 성 안의 의견을 통일하는 데는 시간이 필요하오. 그러므로 잠시 여유를 주기 바라오.

하는 내용의 서찰을 보냈다. 그리고 성의 백성 대표에게 몰래 명하여 교대로 몰래 술을 보내게 하여 성이 함락되는 날에는 봐주기 바란다고 탄원하게 했다.

그리고 주변 백성에게 살짝 소를 헌상하게 하여 연나라 병사들에게 포식하게 했다. 소를 헌상시킨 것은 연나라 장군을 환대하는 것처럼 위장하는 것 외에 또 다른 숨은 계획이 있었다.

즉묵 주변에는 소가 많았다. 전단은 그 소를 이용하여 적군의 야영을 야습하는 '화우지계(火牛之計)'라는 전술을 비밀리에 계획하고 있었다. 화우지계란, 먼저 소뿔에 칼날을 매달고 꼬리에 새끼줄을 묶어 그 새끼줄 끝에 기름을 적신 풀뭉치를 매달고 불을 붙여서 소를 적군 야진으로 몰아 보내는 전술을 말한다. 그런데 그 화우지계를 실행하는 전 단계로서 많은 소를 이동시키지 않으면 안 되었다. 그래서 소를 이동시킬 때 의심 받지 않을 속셈으로 가끔 소를 헌상시켰던 것이다.

그 소의 헌상이 기겁에게는 매우 고마운 일이었다. 군대를 통솔하는 것은 여간 어려운 일이 아니었는데 기겁은 군을 장악하기 위하여 매우 고심하고 있었던 것이다. 그래서 그는 헌상 받은 소를 즉시 잡아서 병사 들을 포식시키고 장수들과 의사소통을 꾀했던 것이다. 그런데 그것은 결국엔 전단에게 기회를 제공하는 원인이 되었다.

전단은 꽤 오래전부터 5백 명의 병사에게 화우지계를 실행하기 위한 훈련을 시키고 있었다. 그러나 낙의가 대장으로 있었을 때에는 그 화우지계를 실행할 기회가 없었다. 화우지계는 적이 허술한 상태가 아니면 그 효과를 발휘할 수가 없었다. 즉 낙의에게는 한 치의 틈도 주지 않았던 것이다.

그러나 기겁은 아무래도 전단이 성을 내놓을 것이라고 믿고 방심하고 있었다.

그것을 확인하고 전단은 다시 밀사를 보내 투항할 날짜를 알렸다.

드디어 성문을 열기로 한 선날 밤이 되었다. 밤의 어둠을 틈타고 조용하게 삼삼오오 화우(火牛)가 병사에게 몰려 연나라 군사의 야영으로 접근했다. 소가 다 모였을 때 풀뭉치를 점화하여 야영 속으로 습격해 들어갔다.

동시에 성문이 열리고 성을 지키던 제나라 병사가 소리 없이 출격했다. 눈을 비비며 잠에서 깨어난 연나라 병사들은 소뿔에 매달린 칼날에 베이고 짓밟혔다. 연나라 군대의 야영은 순식간에 불바다로 변하고 대혼란이 일어났다. 화우가 끌고 다니는 꼬리에 매달린 불이 옮겨 붙어 화염이 충천하였다.

전단은 즉묵성에서 뛰어난 창의 명수 세 명을 데리고 타오르는 연나라 본진을 뚫어지게 지켜보고 있었다. 잠시 후 기겁이 혼자서 도망치는 모습이 눈에 비쳤다.

"지금이다, 빨리 가라! 절대로 놓쳐서는 안 된다!"

하고 전단이 명령했다. 창의 명수 세 명이 기겁의 뒤를 쫓았고 사투 끝에 세 명은 부상을 입었으나 기겁의 목을 높이 쳐들었다. 얼마 안 가서 연나라 군대는 쉽게 무너졌다.

5년 동안 제나라와의 싸움에서 무패무적이었던 연나라 군대는 즉 묵성 아래에서 참패를 당하고 사태는 급전했다. 전단은 기성으로 제 양왕을 맞으러 갔고 다시 반격해서 임치 도성을 탈환했다. 그 후 일 년도 채 못 되어 잃었던 70여개의 성을 전부 탈환하고 연나라 군사를 한 명도 남기지 않고 쫓아 버렸다.

그렇게 상황이 급변함에 따라 연혜왕은 당황했고 그의 심경은 이루 말할 수 없을 정도로 복잡했다. 그는 조나라로 사자를 보내어 낙의를 문책 하는 한편, 동시에 사과의 편지를 썼다. 고자세로 나간 것은 낙 의의 가족이 인질로 연나라에 머물고 있었고, 저자세를 취한 것은 낙 의가 조나라의 힘을 빌려 반격하는 것을 두려워했기 때문이었다.

그에 대하여 낙의가 답서를 썼다.

선왕(연소왕)의 은혜는 한시도 잊은 적이 없으며 그 은혜에 보답하고 자 하는 마음은 예나 지금이나 변함이 없습니다. 그러나 역사에는 오자 서(位子胥)의 예 같은 경우도 있습니다. 오자서는 '군주(선군과 현군)의 기개가 같지 않음'을 예기치 못하여 죽음을 면치 못했습니다. 소신은 공을 세워 죽음을 면함으로써 선군의 뛰어난 명성을 밝힐 것을 바라며 모욕과 비방을 받아서 선군의 이름이 낮추어 지는 것을 두려워합니다. 그리고 소신은 예기치 못한 죄를 입어 요행을 바라고 죄를 면하려고 기 대하는 것이 의라고는 생각하지 않습니다. 그러나 옛 글에 '군자는 교 제를 끊었다 하여 욕을 하지 않고(절교해도 상대의 흉을 보지 않으며) 충신은 떠나되 그 이름은 씻지 않느니라(자기변호를 하여 오명을 씻어

내려 하지 않는다).'고 했습니다. 소신에게도 그 정도의 생각은 있습니다. 마지막으로 거듭하지만 선군의 덕에 보답할 마음은 지금도 있습니다. 그러나 애석하게도 연나라에는 이미 소신이 안심하고 몸을 둘 곳이 없습니다.

낙의는 적의가 없음을 강조했다. 그래도 연혜왕은 안심할 수가 없었다. 생각한 끝에 낙의의 아들 낙한(樂閒)에게 창국군(昌國君)을 세습시켰다.

하여튼 낙의는 전국시대에서 가장 사려 깊은 명장 중의 한 사람이었다. 그가 망명한 조나라에는 그 이름도 유명한 명장 염파가 있었다. 두 영웅이 함께 서지 못함을 알고 낙의는 관진의 식읍과 망제군의 칭호를 반환했다.

조혜왕은 낙의의 마음을 헤아려서 그 반환을 받아들이고 다시 이름뿐인 객경으로 임명했다. 그리고 낙의는 조·연 두 나라 사이를 자유롭게 왕래할 것을 허락받았다.

연혜왕 역시 낙의를 객경으로 임명했다. 낙의가 아무 일을 하지 않아도 그곳에 '낙의가 있다'는 것만으로도 연나라나 조나라는 안심이 되었기 때문이었다. 그리고 얼마 후 낙의는 조나라에서 그 천수를 다했다.

낙의가 생전에 염파와의 충돌을 회피하려고 한 것은 염파가 직선적인 성격의 무장이었기 때문이다. 아니 그가 상경인 인상여(藺相如)와 충돌하는 현장을 목격한 바 있었기 때문이었다.

인상여가 조나라 상경으로 임명되어 염파 오른쪽에 선 것은 조혜문왕 20년(기원전 279)에 있었던 일인데, 바로 낙의가 즉묵에서 한단으로 망명해 온 해였다. 그 바로 몇 년 전까지 인상여는 환자령(宦

者令: 후궁의 감독관)으로 이름도 없는 사인이었다. 그런데 갑자기 지위가 높아진 것에 염파는 못마땅했던 것이다.

"건방진 놈, 밖에서 만나기만 하면 매질을 해줄 테다."

염파는 소리쳤고 그것을 알아차린 인상여는 염파를 만나는 것을 피했다. 인상여가 갑자기 승진한 것은 두 번이나 큰 공을 세웠기 때문이었다. 그것도 두 번 다 진소양왕과 직접 관련이 있었다. 인상여는 혼자서 초강대국인 진나라왕을 우롱한 영웅이었던 것이다.

조혜문왕 16년에 진소양왕이 갑자기 진나라 15개의 성과 조나라에 있는 '화씨의 벽(和氏之璧)'을 교환하고 싶다고 조나라에 요구했다.

화씨의 벽이라는 것은 겨울에는 난로처럼 따뜻하고 여름에는 얼음같이 차갑다는 천하의 보벽(寶璧)이었다. 원래 보벽은 초나라의 것인데 원석을 찾아낸 화씨(和氏)라는 사람의 이름을 따서 그렇게 불리게 되었다. 그것이 초나라 왕실에서 돌고 돌아 조혜문왕 손에 들어오게 되었는데 그 말을 들은 진소양왕이 탐이 나서 15개의 성과 교환을 요구했던 것이다.

15개성의 거래로 볼 때는 밑지는 장사는 아니었으나 그것이 공수표라는 것은 불 보듯 뻔한 일이었다. 그 요구를 거절한다면 그것을 구실로 진나라가 출병해 올 것도 뻔했다. 그래서 조나라는 궁여지책으로 담력이 있고 기지가 뛰어난 무명의 사자를 기용하여 임기응변으로 대처하자고 의견이 모아졌다. 그 사자의 한 사람으로 인상여가 뽑혔다.

"진나라가 15개의 성을 분명하게 주지 않는다면 화씨의 벽은 반드시 다시 가지고 오겠습니다."

인상여는 임무를 수락하고 사자로 나섰다.

함양으로 들어간 인상여는 바로 소양왕을 찾아뵙고, 화씨의 벽을 내놓았다. 그것을 받은 소양왕은 눈을 반짝이며 아름다움에 넋을 잃고 그 자리에 있던 조정신하들과 미인들을 불러 모아 벽옥을 보여주며 자랑했다. 그리고 교환 조건은 한 마디도 하지 않은 채 물러가도 좋다고 뜰에 있던 인상여에게 명령했다.

"그 보벽에는 눈에 보이지 않는 티가 있습니다. 그것을 알려드리겠습니다."

하고 인상여는 가까이에 다가갔다. 소양왕 측근 신하가 화씨의 벽을 건네주었다. 그것을 수중에 넣은 인상여는 뒤로 쑥 물러나더니 궁전 기둥에 몸을 기댔다.

"아무도 가까이 오시지 마십시오. 가까이 오시면 벽을 기둥에 부수고, 머리도 쳐서 피로 물들게 하겠습니다. 이 벽은 누가 소유하던지 간에 천하의 벽입니다. 장난감이 아닙니다. 소인은 이것을 가지고 나서기 전에 5일간 목욕재계를 했습니다. 대왕께서도 똑같이 5일간 재계를 하십시오. 그런 다음 다시 드리도록 하겠습니다."

하고 말했다. 그 귀한 보물이 눈앞에서 부서지는 것을 볼 수는 없었다.

그래서 진소양왕은 순순히 인상여가 시키는 대로 하기로 했다. 그리고 5일이 지났다. 보아하니 진소양왕이 재계한 흔적이 없었다. 궁전으로 불려 나간 인상여가 말했다.

"신은 거래의 권한을 부여받지 못했습니다. 일단 물건을 보여드리고자 화씨의 벽을 지참했을 따름입니다. 그 임무를 다했는지라 보벽은 비밀리에 하인에게 들려 귀국시켰습니다. 만약 화씨의 벽이 15개의 성과 교환 할 가치가 있다고 인정하시면 15개성의 문서를 지참시키시어 정식으로 사자를 보내 주십시오. 거래는 한단성에서 하겠습니다."

"무엄한 놈!"

좌우에 있던 조정신하들이 격분하여 욕을 퍼부었다.

"아니오. 무엄하기는 하되 참으로 장한지고! 용서하겠노라."

소양왕은 나무라지도 않고 인상여를 귀국시켰다. 물론 진소양왕에게는 그런 거래를 할 마음은 없었다. 그리고 무사히 화씨의 벽옥을 가지고 귀국한 인상여는 그 공으로 상대부로 임명되었다.

그 이듬해, 진나라는 그 보복으로 조나라 국경을 침범하여 두 성을 빼앗았고, 다음 해에는 더 깊이 쳐들어가서 석성(石城: 하남성 임현)을 함락시켰다. 또 그 다음 해에는 드디어 본격적으로 백기(白起)가 병사를 인솔하여 대군(代郡: 하북성 울현)을 침입하여 '참수 2만'의 전과를 거두고 광랑성(光狼城)을 함락시켰다.

이와 같이 사전연습을 한 뒤에 진소양왕은 조혜문왕에게 민지(澠池)에서 회맹하기를 원한다고 청해 왔다. 때는 마침 낙의가 즉묵에서 한단으로 망명한 직후였다.

이것은 조나라에게는 상당히 심각한 문제였다. 바로 10년 전의 일인데 진소양왕은 무관(武關)에서 회맹하고 싶다고 하며 초희왕을 유인하여 납치한 전과가 있었으나 회맹을 거절한다면 가만히 있을 소양왕이 아니었다. 그것보다 조나라 위신이 땅에 떨어지는 일이다.

조혜문왕은 망설였지만 염파와 인상여는 과감하게 출석을 진언했다. 낙의의 존재가 정신적인 뒷받침이 되었던 것은 말할 나위도 없었다.

이렇게 하여 조나라는 진나라와 일전을 벌일 각오로 대군을 민지 주변에 진을 치게 하고, 조혜문왕은 인상여를 대동하고 회맹 자리에 출석했다. 그러나 말이 회맹이지 서로 만나도 이야기할 의제가 없었다.

즉시 연회가 시작되고 술자리가 한창 무르익자 진소양왕이 조혜문왕에게 흥을 돋우기 위해 대금 연주를 요청했다. 승낙한 조혜문왕이 대금을 연주했는데 연주가 끝나자 진나라 신하가 앞에 나와 '모월 모일, 진나라 왕을 위해 조나라 왕이 대금을 타다'라고 기록했다.

그것을 본 인상여가 서둘러 부(缶: 술항아리 모양인 타악기)를 안고 진소양왕 앞에 엎드렸다.

"소신은 오래 전부터 진나라 음악인 부음(缶音)을 듣는 것이 소원입니다. 부디 솜씨를 보여주십시오."

하고 말하며 부를 내놓았다.

무엄하다고 하며 진왕의 측근들이 칼자루를 잡았다. 인상여의 요구에 진왕은 당황했다.

"대왕님과의 거리는 다섯 걸음밖에 안 되는데 부(缶)는 악기도 되고 흉기도 됩니다. 신하들이 움직이면 대왕님도 함께 피를 보게 되사오니 속히 채를 잡으십시오."

하며 인상여가 재촉했다. 그 기세에 놀란 진왕이 채를 집어 들고 가볍게 부를 두들겼다.

인상여가 조나라 신하에게 말했다.

'모월 모일, 진나라 왕이 조나라 왕을 위해 부를 두들기다'라고 기록하라고 신하에게 명령했다. 진왕 측근들 사이에서 소동이 일기 시작했다.

"조왕께서는 15개의 성을 헌납함으로써 진왕의 수(壽)를 축원하시오."

진나라 신하가 요구했다.

"만약 진왕께서 똑같이 함양(도성)을 헌상하신다면 응하겠소."

하고 인상여가 반격했다. 그러나 과연 진소양왕은 총명한 왕이었다.

아니 머리 회전이 빨랐다.

"서로 농담은 그만 하도록 하오. 이 만남은 진나라가 조나라와 형제의 결의를 맺기 위한 것이니라."

하고 미소를 띠며 즐거운 듯이 조혜문왕과 술잔을 주고받았으나 드디어 본색을 드러냈다.

형제의 의를 맺는 증표로 진나라 태자 안국군(安國君)의 아들 이인(異人)을 인질로 보내겠다고 진왕이 말했던 것이다.

물론 진소양왕은 술기운으로 손자인 이인을 인질로 보낸다고 한 것은 아니었다. 진나라는 중원을 정복하기 위하여 여러 전략을 세우고 있었다. 제일 먼저 남쪽에 있는 초나라에서 한나라, 위나라 이렇게 차례로 휩쓸 계획이었다. 그런데 그것을 조나라가 방해를 한다면 곤란하다고 우려한 나머지 조혜문왕의 납치를 계획했던 것이다. 그 계획이 가망 없다고 판단하자 진소양왕은 반대로 일단 조나라와 우호관계를 맺기로 하였다. 이 때문에 인질이 필요했던 것이다.

이런 연유로 조혜문왕과 신하들이 피바다를 각오하고 임하게 된 민지 회맹은 아무 일 없이 경사스럽게 막이 내려졌다. 이로 인해 조나라는 중원 일대에 위신을 높였으며, 인상여는 하루아침에 그 이름이 천하에 떨치게 되었다. 이런 연유로 상경(上卿)으로 임명되었다.

하지만 그것이 염파에게는 못마땅했던 것이다. 그래서 폭언을 퍼부었으며 인상여는 염파를 피했다. 그러나 아무리 피한다고 해도 두 사람은 같은 성 안에 살고 있었기 때문에 마주칠 수밖에 없었다.

어느 날 두 사람의 수레가 큰 길에서 마주치게 되었다. 인상여가 서둘러 수레를 옆 골목길로 피하라고 마부에게 명령했다.

그런데 마부는 한심하다고 하면서 울음을 터뜨렸다.

"무엇 때문에 운단 말이냐? 진나라 왕조차 두려워하지 않는 내가 염파 따위를 두려워하는 일이 있을 성 싶으냐? 그렇지 않다. 진나라가 조나라에게 고삐를 늦추고 있는 것은 우리 두 사람이 있기 때문이다. 둘이서 싸운다면 서로가 다치며 조나라가 위태로워진다. 그래서 양보를 하고 있는 것이니라."

인상여는 마부에게 설명했다.

그 며칠 후, 인상여의 마부와 염파의 마부가 똑같이 빈 수레를 몰고 가다가 길에서 만났다. 인상여의 마부가 길을 비켜주고 상대 쪽 수레를 지나가게 했다.

"그 주인에 그 마부로다!"

하며 염파의 마부가 깔봤다. 인상여의 마부는 염파의 마부를 불렀다. 그리고 그 이유를 설명했다.

그 말을 마부가 염파에게 고했다. 그날 밤 염파는 술을 들고 인상여 집을 방문하여 자기의 과오를 사과하고 '문경지교(刎頸之交)'를 맹세했다. 서로 의좋게 조나라를 위해서 힘을 합하자는 굳은 결의로 조나라가 망하면 함께 목이 잘린다는 의미이다.

제56장
원교근공(遠交近攻)

　민지에서 조혜문왕과 회맹하고 함양으로 돌아온 진소양왕은 즉시 손자 이인을 약속대로 조나라에 인질로 보냈다. 이인은 아직 어렸으나 훗날 천하를 통일하는 진시황의 부친이 된 인물이다.

　인질을 보냄으로써 일단 조나라의 방해를 막은 진소양왕은 그 다음 해 대장 백기(白起)에게 병사를 이끌고 초나라를 치게 했다.

　백기는 멀리 진격하여 초나라 수도 영성(郢城)을 정복하고는, 계속 이릉(夷陵)으로 진격하여 초나라 왕실 분묘를 불살랐다. 도성이 파괴되어 전력을 잃은 초경양왕(頃襄王)은 북동쪽으로 도피하여 수도를 진현(陳縣)으로 옮겼다.

　그리고 다음 해인 소양왕 30년(기원전 277), 나라는 또다시 초나라로 출병하여 검중(黔中)을 점령하고 그것을 진나라 판도에 편입시켜 검중군을 설치했다.

　그 다음 해에는 백기가 말 머리를 위나라로 돌려 양쪽성을 함락시켰다.

　이어 그 다음 해에는 진양후(秦穰侯) 즉, 승상(丞相)인 위염(魏冉)이 위나라를 쳤다. 정복당한 위나라를 구원하기 위해 한나라가 출병했으나 오히려 '참수 4만'의 피해를 입고 대패했다. 하는 수 없이 위나라는 온현(溫縣) 등 8개의 성을 진나라에 넘겨주고 화의를 맺었다.

다음 해에는 양후가 또다시 위나라로 침입하여 4개성을 탈취하고 '참수 4만'이라는 전과를 거두었다.

그리고 또 다음 해 정말로 치열한 싸움이 시작되었다. 위나라가 조나라와 연합하여 한나라를 치고 진나라가 한나라를 후원했다. 진나라는 화양성(華陽城) 아래에서 위나라 군사를 격파하고 '참수 13만'의 전과를 거두고 다시 도망치는 조나라 군사를 황하로 몰고 가서 조나라 병사 3만을 황하 강물 속으로 괴멸시켰다.

그 2년 후인 진소양왕 35년(기원전 271), 진나라는 동쪽으로 병사를 움직여서 제나라를 쳤다. 강(剛)과 수(壽), 양 땅을 점령하여 그것을 도(陶)에 합병시켰다. 도는 양후의 봉지(封地)였다. 즉 양후는 자기 봉지를 넓히기 위하여 병사를 동원시켰던 것이다.

여기에서 양후가 지나치게 횡령했음을 알게 된 진소양왕은 마침내 격분했다. 하기야 양후의 그 같은 횡포는 이번이 처음이 아니었다. 그는 소양왕의 모후인 선태후(宣太后)의 동생이었다. 게다가 소양왕이 즉위하기까지 왕위계승 싸움에서 소양왕을 옹립한 최고의 공로자였다.

소양왕이 즉위했을 때는 아직 미성년이었다. 따라서 즉위했을 당초에 조정의 실권을 장악한 것은 선태후와 양후였다. 그것이 그대로 계속되어 양후의 탐욕을 키운 결과가 되었던 것이다. 그러나 양후는 유능한 승상이었다. 그래서 소양왕은 그 횡포를 알면서도 묵인하고 있었던 것이다. 그것이 더욱 양후의 횡포를 부채질하는 결과가 되어 그 도를 넘어 버렸고 드디어 소양왕이 참다못해 분노를 터뜨렸던 것이다.

그러나 총명한 소양왕은 그 분노를 곧바로 표면으로 드러내지 않고, 암암리에 그 대책을 강구하기에 고심했다. 그때 장록(張祿)이라고 하는 유세사(遊說士)로부터 상서를 받게 되었다.

장록은 진나라 알자(謁者: 외교관)인 왕계(王稽)의 사인(舍人)으로 일 년 전에 왕계가 위나라에서 함양으로 데리고 온 인물이었다. 그때 왕계는 그 장록을 소양왕에게 천거했으나 소양왕은 그 존재를 까맣게 잊고 있었다. 잊었던 게 아니라 그 존재를 무시하고 있었던 것이다.

중원 여러 국가의 군주들과는 달리 소양왕은 유세의 명수라고 일컬어진 이른 바 제자백가(諸子百家)에게 그다지 흥미를 갖지 않았다. 진나라 조정에는 유능한 승상이 있었으며, 또 명장인 백기(白起)가 있어 굳이 외부에서 인재를 구할 필요가 없었던 것이다. 그보다도 이전의 군주였던 효공이 상앙의 간초령을 시행함으로써 이미 진나라는 부국강병의 기초가 다져져 있었다. 이제 와서 새삼스럽게 새로운 부국강병책을 모색하기 보다는 기존의 방책을 착실히 추진하는 것이 더 중요했으며, 그런 연유로 유능한 인물에 그다지 흥미를 갖지 않았던 것이다.

그런데 양후의 횡포를 참다못한 소양왕은 문득 기존의 방책만을 착실히 추진하는 방책에 폐단이 있음을 깨닫게 되었다. 그래서 상서를 올린 장록의 의견을 들어보고자 알현을 허락했다. 또 하나의 다른 이유는 상서의 논조가 매우 고자세였으므로 흥미가 있었기 때문이었다.

알현한 지가 일 년이 지났습니다. 그럼에도 아무런 소식이 없었음은 매우 궁금한 일입니다. 할 일이 없어 빛을 흐리게 하여 재능을 썩히는 것은 부당하며 서로에게 이롭지 못합니다. 아무 말없이 떠나는 방법도 있습니다. 그러나 그것은 예를 벗어나는 행위이고 결과는 불문할 테니 꼭 한 번만 배알을 바랍니다.

이런 취지의 내용이었다. 소양왕은 날짜를 정하여 별궁에서 알현을 허락하도록 했다.

그날 장록은 일찌감치 별궁으로 나가 밖에서 소양왕이 도착하는 것을 기다렸다. 이윽고 소양왕의 행차가 별궁 문으로 들어서는 것을 보고 갑자기 행차 앞으로 뛰어 나왔다.

"무엄하다! 임금님 행차임을 모르느냐!"

하고 경호하는 무사가 외쳤다.

"오! 실례했소. 그런데 진나라에도 왕이 계셨단 말이오?"

하며 장록이 깜짝 놀란 듯이 큰 소리로 말했다.

"닥쳐라! 무엄한 놈. 함부로 지껄이면 용서하지 않겠다, 물러가렷다!"

무사가 창을 겨누며 위협했다.

"물론 물러가겠소. 그렇지만 참으로 신기한 일이오. 진나라에 선태후와 양후가 있다는 말은 들었으나 왕이 계시다는 말은 들은 적이 없소."

하고 장록은 더더욱 큰 소리로 말하고 물러갔다. 물론 그 말은 소양왕도 들었다. 아니 그 말이 가슴을 찔렀다. 별궁에 든 소양왕은 곧 측근을 물리고 장록을 불렀다.

과연 장록은 유세의 명인답게 상대의 마음을 유도하는 기술을 갖추고 있었다.

"인간의 욕심은 한이 없습니다. 봉지를 넓히는 자는 장차 나라의 영토를 고스란히 갖고 싶어 합니다. 그리고 정권을 쥐려고 합니다. 게다가 유능한 재상 밑에 그의 영향을 받는 명장이 있다면 위험천만한 일입니다. 진나라 왕실은 아무래도 이와 비슷한 위험에 처해 있습니다. 그 위험을 제거하는 방법은 먼저 재상과 명장을 떼어 놓는 일입니다. 즉 백기를 원수(元師)로 승진시켜 놓고 서서히 양후의 재상직을 파면시키는 일입니다. 동시에 선태후의 처후에 대해서도 고려하지 않으면 안 됩니다. 그런 다음에 먼 나라와 손을 잡아서 가까운 나라를 공략하는 '원교근공(遠交近攻)'의 술책을 취한다면 머지않아서 중원을 정복하는 것은 지금 진나라의 실력으로 본다면 식은 죽 먹기입니다."

하고 장록은 연설했다.

"알겠노라. 계속 머무르면서 과인을 돕도록 하라."

하고 소양왕은 장록을 객경으로 임명하여 정무를 의논했다.

장록이라는 것은 역사에 '원교근공'이라는 말과 함께 그 이름을 남긴 범저(范雎)의 가짜 이름이다. 범저는 위나라 사람으로 범숙(范叔)이라고도 불리었으며 스스로 현능사(賢能士)라고 자칭하고 있었다. 그러나 여러 나라로 유세 여행을 다닐 자금이 없어서 한 곳에서 위나라 왕을 섬기려고 머물러 있었다. 그래서 중대부인 수고(須賈)의 사인(舍人)이 되었다.

수고는 위나라 재상 위염(魏冉)의 심복으로 가끔 사자로 외국에 파견 되는 인물이었다. 그 수고가 외국에 나갈 때 수행하면 여비가 없어도 외국 유세의 목적을 달성할 수가 있다고 범저는 계산했던 것이다.

그 계산은 적중했고 사인으로 들어가 반년도 채 되기 전 제나라에 사자로 가게 된 수고가 범저에게 자기를 수행할 것을 명령했던 것이다.

제나라 수도에서 범저는 수고를 보좌하면서 기회를 보아 자기 재능을 연출했다. 그 결과 일의 출발은 매우 순조롭고 성과도 컸다.

제양왕이 유달리 자기를 드러나게 하려고 애쓰는 범저의 존재를 알아보고 관심을 쏟았다. 예사 인물이 아니라고 판단한 제양왕은 주저 없이 범저를 낚으려고 마음먹었다. 그래서 우선 측근을 객사로 보내 고기와 술, 그리고 황금 240냥을 보냈다.

범저는 사양했으나 그것을 가지고 온 양왕 측근이 너무 막무가내였기 때문에 할 수 없이 황금 240냥은 반송하고 고기와 술만을 받아들였다. 사자와 사인의 숙사는 각각 달랐으므로 수고는 그런 사실을 전혀 알지 못했으나 다음 날 범저는 자초지종을 수고에게 보고했다.

사인으로서 보고할 의무가 있다고 생각했기 때문이었다. 또한 제양왕에게 잘 보였다는 것을 수고에게 알려서 은근히 자기를 과시하려고 생각했었다. 그러나 그런 생각이 화근이었다.

"위나라의 기밀을 팔아 넘겼음에 틀림이 없다. 그렇지 않고서야 제나라 왕이 그런 후대를 할 리가 없다."
하고 수고는 역정을 냈다. 그렇지 않다고 범저는 당황해서 열심히 변명했기 때문에 그때는 그런 대로 진정이 되었다. 그리고 곧 귀국했다.

그런데 귀국하고 나서 수고는 그 일을 재상인 위염에게 고했다. 무사히 임무를 완수한 수고를 위해 열린 위로회 석상에서였다. 이야기를 듣고 위염은 즉시 범저를 잡아오게 하여 어떤 기밀을 팔았는지 이실직고하라고 문초를 했다.

당연히 범저는 죄상을 계속 부인했다. 사실 위염은 진심으로 범저를 의심한 것은 아니었다. 이 기회에 기강을 바로 잡는 한편 자기의 위신을 세우면서 동시에 여흥을 고취시키려고 생각했던 것뿐이었다.

결과적으로 그 여흥 때문에 자리를 메운 빈객들은 즐거워했고 따라서 고문은 더욱 심해졌다. 끝내 범저는 전신이 피투성이가 된 채 기절했고, 잠시 후 의식을 되찾았으나 그대로 죽은 척 했다.

"그 시체를 거적으로 싸서 뒷간 옆에 버려라. 여러 사람이 오줌을 갈겨주면 되살아날는지도 모른다."

하고 제일 먼저 수고에게 방뇨할 것을 명했다. 이어서 거기에 모였던 빈객들이 줄을 섰다. 순식간에 범저 몸은 온통 오줌으로 젖었다.

시간이 꽤 흘러 연회는 끝이 나고 손님들은 돌아갔으므로 주변은 조용해졌다. 범저는 실눈을 뜨고 주위를 살펴보았다. 한 병사가 심심한 듯이 서있었다. 범저는 굳게 결심하고 병사에게 말했다.

"나는 어차피 죽는다. 그러나 집 안에서 숨을 거두고 싶다. 집에는 얼마간 모아둔 돈이 있는데 그것을 사례로 줄 테니 들키지 않게 나를 집으로 데려다 주지 않겠는가?"

하고 간절히 원했다. 병사는 승낙하고 상사에게 시체 처리를 청원했다.

"시체가 썩기 전에 사람이 다니지 않는 들판에 버렸으면 합니다."

하고 속여서 거적에 싼 채 범저를 메고 나왔다. 그대로 범저를 집으로 데려다 주고 사례비를 받고 거적은 들판에 버렸다.

범저는 가족에게 장례식 준비를 하게하고, 자기는 친구인 정안평(鄭安平) 집에 숨어서 상처를 치료했다.

얼마 후 몸은 원래대로 회복되었지만 그대로 숨어 지내면서 이름을 장록이라고 고쳤다.

그런 일이 있은 반년 후에 진나라의 사자 왕계가 위나라 수도 대량에 나타났다. 정안평은 능숙하게 접근하여 왕계에게 '장록 선생'을 선전했다.

"그 장록 선생이라는 분은 상당한 지략계모의 인물로서 실은 위왕이 군대의 사부로 삼으려 하고 계시오. 그러나 기왕 군대를 다스릴 거라면 진나라 같은 큰 나라에서 마음껏 능력을 발휘하고 싶다고 말씀하시는 것을 들은 적이 있소. 실은 사정이 있어 위나라에서는 유명해지는 것을 꺼려하고 계시는데 살짝 진나라로 데리고 가신다면 반드시 대공을 세울 거물이오."

"그토록 훌륭하신 선생이라면 꼭 만나보고 싶소."

"그런데 조금 전에 말씀드린 대로 사정이 있어서 외출을 삼가고 계시오. 위나라를 떠난 뒤 천천히 가르치심을 받드는 것이 좋을 것 같소."

하고 정안평이 제안했다. 그리고 교묘하게 범저를 위나라에서 데리고 나갈 것을 승낙 받고 그 계획을 세웠다.

그런 일이 있은 지 3일 후에 왕계는 귀국길에 올랐고 약속대로 사람이 다니지 않는 한적한 교외에서 사람 눈을 피하여 범저를 수레에 태웠다. 경호 책임을 자청한 정안평이 그 수행원으로 끼어 일행은 무사히 함으로 향했다.

수레 안에서 왕계는 범저와 더불어 천하를 논하면서 그 식견과 학문에 감복했다.

국경을 넘어 진나라 땅 호성(湖城)을 지났을 무렵 아득히 서쪽 끝에서 수레와 기마행렬이 다가오는 것이 보였다.

"저것은 양후가 진나라 왕을 대신하여 지방을 순시하는 행렬입니다. 진나라 왕을 업신여기고 위세가 당당하다니까요."

하고 왕계가 혀를 차면서 말했다.

"그보다 양후는 자기 지위가 위협받는 것을 두려워한 나머지 유세명인이 함양으로 들어오는 것을 꺼리고 있습니다. 잠시 짐 뒤에 숨으시도록⋯."

하고 급히 범저를 수레에 숨겼다. 그때 양후의 행렬이 다가왔다. 왕계 일행은 비켜서서 행렬을 보내고 왕계는 수레에서 내려 인사를 했다. 양후도 수레를 세워 인사를 받고 왕계가 탔던 수레를 한참동안 쳐다보고 나서 그곳을 떠났다.

"이제 됐습니다."

하고 왕계가 짐 뒤에 숨은 장록 선생에게 말을 했다.

"살짝 내다보았는데 양후가 짐수레를 의심스럽게 보고 있었소. 일을 떠벌리지 않게 일단 보내놓고 다시 쫓아와서 검사를 할지도 모르겠소."

하고 범저는 수레에서 내려 수행원 틈에 끼었다. 과연 잠시 후 뒤에서 무사 몇 명이 쫓아왔다.

"명령에 의해 짐수레를 확인하겠소."

하고 무사들은 짐수레를 덮은 천을 벗기고 짐을 조사했다. 물론 무사들은 수행원 틈에 범저가 끼어 있다는 것은 눈치 채지 못했다. 그리고 곧 떠나가 버렸다.

"과연 장록 선생이십니다."

하고 왕계는 다시금 탄복했다. 잠시 후 함곡관을 지나 무사히 함양으로 했다.

도성에 돌아온 왕계는 소양왕에게 임무 달성을 보고하고 동시에 장록 선생을 천거했다. 그러나 그대로 아무 소식이 없다가 일 년 후에 범저가 상서하여 객경으로 임명되었던 것이다.

범저가 객경으로 임명되었던 해에 진나라는 한나라를 치기 위하여 병사를 조나라 땅 알여(閼與)에 주둔시켰다. 조나라 수도 한단에서 알여로 이르는 길은 멀고도 좁아서 더욱 험난했다. 조혜문왕은 군사회의를 열었는데 염파를 비롯한 여러 장군들은 이구동성으로 출병하지 말아야 한다고 주장했다. 그러나 그 중에서 오직 한명, 조사(趙奢)는 원군을 보내야 마땅하다고 진언했다.

"험난하고 좁은 길에서의 싸움은 한 구멍 안에서 쥐 두 마리가 싸우는 것과 같습니다. 함부로 움직이지 말고 힘을 축적해 두었다가 과감하게 돌진하면 이기는 것은 틀림없습니다. 지형적인 조건만으로 출병을 주저 한다는 것은 당치 않은 줄 아룁니다."

하고 조사는 말했다. 조혜문왕은 그의 의견을 존중해 조사를 대장으로 임명하여 원군을 보내기로 했다.

그런데 조사는 군대를 인솔하고 한단성을 나서기는 했지만 30리 정도에 이르러 야영을 치고 움직이지 않았다. 무슨 속셈인지 견고한 보루를 쌓게 하고 '작전에 참견하는 자는 참형!'이라는 포고령을 내렸다. 그리고 보초병 숫자를 늘려서 적군 첩자를 발견하면 죽이지 말고 생포하라고 명령하고 힘들여서 잡은 첩자를 일단 감금시켜 고의적으로 기회를 주어 모조리 도망치게 했다. 그렇게 매일 반복하면서 오로지 보루를 증강시켰다.

원군을 출병해 놓고도 조사가 병사를 움직이지 않자 적군도 아군도 고개를 갸우뚱거렸다. 진나라 군대는 조나라 군대의 계략을 전혀 알 수가 없어 알여에서 꼼짝도 못했다. 조나라 장교들도 대장의 마음을 헤아리지 못하여 초조했다. 그러나 '참견은 참형'이라는 군령 때문에 그것을 물어볼 수도 없고 답답한 시간만 한없이 보내고 있었다.

조사는 '법의 귀신'이라고 불릴 만큼 법에 철저한 사람이었으므로 그가 포고한 군령은 대단한 위력을 발했다.

거역하면 아마도 틀림없이 그 자리에서 당장 목이 달아날 것이라는 생각에 어느 누구도 묻지 않았다.

조사는 젊은 시절 징세관을 맡은 적이 있었다. 그 시절에 모르는 자가 한 명도 없을 정도로 유명한 일화가 있다.

납세를 거부하여 법을 어긴 평원군(조혜문왕 동생) 수하를 아홉 명이나 베어 버린 것이다. 평원군의 봉지는 동무성(東武城)에 있었다. 평원군이 그 동무성의 납세를 거부하였으므로 조사는 세금관리를 이끌고 성으로 쳐들어갔다. 강제 징수를 집행하기 위해서였다.

그러나 평원군의 후광을 내세우며 그 성의 재무 담당자와 그 수하 아홉 명이 완강하게 공무 집행을 방해했다. 조사는 열심히 설득했으나 그 들은 들으려고도 하지 않았다. 그래서 공무집행 방해라는 죄목으로 법에 의거 현장에서 베어 버렸다.

그 사실을 알게 된 평원군이 거세게 항의했으나 조사는 태연하게 오히려 평원군을 힐난했다.

국법은 신분을 불문하고 누구든지 준수하지 않으면 안 된다. 아니 지체가 높은 왕친국척(王親國戚)이야말로 솔선수범하여 지켜야 마땅하다. 동무성 재무 담당자는 재정이 어렵다고 주장하고 있지만 식객 삼천 명을 거느리고 있으면서 세금을 지불할 능력이 없다니 말도 안된다며 평원군의 입을 봉해 버렸던 것이다.

즉 조사에게는 그와 같은 실적이 있었다. 통상적인 법을 집행하는 것도 그와 같았는데, 하물며 군법을 집행하는 데에는 추호의 용서도 있을 리 없다고 떨고 있었던 것이다. 쓸데없는 참견은 고사하고 이유를 물어보는 것까지도 두려워했던 것이다.

어떻든 이렇게 적군 아군 모두 영문을 알지 못한 채 27일이 지났다. 그리고 28일 째 되던 날도 아침 일찍이 잡아온 첩자를 예외 없이 그날 밤에 도망치게 했다. 그런데 조사가 연출한 각본 없는, 아무도 그 줄거리를 알지 못하는 연극은 28일째로 막을 내렸다.

다음 날 이른 아침, 조사는 전 군사에게 출동명령을 내렸다. 군을 나누어 먼저 기병대를 선발로 출병시키고 병거와 보병부대를 뒤따르게 하여 쏜살같이 알여를 향해 강행군을 단행했다. 기병대는 무서운 속도로 진격해 그 다음 다음 날 저녁때에는 눈앞에 알여 50리를 남겨둔 곳에 당도했다.

도착하자 조사는 바로 야영을 치라고 명령했다. 전방 오른쪽으로 비스듬히 약간 높은 북쪽 산이 보였다. 그 북쪽 산을 뚫어지게 지켜보는 조사 앞에 기병대장 허역(許歷)이 말없이 다가왔다.

"무슨 하고 싶은 말이 있는듯한데 군령을 잊은 것은 아니렷다."
하고 조사가 말했다.

"똑똑히 기억하고 있습니다. 하오나 위급을 다투는 상황에서 책임을 맡고 있는 사람이 죽음이 두렵다고 입을 다물고 있을 수는 없습니다."

"그렇게 말하는 것을 보면 내 마음을 읽은듯하구나. 염려할 것 없다. 이 야영은 적군을 속이기 위해서고 내일 도착하는 후속부대를 위하여 친 걸세. 날이 저물면 기병대를 이끌고 북쪽 산에 올라가서 산꼭대기에 진을 칠걸세. 어떤가? 하고 싶었던 말이란 이 말이 아니었는가?"

"황공합니다."
하며 허역이 빙그레 웃었다.

후속부대는 예정대로 다음 날 해 질 무렵에 도착했다. 이때 기병대는 벌써 산꼭대기에 진을 치고 있었다.

갑자기 조나라 군사가 눈앞에 나타나자 진나라 군사는 당황했다. 무엇보다 미리 북쪽 산을 차지하지 못했음을 후회했다. 북쪽 산을 차지하는 자가 알여를 차지한다는 것은 누가 봐도 알 수 있는 일이었다. 그럼에도 불구하고 진나라 군사가 그것을 게을리 한 것은 조나라 군사가 원군을 요청하긴 했지만 결국은 출병하지 않을 것이라고 판단했기 때문이었다. 판단을 잘못했다기보다는 조사가 연출한 연극에 현혹 당했다고 하는 것이 정확할 것이다.

그러나 때를 놓치기는 했으나 진나라 군사는 역시 북쪽 산을 공격했다. 물론 병력을 북쪽 산으로 진격시키면 양쪽에서 공격을 받으리라는 것을 알고, 군을 두 개로 나누어서 협격을 받으면 그 배후에서 협격하여 혼전을 벌일 작전을 쓴 것이다. 혼전이 되면 '일수 일급'을 노리는 진나라 군사는 무서운 전력을 발휘하기 때문이었다.

그러나 북쪽 산을 공격하는 진나라 군사 제1진의 병력이 적다고 본 허역은 진지에 궁병을 배치시켰다. 그리고 기병을 두 개로 나누어 산 중턱에서 진나라 군사를 좌우로 포위하여 산 위로 몰고 갔다. 따라서 진나라 군사 제1진의 배후를 쫓던 조나라 군사 보병부대의 눈에는 적병이 없어졌다. 그래서 뒤를 돌아서 산을 내려갔다.

이리하여 작전의 허를 허역에게 찔린 진나라 군사는 두 갈래로 나뉘어 졌다. 제1진은 진지 궁병과 기병 사이에 끼었으며, 제2진은 산에서 내려오는 보병과 배후에서 쫓아오는 병거대에 협격당해 마침내 모든 군사가 전멸 당했다.

각 반 정도의 싸움으로 승부가 난 것이다. 조사는 지체하지 않고 조혜문왕에게 승리를 알리는 보고서를 쓰고 승리의 수공은 허역이라고 썼다.

한단으로 개선한 허역은 그 공으로 국위(國尉: 수도방위사령관)로 승진하고 이전의 6배나 되는 봉급을 받았다.

수하 장군에게 수공을 양보했음을 안 혜문왕은 조사를 마복(馬服)

으로 봉하여 마복군이라 칭하고 지위를 인상여, 염파와 같게 했다.

한편 알여에서 참패한 진나라 군사는 설욕을 기약하며 다음 해 다시 알여로 출병했으나 이번에도 참패하여 상처만 남겼다.

체면이 땅에 떨어진 양후는 그 체면을 회복시키고자 다음 해에 위나라로 출병하여 회성(懷城)을 함락시켰다. 사실 이때 양후는 나라의 일보다 자기 봉읍 일로 더 신경을 쓰고 있었다. 3년 전에 제나라에서 빼앗았던 강(剛), 수(壽) 두 영토를 봉읍 도(陶)에 합병시킴으로써 도 영지는 거의 세 배 크기로 확대되어 있었다. 그 봉지 경영에 여념이 없었던 것이다. 더욱이 알여에 명장 백기를 보내지 않았던 것도 제나라에서 빼앗은 영토를 다시 제나라가 탈환하지 않을까 하고 염려한 나머지 그 위험을 대비하여 남아 있게 했던 것이다.

여기에 진소양왕의 분노는 폭발했다.

"이제 그 계획을 실행할 때가 된 것 같소."

하고 소양왕은 결심하여 객경 범지와 의논을 하기에 이르렀다.

"표면으로 알여 전투의 두 번에 걸친 패전 책임을 지게 하는 것이 옳을까 합니다."

하고 범저는 동의했다. 그래서 소양왕은 우선 선태후를 별궁 깊숙한 곳으로 유폐시켰다. 그리고 백기를 원수로 승진시키고 동시에 양후의 재상 자리를 박탈하여 도(陶)로 추방했다. 또 양후의 아우인 화양군과 소양왕 동생인 경양군, 고릉군 등도 모두 함께 도성에서 추방했다.

도성에서 추방당한 양후가 집에서 실어 나른 짐은 무려 천 승(乘)을 넘었다. 성문을 나서는 그 길고 긴 수레 행렬을 바라보면서 백성들은 양후가 그 동안에 쌓은 어마어마한 부와, 어제까지 나는 새도 떨어뜨렸던 권력자의 모습에서 순식간에 허물어진 모습을 보며 한숨을 지었다.

양후를 대신하여 범저가 승상으로 임명되어 응(應)으로 봉해지고 응후(應候)라 칭했다. 이 시점에서 장록 선생이 범저임을 아는 자는 아무도 없었다.

신임 진나라 승상, 장록 선생이 원교근공을 주장하고 있으며 진소양왕이 장록 선생을 두텁게 신임하고 있다는 소문은 순식간에 인근 국가들에 퍼졌다. 인근 국가들은 상황을 살피려고 승상 취임을 축하하는 사자를 보냈다. 위나라 재상 위염도 대부 수고를 함양으로 보냈다.

외교사절로 진나라 수도 함양에 나타난 수고는 객사로 안내되었다. 그런데 수레를 끄는 말 한 마리가 발굽을 다쳐 움직일 수가 없게 되었다. 숭상부로 가는 말이 다리를 절어서야 체면이 말이 아니었다.

그래서 난처해하고 있는데 그날 밤 수고는 뜻밖에 구면의 손님을 맞게 되었다. 그는 다름 아닌 초라한 모습을 한 범저였다.

"오! 범숙이 아닌가? 참으로 오랜만일세. 여기에서 무엇을 하고 있나?"

"임대업을 하고 있습니다."

"그런가? 죽은 줄 알고 있었는데 정말 반갑네. 그런데 날씨가 추운데 그런 차림으로는 감기 들겠네. 이것을 입게."

하고 수고는 짐을 풀어 솜이 든 옷을 꺼내어 범저에게 주었다. 불쾌한 지난 얘기는 하지 않고 말이 다쳐서 난처한 사정 이야기만 했다.

"그런 일이라면 염려를 놓으십시오. 지금 모시고 있는 나리께서 훌륭한 수레를 갖고 계시는데 내일 아침 그것을 빌려드릴 테니 사용하십시오."

하는 말을 남기고 범저는 사라졌다. 수고는 곧이듣지 않았지만 다음 날 아침 범저는 약속대로 훌륭한 수레를 끌고 객사로 나타났다. 그런데 어제 밤과는 달리 훌륭한 옷차림이었다. 수레와 함께 옷도 빌린 것일 거라고 범저를 쳐다보면서 수고는 쓴웃음을 지었다.

"자, 승상부로 안내해 드리겠습니다."

하고 범저는 수고를 수레에 태웠다. 승상부에 가는 도중 만나는 사람들이 고개를 숙였다.

"외국 사절에게 목례를 하다니 진나라 사람들도 듣기 보다는 예절이 바르군."

하고 수고는 감탄했다. 그 말에는 대답하지 않고 이번에는 범저가 쓴웃음을 짓고 잠시 후 승상부 문 앞에 도착했다.

"승상께 형편을 여쭙고 오겠습니다. 잠시 기다려 주십시오."

하고 범저는 수고를 수레에 남기고 문안으로 들어갔다. 그러나 아무리 기다려도 범저는 오지 않았다. 시간이 지나 정오가 되었다.

승상부에서 먼저 북소리가 나고 이어서 음악이 들려왔다. 아무래도 외국 사신들을 접대하는 향연이 시작된 듯 했다. 자기도 당연히 초대되어야 마땅하다고 생각하면서 범저가 나타나지 않자 초조했다. 기다리다 못 해서 수레에서 내려 문지기에게 범저를 불러 달라고 청했다.

"마부로 보이는 자가 들어간 모습은 없습니다."

"아니 틀림없이 들어갔느니라. 범저라는 사람인데 저 수레를 몰고 왔느니라."

"아, 이것은 승상님 수레이며, 마부자리에서 내리신 분은 승상각하십니다."

"뭐? 뭐라고? 그럼, 승상 성함은?"

"여태 모르고 계셨습니까? 세상 사람들이 장록 선생이라고 부르고 있습니다."

하고 말했다. 수고는 갑자기 날벼락을 맞은 것 같은 충격을 받았다. 눈앞이 아찔하여 그 자리에 주저앉아 버렸다. 이대로 몰래 도망칠까 생각했으나 어차피 멀리 도망가지는 못할 것이라고 생각을 고쳤다. 역시 무릎을 꿇고 용서를 청하는 것 외에는 방법이 없다고 생각했다.

"들어가도 좋은가?"

문지기에게 물었다. 문지기는 고개를 끄덕이고 접수처까지 안내했다. 거기에서 반시간쯤 기다렸다.

그때 이마에 문신을 새긴 전과자 두 명이 와서 연회장으로 이어지는 마당 가운데로 수고를 끌고 갔다. 한 사람은 거적을 안고 있었고 또 한 명은 사료 통을 들고 있었다.

연회장에 거적이 깔리고 그 중앙에 사료 통이 놓여졌다. 그것을 사이에 두고 수고는 두 전과자와 마주 앉았다. 두 사람이 통 안에서 삶은 콩을 집어 수고 입으로 교대로 쑤셔 넣었다.

연회장에서는 외국 사신들의 향연이 베풀어지고 있었으며 지금이 그 절정인 듯했다. 기발한 여흥이 있음을 알아차린 빈객들이 일제히 마당 한가운데로 시선을 모았다.

"저 사람은 인간의 모습을 하고 있지만 실은 가축입니다. 건방지게도 식사를 바로 청했기에 먹여 주기로 했습니다."

하고 장록이 빈객들에게 소개했다.

"과거의 잘못은 어떻게든 사죄하겠습니다. 제발 목숨만 살려 주십시오."

하고 수고는 입 안에 든 콩을 뱉어내며 엎드렸다.

"물론 죽일 생각은 없소. 어젯밤 솜옷을 준 호의를 봐서라도 목숨만은 살려 주기로 하겠소. 그러나 당분간 식사는 주지 않을 것이니까 부지런히 그 콩이라도 먹어 두지 않으면 굶어 죽을 것이오. 하지만 이전에 내가 받은 대우보다는 훨씬 나은 편일 거요."

범저가 말했다.

"고맙습니다."

수고는 이마가 거적에 닿도록 머리를 조아렸다. 두 전과자가 계속 수고의 입에 콩을 쑤셔 넣었다.

목숨만은 건질 수 있다고 안심한 수고는 갑자기 시장기를 느끼며 그 콩을 씹어서 삼켰다.

제57장

교주고슬(膠柱鼓瑟)

수고에게 충분한 보복을 한 범저는 십 년 묵은 체증이 내려간 듯했다. 그 다음날 위나라에서 자기를 진나라로 데리고 와 은혜를 입은 왕계를 하동(河東)의 태수로, 같은 신세를 진 친구 정안평을 장군으로 천거하여 소양왕의 허락을 받았다.

단 한 번 식사대접을 받은 가벼운 은혜에도 보상하고 흘겨보기만 한 그 원한에도 꼭 보복한다는 것이 범저의 처세 신조였다. 그러므로 고문을 당하고 그 혹독한 처사를 받게 한 위염을 그만 놔둘 턱이 없었다.

그래서 귀국을 허락한 수고에게 범저는 말했다.

"위왕에게 반드시 위염의 목을 쳐서 함양으로 보내라고 전하시오. 그렇지 않을 때에는 위나라를 짓밟고 대량을 불바다로 만들 것이라고 전하시오."

"어김없이 분부대로 하겠습니다."

수고는 손을 싹싹 비비고 허리를 굽실거리며 말했다. 그리고 수없이 절을 하면서 도망치듯 성문을 나갔다. 불시에 범저의 마음이 변하여 언제 다시 소환될지 모른다고 생각하며 가슴을 졸이면서 함곡관으로 향했다.

가까스로 함곡관을 빠져 나오자 수고는 비로소 악몽에서 깨어난 듯이 깊은 탄식을 했다. 그와 동시에 긴장이 풀려 온 몸에서 힘이 빠졌다. 꼬박 3일 동안 삶은 콩만 먹었기 때문에 속이 답답하고 배에 꽉 찼던 가스가 한꺼번에 터져 나왔다. 그 소리에 졸고 있던 수행원이 깜짝 놀라서 눈을 떴다.

"나라가 약하다는 것은 참으로 가슴 아픈 일이로다."
하고 수고는 창피함을 얼버무렸다. 아니 가슴에서 우러나온 실감이었다. 범저, 아니 진나라 승상에 대한 보복의 방법이 없다고 깨달은 슬픔이 입을 통해 말로 나온 것이었다.

대량 도성으로 돌아온 수고는 자초지종을 빠뜨리지 않고 위염에게 말했다. 말이 채 끝나기도 전에 위염은 얼굴이 백짓장처럼 하얗게 질렸다. 그러나 위염은 민감한 반응을 보였다. 수고의 말을 들으면서 재빨리 신변 정리를 시작했다. 분명 도망칠 거라고 알아차린 수고는 말했다.

"먼저 왕께 의논드리고 나서 진퇴를 결정하는 게 어떤지요?"

"아니네. 나라 운명에 관련이 있다면 재상일지라도 한낱 풀벌레 취급을 받을 것이네. 괜히 의논을 한답시고 잡히기라도 하는 날에는 도로 아미타불일세. 이렇게 된 바에는 줄행랑 칠 수밖에 없네."
하고 위염이 말했다.

다음날 이른 아침 위염은 상인(相印)을 자루에 넣어 벽에 걸고 메모도 남기지 않고 성을 나섰다. 국경을 넘어서 조나라로 들어가 구면인 평원군에게 몸을 의탁했다. 그리고 이름을 바꾸어서 3천 명이나 되는 식객 무리 속으로 숨어들었다.

위나라 안리왕(安釐王)은 진나라에 사자를 보내서 범저에게 위염이 줄행랑쳤음을 통보했다. 혀를 차면서도 일국의 재상이 자기의 말 한마디에 떨며 도망쳤음을 알자 우쭐한 기분이 들었다. 그렇다고 그를 용서 할 수는 없었다. 그래서 사방팔방으로 수소문했지만 위염은 어디에 숨었는지 행방을 알 수가 없었다.

그 다음해인 진소왕 42년에 진나라는 조나라를 쳐서 세 개의 성을 함락시켰다. 더욱이 그 여세를 몰아서 조나라 수도까지 쳐들어갈 태세를 보였다. 당황한 조나라는 급거, 제나라에 원군을 청원했다. 제나라는 원군을 보내는 조건으로 장안군(長安君)을 인질로 요구했다.

장안군은 즉위한 지 얼마 되지 않은 조효성왕의 막내 동생이었다. 그런데 조나라에서는 태후(효성왕 모후)가 조정에서 실권을 쥐고 있었고 그 태후가 지나칠 정도로 장안군을 편애하고 있었는데 그 사실을 알고 제나라는 장안군을 인질로 요구했던 것이다.

그러나 나라의 위급은 생각지도 않고 태후는 철없는 고집을 부렸다. 설사 조나라가 멸망할지언정 귀한 장안군을 인질로 보낼 수는 없다 하며 제나라의 요구를 거절했다. 신하들이 온갖 설득을 다해 보았으나 완강하게 고집을 굽히지 않고 끝내는 '두 번 다시 장안군을 인질로 하라는 말을 입에 담는 자에게는 그 얼굴에 침을 뱉을 것(復言長安君爲質者, 老婦必唾其面).'이라고 격분하여 말했다.

난처해진 신하들은 마지막 수단으로 원로 촉용(觸龍)을 나서게 했다. 촉용은 이미 은퇴한 몸이었는데 나라의 중대사임을 깨닫고 늙은 몸을 움직여 태후에게 알현할 것을 청했다.

조정신하들이 내세운 것임을 알아차린 태후는 아무리 원로라 한들 쓸데없는 말을 한다면 용서치 않겠노라고 못을 박은 다음 촉용의 알현을 허락했다. 촉용은 처음부터 말을 돌렸다.

"역시 나이는 속일 수가 없어 요즘 들어 수족이 불편하여 거동이 어려워 자주 문안 올리지 못했나이다. 하오나 태후께서는 건강하신 듯해서 기쁩니다."

"고맙소, 그런대로…."

태후는 기분 좋게 대답했다.

"그런대로, 라고 하시면 거동에 불편하심이 있으십니까?"

"아니, 거의 수레를 이용하고 있소."

"그건 아니 되십니다. 하오면 수라는 어찌 드십니까?"

"늘 죽을 먹고 있소."

"그 또한 아니 됩니다. 거동을 하면 식욕이 난다고 해서 무리를 하면서까지 산보를 하여 노신은 밥을 먹고 있습니다. 매번 죽을 드신다면 기운이 아니 날 것입니다. 귀중하신 옥체 부디 자애하시옵소서."

이런 이야기로 촉용은 일단 태후를 안심시켰다. 그리고 의표를 찔렀다.

"오늘 노신이 알현을 청한 것은 청원이 있어서입니다. 노신에게는 서(舒)라고 하는 막내 놈이 있는데 보잘 것 없는 불초자식이지만 귀여워서 어찌할 바를 모르겠나이다. 하오나 노신은 이제 살날이 얼마 남지 않았습니다. 그 놈의 장래를 생각하면 밤에 잠을 이룰 수 없을 지경입니다. 그래서 흑의(黑衣: 왕궁 근위사)로라도 받아주셨으면 생각하여 삼가 마마께 알현을 청했나이다. 통촉 하시옵소서."

"나이는 몇인고?"

"열다섯이 되었습니다. 아직 출사할 수 있는 나이는 아닙니다만,

노신 눈에 흙이 들어가기 전에 청원을 올리고자 이렇게 부탁드리는 겁니다. 참으로 어리석은 부모입지요?"

"아니 그건 당연한 일이오. 알겠소. 그런데 바깥부모(아버지)도 역시 막내를 그토록 귀히 여기는고?"

"그렇습니다. 아마도 안부모(어머니) 이상일 것입니다."

"그렇지는 않을 것이오. 안부모는 막내를 눈에 넣어도 아프지 않을 정도로 귀여워하지요."

"그러십니까? 노신은 태후마마께서 장안군보다도 공주이신 연희(燕姫)아기씨를 더 귀히 여기시는 줄 알았습니다."

"아니오. 장안군이 훨씬 더 귀하오."

"그러하십니까? 실은 태후마마께서 연희 공주가 출가하실 때 눈이 붓도록 우시며, 출가한 이상 결코 돌아오지 말아야 한다고 훈계하시는 것을 듣고, 태후마마께서는 진심으로 연희 공주를 귀히 여기시는구나 하고 생각했습니다. 진심으로 자식을 귀히 여기기 때문에 그 행복을 위해서 정을 죽이고 멀리 보내는 것입니다. 귀하기 때문에 출가시키지 않는다는 부모는 없을 것입니다."

"옳은 말씀이오,"

하고 태후는 촉용의 유도에 걸려들었다.

됐다! 고 생각하고 촉용은 더욱 한걸음 앞으로 나아갔다.

"실은 예전부터 생각하고 있던 것인데 지금부터 삼대 이전조주(趙州: 조나라 군주) 자손 중에서 후(侯)로 봉해진 자의 집이 현재까지 이어지고 있는 예는 볼 수가 없습니다."

"과연 말을 듣고 보니 그대 말이 옳소."

"그것은 우리 조나라뿐 아니라 삼 대가 이어진 봉후(封侯)는 지금까지 어느 나라에도 존재하지 않습니다. 무슨 연유입니까?"

"그대는 그 연유가 무엇이라 생각하오?"

"아마 각 봉후와 그 자손들이 똑같이 불초이기 때문은 아닐 것입니다. 지위는 높되 공이 없으며, 녹이 높은데 수고가 없고, 부당하게 무거운 재산을 안고 있기 때문일 것입니다."

"과연 그럴 듯하오."

"그럴 듯한 게 아니라 틀림없는 사실입니다. 하오니 태후마마께서도 그것을 타산지석(他山之石)으로 여기시옵소서. 태후마마께서는 장안군의 지위를 높이고 광대한 옥토에 봉하시었나이다. 하온데 나라에 공로를 세울 기회를 주지 않는다면 만일 후광을 잃었을 경우 장안군은 도대체 무엇을 믿고 목숨을 부지하리까?"

촉용은 말소리를 낮추었다.

"음…."

"태후마마께서 그토록 연희 공주 아기씨를 귀히 여기시면서 돌아오지 말라고 분부하신 것은 그 장래를 염려하신 게 아닙니까? 하오면 장안군 장래 또한 고려하시는 게 지당하신 줄 아뢰다."

"과연! 그런 이치였구려. 잘 알겠소. 다시 참견을 않으리다."
하고 태후는 뜻밖에도 금방 진의를 알아들었다.

신하들은 마음을 놓았다. 또한 촉용의 뛰어난 설득술에 감복했다. 그런데 그것을 전해들은 재야의 현인인 자의(子義)가 말했다.

"설득하는데 유달리 어려운 기술이 있는 것은 아니요. 촉용은 그 고집쟁이 할망구에게 역사에 잘 맞추어 시대의 흐름을 똑똑히 인식시켰던 것뿐이오."

틀림없이 춘추전국도 이미 5백 년이 지났다. 역사는 이제 군주의

자 손일지라도 그냥 앉아서 권력을 나누어 받고, 공 없이 존경을 받으며, 노고 없이 지위를 유지하고, 아무 일도 하지 않고 봉을 이을 수는 없는 시대가 도래되었던 것이다.

한편 태후가 촉용의 말을 받아들여 다음 날, 장안군은 수레 백 대를 대동하고 한단성을 떠났다. 지정한 인질을 얻은 제나라는 즉각 원군을 조나라로 보냈다. 그것을 알고 진나라는 조나라에서 철수했다. 장안군은 나라를 위해 공을 세운 셈이었다.

원교근공을 국시로 하는 진나라는 제나라의 정면충돌을 피하여 조나라에서 군대를 철수시켰다. 작전 목적을 달성시키지 못한 셈이었다. 그러나 범저는 조나라로 파견한 군 첩자로부터 뜻하지 않던 정보를 입수했다. 그 위나라에서 자취를 감추었던 전 재상 위염이 평원군 식객 무리 속에 숨어 있다는 소문을 첩자들이 듣게 된 것이었다.

그 정보를 입수한 범저는 즉시 자기 식객 중에서 위염과 안면이 있는 자를 골라서 조나라로 보내어 평원군 식객들 속으로 잠입시켰다. 그 정보를 확인하기 위해서였다.

그런데 확인하러 보낸 식객은 두 달이 지나고 세 달이 지나도 아니 반년이 지나도 돌아오지 않았다. 범저는 조금이라도 기골이 있는 식객이라면 넓은 의미에서 같은 식객을 팔아넘기는 밀정 행위를 좋아하지 않는다는 것을 알고 있었다. 그러므로 보냈던 식객이 되돌아오지 않았다는 것은 다시 말해서 위염이 틀림없이 평원군 집에 숨어 있다는 것을 간접적으로 입증한 것과 마찬가지였다.

범저는 그렇게 추측했지만 그는 현재 중책을 맡고 있는 진나라 승상이었다. 사사로운 일로 원수 갚는 것을 정무보다 우선하는 것은 역시 꺼림칙했다. 그보다 그는 소양왕의 신뢰를 한 몸에 받고 있었다. 그러므로 그 은혜에 보답하기 위해서라도 업적을 쌓아야겠다는 생각으로 초조했다.

이 전국시대에 있어서 가장 적절한 업적은 이웃 나라의 성을 함락시켜 그 영토를 탈취하는 일이었다. 그렇게 하기 위해서 패배를 모르는 명장 백기가 옆에 있다는 것은 범저에게는 매우 다행스러운 일이었다. 그리고 그 백기가 그의 지위를 위협하는 존재가 아니라는 것 또한 다행이었다.

백기는 추방당한 양후와 가까운 사이였다. 아무리 백기가 공을 세워도 경쟁의식을 가질 필요가 없었다. 만에 하나 눈에 거슬리는 사태가 벌어진다면 양후의 잔당으로서 추방할 수도 혹은 밀실할 수도 있었던 것이다.

그런 것은 꿈에도 생각지 못하고 원수로 승진한 백기는 감지덕지하며 더욱 그 능력을 발휘했다.

제나라가 개입하여 조나라에서 철군한 다음 해에는 한나라를 쳐서 남양(南陽)이라는 광대한 황하 이북에 있는 한나라 땅을 탈취했다. 이 패전으로 한나라는 태행도(太行道: 하남·하북을 잇는 중원 2500여 리에 이르는 도로)로 나가는 출구가 막혀 버렸다.

또 다음 해 백기는 다시 병사를 인솔해 한나라로 침입하여 야왕(夜王)을 점령했다. 야왕은 한나라 서북쪽에 조나라 입구인 상당(上堂)이라고 하는 지방에 접해 있었다. 야왕을 점거 당하자 한나라는 상당과의 교통이 두절됐다. 다시 말해서 상당은 고립되어 버린 것이다.

상당에는 항시 한나라 군사가 주둔하고 있었는데 도저히 백기 휘하의 진나라 군사와 맞싸울 수 있는 병력은 아니었다. 그러나 상당의 태수인 풍정(馮亭)은 만만치가 않았다. 그는 백성과 짜고 진나라 군사와 투항하는 것보다는 조나라로 귀순하여 상당 땅이 조나라 영토로 합병 편입되는 길을 택했다. 백성들은 법이 엄한 진나라의 지배를 기피했던 것이다. 즉 풍정은 다 죽게 된 상황에서도 살아날 길을 모색했던 것이다.

상당의 병사와 백성이 조나라로 귀순하여 그 땅이 조나라 판도에 편입 된다면, 진나라는 틀림없이 조나라를 칠 것이다. 그때 한나라가 원군을 보내든가 혹은 그 기회에 한나라 군대가 야왕을 탈환한다면 상당이 구제 될 길은 있다고 계산했던 것이다.

그리하여 풍정은 귀순할 의사를 전하는 사자를 한단으로 보냈다. 상당은 매우 큰 영역이어서 거기에는 17개나 되는 성읍이 있었다. 귀순 사자를 불러 만나본 조효성왕은 군침이 돌았다. 그래서 즉각 조정 회의를 열었다.

"백만 대군을 움직이더라도 한 개의 성을 얻는다는 것은 쉬운 일이 아니오. 그런데 성이 굴러 들어오게 되었소. 참으로 하늘이 과인에게 내려 준 기회라 생각하오. 경들은 어찌 생각하오?"

효성왕은 이미 결론을 내린 말투로 조정신하들의 동의를 구했다. 분명 떡이 굴러 들어온 것과 같았다. 조정신하들도 기뻐 날뛰며 서로 마주보고는 고개를 끄덕였다. 그런 광경을 보면서 염파는 혀를 찼다.

"지나친 탐욕은 뜻하지 않는 재앙을 초래하나이다. 공짜는 오히려 비싸게 치를 수도 있는 법입니다. 너무 좋은 말에는 반드시 함정이 있는 법, 이것은 풍정이 무엇인가를 노린 모략일 것입니다. 호랑이가 쫓던 사냥감을 가로 챈다면 가만히 있지 않을 겁니다. 깨끗이 거절해야 합니다."

하고 염파는 완강히 이의를 제의했다. 조사는 이미 세상을 하직했고 인상여는 병상에 누워 있다. 지금 염파는 조나라 조정을 받드는 단한 사람의 중신이었다. 그의 발언에는 천 금의 무게가 있었다. 그런 염파가 강력하게 반대하자 효성왕은 난처했다. 그러나 아무리 생각해도 귀가 솔깃한 말이었다.

"가로 채는 것은 아니요. 사냥감이 저절로 굴러들어온 것이오. 그러니 아무 상관이 없지 않겠소?"

효성왕은 쉽게 미련을 버리지 못했다.

"아닙니다. 같은 이치이니 절대로 받아서는 아니 되십니다."

염파는 강력하게 반대를 했다.

염파가 강력하게 반대하자 코가 납작해진 효성왕은 신하들을 둘러보았다. 갑자기 신하들 사이에서 소란스러운 소리가 났다. 염파의 눈치를 보느라 말을 삼가고 있었으나 그들은 효성왕과 의견을 같이하고 있었다. 그것을 본 평원군이 대변을 하려고 나섰다.

평원군은 효성왕의 숙부로, 효성왕이 즉위한 후 재상으로 임명받은 신출내기 재상이었다.

"우리 조나라는 진나라와 우호 관계를 유지해 온 것은 아닙니다. 여태까지 진나라는 자기들 마음 내키는 대로 우리 영내에 침입하곤 했습니다. 상당을 가로채거나 말거나 적대관계는 변하지 않습니다. 게다가 상당 땅은 우리 조나라 땅에 위치하고 있어서 조나라에 속해야 마땅한 땅입니다. 게다가 17개나 되는 성읍은 쉽사리 얻을 수 있는 것이 아닙니다. 역시 받는 것이 마땅한 줄로 아룁니다."

하고 평원군은 말했다. 옳소! 하고 조정신하들의 합창하는 소리가 들렸다. 그래도 염파는 혼자 분투했다.

"분명 우리는 진나라와 적대관계에 있습니다. 그 동안 가끔 싸우며 지내온 것도 사실입니다. 그러나 전쟁이란 대의명분에 따라 사기가 달라지고, 병사들의 기합소리로 미묘하게 승패가 갈리는 것입니다. 그냥 맞서도 진나라 군대는 힘든 상태입니다. 그런데 가로챈 땅을 내놓으라는 구호와 함께 쳐들어온다면 당해낼 도리가 없습니다. 일단 손 안에 들어온다고 하더라도 금방 탈환해 갈 것이 분명합니다. 게다가⋯.”

염파는 계속 말을 이으려 했으나 효성왕이 가로막았다.

“그만 하오. 아무리 생각해도 받아들이는 것이 현명할 것 같소. 받기로 하겠소.”

하고 회의를 끝냈다. 그리고 평원군을 수령하는 사자로 임명 했다.

그러나 풍정 역시 호락호락한 인물은 아니었다. 막상 평원군이 상당 태수부에 들이닥치자 그는 구실을 만들어 귀순을 거부했다. 오히려 평원군이 제시한 호의적인 조건, 이를테면 조나라로 편입된 후에도 풍정을 그대로 조나라 태수로 유임케 한다는 조건도 석연치 않게 생각했다.

“한나라 임금으로부터 맡겨진 영토를 끝내 보전하지 못했소. 그것만으로도 큰 죄를 지었는데 그 팔아넘긴 영토의 태수직을 받다니 말도 안 되오.”

하고 풍정은 말했다. 그렇다면 받지 않으면 그만인 것이다. 그러나 풍정은 굳이 저항은 하지 않겠으니 어디까지나 무력으로 탈취한 것으로 하라고 말했다. 심경이 복잡하기는 했지만 평원군은 그다지 신경 쓰지 않았다.

그래서 평원군은 3개월 동안에 상당을 평정하고 상당을 조나라 판도로 편입시키는 수속을 밟고 한단으로 철수했다.

그 다음 해 진소양왕 47년(기원전 260), 진나라 대군이 상당으로 물밀듯이 밀려왔다. 그런데 군을 인솔한 것은 백기가 아니라 아직 젊은 왕흘(王齕)이었다. 지난해에 야왕을 쳤을 때 백기는 그대로 병사를 상당으로 진격하려 했으나 범저가 반대하여 어쩔 수 없이 철군했었다. 그때의 일을 못 마땅히 여기던 백기는 이번 상당 출병에서 꾀병을 부렸던 것이다.

　어쨌든 진나라에서 30만 대군이 상당으로 침입했다는 보고에 염파는 군회의 석상에서 빈정거렸다. 그러나 빈정대면서도 염파는 순순히 45만 대군을 이끌고 상당으로 향했다.

　그러나 현장에 도착하긴 했으나 진나라 군사의 기세에 눌린 염파는 장평(長平)성에 군을 주둔시킨 채 움직이지 않았다.

　상당을 석권한 진나라 군대는 여세를 몰아 장평성을 포위했다. 그리고 기세를 다하여 도전했으나 염파는 성벽을 굳힌 채 출격하지 않았다. 할 수 없이 진나라 군대는 성을 공격하기 시작했다. 그러나 성은 굳게 닫힌 채로 꼼짝도 하지 않았다.

　한 달이 가고 두 달이 지났다.

　성 공방이 길어짐에 따라 진나라 군사의 사기가 저하되었다. 그것을 염려하면서 진나라 군대의 대장 왕흘은 문득 염파의 술책에 속았음을 깨달았다.

　그대로 대항을 계속한다면 보급선이 긴 진나라 군대가 불리한 것은 자명한 일이다. 그렇다고 진나라 군대가 철수하기 시작하면 조나라 군사들은 성에서 나와 추격해 올 것이 분명했다. 노련한 염파는 그때를 기다리고 있을 것이다.

　왕흘은 진퇴양난의 지경에 빠진 사실을 간파하고는 막막해졌다.

이와 같은 경우에 백기라면 어떻게 대처했을까 하는 생각을 하면서 진나라 군대가 처해 있는 상황을 함양에 보고했다. 암암리에 백기의 도움을 청한 것이다.

그러나 보고를 받은 범저는 백기에게 도움을 청하지 않았다. 그리고 그 노련한 적정 염파를 장평성에서 떼어내기만 하면 진나라 군사는 그 함정에서 빠져나올 수 있을 거라고 판단했다.

그렇게 판단을 내린 범저는 즉시 식객들에게 대금을 주며 각자의 역할을 일러주어 한단성 내로 잠입시켰다. 한단성에 들어간 식객들은 각자 맡은 임무대로 활동을 개시했다.

어떤 자는 단순히 성에서 나와서 싸우지 않는 염파는 비겁하고 겁쟁이라 여러 국가들 사이에서 웃음거리가 되고 있다고 떠들고 다녔다.

또 어떤 자는 염파가 성에서 나와 싸우지 않는 것은 그만한 이유가 있는데, 그것은 진나라로 넘어가려고 비밀리에 조건을 교섭하고 있는 것이라고 퍼뜨렸다.

또 어떤 자는 자신이 진나라 밀사라고 칭하여 교묘하게 조나라 조정신하들에게 접근해 매수를 시도했다. 그리고 정보를 반대로 흘렸다. 즉, 조나라 조정에서는 조사의 아들 조괄(趙括)을 염파와 교체시킨다는 말이 있다는데 조괄이라면 진나라 군대는 그야말로 낭패다. 솔직히 말하면 진 나라 군대는 천재적인 조괄을 두려워하고 있다. 그러므로 조정회의에서 두 사람을 바꾸자는 의견이 나오면 꼭 그 의견을 물리쳐 달라고 대금을 선사하며 청원했다.

어떤 자는 진나라 군대를 이끄는 염파가 한단으로 쳐들어와 왕위를 찬탈할 거라고 거짓 소문을 퍼뜨렸다.

그와 같은 첩보활동이 전개되고 얼마 후 한단성은 동요하기 시작했다. 그렇지 않아도 염파가 성에서 나와 싸우지 않자 조나라 조정은 초조해 하고 있었던 것이다. 모반과 배신의 소문은 두고라도 염파가 싸움에 소극적이라는 말을 듣고 보니 귀가 솔깃했던 것이다. 분명히 염파는 처음부터 상당을 병합하는 것에 반대였다. 그래서 싸우지 않음으로써 보복을 하고 있는 것처럼 보였다.

그러나 무엇보다도 진나라 군사들이 조괄을 두려워하고 있다는 것은 가치 있는 정보였다. 정치적으로나 군사적으로 대처해야 할 적절한 수단을 알지 못할 때에는 '적이 꺼려하는 수를 쳐라'고 하는 것은 유효한 상식이었다. 그 상식에 따라 조효성왕과 평원군은 진나라 군대가 꺼려하는 조괄을 염파와 교체시키기로 했다.

"말도 안 되는 소리!"

병상에 누워 있던 인상여는 그 결정을 듣고 탄식했다. 그는 온몸 마디마디가 쑤시는 것도 잊고 자리에서 일어나 지팡이에 몸을 의지하고 다리를 끌면서 조정에 나왔다.

"물론 조괄은 병법에 관한 글을 여러 권 독파한 것은 사실입니다. 그러나 실전의 오묘한 술수를 알지 못합니다. 형편에 따라 변화를 줄임기응변을 모릅니다. 그런 조괄을 염파와 교체시키다니 말도 안 되는 일입니다. 그보다 한 번도 실전의 경험이 없는 조괄을 진나라 군사들이 두려워 한다는 일이 어떻게 있을 수 있겠습니까? 틀림없이 적의 모략입니다. 결코 염파를 바꾸어서는 안 됩니다."

인상여는 숨이 끊어질 듯한 목소리로 사력을 다하여 효성왕에게 간했다. 노신이 필사적으로 간언하는 것을 듣고 효성왕은 마음이 흔들렸다.

그리고 인상여는 무리하게 거동한 것이 원인이 되어 그 다음 날 세상을 떠났다.

효성왕은 그의 죽음을 애도하기는 했으나 그 목숨을 걸었던 간언을 받아들이지 않고 이미 정해진 방침대로 추진했다. 그리고 조괄에게 병부(兵符)를 주었다.

조괄은 선천적으로 수재였다. 태공망(太公望)의 『육도(六韜)』와 『손오병법』을 정독하여 병법을 논하는 일에는 그의 오른편에 나설 자가 없었다. 그는 가끔 선친 조사와 함께 지도를 펴놓고 그 위에서 패를 움직여 병법을 경합하고 그때마다 아버지를 눌러 백전백승의 기록을 남기고 있었다.

분명 종이 위에서 병법을 논하는 데 있어서는 조괄은 천재적인 병법가였다. '종이 위에서 병법을 논함'이란 말은 나중에 생긴 말인데 흔히 말하는 '탁상공론'이란 여기에서 유래한 것이다.

그런데 조괄이 종이 위에서 병법을 논하여 자만하는 것을 생전의 조사는 우려했었다. 만일 조괄이 조나라 군사들의 총수로 임명되는 날에는 그가 조나라를 멸망케 할 것이라고 조사는 조괄 생모에게 말한 적이 있었다. 그런 이유로 조사는 그가 살아 있을 때 자기 자식을 조나라 왕에게 추천하지 않았다.

그러나 운명이란 참으로 알 수 없는 것이다. 조괄이 장평에 주둔하고 있는 45만 대군을 움직이는 대장으로 임명을 받은 것이다. 당황한 것은 그의 생모였다. 부친이 한 말을 기억하고 있던 생모는 헐레벌떡 궁전으로 달려갔다.

"자식놈 괄은 대장의 그릇이 못됩니다. 부디 장평에 있는 군 총수로 임명하신 것을 거두어 주시옵소서."

하고 효성왕에게 탄원했다.

"무슨 연유로 그런 말을 하는고?"

"그 자식놈 부친이 그리 말을 했었습니다."

"염려 마오. 훌륭한 부모는 자식을 두고 바보 취급을 하는 법이오."

"아닙니다. 저도 알 수 있습니다. 그 아비가 대장이었을 때에는 늘 슬하 장교들과 음식과 술을 같이 하여 마음을 통하고 있었습니다. 출정 전에 군비를 하사받으면 그것을 부하에게 나누어 주고 그들의 후환을 미리 제거해 주었습니다. 하온데 전날 대장으로 임명받은 괄은 어깨에 힘을 주고 막료들을 막 부리고, 하사금을 창고에 넣어놓고는 전답과 집을 물색하고 있었습니다. 이것만 보더라도 그가 대장의 그릇이 못 된다는 것을 알 수가 있습니다."

"그리 나쁘게만 말하지 마오. 과인은 어려서부터 괄과 함께 자주 놀았으므로 그 기량을 잘 알고 있소."

"황공하오나 보기에는 영특하오나 그 아이는 안 됩니다."

"그게 바로 세상에서 말하는 노파심이라는 것이오."

"저의 간언을 받아주시지 않으신다면 한 가지 청이 있습니다. 자식놈이 실수를 하는 것은 뻔한 일인데, 실패를 해도 그 해를 가족에게는 끼지 않겠다고 약조를 해주시옵소서."

"알았소. 괄의 일로 가족의 죄는 묻지 않겠다고 약속하겠소."

"황공합니다. 본래는 병부를 압수하시기를 갈망했는데…. 자식을 아는데 그 어미보다 능한 자는 없습니다."

하고 중얼거리면서 조괄 생모는 물러났다.

그런 일이 있은 열흘 쯤 후에 조괄은 부하들을 거느리고 당당하게 장평성에 들어갔다. 염파로부터 인수인계를 받은 후 즉시 인사를 마치고 군율을 새롭게 하여 출격을 위한 만반의 준비를 갖추었다.

염원대로 염파를 장평성에서 멀리 떼어놓은 범저는 생각을 바꾸어 자세를 낮추고 백기로 하여금 출병하도록 설득했다.

드디어 장평에서 결전이 벌어지게 되었는데, 왠지 왕흘이 대장이라는 것이 마음이 놓이지 않았기 때문이었다.

승상이 머리를 조아리며 간청을 하는데 아무리 명장 백기라 하더라도 거절할 수가 없었다. 나 아니면 누가 할 수 있으랴 하는 자부심도 있었다. 과연 백기가 대장이 됐다는 사실을 알게 된 진나라 군사의 사기는 진정 하늘을 찌를 듯 했다.

이리하여 진소양왕 47년, 장평에서 대결전이 시작되었다. 그러나 엄청나게 동원된 두 나라 군사의 숫자에 비해 전쟁은 단조롭고 승부는 싱겁기만 했다. 하지만 결말은 처참했다.

이른바 장평 싸움은 그 결말이 너무도 처참한 것으로 전사(戰史)에도 남아 후대까지 이야깃거리가 되었다.

염파는 장평성에서 석 달 동안 병사들에게 힘겨루기, 막대 넘어뜨리기 등 경기를 시키고 있었는데 조괄은 그것을 그만두게 하고 출동 태세를 갖추었다. 그리고 어느 맑은 가을날에 성문을 열었다.

백 일 이상이나 굳게 닫혀 있던 성문이 활짝 열리고 홍수와도 같은 기세로 성 밖으로 나온 20만 명이 넘는 조나라 군사들은 그야말로 노도와 같이 진나라 군대 진지로 쇄도했다. 그 기세에 몰린 진나라 군대는 후퇴 했다. 아니, 등을 돌리고 쏜살같이 도망쳤다.

미리 도망칠 준비를 해 두었던 진나라 군사는 신속하게 도망치기 시작했다. 이에 신이 난 조나라 군사들은 미처 깨닫지도 못하고 너무 깊숙이 추격해 들어갔다. 그 사실을 알아차린 조괄은 추격을 중단하고 철군하려고 했으나 어느 새 성으로 돌아가는 퇴로마저 끊겨 있었다.

맹추격을 했던 직후라 병사들은 지쳐 있었다. 그대로 포위망을 돌파하려고 시도했으나 지칠 대로 지친 병사들은 꼼짝도 못했다.

성 안과의 연락이 두절된 조나라 군사들은 할 수 없이 성채를 쌓았다. 마침내 45만 대군은 두 갈래로 갈라졌다. 그리고 보급로마저 두절되었다.

조괄은 취임 인사를 할 겸 성 아래에 있던 진나라 군대를 걷어차고 곧 바로 성으로 돌아갈 심산이었다. 그랬기 때문에 성 내에 있는 군사들에게는 그 후의 작전지시를 하지 않았다. 그래서 대장이 없어진 성 내는 혼란 속에 빠져 갈피를 못 잡았다.

두 갈래로 나뉜 채 열흘이 지났다. 성 안과 보급로마저 두절된 성채 안에서 병사들은 공황을 일으켰다. 마침내 성으로 돌아갈 혈로를 열기 위해 조괄이 성채에서 뛰어나갔다. 대장에 대한 신뢰를 잃은 병사들은 질서를 잃었다. 그 신뢰를 되찾으려고 조괄은 선두에 나서서 뛰어나갔다.

그러나 그것을 기다리고 있었다는 듯이 화살의 집중공격을 받고 조괄은 어이 없이 전사하고 말았다.

이로써 싸움은 끝나고 45만에 이르는 조나라 군사들은 포로가 됐다. 그리고 조나라 병사들은 장평에서 후세에 살곡(殺谷)이라고 불린 곳에서 갱살(阬殺)당했다.

갱살이란 구덩이에 파묻어 죽이는 것을 말한다. 그런데 사족을 붙이면 이때의 조나라 병사들이 황하유역 문화권에 생존한 '강한 중국인'이었다면 그들이 앉아서 갱살을 당했을 리가 없다. 아직 기관총도 가스실도 없던 시대였고 게다가 45만이란 어마어마한 숫자였다.

물론 사관(史官)이 거짓을 기록하고 역사가가 거짓을 퍼뜨린 것이 아니라는 것은 분명하다. '일수일급'을 제정한 보상 제도가 그렇게 전공을 불려서 청구한 결과일 것이다.

기록에 의하면, 소양왕 6년에서 51년까지 45년 동안에 진나라 군사는 장평 45만 명을 포함하여 '참수 150만'의 전과를 거두었다.

제58장
모수자천(毛遂自薦)

백기(白起)는 장평 싸움에서 대승한 여세를 몰아 그대로 병사를 조나라 수도 한단으로 진격시키려 했다. 3십만 진나라 군사는 거의 건재했다. 반대로 조나라는 전 병력의 거의 절반을 잃은 상태였다. 게다가 조나라 조정은 상상도 못할 무참한 패배의 충격으로 허탈상태에 빠져 있었다. 이런 상황에서 한단을 쳐서 조나라를 굴복시키는 일은 문제도 아니었다.

그뿐만이 아니었다. 장평은 함양과 한단 두 도성의 거의 중간지점에 위치하고 있었다. 그리고 조나라는 언젠가는 자웅을 결정하지 않으면 안 되는 적국이기도 했다. 일단 함양으로 개선하고 나서 후일에 다시 출격 하는 것에 비하면 소요되는 시간과 경비가 배나 절약되는 셈이었다. 그래서 백기는 장평에서 한단으로 군사를 움직이는 것이 좋다고 생각했던 것이다.

그러나 여기에서도 백기는 야왕에서 상당으로 쳐들어가려고 했을 때와 마찬가지로 그 생각을 관철시킬 수 없었다. 또 다시 범저(范雎)가 가로막고 나섰던 것이다.

범저는 장평에서의 기적적인 대승리의 낭보를 복잡한 심경으로 듣고 있었다. 실제로 조괄(趙括)이 한심한 패배를 당했기 때문이었다. 그러나 사정을 알지 못하는 진나라 백성은 백기에게 열광적인 박수갈채를 보냈다. 지금 백성의 눈에 비친 백기의 모습은 전쟁의 신이었고, 위대한 진나라의 영웅이었다. 하지만 언젠가는 백기를 숙청하려고 생각하고 있는 범저에게는 난처한 일이 아닐 수 없었다.

백기가 한단까지 휩쓸어 지금보다 더 많은 인기를 얻게 된다면 점점 그를 요리하기가 어려질 거라고 생각한 범저가 소양왕에게 진언하여 한단 진격을 제지시켰던 것이다.

그보다도 장평 싸움의 승리로 진나라가 상당 땅을 진나라 판도로 편입 시킨 것은 말할 나위도 없다. 더욱이 조나라는 6개의 성을 진나라에게 할양하고 화해를 했다. 백기는 피를 토할 것 같은 심정으로 가슴이 터질 것 같은 한을 안고 함양으로 개선했다.

그런 백기의 마음은 아랑곳없이 개선장군을 맞이한 함양성은 환호성으로 가득 찼다. 그러나 범저는 웃지도 않고 장평 승리에 이어 드디어 위염을 보복할 생각을 했다. 그것을 알고 소양왕은 집념이 강한 범저가 원수에게 보복하는 것을 도와주기로 했다. 위염이 평원군 집에 숨어 있다는 것은 의심할 여지가 없었다. 그래서 소양왕은 평원군에게 사람을 보내서 그를 초대라는 명목 하에 함양으로 불러냈던 것이다.

그 초대의 참뜻을 알면서도 평원군은 거절할 수가 없었다. 거절한다면 조나라가 무슨 일을 당할지 모르기 때문이었다.

예상대로 함양에 온 평원군에게 소양왕은 정식으로 위염을 내놓으라고 요구했다.

"교우는 곤궁할 때에 도움을 청하기 위하여 있는 것입니다. 고귀한 지체가 교제함은 친해졌을 때를 생각함이오. 부유한 가운데 교제함은 가난해졌을 때를 대비한다는 말이 있지 않습니까? 위염은 소인의 친구입니다. 가령 제 집에 있다 한들 어찌 그런 친구를 내놓을 수가 있으리까? 그리고 더구나 그 자는 저의 집에는 없습니다."

평원군은 시치미를 떼고 말했다.

"있다는 것을 알고 있는데 끝까지 그대가 거절한다면 그대를 귀국시킬 수 없소."

소양왕은 평원군을 못 가게 했다. 그리고 조효성왕(趙孝成王)에게 친서를 보냈다.

평원군의 신병을 맡고 있소. 위염의 목과 교환하고자 하는데 그자의 목을 지금 보내지 않으면 평원군을 귀국시키지 않을 것이며, 나아가서 이쪽에서 병사를 이끌고 그 목을 받으러 가겠소. 이것은 처음이자 최후 통첩이므로 두 번 다시 서찰은 보내지 않을 것이오.

이런 협박장이었다. 친서를 받은 조효성왕은 즉시 병사를 보내서 평원군 집을 포위했다. 그러나 위기일발 위염은 우경(虞卿: 조나라 재상) 집으로 도망쳤다. 우경은 의(義)에 따라 쾌히 위염을 받아들여 숨겨 주었다. 그러나 효성왕의 심중을 알고 있던 우경은 결국 끝까지 숨기는 것은 불가능하다고 깨닫고 고심 끝에 상인(相印)을 벽에 걸어놓고 위염을 데리고 도피했다.

그런데 세상은 넓다 하되 모든 국가가 진나라를 두려워하고 있는 상황이라 아무 곳에도 몸을 둘 곳이 없다고 판단한 위염은 도망쳐 나온 위나라로 되돌아갔다. 등잔 밑이 어둡다고, 오히려 위나라가 안전할 거라고 생각했기 때문이었다. 게다가 4개국의 군주 중에서는 위나라의 신릉군이 유달리 의협심이 강하다고 들었기 때문이기도 했다.

위나라에 들어간 우경은 어느 강변에 있는 빈 오두막집에서 위염을 기다리게 하고 우선 혼자서 신릉군을 찾아갔다. 우경에게 부탁을 받은 신릉군은 쾌히 승낙해 주었다. 그러나 사전에 식객들을 이해시키지 않으면 위험하다고 하면서 시간적인 여유를 달라고 했다. 예전에 위염이 재상으로 재임하던 때에 안하무인격의 자세 때문에 식객들 사이에서 평이 나빴으므로 그런 것을 미리 수습해 두지 않으면 비밀은 지킬 수 없을 것이며, 위염 또한 가시방석에 앉은 것 같을 거라고 신릉군은 배려했던 것이다. 우경은 신릉군에게 감사를 표하며 그 집을 나왔다.

위염이 기다리는 오두막으로 돌아온 우경은 자초지종을 말했다. 위염은 고개를 푹 숙이고 있다가 잠시 후 자조의 웃음을 얼굴에 가득 띠고 잘라 말했다.

"본의 아니게 귀공에게 신세를 지고 평원군께도 폐를 끼쳤소. 더 이상 신릉군까지 희생시킬 수는 없소. 내가 뿌린 씨앗이니 스스로 거두겠소."

하고 나서 위염은 볼일을 본다고 하며 밖으로 나가 자기 목을 스스로 찔러 자살했다.

우경은 크게 탄식했다. 위염이 재상직에 있었을 때의 악평은 우경도 들은 바 있었다. 그러나 그가 비록 악인일지언정 자기 행위에 책임을 지고 훌륭하게 최후를 마친 위염의 유체 옆에서 우경은 눈물을 흘렸다. 그리고 품 안에서 단도를 꺼냈다.

"용서하시오!"

하고 위염의 목을 몸체에서 도려냈다. 이 목을 받아 놓고 범저는 어떤 모습을 할까 생각하면서 그 몸체를 수장했다. 강물에 위염의 유체가 흘러가는 것을 바라보면서 우경은 권세의 허무함을 생각하며 그 자리에서 묵묵히 앉아 있었다.

얼마 후 우경은 위염의 목을 들고 초연하게 한단성으로 돌아갔다. 그리고 말없이 들고 온 위염의 목을 조효성왕에게 바쳤다. 효성왕은 우경이 평원군과 짜고 조나라를 구하기 위해 위염을 속임수로 잡은 것으로 알고 우경을 치하했다. 그리고 그가 상부 벽에 걸었던 상인을 다시 우경에게 내렸다.

그러나 우경은 그 상인을 또 다시 상부 벽에 걸어 놓고 자취를 감추어 다시는 벼슬길에 오르지 않았다. 후에 그는 『우씨춘추(虞氏春秋)』란 글을 남겼다. 참으로 이채로운 제자백가이다.

조나라로부터 위염의 목이 왔기 때문에 진나라는 평원군을 한단으로 돌아가게 했다. 그러나 그 다음해 진나라는 다시 출병하여 조나라를 쳤다. 이번에는 대부 왕능(王陵)이 병사를 인솔하고 곧장 한단성을 습격했다.

그러나 싸움은 진나라 군대에게 불리하여 왕릉은 석 달 동안에 자기 슬하의 다섯 장수를 잃었다. 할 수 없이 진나라는 원군을 보내고 왕릉을 부 장수로, 왕흘을 대장으로 임명했다.

증강된 진나라 군사에게 한단성을 포위당한 조나라 수도는 위기에 직면했다. 그리하여 조효성왕은 서둘러 위·초 두 나라에게 원군을 요청했으나 쉽게 원군을 얻을 수 없음을 알고 비상책인 평원군을 사자로 보냈다.

평원군이 절대적인 정치력을 가지고 있어서라기보다 그는 위나라 신릉군, 초나라 춘신군 등과 친교가 있었다. 중대한 사명을 맡은 평원군은 신중을 기하여 3천 명의 식객 중에서 문무를 겸비한 스무 명을 골라서 수행하게 했다. 그런데 열아홉 명은 어려움 없이 결정했으나 나머지 한 명이 마땅치가 않았다.

망설이고 있던 차에 모수(毛遂)가 앞에 나타났다. 풍채는 별로 볼 것이 없는 인물이었다.

"반드시 힘이 되어 드리겠습니다. 꼭 수행케 해주십시오."

하고 자기가 자신을 천거했다. 즉 '모수자천(毛遂自薦)'한 것이다.

"선생은 폐사(弊舍)에 몇 년이나 계셨소?"

하고 평원군이 물었다. 이름도 얼굴도 몰랐기 때문이었다.

"3년간 신세를 졌습니다. 모수라 합니다."

"그렇소. 세간에서는 현자의 존재는 주머니 속에 든 송곳과 같아서 반드시 자루를 찢고 두각을 나타낸다고들 하더이다. 여태 이름도 몰랐던 것은 무슨 사정이 있었겠으나, 안되었소만 선생은 역시 남아서 집을 지켜주시오."

평원군은 거절했다. 거절을 당했음에도 모수는 더 강력하게 나섰다.

"하기야 작은 송곳은 그와 같이 두각을 나타낼 것입니다. 그러나 큰 송곳은 본래가 주머니 속에 들어갈 수가 없습니다. 그러니 주머니만 보고 있으면 큰 추의 존재는 잊기가 쉽습니다."

모수는 당당하게 말했다. 이미 뽑힌 열아홉 명의 식객들은 작은 물건 취급을 받는 것 같아 저마다 쓴웃음을 지었다. 평원군은 그 배짱 있는 소리에 질려, 아니 차라리 반대로 흥미를 느껴 모수를 수행원에 참가시켰다.

드디어 스무 명이 뽑혔으므로 평원군은 성을 떠나 먼저 대량(大梁)으로 갔다. 성을 나서자 모수는 갑자기 뽐내면서 뻔뻔스럽게도 수행원 대장처럼 행세했다.

그것이 못마땅하여 수행원들은 모두 눈살을 찌푸렸다. 그러나 길을 가면서 천하를 논하고 인생을 논하는 사이에 일행은 모수의 학문과 식견에 경의를 표하고 한 걸음 양보하여 모수는 자연적으로 수행원 수령격으로 되어 버렸다. 그러나 평원군은 쉽게 그를 믿으려 하지 않았다. 모수의 관상이 좋지 않았기 때문이었다. 평원군은 관상으로 인간을 감별하는 데는 명인이었다.

얼마 후 일행은 대량에 도착했다. 신릉군의 도움을 얻어 어려움 없이 원군 파견의 승낙을 받아냈다. 기분이 좋아 가볍게 초나라로 향했는데 초나라에서의 교섭이 난항에 부딪혔다.

평원군은 초고열왕(楚考烈王)과 마주앉아 조·초나라가 제휴하여 강한 진나라에 대항해야 한다고 설명했으나 고열왕은 쉽게 수긍하지 않았다. 이른 아침부터 시작한 교섭은 끝날 줄을 모르고 정오가 되어서도 결론이 나지 않았다.

드디어 모수가 기다리다 못해서 일어서더니 평원군께 급한 전갈이 있다고 속여서 궁전으로 올라갔다. 고열왕 앞에 선 모수는 칼자루를 쥐고 고열왕께로 다가갔다.

"무엄한지고! 물러가렷다!"

고열왕이 고함쳤다.

"고정하여 주십시오. 평원군의 사인(舍人)입니다. 서로 힘을 합하여 진나라와 싸우는 것 외에는 중원 여러 국가들이 사는 길은 없습니다. 조나라에 붙은 불은 반드시 초나라 도성에도 옮겨 붙을 것입니다. 사소한 계산을 하고 있을 때가 아닙니다. 부디 원군을 보내 주시기를 한 목숨 바쳐 간청하나이다. 통촉하여 주십시오."

하고 모수는 허리에 찼던 칼을 뽑아서 고열왕 앞에 놓고 엎드려 목을 길게 내밀었다. 원군을 보낸다면 이 목을 쳐도 무방하다는 자세였다.

"대단한 배짱이로군!"

고열왕이 말했다.

"아닙니다. 평원군 체면과 중원 여러 국가의 생존을 위해 보잘 것 없는 한목숨을 걸었을 뿐입니다."

"그 의협심을 높이 사는 뜻에서 원군을 승낙하겠노라."

고열왕은 드디어 원군을 승낙했다. 평원군은 이미 춘신군의 승낙을 받아놓고 있었다. 그러므로 초나라가 틀림없이 원군을 보낼 것을 믿고 무거운 짐을 벗었다.

귀국 길에 평원군이 말했다.

"다시는 용모를 보고 인물을 평가하는 어리석음을 범하지 않을 것이오. 모수 선생이 자진해서 나서지 않았다면 귀중한 인재를 못 만날 뻔했소."

새삼스럽게 모수를 칭찬했다. 한단에 도착하자 모수를 생각대로 격상 시키고 우대했다.

위나라 안리왕(安釐王)은 약속을 지켜서 조나라로 원군을 보냈다. 그런데 장군 진비(晉鄙)가 10만 대군을 이끌고 대량 성문을 나서자 뒤를 이어 진나라 사자가 대량에 나타났다. 사자는 진소양왕의 친서를 들고 왔다.

진나라가 조나라로 출병하여 한단을 공격하고 있는 것은 이미 아는 바와 같다. 한단성은 머지않아서 함락될 것이다. 만약 조나라로 원군을 보낸다면 한단을 함락시킨 직후 병사를 대량으로 옮길 것이다. 부디 후회가 없도록 선처를 바란다.

이와 같은 협박장이었다. 당황한 안리왕은 즉시 급사를 보내어 한단으로 향한 원군 뒤를 쫓게 했다. 그리고 대장 진비에게 한단으로 접근하지 말고 군대를 업(鄴: 하남성 안양현)에 멈추어 보루를 쌓고 상황을 관망하라고 명령했다.

위나라 군대가 업에서 밖으로 움직이지 않자 원군을 요청하는 임무를 맡았던 평원군은 매우 난처했다. 기다리다 못해 사자를 위나라로 보내서 신릉군에게 도움을 청했다. 평원군의 부인은 바로 신릉군의 누이였던 것이다. 마침내 누이가 진나라로 잡혀가는 것을 못 본 체 할 셈인가! 하고 평원군은 신릉군의 감정에 호소했다.

물론 신릉군은 조나라의 곤경을 수수방관하는 것도, 승낙한 것을 어긴 것도 아니었다. 최선을 다하여 안리왕을 설득했지만 안리왕은 진나라의 협박에 굴하여 그의 설득을 받아들이려 하지 않았다. 실은 신릉군은 누이는 제쳐두고라도 천하에 신뢰를 잃는 것을 염려하여 초조한 나날을 보내고 있었던 것이다.

그러는 동안에 멀리 떨어진 초나라에서 춘신군이 10만 원군을 이끌고 한단으로 들이닥쳤다. 춘신군도 '4군자(四君子)' 중의 한사람이었다. 그 선배격인 맹상군은 이미 세상을 떠났다. 남은 세 명은 친교를 이루면서도 서로 그 '성망'을 천하에 다투는 경쟁자였다. 이대로 때가 지나면 그 성망에 손상을 입을 것이라고 생각한 신릉군은 드디어 비장한 결의를 했다. 3천 명의 식객 중에서 싸울 수 있는 자를 골라 의용군을 조직하여 한단을 구원하기 위해 달려가기로 했던 것이다.

신릉군은 즉시 사병(식객)으로 병거 백 대의 의용군을 편성하여 급히 도성 이문(夷門: 東門)을 나섰다. 이문에는 나이 많은 수성관(守城官)인 후생(侯生)이 지키고 있었다. 그 후생이 신릉군을 못 본 체하고 가만히 지나가게 했다. 그것이 묘하게 마음에 걸려 신릉군은 혼자서 빠져나갔던 성문으로 혼자서 다시 되돌아왔다.

"기다리고 있었습니다."

되돌아온 신릉군 수레에 후생이 다가가서 말했다. 이유가 있을 거라고 여긴 신릉군은 재빨리 수레에서 내렸다.

"그래서 모르는 체 했단 말이오?"

"그렇습니다."

말하면서 후생은 마부의 귀를 염려하여 수레에서 떨어졌다.

"범이 있는 산에 양떼를 데리고 가서는 안 됩니다."

후생이 말했다.

"어쩔 수 없소."

신릉군은 힘없이 대답했다.

"사정은 잘 알고 있습니다. 그러나 살아 계셔야 성망도 뜻이 있는 것이지 사후에 성망을 높인들 생전만 하겠습니까?"

"물론 죽고 싶지는 않소. 그러나…."

"다름이 아니라 기발한 방법이 있습니다. 성에서 조금 떨어진 지점에서 이틀만 기다려 주십시오."

후생은 이렇게 말하고 성문으로 돌아갔다.

후생은 칠십이 넘은 노인이지만 원래는 지모계략이 뛰어난 인물이었다. 그런데 지금은 세상의 산전수전을 다 겪고 세상을 둥진 은거자였다. 당연히 흥망성쇠에도 감흥을 나타내지 않고 부귀영화도 초월하고 있었다.

은거자는 심산계곡에 은거하며 꿩과 이야기하고 원숭이와 즐기며 사는 것이 상식이다. 그러나 그 반대로 세상 잡담 속으로 숨어 버리는 사람도 있었다. 소음 속에서 정숙을 찾아 한거하는 것이다. 이리하여 후생은 성문(城門)만을 택해 세상 속으로 숨은 것이었다. 사람들은 모두 각각 희로애락을 겪으며 성문을 드나든다. 사람들이 안고 있는 그 희로애락이 바로 세상을 소란스럽게 하는 원인이 아닌가?

후생은 생각했다. 기쁨과 분노를 성 내로 이끄는 자도, 슬픔과 즐거움을 성 밖으로 내보내는 자도 똑같이 성문을 지나는 순간에 안과 밖을 의식하여 생각을 새롭게 한다. 그 순간에 후생은 무한한 정숙을 느끼고 있었다. 그래서 그는 20여 년 동안이나 권태를 느끼는 일 없이 성문에서 계속 서 있을 수가 있었던 것이다.

그런데 3년쯤 전에 후생의 과거를 아는 자가 대량에 나타나서 신릉군의 식객이 되었다. 이름이 화람(和嵐)이라고 하는 후생의 옛 친구의 자식이었다. 화람은 연못에 뛰어들어서 물고기를 손으로 잡는가 하면 천장에서 다니는 쥐를 잡기도 했다. 인자(忍者)와 비슷한 인물이었다.

"저 성문관인 후생 노인은 붓을 드나, 검을 드나 당대 일류의 인물입니다."

어느 날 화람이 신릉군에게 귀띔을 했다. 신릉군은 즉시 후생을 찾아가 예물을 전하고 날짜를 정하여 식사를 대접했다.

그날 신릉군은 혼자 수레를 몰고 마중을 나왔다. 후생은 수레에 올라타자 문득 급한 일이 생각났다고 하면서 수레를 시장 쪽으로 돌리게 하고 신릉군을 마부석에서 기다리게 하고는 일을 보았다.

급한 일이라는 건 구실이었고, 후생은 친구인 주해(朱亥)를 만나 이야기를 나누었다.

"신릉군을 이토록 오래 기다리게 해도 괜찮은가?"

후생보다 훨씬 젊은 주해가 걱정스러운 어조로 말했다.

"걱정 말게. 얼마만큼 기다리게 하면 화를 내는지 알아보려고 하는 걸세. 그런데 아까부터 관찰하고 있는데 별로 언짢은 기색은 없는 것 같네. 아마 성심 성의껏 나와 사귀려는 모양일세."

"그건 좀 지나치네. 더 이상 기다리게 하는 건 결례가 아닌가?"

"아닐세. 이건 어디까지나 그를 위하는 일이라네. 성문관이 무엄하게 봉후를 기다리게 했는데도 얼굴을 찌푸리지 않았다고 하면 그것이 퍼져 좋은 평판이 돌게 될 걸세. 성의를 다하여 식사에 초대를 해준 보답이라네."

후생은 말했다.

"여전히 의리 하나는 대단하오. 그러나 벌써 많은 백성이 이 광경을 목격했으니 그만해도 되지 않겠는가?"

하고 주해는 말하면서 후생을 돌려보냈다. 주해는 어떤 사정으로 축사에서 일하고 있었다. 신체는 그다지 크지 않았지만 가공할 만큼 힘이 센 장사였다. 역시 예사 인물은 아닌 듯했다.

수레에 돌아온 후생을 신릉군은 웃으며 맞이하고 집을 향해 수레를 달렸다. 먼저 온 초대객들은 오랜 시간 기다린데다가 주빈이 후생임을 알고 모두 놀랐다. 상좌에 자리를 잡은 후생을 신릉군은 성문관으로서가 아닌 자기 상객으로서 참석한 빈객들에게 소개했다. 더욱이 잔을 높이 들고 후생의 건강을 축복하는 건배를 선창했다.

연회가 끝나자 또 다시 손수 수레를 몰고 후생을 배웅했다. 수레 안에서 신릉군은 후생을 고관으로 천거하고 싶다고 제언했다. 그것을 후생은 딱 잘라 거절했다. 게다가 후생은 다시는 초대에 응하지 않을 것을 분명히 전하고 앞으로의 초대를 미리 거절했다.

신릉군 또한 그 뜻을 존중하여 다시는 식사에 초대하지 않았다. 그러나 가끔 후생을 찾아가서 예물을 건네주었다. 똑같이 주해에게도 후생의 친구라는 이유로 가끔 찾아가 예물을 전해 주기도 했다.

위왕 후궁 중에 안리왕의 총애를 한 몸에 받고 있는 여희(如姬)라는 미인이 있었다. 그 여희의 아버지가 2년 전 여행지에서 그 지방 불량배 왕초에게 살해당했다. 그래서 여희는 아버지의 원수를 갚아 달라고 안리왕께 간청했으나 그 지방관이 왕초와 결탁하고 있어서 왕의 명령에도 좀처럼 잡히지 않았다.

그래서 여희는 생각다 못해 후생에게 아버지의 복수를 부탁했다. 아무도 알지 못했으나 여희의 아버지는 후생의 친구였다. 마침 신릉군의 식객으로 있는 화람의 부친 또한 여희의 부친과 친분이 있었다. 그런 이유로 후생은 복수할 것에 대해 화람과 의논했다. 화람은 주저 없이 그것을 맡았는데 그것은 화람에게는 식은 죽 먹기였다.

신릉군의 집을 빠져나간 화람은 한 달쯤 후에 돌아왔다. 여희의 부친은 살해당했을 때에 가보인 옥환을 손가락에 끼고 있었는데 불량배 왕초는 그것을 빼앗아서 자기가 끼고 있었다. 그래서 화람은 그 왕초의 시체에서 옥환을 낀 손가락을 잘라 증거물로 가지고 돌아왔다.

화람이 가지고 돌아온 옥환을 후생은 여희에게 돌려주었다. 여희는 눈물을 흘리며 고마워했으며 그 보답으로 무슨 일이든 하겠다고 맹세했다.

그리고 일 년이 지났다. 신릉군이 의용군을 편성했을 때에 후생은 여희의 맹세를 떠올렸다. 안리왕은 병부(兵符: 왕의 출정하는 장군에게 주는 표)를 침실에 보관하고 있었다. 그것을 훔쳐 달라고 후생은 여희에게 부탁했다.

여희는 어려움 없이 병부를 훔쳐냈다. 병부를 받은 후생은 그것을 친구 주해에게 주고 의용군 뒤를 쫓게 했다.

의용군을 쫓아간 주해는 이유를 설명하고 가지고 온 병부를 신릉 군에게 주었다.

"참으로 고마운 일이기는 하나, 병부를 훔친 죄는 아무리 여희라 한들 용서받지 못할 것이오."

신릉군은 말했다.

"염려 마십시오. 후생이 전하가 안 계실 때에 식객을 시켜 훔치게 했다고 책임을 질 것입니다. 여희에게도 신릉군 전하께도 폐는 끼치 지 않을 것입니다."

"그렇다면 후생은 죽음을 각오한 것이로군. 그러나 병부를 보여줘 도 진비 장군이 병권을 건네줄 것 같지가 않소. 그렇다면 후생의 죽 음은 헛되지 않겠소?"

"그런 걱정과 심려는 마십시오. 그런 염려가 있다는 것을 후생 또한 계산하고 있습니다. 그래서 소인이 이것을 가지고 수행하겠습니다."

주해는 왼쪽 소매 안에 숨기고 있던 무게가 40근이나 되는 쇠뭉치 를 보였다.

"뭣이! 경우에 따라서는 진비를 때려눕힌다는 뜻이오?"

신릉군은 얼굴을 찌푸리며 말했다.

"할 수 없습니다."

"음! 그러나 한꺼번에 한 현인과, 한 명장을 잃게 된다니 무슨 인과 란 말인가!"

"이제는 돌이킬 수 없습니다. 인간은 때로는 선악의 시비를 초월하여 무엇인가 하지 않으면 안 될 때가 있다고 후생이 말했습니다. 분명히 이 세상에는 인간의 의지를 가차 없이 우롱하는 방식과 상황, 그리고 기세 등이 있습니다. 망설일 일이 아닙니다."

주해는 말했다. 신릉군은 말없이 끄덕였다. 그리고 의용군을 진비 휘하 원군이 주둔하고 있는 업으로 즉시 병부를 보냈다. 진비는 자기가 가지고 있던 병부와 맞추어 보고 틀림없음을 확인했으나 역시 즉각 병권을 넘겨주지는 않았다. 진비는 신릉군이 군사들을 대동하지 않고 사병을 이끌고 온 것을 의아하게 여겼던 것이다.

"조정에 먼저 확인해 본 다음 병권을 넘겨주겠소."

진비가 말하는 동안 주해가 몰래 왼쪽 소매 안에 오른손을 넣었다. 그리고 진비의 말이 끝나자 순간 40근이나 되는 쇠뭉치를 갑자기 옆구리를 쳤다. 윽! 하는 신음소리와 함께 진비는 요골을 맞아 그 자리에서 즉사했다.

신릉군은 진비의 유체를 정중히 장사지내고 십만 원군을 통솔하여 한단으로 진격했다.

한 발 앞서 도착한 초나라 군사가 성 아래에 진을 치고 분전하고 있었다. 조나라 군대도 성에서 나와 싸우고 있었다. 전황은 거의 비슷했다. 그때에 위나라 군대가 도착하였으므로 형세는 일변했다.

조·위·초 3개 연합군 군대가 포위태세를 취하자 진나라 군대는 당황하여 철수했다. 그것을 세 나라 군사들은 맹렬히 추격했다. 치명적인 타격을 받으면서 진나라 군대는 가까스로 국경을 넘었다.

무적의 진나라 군대가 드디어 참패한 것이다. 그리고 그 책임은 백기에게 돌아갔다.

실은 전황이 진나라 군대에게 불리해질 시점에서 어쩔 도리가 없어진 범저는 백기에게 출전할 것을 요청했다. 그러나 백기는 승낙하지 않았으며 더욱 소양왕이 친히 출전을 명했으나 그래도 백기는 꾀병을 부리고 출전하지 않았다. 그때에 한단으로부터 참패를 알리는 보고가 왔다. 범저는 지체 없이 소양왕에게 진언하여 백기의 관직과 작위를 박탈하고는 도성에서 추방했다. 백기는 병이 나서 출전하지 않은 것이라고 변명했으나 범저는 끈질기게 쫓아냈다. 게다가 짐을 실어내는 것까지 금해 버렸다.

백기는 초라한 모습으로 함양성 서문을 나섰다. 수행하는 자도 마부도 없이 백기는 혼자 수레를 끌고 서북쪽으로 난 길을 달렸다. 그런데 성에서 35리 되는 역사에 도착했을 때 소양왕이 보낸 사자가 쫓아왔다.

백기를 따라잡은 사자는 칙서를 검과 함께 백기에게 주었다.

도성에 원망하는 말을 남기고, 서문을 나설 때에 원한에 찬 눈길로 성을 되돌아봤다. 그러므로 사형을 명하노라.

그런 내용의 수칙이었다. 피할 길이 없음을 깨닫고 백기는 검을 잡고 하늘을 우러러봤다.

"하늘이여! 내가 무슨 죄를 지었는지 알려주시오!"

하고 외쳤다. 그 말을 들은 사자는 눈물을 흘렸다. 주변에 모여들었던 사람들도 따라 울었다.

"오! 울어 주다니 고마운 일이로다. 그러나 나는 전쟁터에서 너무나 많은 적을 죽였다. 그들의 원령이 나를 못 살게 하는 것이리라."

하며 백기는 스스로 목숨을 끊었다. 사자는 피가 묻은 검을 함양으로 가지고 돌아갔다. 그곳 주민들은 정중하게 백기의 유체를 장사지내고 그 근처에 사당을 지어 길이길이 그 영혼을 기렸다.

제59장
물실호기(勿失好機)

　기세 좋게 한단을 공격하다가 반대로 참패당한 진나라는 대외적으로 그 위세에 손상을 입었고 범저는 위신이 떨어졌다. 그리고 패전 책임을 백기에게 전가시킨 것까지는 좋았으나 명장 백기를 죽음에 이르게 한 범저는 조정신하들과 백성들의 비난을 받게 되었다.

　그래서 범저는 땅에 떨어진 나라의 위신과 실추된 자기 위신을 회복시키기 위하여 다시 군사를 일으켰다. 다음 해 소양왕에게 진언해서 영규(嬴樛)를 대장으로 임명하여 대원정군을 편성, 한나라와 조나라를 치게 했다. 먼저 한나라로 진입한 진나라는 전광석화와 같은 속도로 양성(陽城)을 쳤다. 이어 그 여세를 몰아 조나라로 쳐들어가 반 년 동안에 20개의 현(縣)을 함락시켰다.

　과연 진나라 군대는 한단에서 참패한 직후이기는 했지만 그 저력은 무시할 수가 없었다. 이로써 진나라는 새롭게 그 위세를 천하에 떨쳤으며, 범저는 일단 그 위신을 회복시켰다. 그런데 뜻밖에도 그 과정에서 어처구니없는 실수를 저질렀다.

　범저는 불우했을 때 천거한 친구 정안평(鄭安平)을 영규 휘하인 원정군 중 일개 장군으로 참가시켰다. 진나라에서는 간초령 후로는 공을 세우지 않고는 벼슬을 줄 수가 없었다. 그래서 정안평으로 하여금 군공을 세우게 하려고 원정군에 참가시켰던 것이다. 그 정안평이 전쟁터에서 군공을 세우는데 급급했으며, 더구나 범저의 위엄스러운 기세를 내세워 영규 대장의 통솔권을 무시하고 폭주했다. 그 결과 그는 단독으로 조나라 군대를 너무 깊이 추격하다가 오히려 포위를 당해 그는 그만 병사와 함께 적군에 투항하고 말했다.

진나라에서는 법에 따라 관을 천거한 자는 그 관이 범한 죄에 따라 연좌로 책임이 전가되었다. 당연히 범저는 정안평이 저지른 죄에 연좌 책임을 져야 했다. 그 뿐만이 아니라 설상가상으로 범저는 또한 그를 위나라에서 함양으로 데리고 온 은인 왕계(王稽)를 하동 태수로 추천했었다. 그런데 그 왕계가 하동 지방 세금을 착복하여 회계보고를 속였을 뿐만 아니라 제후 행세를 하며 외국과 결탁하는 두 가지 중죄를 범했던 것이다.

그래서 범저는 어쩔 수 없이 스스로 죄를 인정하고 처벌을 받으려 했다. 그러나 소양왕은 아무 말 없이 이를 불문에 붙였다. 하지만 범저는 자기 관운도 황혼에 이르렀음을 깨닫고 실의에 빠지게 됐다.

춘추전국시대의 정계는 살아 있는 말의 눈도 뽑는 무서운 세계였다. 범저가 곤경에 처한 때를 기다리고 있었던 것처럼 연나라 사람인 채택(蔡澤)이라 불리는 유세 명인이 어깨에 힘을 주며 함양에 나타났다.

"빼앗은 것은 다시 빼앗기는 법, 본인이 진왕에게 진언을 드리면 범저에게서 재상 자리를 빼앗는 것은 식은 죽 먹기로다. 그때 범저는 어떤 얼굴일까?"

채택은 범저 주위를 맴돌며 그렇게 떠벌리고 다녔다. 그것은 범저를 만나기 위한 수단이었다. 실제로 그 말은 범저 귀에까지 들어갔고, 범저는 채택을 불러들였다. 겉으로는 예를 갖추어 초대했던 것이다. 그러나 범저 집을 찾아온 채택은 예절을 갖추지 않고, 가볍게 인사를 하고는 곧 범저 앞으로 다가갔다. 그와 같은 무례함에 범저는 화가 치밀었다.

"배짱 한번 좋다했더니 역시 예의범절도 모르는 촌놈이로군."

범저는 한 마디 했다.

"아니, 그렇지가 않소!"

채택은 여유만만한 자세로 범저 앞에 앉았다.

"예는 신분을 구별하지만 신분은 순간에 변하는 법. 더욱이 청탁이 있어 온 것도 아니요. 사실 그대로 말하자면 도움을 드리려고 감히 초대에 응했소. 예를 간략하고 고개만 숙인 것을 용서하기 바라오."

채택은 말했다. 초면에도 불구하고 어처구니없는 허세였다. 그런데 채택의 위세가 너무 당당한지라 밉지는 않았다. 그것만으로도 예사 인물은 아니라고 순간적으로 범저는 판단했다.

"재상 자리를 빼앗는다고 장담하고 있다던데 그게 사실인가?"

범저가 물었다.

"그렇습니다. 한 치의 거짓도 없습니다."

채택은 대답하면서 갑자기 말투를 바꾸었다.

"그런데 그 승산은 어찌 되었소?"

"승패를 논하면 모가 납니다. 승패를 결정하기 위함이 아니라 양보해 주시기 위하여 본인을 부르신 것으로 추측했습니다. 아니었습니까?"

"누가 그런 말을 하던가?"

"말을 듣고 아는 것은 우둔한 자요, 현자는 상대의 뜻을 짐작하여 행동합니다."

"마음이 몹시 급한 위인이로군."

"바쁜 세상입니다. 기회를 보는 데는 민(敏), 일을 짐작하는 데에 첩(捷)하지 못하면 아무 것도 할 수가 없습니다."

"그러나 그것이 오해일 경우는 큰 일이 일어날 텐데."

"아닙니다. 그냥 짐작한 게 아닙니다. 도리에 따라 법을 지켜 판단했습니다. 그러나 틀림이 없을 것입니다."

"대단한 자신감이로군."

"그렇습니다. 그래서 재상 뒤를 이어받으려고 나섰습니다. 자신감이 없이는 재상직을 맡을 수가 없습니다. 다른 나라라면 또 모르겠으나 진나라 재상은 극심한 멍청이가 아닌 한 누구라도 할 수 있습니다."

"왜 그런가?"

"진나라에서는 상군(상앙) 이래 법치가 어느 정도 궤도에 올라 있습니다. 법을 집행하는 방법만 알고 있으면 이렇게 다스리기 쉬운 나라는 다시없을 겁니다."

"음, 법을 집행한다고?"

범저는 갑자기 가슴이 찔려 순간 얼굴이 찌푸려졌다. 범저의 그 순간적인 동요를 채택은 놓치지 않았다.

"국왕은 왕권에 의해 잠시 법 집행을 정지시킬 수가 있습니다. 그러나 조정신하들이 법을 방패로 떠들어댄다면 왕이라 한들 아끼는 신하를 끝까지 감싸줄 수는 없을 겁니다. 그보다 바로 눈앞에 이전의 진나라 상군, 초나라에서는 오기(吳起), 멀리 조나라에서는 대부종(大夫種) 등의 예가 있습니다. 그들은 모두 나라를 위해 대공을 세웠으며 왕을 위해 수훈을 남겼습니다. 그럼에도 불구하고 그들의 최후는 아시는 바와 같습니다. 그와 같은 전철을 밟아서는 안 될 일입니다. 귀공은 그들 세 영웅에게 뒤지지 않을 훈공을 세웠습니다."

채택은 위협한 뒤 범저를 치켜세워 주었다.

"아니, 그 정도의 훈공을 세웠다고는 생각하지 않소."

범저는 자기도 모르게 겸손해 했다.

"그러시다면 더욱 그렇습니다. 소인은 귀공이 출소진퇴(出所進退)를 분별하실 줄 알고 있다고 믿고 뵈러 왔습니다. 천거해 주신다면 그 은혜는 결코 잊지 않겠습니다. 아니 반드시 그 은혜에 보답하겠습니다. 그러나 이 기회를 잃는다면 서로가 아무 것도 할 수가 없을 겁니다."
하고 채택은 하고 싶은 말을 단숨에 해버렸다. 그날 밤 채택은 그대로 범저 집에서 묵으며, 세상사를 논하고 치세의 길을 이야기하며 밤을 지새웠다.

다음 날 아침, 범저는 결심하고 채택을 소양왕에게 천거했다. 이렇게 하여 범저는 신병을 이유로 은퇴하고 대신 채택이 승상으로 임명되었다.

그러나 채택은 과연 현명했다. 일 년 정도 열과 성을 다해 일을 해서 소양왕의 신임을 얻은 뒤 스스로 청원하여 승상 자리를 떠나 객경(客卿)으로 내려앉았다. 그는 승상 자리에 있으면서 전임 승상이 범한 연좌 죄를 다스리지 않고 시효를 넘겨 버렸다. 채택은 그 정치적 책임을 지는 형식으로 승상 자리에서 물러났던 것이다.

그 결백함에 조정신하들은 경의를 표했다. 더욱이 채택은 타고난 재능을 발휘하여 진나라 조정에서 영향력을 계속 발휘했다. 그리하여 채택은 그대로 객경 지위에서 3대에 걸쳐 진나라 왕을 섬겼다.

진나라 장군 영규가 한나라 양성을 공략하고 나아가 조나라 20개

현을 함락시킨 것을 바라보면서 이미 쓰러지기 직전이던 낙양 천자 주난왕(周赧王)은 마지막 힘을 모았다. 중원 강대국인 조나라가 일시에 20개 현에 이르는 광대한 영토를 약탈당함으로써 승부는 이제 결정 났다고 주난왕은 판단했다.

그러나 중원 여러 국가들이 이제는 진나라의 정복에 항거하는 힘을 잃은 그 위기야말로 참으로 주나라 조정이 기사회생을 걸어봐야 할 기회가 아닌가? 지금이야말로 주나라 조정과 더불어 중원 여러 국가들이 단결할 때고, 진나라에게 대항하는 방법 외에는 각 국가들이 생존할 길은 없다고 판단한 주난왕은 여러 나라에게 항진을 위한 대연합을 호소했다.

이처럼 난왕이 묘한 책동을 하여 주나라는 그 얼마 남지 않는 여명(余命)을 더욱 단축시켰다. 난왕의 움직임을 알게 된 진나라 왕은 장군 영규에게 명령하여 병사를 낙양으로 이동시켜, 위태롭던 주나라 조정을 쳐서 구정(九鼎)을 함양으로 가지고 갔다.

때는 진소양왕 51년(주난왕 59년)의 일이었다. 이렇게 하여 동주(東周) 왕조는 평왕(平王)이 낙양으로 천도한 지 515년 만에 멸망했다.

동주 왕조의 멸망은 연대 기록상으로는 일단 큰 마디가 되는데 원래 실제적으로 정치정세에는 별다른 영향은 없었다. 그러나 반대로 연대 기록상으로는 취급할 가치조차 없는 사소한 일이었지만, 춘추 전국시대의 결말을 내리는 계기가 된 중대한 사건이 그해에 한단에서 일어났다.

바로 20년 전, 어린 나이로 조나라의 인질이 되었던 진소양왕의 손자인 그 영이인(嬴異人)이 자초(子楚)로 이름을 바꾸고 진나라로 도망쳐 돌아왔던 것이다. 아니 이때 자초가 데리고 온, 한단에서 태어난

세 살 된 남자 아이가 문제였다.

그 세 살 박이 정(政)이라 불린 꼬마가 10년 후에 진나라 왕위를 이어 진왕 정이라 칭해졌고, 그 25년 후에 천하를 통일한 시황제(始皇帝)가 되었다.

자초 부자가 한단에서 탈출하는 것을 도와준 자는 한단에 사는 상인 여불위(呂不韋)였다. 그는 엄청난 부를 쌓은 대부호였다.

여불위는 여러 나라를 다니며 교역을 행하고 있었는데 유달리 한단과 함양을 주로 왕래하고 있었으므로 진나라의 상황과 정치정세에 밝았다. 당연히 진나라 왕실의 내정과도 통하고 있었다.

진나라에서는 소양왕 40년에 소양왕의 적자가 사망했다. 차남 안국군(安國君)이 새로이 태자로 책봉된 것은 그 다음 다음 해였다. 그 안국군에게는 스무 명이 넘는 자녀가 있었다. 자초는 바로 그 중의 한 명이었다.

그 스무 명이 넘는 자녀들 중에 특히 뛰어난 왕손은 없었다. 게다가 정실인 화양(華陽) 부인에게는 아들이 없었다. 그러므로 누가 세손으로 봉해질지는 아무도 알 수가 없었다. 그러나 화양 부인이 그것을 결정하는 입장에 있다는 것만은 분명했다. 어쨌거나 화양부인에게 친자식이 없었으므로 그 선정을 조정할 수는 있을 것이라고 여불위는 꿰뚫어봤다.

즉 여불위는 진나라 왕실의 왕위계승에 개입하는 일이 가능하다고 판단했던 것이다. 그리고 여불위의 바로 눈앞에는 자초가 있었다.

여불위는 물실호기(勿失好機: 좋은 기회를 놓치지 마라)를 결심하고 자초에게 투자하기로 했다.

3년 전의 일이었다.

어려서 인질로 잡혀온 자초는 조나라에게는 그다지 중요한 인질은 아니었다. 진나라 역시 특별히 귀한 존재는 아니었다. 그에게는 스무 명이 넘는 형제가 있었으며, 게다가 그의 생모는 벌써 태자 안국군의 총애를 잃고 있었던 것이다.

그런 연유로 자초는 조나라에서도 우대받지 못했고, 진나라에서 보내오는 비용도 끊겨 있었다. 이때가 여불위에게는 쉽게 얻을 수 있는 좋은 기회였다.

그래서 일을 착수하기 위해 어느 날 자초를 찾아갔다. 과연 그의 집은 심하게 황폐되어 볼 수가 없을 정도였다. 그런데 정문 옆에는 감시관이 사는 훌륭한 집이 있었다. 그곳에는 열 명이 넘는 병사가 모여 있었다.

네 마리의 말이 끄는 훌륭한 수레를 타고 온 여불위를 한눈에 부자로 알아본 감시관은 정중하게 맞이했다. 이런 경우에는 반드시 어떤 덕을 보는 일이 있음을 알고 있었기 때문이다. 그렇지 않다고 하더라도 이와 같은 부호들은 반드시 조정 고관들과 어떻게든 관련이 있는 법이다. 잘못 대하는 날에는 상사에게 나쁜 말이 들어갈 우려가 있었다.

"수고가 많으십니다. 자초를 만나려 하는데 이것으로 여러분들에게 술이라도 대접해 드렸으면 하오."

하고 여불위는 미리 준비한 돈을 주었다. 막대한 금액이었다. 그것이 사람을 물려 달라는 뜻이라는 것을 눈치 챈 감독관은 빙긋 웃으며 부하들에게 명령했다.

"손님 눈 밖에 나지 않도록 조심하게."

하고 큰 소리로 물러가게 했다. 자초 또한 감시관의 은근한 태도를 보고, 찾아온 인물이 거물임을 알았고 정중하게 여불위를 맞이했다.

그러나 무엇 때문에 왔을까 하고 궁금하던 자초는 같이 동행한 부인이 너무 아름다워서 넋을 잃었다.

"실은 선생을 도와드리려고 이렇게 찾아왔습니다. 아니 기탄없이 말씀 드리자면, 선생과 힘을 합하여 큰일을 도모하려고 합니다."

여불위는 첫 대면 인사를 마치고 나서 용건을 말했다. 그리고 거리낌 없이 자기가 세운 계획을 털어놓았다.

"확언할 수는 없지만 만일 왕위를 계승하게 되면 그대를 재상으로 임명하겠소."

여불위의 말을 다 듣고 나서 자초가 말했다.

"만일이라는 말씀은 당치 않습니다. 당사자가 믿지 않는다면 성취될 일도 안 될 것입니다. 소인은 지금까지 투기를 해서 실패한 적은 한 번도 없었습니다. 자신감을 갖고 그날을 대비하십시오."

여불위는 준비한 5백 금을 주었다.

"그 돈으로 마음에 드시는 식객이라도 거느리시고 소문을 내도록 하십시오."

"매우 고마운 일이오. 그러나…."

자초는 고마워하면서 말을 흐렸다.

"이곳 일은 염려 놓으십시오. 감시관은 이미 매수해 두었습니다."

"그것보다 저…."

"감시관만 눈을 감는다면, 조정에서 큰 관심을 갖고 있는 것도 아니니 문제가 생길 리가 없습니다. 아니 이상한 낌새가 보이면 곧 처리하겠습니다."

"그건 좋은데 그보다…."

"돈은 얼마든지 있습니다. 돈으로 해결할 수 없는 문제는 그리 많지 않습니다. 하시고 싶은 말씀이 있으시면 주저하지 마시고 하십시오."

"정말 말해도 괜찮겠소?"

"무엇이든지."

"그럼 옆에 있는 미인을 아내로 삼고 싶소."

자초가 말했다.

"예!?"

여불위는 어이가 없었다. 아니 불쾌하기까지 했다. 같이 온 조비(趙妃)라 불리는 미인은 여불위가 백 금을 주고 데려온 조나라 제일가는 가무희였다. 게다가 그때 그녀는 이미 여불위의 아이를 잉태하고 있었다.

그러나 여불위는 순간적으로 머리를 굴렸다. 어차피 도박을 시작한 것이다. 태어나는 아이가 여자라면 모르지만 만약 남자 아이라면 일이 재미있게 될 거라고 생각했다.

"좋습니다. 기꺼이 드리겠습니다."

하고 승낙했다. 그리고 조비를 설득하여 선뜻 그녀를 남겨두고 떠나갔다.

그리고 8개월 후 정(政)이 태어났다. 자초는 아이가 한 달 빨리 태어났다고만 생각하고 있었다. 그러나 실은 한 달 늦게 태어난 것이었다. 태어날 때부터 모친의 처지를 알기라도 하듯이 출생이 한 달 늦어진 것이었다. 두려운 아이였다. 물론 그 신기한 우연에 조비와 여불위는 안도의 숨을 쉬면서 두 남녀는 서로 마주보며 히죽 웃었다.

정이 태어나기 전부터 여불위가 기회를 잡기 위해 수 없이 함양을 드나들었음은 말할 나위도 없다. 그는 먼저 화양 부인의 언니에게 접근하여 진귀한 물건을 선사하고 교묘하게 매수했다.

동시에 자초의 식객을 차례차례 함양으로 보내어 자초에 대한 소문을 내게 했다. 게다가 5백 금을 들여 각 나라에서 진귀한 보석을 사들였다. 그것을 자초가 보낸 예물이라 하여 그녀 언니를 통하여 화양 부인에게 보냈다. 물론 그 이전부터 여불위는 화양 부인의 언니에게 거듭 자초에 대하여 설명을 하고 있었다.

　"자초는 훌륭하게 성장하여 조나라 조정신하들로부터 존경받고 있으며 조나라 수도에 모여드는 여러 나라 사신들과도 널리 교제를 하여 소문이 자자합니다. 이십 년 가까이 인질생활을 하면서도 한 번도 불만을 입에 담은 적이 없습니다. 그 뿐 아니라 인질로서 나라에 공을 세우고 있음을 자랑으로 여기고 있습니다. 그러나 인질 생활 때문에 부왕 슬하에서 부양을 다하지 못하는 것만이 한이라고 가끔 눈물을 흘리는 것을 이 눈으로 여러 번 보았습니다. 그리고 자초는 천성적으로 총명하여 열성적으로 글을 배우고 덕을 쌓았으므로 모든 도리를 잘 분별할 줄 압니다. 어느 날 그가 부왕이 총애하는 정실인 화양 부인은 자기 생모보다 훨씬 고마우신 모후라고 말하는 것을 들었습니다. 왜냐하면 현실적으로 부왕 곁에서 모든 신변에 관한 일을 떠맡아 하고 건강을 살피고 항상 부왕을 심려하고 계시는 이는 화양 부인이며 그것은 자식으로서 매우 감사한 일이라고 했습니다. 그래서 화양 부인에게는 생모 이상으로 효성을 아끼지 말아야 한다고 말하고 있습니다. 그러나 자기는 먼 이국땅에 있으니 그렇게 하지 못하는 것이 가슴 아플 따름이라고 늘 탄식하고 있습니다. 날개가 있다면 날아가서 부왕과 화양 부인을 마음껏 섬기고 싶다고 버릇처럼 말합니다."

　이런 내용의 말을 그는 서슴없이 꾸며댔다. 그리고 예물을 보낼 때에 여불위는 더욱 강조했다.

"가끔 말씀드린 대로 자초님께서는 평소에 화양 부인에게 효도를 하고 싶어 하십니다. 그러나 생각만으로는 아무런 소용이 없어서 그런 마음을 나타내 보이고 싶다고 하시면서 조나라를 드나드는 여러 나라 사신에게 부탁하여 진귀한 보물을 모아들이셨습니다. 그것을 소인에게 맡기셔서 화양 부인께 전해드리라는 분부를 받았습니다. 부디 잘 전해주시기 바랍니다."

"잘 알았습니다. 즉시 자초의 뜻을 전하도록 하겠습니다."

화양 부인의 언니는 쾌히 승낙했다. 여불위는 인사를 하고 나서 여러 가지 이야기 끝에 본색을 드러냈다.

"아름다운 꽃은 진다해도 계절이 다시 돌아오면 다시 아름답게 필수가 있습니다. 그러나 인간은 그럴 수가 없습니다. 그러므로 여자들은 젊어서는 기량을 의지하고, 나이가 든 후에는 자식을 의지한다고 합니다. 그러니 친자식이 없으신 화양 부인은 얼마나 마음이 허전하시겠습니까? 젊음이 언제까지나 유지되는 것도 아니니 더 늦기 전에 마음에 드시는 서자를 골라 적자로 하여 세손으로 세워두신다면 장차 태후로서 오래도록 권세를 누리실 수 있으실 텐데. 어찌 생각하십니까?"

"그건 일생의 대사인 즉, 이전부터 생각하고 계신 것 같습니다."

"그렇습니까? 그렇다면 안심했습니다. 그러나 안국군의 총애가 사라진 뒤에 손을 쓴다면 때는 늦습니다. 가령 자초님처럼 효성이 지극하고 사려가 깊은 분을 선택하신다면 안심이 되실 것으로 생각합니다만 어떠신지요?"

여불위가 말했다.

"옳은 말씀입니다. 반드시 자초를 적자로 삼으라고 설득하겠습니다."

화양 부인 언니는 여불위 편을 들었다.

이 설득이 성공하여 화양 부인은 자초를 적자로 앉힐 것을 승낙했다. 그러나 사실은 화양 부인 언니의 설득이 성공한 데에는 자초 생모의 역할이 크게 작용하고 있었다. 그녀는 친아들 자초를 조나라에서 불러내 줄 것을 수 없이 화양 부인을 통하여 안국군에게 청원했다. 그 때문에 그녀는 화양 부인을 정성으로 섬겼다. 자주 질투의 눈초리를 보내는 후궁들이 많았지만 그녀가 정성으로 섬긴 것이 화양 부인의 마음에 들게 됐다. 그녀가 낳은 아이라면 적자로 앉혀서 세손으로 봉해도 무방하다. 화양 부인은 결심했던 것이다. 이렇게 화양 부인을 조종하는 데에 성공한 여불위는 자기 계획이 성사됐음에 회심의 미소를 지었다. 이제는 자초 부자를 조나라에서 탈출시키는 준비를 하고 때를 기다리는 것만 남았다. 그 탈출은 그다지 어렵지 않다고 생각했다. 그러나 여불위는 만전을 기하며 기회를 기다렸다.

그리고 그 다음 해 드디어 기회는 왔다. 진나라 장군 영규가 대군을 이끌고 조나라에 침입하여 20개의 현을 함락시켰다. 그 기회를 잡은 것이다. 국경을 넘는 위험에 처할 필요가 없었다. 진나라 군대 점령지로 도망쳐 가면 되니까 탈출은 간단했다.

그래도 여불위는 더욱 만전을 기하며 슬그머니 도망치는 것이 아니라 자초 감독관에게 공문서를 위조하게하고 당당하게 감시관에게 호송시키는 방법을 취했다. 그러기 위해서 여불위는 감시관에게 6백 금을 쥐어주었다.

이렇게 하여 자초 부부와 세 살 된 아들 정은 무사히 조나라를 탈출할 수 있었다. 그리고 진나라 병사들에게 호위를 받으며 귀국했다. 여담이지만 6백 금이라면 평생을 호화롭게 살아도 다 못 쓸 만큼의 돈이다. 그러니 그 돈을 손에 쥔 감시관은 그 길로 도망쳐 자취를 감추었다.

함양으로 돌아온 자초는 잠시 후 세손으로 봉해졌다. 그 5년 후에 조부 소양왕은 재위 56년으로 그 생을 마쳤다. 아버지인 태자 안국군이 즉위하여 진효문왕(秦孝文王)이라 칭하였으며 세손 자초는 당연히 태자가 되었다.

더욱이 효문왕은 즉위한 다음 해에 승하하여 태자인 자초가 즉위하게 되어 진장양왕(莊襄王)이라 칭했다. 즉위한 장양왕은 약속에 따라 여불위를 재상으로 임명하고 문신후(文信侯)로 봉했다. 드디어 물실호기에 도전한 여불위는 그 정치적인 투기에도 성공했던 것이다.

그런데 장양왕은 재위 겨우 3년 만에 병사했다. 그리하여 13세가 된 태자 정이 뒤를 이어 즉위하여 진왕 정(秦王政)이라 칭했다.

이리하여 연대기상으로 진시황 원년(기원전 246)이 시작되었던 것이다. 여불위가 그대로 재상 자리에 머물면서 어린 진왕 정을 보필했음은 말할 나위도 없다.

제60장
청출어람(靑出於藍)

진왕 정이 즉위하여 진시황제 원년이 시작된 것이 그 시점에서는 특별히 의미가 있다고는 아무도 생각하지 않았다. 그러나 진왕 정의 아버지 장양왕의 장례식에 중원 6개국은 모두 중신을 파견하여 정중하게 애도를 표했다. 그 중에서도 한나라 환혜왕(桓惠王)은 친히 장례식에 참석하여 상복을 입고 조사(弔詞)를 읽었다. 고인에 대하여 신하로서의 예를 갖췄던 것이다.

그 정도로 진나라의 위세는 중원 여러 국가들을 압도하고 있었다. 게다가 장양왕이 승하하기 전 해에 진나라는 중원에서 제나라를 제외한 5개국 연합군에게 하서(河西)에서 뼈아픈 패배를 당했었다. 그 패전국의 국장(國葬)에 전승국이 예를 갖추었고, 한나라의 경우는 신하로서의 예를 갖추지 않으면 안 되었던 것이다. 이것만으로도 진나라의 위세를 가히 알 만하다.

그리고 보면 8년 전에 낙양 천자 주난왕(周難王)은 중원에서의 열세를 만회하고자 최후의 발악을 하여 오히려 주나라 왕조의 운명을 단축시켰지만 지금이야말로 중원국가들이 단결하지 않고서는 생존할 길이 없다고 한 인식이 옳았던 것이다.

그러나 약육강식의 세계에서는 보통 약자가 강자의 힘에 눌려 멸망하는 것보다 오히려 약자가 스스로 무덤을 파고 자멸하는 경우가 많은 법이다. 사실 강대국 진나라를 눈앞에 두고 중원 여러 나라들은 여전히 피 비린내 나는 싸움을 끝내려 하지 않았다. 특히 연나라와 조나라의 싸움은 그 전황에 발맞추어 위나라가 연나라를 공격하면 이번에는 조나라가 위나라를 치는 식이었다.

진시황제 2년에도 조나라는 또 다시 위나라에 출병하여 번양(繁陽: 하남성 내황현)을 공격했다. 조나라 군사들을 통솔한 것은 백전연마의 명장인 염파(廉頗)였다. 그러나 번양의 병사들은 필사적으로 방어하여 염파라해도 쉽사리 함락시킬 수가 없었다.

그 공방 중에 조효성왕이 서거하여 도양왕(悼襄王)이 왕위를 계승했다. 새로 즉위한 도양왕에게 대부 곽개(郭開)가 번양이 함락되지 않은 것은 염파가 게을리 하고 있기 때문이라고 참언했던 것이다. 곽개는 선대부터 간신이며 조나라 왕에게 아첨하는 것을 염파에게 여러 번 들켜 혼이 났었기 때문에 염파를 몹시 미워하고 있었다. 그런 줄도 모르는 도양왕은 그 참언은 받아들여서 대장 낙승(樂乘)에게 병부를 주어 번양으로 보내어 염파와 교체시켰다.

그러나 낙승이 번양에 도착했을 때에는 염파는 이미 성을 함락시킨 후였다. 체면이 손상되어 염파는 화가 났지만 다행히도 성이 함락됐으므로 교체할 필요가 없었다. 그러나 낙승은 왕명을 내세워 끝까지 병부를 내놓으라고 염파를 몰아세웠다.

마침내 염파는 분노가 폭발하여 억지로 낙승을 한단으로 되돌려보냈다. 그러나 염파는 그대로 귀국할 수가 없어 위나라의 도성인 대량으로 망명했다.

위나라는 물론 쌍수를 들어 명장 염파의 망명을 환영했다. 그러나 위나라 안리왕(安釐王)은 망명의 동기가 너무 단순하다고 하여 그 진의를 의심했다. 아무리 생각해도 석연치 않았던 것이다. 그래서 안리왕은 염파를 예우는 했지만 중용하지는 않았다.

전쟁터에 나갈 기회를 얻지 못한 염파는 번민의 나날을 보내면서 '영웅은 싸울 땅이 없다'는 비애를 맛보고 있었다. 그리고 무료한 세월이 흘렀다. 한편 한단에서는 조도양왕이 진나라의 압박이 심해짐에 따라 염파를 잃게 된 자기의 경솔을 후회하며 마침내 염파에게 사과를 하고 귀국을 권하기 위해 손을 쓰가 시작했다. 그러나 또 다시 곽개가 간교하게 방해했다.

"어제의 명장이 오늘에도 그대로 명장일 수는 없습니다. 세월은 가차 없이 인간을 노화시킵니다. 위나라에서 무위도식하고 있는 염파에게 왕년의 패기와 체력이 있을지 어떨지 그것을 확인하는 것이 선결문제라 생각합니다."

하고 곽개가 진언했다.

"옳은 말이오."

도양왕은 사자를 대량으로 보냈다.

귀국할 생각을 품고 있던 염파는 사자를 맞이하여 이야기를 전해 듣고 기뻐했다. 담소를 끝내자 염파는 사자 앞에서 밥과 고기를 실컷 먹고 나서 갑옷을 입고 말에 올라타 아직 명장으로서의 건재함을 증명해 보였다.

사자로 온 사람은 영웅 염파를 열렬히 지지하는 사람 중의 한 사람이었다. 노장임에도 씩씩하고 늠름한 모습에 사자는 감동하여 자기도 모르게 박수갈채를 보냈다.

"본 대로 똑똑히 보고해야 하느니라."

염파는 강조하며 말했다. 사자는 수없이 고개를 끄덕이고 대량을 떠나갔다.

그러나 한단에 도착한 사자는 도양왕에게 보고하기 전에 곽개에게 불려갔다.

"대단한 모습이었습니다. 염파 장군께서는 조금도 노쇠한 모습이 아니었습니다."

사자는 흥분으로 상기된 얼굴로 말했다.

"왕께는 다르게 보고하도록 해라."

곽개는 냉정하게 말했다.

"황공하오나, 어찌 거짓을 아뢸 수가 있습니까?"

"그러면 거짓말은 하지 말고 말을 보태어라."

"어떻게 말씀입니까?"

"식사 중에 용변을 세 번씩이나 보러 자리를 비웠다고 말해라."

"그건 역시 거짓말이 됩니다."

"아니다. 말을 더한 것은 거짓이 아니다, 그리고 이것은 명령이다. 그대 몸을 위한다면 시키는 대로 해라."

곽개는 사자를 데리고 그 길로 도양왕 앞에 나갔다. 사자는 할 수 없이 곽개가 시키는 대로 했다.

"안타까운 일이로다. 역시 늙었나 보오."

도양왕은 탄식하고 염파 장군을 체념하기에 이르렀다.

그래서 염파가 품고 있던 귀국의 꿈은 사라지고 그가 위나라를 떠나려 한다는 소문이 초나라에 퍼졌다. 초고열왕(楚考烈王)은 즉시 염파를 맞이하려고 사자를 대량으로 보냈다.

염파는 그다지 내키지 않았지만 차선책으로 그 초빙을 수락했다. 초나라 신도시 진(陳)에 들어간 염파는 바로 장군으로 등용됐다. 그런데 초나라 군대는 특이한 방식으로 훈련되어 있어서 그 군대를 지휘하는 데에는 어려움이 있었다. 그렇다고 염파 한 사람 때문에 전군사의 훈련을 바꿀 수는 없는 노릇이었다.

모처럼 초나라에서 장군으로 그 기량을 다시 발휘할 수 있는 기회를 눈앞에 놓고 일대의 명장 염파는 속수무책인 채 허무하게 초나라 땅에서 이슬로 사라졌다.

진시황제 3년, 진나라는 유례없는 대가뭄이 엄습했다. 그러나 진시황제 원년에 진왕 정의 즉위를 축복이라도 하듯이 경수(涇水)에서 물을 끌어들인 3백 리에 이르는 대관개수로가 완성된 덕분에 치명적인 피해는 면할 수가 있었다.

그 가뭄의 피해를 복구하기 위해 진나라는 한나라를 침공했다. 그리고 대장 몽오(蒙驁) 휘하의 진나라 군사는 파죽지세로 순식간에 한나라 12개의 성을 함락시켰다.

진시황제 4년, 지난해의 가뭄에 이어 진나라는 메뚜기 떼의 피해를 입었다. 여기에 설상가상으로 전염병이 발생하여 전국에 만연했다. 그러자 대국인 진나라도 식량이 곤궁하기 시작했다. 그러나 이 곤궁도 간초령 이래의 '일종일급(一鐘一級)' 제도로 이겨 나갔다. 일종일급이란 그 '일수일급'과 마찬가지로 한 이삭의 조를 공출한 자에게는 벼슬 일급을 내려 후대까지 답습되는 이른바 매관(賣官)제도이다.

그리고 진나라는 또 다시 메뚜기로 인한 피해와 병해를 없애기 위해 그 해와 다음 해에 걸쳐 대장 몽오에게 위나라를 치게 하여 산조

(酸棗), 산양(山陽) 등 30개의 성을 함락시켰다.

하지만 다음 해 진시황 6년, 이번에는 재해에 시달리는 진나라의 곤경을 노려서 초·조·위·한의 4개국 연합군이 진나라를 침공했다. 그리고 수릉성(壽陵城: 하북성)을 함락시키고 그 나라의 출입구에 해당하는 함곡관에 육박했다. 그것을 보고 진나라는 과감하게 관문을 열었는데 연합군은 지레 겁을 먹어 들어오지 못하고 반대로 관문에서 나온 진나라 군사에게 반격을 당했다.

이 일전이 사실상 천하의 갈림길이 되었던 것이다. 진나라와 중원과의 싸움은 벌써 승부가 결정된 것과 다름없었다. 이후에 중원 여러 국가들은 연합군을 조직하여 진나라와 싸우지 않았다.

그 마지막 연합군을 통솔한 것은 초나라 춘신군(春申君)이었다. 이른바 4군자는 제나라 맹상군에 이어 조나라 평원군이 세상을 떠났고, 6년 전에 5개국 연합군을 통솔하여 하서에서 진나라 군대를 물리친 위나라 신릉군도 오래 전에 실각하여 권세 밖으로 밀려나 있었다. 신릉군이 실각한 것은 진나라 재상 여불위의 책동에 의해서였다. 성망이 높고 조직력도 뛰어나고 병법에도 밝았던 신릉군을 만만치 않게 여긴 여불위는 만금을 던져서 이간질에 힘썼다. 그 결과 신릉군은 위나라 안리왕에게 권력을 박탈당했던 것이다.

이리하여 4군자 중에서 오로지 춘신군만이 남게 되었다. 그러나 그 춘신군도 함곡관의 패전으로 성망이 실추되어 한물 간 신세가 되었다. 초나라가 진나라의 압박에 견디다 못해 수도를 진에서 수춘(壽春: 안휘성 수현)으로 옮긴 것을 기회로 오허(吳墟: 구 오나라)의 도성으로 영지를 옮기게 되었다. 그로부터 3년 후 사인인 이원(李園)에게 살해당하여 그 화려했던 생애를 허무하게 마쳤다.

한 시대를 수놓았던 4군자 중 춘신군만이 왕족이 아닌 유세가였다. 그 춘신군의 죽음으로 거의 60년 동안 화려하게 전국시대의 말기를 장식했던 중원 여러 나라들의 합진 연합의 시대는 종지부를 찍게 되었다. 다른 의미로는 '3천'이라고 일컬어졌던 수많은 식객을 모아 사병화하고 그것을 배경으로 덕망을 높여 정치적 허세를 부린 시대는 끝난 것이었다.

강대한 진나라가 급속도로 중원을 침식하기 시작함으로써, 아니 꼼짝 없이 군사대결을 강요당한 중원 여러 나라는 이제 덕망을 힘으로 환원하는 방도가 없었던 것이다. 게다가 천하 형세가 자리잡기 시작했음은 누가 봐도 분명한 일이었다. 지난날의 낙의가 무너진 연나라를 다시 일으킨 것과 같은 기적은 기대할 수가 없었다.

그리고 당연하다는 듯이 정치적 포부를 품은 지략계모를 겸비한 인물들과 단순한 야망을 품은 유세가와 식객들이 대거 진나라로 밀려 들어갔으며, 약속이라도 한듯이 진나라 재상 여불위의 집으로 몰려들었다. 순식간에 여불위의 집 객사에는 식객이 넘쳐흘러 그 수만도 3천을 헤아렸다.

그러나 4군자들처럼 무수한 식객을 모아들이면서도 여불위는 머리를 써서 취향을 바꿨다. 즉 상인 출신인 여불위는 막연하게 덕망을 높이는 것보다 구체적인 문화사업에 힘을 쏟아 자신의 신분을 높이려고 시도했다. 그러기 위하여 식객들 중에서 학문이 있는 자에게 명하여 제자백가의 언행을 기록하게하고 다시 그것을 분류하여 '천지만물고금지사(天地万物古今之事)'로 정리하여 유사사전(類事事典)풍의 책자를 편찬케 했다.

이렇게 하여 완성된 것이 8람(覽), 6론(論), 12기(紀)로 된 20여 만의 말로 이루어진『여씨춘추(呂氏春秋)』이다.

　당대 일류학자를 망라하고 6년이란 세월을 소요해 완성된 그 역사적인 걸작을 여불위는 함양시 정문에 공개전시하여 세상의 반응을 살폈다.

　　천하의 육사 빈객으로 본서에 한 자를 늘리고 한 자를 줄이는 자에게
　는 상으로 천금을 내린다.

하고 현상금을 걸었을 만큼 자신 있는 작품이었다. 그『여씨춘추』는
『여람(呂覽)』이라고도 불리면서 후세에 전해졌다. 유자(儒者)로부터
는 계속 경시되었지만 대단한 걸작임에는 틀림없다.

　어쨌거나 여불위의 식객들은 수만 많았던 것이 아니라 다방면으로
다양했다. 그 중에서도 '자루 속의 추'처럼 유독 두드러지게 두각을
나타냈던 인물은 이제 곧 출현하게 되는 진나라에 있어서 때어 놓을
수 없는 위인 이사(李斯)였다.

　진장양왕이 승하한 해에 함양에 나타난 이사는 곧바로 여불위의
사인이 되었다. 그리고 진왕 정이 즉위한 직후 여불위가 천거하여 궁
전 문호를 지키는 낭관으로 임명되었다. 그 이후로는 실력으로 순조
롭게 장사(長史: 장관), 객경(客卿), 정위(廷尉: 사법장관), 재상으로
승진했다. 치세의 바탕으로는 두루 생각이 미치지 못했지만 관료로
서는 탁월한 능력이 있는 관리이며 우수한 인물이었다.

　이사는 초나라에서 태어나 젊어서는 초나라 군부에서 소사로 일했
다. 그러던 어느 날 홀연히 장소의 효용을 깨닫고 흥분했다.

　어느 날 그는 볼일이 있어서 군부 창고에 들어갔는데 그 쌀창고에
서 쥐가 자기 밥처럼 쌀을 먹고 있는 것을 보았다. 평소 뒷간에서 보

는 쥐는 더러운 곳에 숨어서 사람 그림자에 놀라고 개를 무서워하고 있었다. 그런데 쌀창고에서 본 쥐는 쾌적한 실내에서 살며 구애됨이 없이 당당하게 자기 밥을 먹고 있었다.

쌀창고에 있던 쥐가 뒷간에 있던 쥐보다 똑똑해서가 아니다. 있는 장소가 다르기 때문이다. 그러니까 타고난 재능보다는 살고 있는 그 장소가 일생을 결정하는 것이다.

이사는 이렇게 깨닫고 소사 자리를 버리고 새로운 자리를 구하여 우선 공부를 다시 시작했다. 마침 천하의 석학이라고 이름 높은 순경(筍卿)이 초나라 난릉(蘭陵: 산동성 조장시)에서 현령(縣令)을 지내고 있었다.

그런데 그 순경이 직무를 겸해서 '제왕의 술(정치학)'을 가르치고 있다고 듣게 되었다. 이사는 결심을 하고 난릉으로 달려가 순경을 찾아가서 제자가 되었다.

순경이란 역사에서 말하는 순자(荀子)를 가리키며 이름은 황(況)이라 한다. 순경은 존칭이며 조나라 사람이다. 순자는 어려서 학문을 닦고 쉰 살이 넘은 후에야 여러 나라를 설파하고 다녔다. 제일 먼저 찾아간 곳이 제나라 임치(臨淄)였다. 지난 날 한창 융성했던 제자백가의 본거지 직하의 학문은 이미 잊혀 가고 있었다. 그러나 희미하게나마 그 여운을 간직하고 있었다.

직하에서 순경은 제주(祭酒: 학장)로 임명되었다. 그러나 얼마 안가서 제나라 왕에게 참언하는 자가 나타나서 할 수 없이 제나라를 떠났다. 그리고 일단 조나라로 돌아와서 이번에는 서쪽으로 걸음을 옮겨 진나라로 들어갔다. 진나라에서는 범저의 식객이 되어 자세히 그 정치 상황을 관찰했다.

"진나라를 어떻게 보셨소?"

어느 날 범저가 물었다.

"진나라는 자연 조건이 풍족하며 국경은 저절로 견고한 요새로 되어 있어 방위에 편리합니다. 산림 계곡은 아름답고 자원 또한 풍부하여 이곳이야말로 승형(勝形: 싸움에서 이길 수 있는 외부 조건)이라 할 수 있습니다. 천천히 풍속을 관찰한 결과 백성은 근검 소박하며 목소리는 맑고 복장은 단정하고, 게다가 관리를 존경하고 법을 준수하고 있습니다. 참으로 천하태평한 시대의 백성 모습 그대로입니다. 시내와 고을 관리들을 관찰한 즉, 관리들은 숙연하고 공정하며 성실하게 직무를 수행하고 있습니다. 도성에 들어가 보면 사대부는 집에서 관소로, 관소에서 집으로 똑바로 왕래하여 몰래 현귀한 집을 찾아가 아첨하는 자도 없으려니와 도당을 조직하여 정치를 어지럽히는 자도 없습니다. 조정을 둘러보면 모든 분이 정연하여 정무에 막힘이 없으며 고요하기로 정치의 존재조차 잊을 정도이니 옛 조정을 방불케 합니다. 과연 진나라가 효공 이래로 4대에 걸쳐 승리를 거듭해온 것은 당연한 이유이지 결코 요행은 아니라고 판단했습니다. 그러나 그런 진나라에도 결함은 있습니다. 그것은 조정에 유학도의 모습이 없다는 점입니다. 생각건대 유학의 가르침을 받들지 않으면 왕자(王者)는 생겨나지 아니할 것이며, 유교를 받아들이지 않으면 패자일지라도 위태롭고 유교를 무시하여 그 가르침을 떠나는 자는 멸망합니다. 진나라의 결함은 바로 유교를 정치에 받아들이는 것을 게을리 하고 있는 점입니다."

순경은 본 대로 느낀 대로 말했다. 그리고 진나라에 오래 머무르지 않고 초나라로 건너갔다.

그런데 순경은 범저에게 아부를 한 것도 아니었고 무슨 구실을 만들려고 한 것도 아니었다. 그것은 그대로 그의 신념이었다. 아니, 그가 범저에게 한 말은 그의 사상과 입장을 그대로 표명한 것이었다. 즉 그는 기본적으로 유학도였으면서도 그 틀을 훨씬 초월하고 있었다.

유교의 윤리가 치세의 근거가 되어야 된다고 믿으면서도 윤리는 그대로 정치가 될 수 없으며 더욱 윤리적인 실천이 치세의 술(術)이 될 수는 없다고 설파하고 있었던 것이다.

그러므로 그는 유교의 덕치(德治)에서 벗어나 예치(禮治)를 설파했다. 그 예치란 법치에 가까운 치세술인 것이다. 그리고 정치적인 실천에서 예치를 법치로 근접하게 함으로써 그는 사상적으로 예를 자세히 설명하여 그 속에 '법'을 집어넣었다. 그래서 그는 치세에 있어서의 유교의 효력을 설파하면서 법치에 의한 진나라의 치적을 칭찬했던 것이다.

유가를 포함한 제자백가가 말하는 사상과 정강(政綱), 즉 치세방략은 체계적인 것이 아니기 때문에 당연하지만 각각 한 곡조에 치중되어 있었다. 게다가 각각 자기 곡조에 '대리(大理)'를 덮고 있었다. 그것이 '범인(凡人)의 환(患)' 즉 다시 말해서 모든 사람들을 아프게 하고 천하를 어지럽히고 있다고 순경은 생각했다. 그래서 그는 폭넓게 제자백가의 설(說)을 모아서 종합하여 그것을 『순자(荀子)』라는 서적으로 정리하여 후세에 남겼다.

파란색은 쪽(풀)에서 얻지만 쪽보다 더 푸르고 얼음은 물이 얼어서 되는 것이지만 물보다 더 차다. 나무가 곧아서 먹줄에 들어맞는다 하더라도 구부려야 수레바퀴가 된다. 그리고 구부려진 것은 다시는 펴지지 않는다.

하고 순경은 그『순자』제1장 '권학편' 첫머리에 썼다. 권학이라 했으니 물론 학문을 권유함이다. 그러나 유가의 학문은 천하 질서에 기여하는 것이며 그것은 '덕'을 쌓는 것과 같은 뜻의 말인데, 순경은 학문을 예에 귀착시켰다. 덕치를 배척하여 예치를 설파한 순경에게 그것은 당연한 일이었다.

그러므로 그가 책의 서두에 갑자기 남색이 가공되어 푸르게 되고, 물이 기온의 변화로 얼음으로 응고하며, 나무가 구부려져 바퀴가 된다고 말한 것은 인간의 자각적인 수양보다 외부로부터의 규제(禮)가 세상 질서를 제정하는 데는 효율적이라는 것을 비유적으로 표명한 것이다.

순경은 세상 질서를 혼란케 하는 것은 인간이 지니고 있는 한없는 욕망 때문이라고 했다. 그 욕망이 모두 악이라고는 할 수 없으나 사회질서를 어지럽게 하는 나쁜 탐욕은 제지하지 않으면 안 된다고 순경은 생각했다.

게다가 나쁜 탐욕은 선천적인 것이어서 즉, 인간의 성(性)에 바탕을 둔다. 그러므로 그에게 '성은 악'이었다. 그 악을 외부에서 봉할 수 있는 것이 바로 '예'인 것이다. 그래서 치세의 방해 요소가 되는 '악'을 근원으로 거슬러 올라가 규제하고자 그는 '성악설(性惡說)'을 설파했다.

인간의 성이 선이냐 악이냐 하고 묻는 것은 극히 매혹적인 주제이다. 그러나 여기에서 그 유명한 맹자의 '성선설(性善說)'을 비교하여 논하는 것은 별 의미가 없다. 왜냐하면 덕치를 설파한 맹자에게 성선설이 당연한 전제였듯이, 예치를 주장하는 순자가 '성악설'을 제창한 것은 필연적이었기 때문이다. 즉 훌륭한 인간이 되어라, 충직한 신하가 되어야 한다고 가르쳐서 세상이 잘 다스려진다고 생각하는 것은 인간의 성을 '선'이라고 믿기 때문이다. 반대로 규제를 가하지 않으면 치세를 할 수가 없다고 생각하는 것은 인간의 성을 '악'으로 여기기 때문이다. 그러므로 윤리에 관련되는 성선설과 정치에 관련되는 성악설을 동시에 논한다는 것은 처음부터 불가능한 일이다.

그리고 사실은 성악설 때문에 순경은 '이단자'로, 다른 유학도들에게 푸대접을 받아 왔다. 그러나 일반적으로 정치를 윤리로 대신하는 유학도 와 '예'에다 법의 개념을 도입하여 예치를 치세술이라 여기는 순자를 그래도 동류(유가)로 보고 이단이라고 비방하는 것은 순자에게 매우 무례한 짓이다. 그와 같은 어리석은 분류 따위는 하지 않아도 순경은 춘추전국에 등장했던 제자백가의 사상학설을 종합하여 독자적인 예치를 제창한 춘추전국시대의 대표적인 대가라고 할 수 있다.

특기할 것은 그가 이 학문에 있어서 대가임과 동시에 그가 중국에 독특한 형식논리학의 초석을 다진 학문의 원조였다는 점이다.

예의 '백마는 말이 아니다'라는 명제가 쓸데없는 논쟁을 일으켰던 것으로 상징되듯이 전국시대는 논리의 혼란을 초래하고 있었다. 그것에 자극을 받은 순경은 사고의 도리(형식논리)를 바로잡고자 명제의 구성요소인 개념 언어의 정리를 생각해냈다. 그리하여 명사(名辭: 언어에 표현 된 개념)를 단명(單名: 개체개념), 겸명(兼名: 복합 개념), 별명(別名: 종개념), 공명(共名: 유(類)개념), 대공명(大共名: 궁극적 개념)으로 분류했다. 예를 들면 '말(馬)', '백마', '동물', '생물', '물건' 순이다.

그에 의하여 정명(正名), 즉 사고의 이치를 정돈하려고 시도했던 것이다. 전통적인 유학 세계에서는 정명이라 함은 그것은 부자 군신의 질서를 규제하는 대의명분을 의미했다. 그러나 그것과는 별도로 순경은 정명 아래에 사고를 뒷받침하는 논리를 정리했던 것이다.

유교도의 정명 기준이 천리(天理: 하늘이 정한 질서)에 의거한 합리론적인 것에 대하여 순경은 그것을 천관(天官: 눈, 귀, 코에 의한 지각)에 바탕을 두는 경험론적인 것으로 여겼다. 굳이 반복하지만 이 한 가지 점만 보더라도 순자를 유학도와 동일하게 논할 수는 없다. 즉 천관과 천리를 대비시킴으로써 순자는 유교의 기본인 천인합일(天人合一)을 파괴 했던 것이다.

그래서인지 순경이 구축한 논리학의 기초를 계승하여 발전시킨 사람은 없었다. 후대에 송학(宋學)에서의 격물치지(格物致知: 사물의 이치를 바로잡아 지(知)에 이른다)와 현대 중국의 실사구시(實事求是: 현실의 장에서 바로잡기를 구함)는 분명히 순자의 경험론적인 정명을 답습한 것이다.

그 일대의 사학 순경에게 이사는 가르침을 받았다. 이사가 어느 만큼이나 순자 문하에 있었는지는 확실하지 않으나 이사는 노스승에게 말했다.

"지금 천하는 어지럽습니다만 머지않아 진나라가 천하를 병합하는 것은 분명합니다. 천하의 귀추가 정해진 다음에는 포의(지위가 낮은 자)가 나설 자리는 없습니다. 지금이야말로 놓쳐서는 안 될 유세자가 나설 때 입니다. 비천함에 처하여 곤궁함을 불운으로 여기고 자신을 위로하고 고고청빈(高孤淸貧)을 내세워 일을 하지 않음은 뜻있는 자가 취할 도리가 아닙니다. 그러므로 서쪽으로 움직여 진왕을 섬기려 합니다."

이사는 순경 문하를 나와 난릉을 떠났다. 그리고 진나라로 들어가 뜻한바 사관을 달성하여 승진을 거듭했던 것이다.

제61장
자가당착(自家撞着)

여불위가 『여씨춘추』를 간행한 것은 진시황제(秦始皇帝) 7년이었다. 장사꾼이라는 비난을 받으면서도 그것을 완성한 여불위는 득의양양했다. 그러나 재상이며 낙양에 채읍 십만 호를 소유하고 있는 문신후(文信候)에게도 말 못할 큰 고민이 있었다.

'복은 화(禍)에 의하며 화는 복에 굴한다.' 란 말은 참으로 명언이다.
매우 쓸모 있는 것은 분명히 큰 부담이 된다.

진장양왕(莊襄王)의 정실이며 진왕 정이 즉위함과 동시에 태후가 된 조비(趙妃)의 존재가 어느 새인가 여불위에게는 고민의 씨앗이 되었다.
확실히 조비는 절세미인이며 노래와 춤의 명수였다. 그러나 그녀가 지난날에 한단 화류계에서 여왕으로 소문이 났던 것은 남달리 몸이 풍만하여 유달리 남의 눈에 띄었기 때문이기도 했다.
그것이 아름다움의 정도를 더했기 때문이다. 그러나 그녀는 외모만 보기 좋았던 것은 아니었다. 실은 사람 눈에 보이지 않는 수완도 대단해서 그만큼 깊이도 있었다. 물론 그것을 알고 있는 사람은 진장양왕이 승하한 지금 여불위 단 한 사람뿐이었다.

천금의 값을 지닌 옥치(玉巵: 술잔)가 가치 있는 장식품은 되겠지만 그것으로 술을 마신다면 너무 깊어서 술맛을 제대로 음미할 수 없고 기분 좋게 취할 수도 없다. 술에 취하려면 단 백전짜리 작은 도자기 술잔이 훨씬 낫다. 그러므로 여불위는 백금을 주고 얻은 조비를 자초(장양 왕)가 자기의 아내로 삼고 싶다고 원하자 선뜻 내주었던 것이다.

인질로 한단에 있었을 때 자초는 아직 젊고 철이 없었기 때문에 당연히 그와 같은 기미를 알 수가 없었다. 그래서 조비의 대기(大器)에 빠져 들 수가 있었으나, 함양으로 귀국하여 세손으로 봉해지고 측실을 두고서야 조비가 어처구니없이 큰 잔임을 알게 되었다. 더욱이 태자를 거쳐 즉위한 후 수없이 많은 아름다운 후궁들에게 둘러싸이게 되자 자기도 모르게 조비를 멀리하게 되었다.

당연히 조비는 정실부인으로서의 권세는 쥐고 있었으나 독수공방 잠 못 이루는 밤을 눈물로 지새울 수밖에 없었다. 이렇게 되자 자연히 조비의 마음은 여불위에게 향하게 되었다. 그러나 내전과 외조(外朝)에 가로 놓인 벽은 높고도 두터웠다. 아무리 재상일지라도 내전에 드나들 수는 없었다. 그렇다고 왕비가 함부로 돌아다닐 수는 더더욱 없었다.

그래서 조비는 왕실 구조를 저주하고 무심한 하늘을 원망했는데 하늘도 그녀를 불쌍히 여겼던지 장양왕은 존위 겨우 삼년 만에 승하했다. 태후가 된 조비는 반쯤 공공연하게 여불위를 태후전으로 불러들였다. 말할 것도 없이 여불위는 이미 재상으로서 수많은 미인들을 후실로 두어 세월이 가는 줄 모르는 처지였다. 그럼에도 불구하고 태후의 부름에 별궁으로 날마다 숨어들었다. 그보다 조비는 황공하게도 왕태후였다. 아니 얼마 전까지만 해도 왕후였던 것이다. 다시 말해서 조비는 옛날의 가무희가 아닌 것이다. 후대에 어떤 프랑스인 철학자가 말했다.

목욕탕에서 보는 임금은 아무리 봐도 맛있는 음식을 과식하여 배가 불룩한 여느 남자와 조금도 다를 바 없다. 그런데도 벌거벗은 임금을 사람들이 외경(畏敬)하는 것은 그 벌거숭이 남자가 사는 궁전, 배후에 수행하는 호위병, 머리에 쓴 왕관을 연상하기 때문이다.

그렇다면 머리를 풀어헤치고 침상에 누운 태후도 결국은 보통 여자인 것이다. 큰 잔이며 시동이 걸리기 어려운 조비의 유혹에 여불위가 열심히 응하는 것은 같은 이치로 그 조비에게 궁전과 시녀, 관을 연상하기 때문이다. 하기야 남자라면 누구나 궁전에 살면서 많은 시녀와 상궁들에게 둘러싸여 왕비의 관을 쓴 여자의 고귀한 향을 맡아보고 싶다고 동경하는 법이다. 망상은 미묘하게 감각을 자극한다. 그렇게 되면 술잔의 크기와 품질을 논할 때가 아닌 것이다. 게다가 반쯤 공공연하다고 하지만 완전히 드러낸 것도 아니었으니, 제약은 욕망을 더욱 불러일으켰다. 여불위는 나이가 들면서 정욕이 더 왕성해졌다.

그러나 기묘한 착각은 오래 지속되지 못했고, 망상이 감각을 자극하는 힘은 서서히 감퇴하는데다가 그 뒤에서 심각한 문제가 일어나고 있었다. 시간의 흐름과 동시에 진왕 정은 어느덧 어른이 되었으며 어른의 눈으로 태후와 재상을 보기에 이르렀던 것이다. 그것을 이유로 여불위는 어느 사이엔가 태후를 멀리했다. 마침 조비에게 싫증을 느낀 여불위는 그것을 구실로 삼은 듯 했다.

그러나 그가 진왕 정의 시선을 두려워한 것은 사실이었다. 만일 태후와 재상의 관계가 표면적으로 드러나게 된다면 재상이라 하더라도 사형에 해당하는 죄상이었다. 그런 사실은 조비도 알고 있었다. 하지만 정욕을 억제할 수는 없었다. 자기에게 발길을 끊은 여불위를 그녀는 진심으로 원망하기 시작했다.

이리하여 여불위는 어쩔 수 없이 대책을 강구하지 않으면 안 될 지경에 이르렀다. 대책이라 해도 말로 타일러서 끝날 일이 아니었다. 아무래도 다른 사람을 기용하는 방법 말고는 별 다른 방도가 없을 것 같았다. 여불위 자신은 상당히 기교 있는 타자로 대형 방망이를 마음껏 휘둘러 왔다. 조비는 그 점에 만족했을 뿐만 아니라 그를 진심으로 사랑하고 있었다. 따라서 적당한 대타자는 쉽사리 찾을 수 있을 것 같지가 않았다.

다행스럽게도 조비는 이미 사십 고개를 넘기고 있었다. 여자는 이십 대에는 양, 삼십 대에는 늑대, 사십 대에는 호랑이라고 한다. 즉 그녀는 애정 없이도 현장을 받아들이는 그런 시기인 것이다. 그 대기를 압도하는 특대 방망이를 휘두르는 남자라면 틀림없이 대타자의 역할을 무리 없이 소화해 낼 수 있을 것이라고 생각한 여불위는 마음을 한시름 놓았다.

그러나 문제는 어떻게 그런 대타자를 찾아내는 것인가 하는 일이었다. 그렇다고 방을 붙여서 공식적으로 모집할 수도 없는 일이기 때문에 여불위는 골머리를 앓았다. 고민 중에 여불위는 문득 식객들을 생각해 냈다.

식객 3천 명. 이들은 뭐니 뭐니 해도 귀중한 존재였으며 여러 가지로 쓸모가 있었다. 3천 명이라는 숫자 속에는 별의별 인물이 다 있을 것이다. 게다가 그들은 광범위한 정보를 갖고 있었다. 결국 그 중 하나가 여불위에게 귀띔을 했다.

그리하여 비밀리에 '방망이가 큰 위인'의 현상모집이 시작되었다. 어느 곳이든 창녀들이 중요한 장사 밑천을 망가뜨려서는 곤란하다고 꺼리며 돈을 주워서 물러가 줄 것을 부탁하는 그런 대단한 남자가 한둘 있기 마련이다. 전국 사창가에서 그와 같은 위인을 모아서 큰 방망이 대회를 열면 된다고 식객은 가르쳐 주었다.

옳거니! 하고 여불위는 전국 사창가에 사자를 보내 참가자에게는 노자를 지급한다는 조건을 제시했다. 그러자 앞을 다투어 30명이 여불위의 집에 모여들었다. 그런데 산이 높다 하여 명산이 아닌 것처럼 방망이 또한 다만 크기만 하다고 우수한 것은 아니다. 즉 힘이 필요한 것이다. 그래서 여불위는 이번에는 전형 방법이 문제가 되었다. 고민하는 그에게 그 대회를 제안했던 식객이 걱정할 것 없다고 안심시켰다.

'수레바퀴 돌리기' 경기를 시키면 된다고 식객은 말했다. 보통 수레바퀴를 쓸 수는 없었다. 그래서 통나무로 특별한 바퀴가 만들어졌다. 바퀴 중앙에 구멍을 뚫어 방망이를 끼어서 옆으로 걸으며 바퀴를 돌리는 경쟁을 시키자는 것이었다. 사족이지만 후대에 사마천(司馬遷)은 이 경기를 『사기(史記)』에서 '이기음 관동륜이행(以其陰(根) 關桐輪而行)'이라 기록했다.

만반의 준비가 끝나고 여불위의 집 뒤뜰에서 드디어 방망이 대회가 개최되었다. 각각 방망이에 자신이 넘치는 30명에 이르는 선수들은 각자 자신만만하게 경기에 임했다. 그러나 바퀴가 너무 무거워서

인지 30명 중 27명은 어이없이 예선에서 탈락해 버렸다. 즉 바퀴를 안정시킬 수도 없었던 것이다. 그런데 예선을 통과한 3명도 하나는 세 걸음 만에, 또 하나는 다섯 걸음에서 바퀴를 떨어뜨렸다. 그러나 마지막 남은 사나이는 왕복 30보를 걸으면서도 여유를 부리고 바퀴를 건채로 자리에서 일어섰다. 뜻밖에도 그 대회장에서는 큰 박수갈채가 일었다. 당당한 우승자였다.

우승자는 평소에는 노새를 끌고 고약을 팔면서 전국의 사창가를 누비고 다니던 노애(嫪毒)였다. 여불위는 예선을 통과한 자에게는 상금을 내리고 참가자 전원에게 선물을 주었다. 우승한 노애는 우선 사인들 틈에 끼게 하고 막대한 포상을 내렸다.

선수들은 기뻐하며 각자 고향으로 돌아갔다. 그러나 누구보다도 기뻐한 것은 드디어 대단한 대타자를 찾아낸 여불위였다. 그는 그 대회의 소문을 조비 주위에 흘려보냈다.

이상하게도 이런 소문은 매우 빠른 속도로 퍼지는 법. 예상대로 삼일 째 되는 날, 그 소문의 진위를 확인하기 위해 조비는 여불위를 은밀히 불렀다. 사실임을 확인한 조비는 노애에게 군침을 삼켰다. 그 뜻을 헤아렸다는 듯이 여불위는 노애를 태후전으로 들여보낼 준비를 했다. 먼저 노애를 태후전으로 들여보내 태후전 경호관들에게 체포하게 하여 태후전 침입죄를 입게 했다. 내전에 침입하는 것은 부죄(腐罪: 음경절단형)에 처해진다. 그래서 법에 따라 노애의 음경을 잘라내었다. 아니 실은 노애의 음경 대신에 노새의 음경을 잘라내어 성문에 내걸었다.

그것을 바라보고 백성들은 무엄하게도 내전으로 침입한 변태자라고 하면서 과연 물건이 다르다고 소곤거렸다. 그것을 확인한 여불위는 규칙에 따라 노애의 눈썹과 수염을 뽑은 다음 사역인으로서 태후 전에 들여보냈다.

대단한 대기인 조비도 노애와의 처음 대면에서는 그 무시무시함에 비명을 지르지 않을 수 없었으나 곧 익숙해져 한시도 노애를 옆에서 떠나지 못하게 했다. 그 소식을 들은 여불위는 어깨의 무거운 짐을 내려놓은 속 시원한 심정이었으나 자신도 모르게 이상한 질투를 느꼈다. 그러나 지나치게 잘 된 일은 항상 위험부담을 내포하고 있어 여불위 신상에 얼마 후 어이없는 재난이 닥치게 되는데 여불위는 그 것을 눈치채지 못했다.

세끼 밥도 잊고 노애와 열렬하게 놀아난 조비는 얼마 안가서 임신을 하게 되자 당황하기는커녕 오히려 사랑이 열매 맺은 것을 기뻐했다. 그러나 조비도 자신의 아들이지만 진왕 정은 역시 두려운 상대다. 그래서 조비는 이유를 만들어 함양에서 2백 리 떨어진 옛 도읍인 옹성(雍城: 섬서성 봉상현)에서 살고 싶다고 청했다.

옹성에는 옛 궁전이 그대로 남아 있었다. 진왕 정은 조비와 노애의 관계를 눈치채지 못했다. 그러나 여불위와의 관계를 알고 있던 진왕 정은 두 사람을 갈라놓을 좋은 기회라 생각하고 쾌히 태후를 옹성으로 옮기게 했다. 여기서도 기뻐한 것은 진왕 정보다 여불위였다. 여불위는 가장 큰 고민거리를 해결했기 때문이었다.

조비에 관한 고민거리를 처리한 여불위는 이어 또 하나의 고민거리를 제거하기 위해 움직이기 시작했다.

진왕 정에게는 성교(成蟜)라 하는 장안군(長安君)으로 봉해진 아우가 있었다. 약점이 있으면 괜히 신경과민이 되는 법이다. 여불위는 그 장안군이 언젠가는 진왕 정의 출생비밀을 알아내고 왕위를 위협하는 것은 아닐까 하고 겁을 먹고 있었다. 게다가 장안군에게는 번어기(樊於期)가 결탁하고 있었다. 번어기는 사려가 얕은 맹장이며 여불위에게 적의를 품고 있었다. 그래서 여불위는 한 가지 방법을 생각해냈다.

진시황제 8년, 여불위는 진왕 정에게 진언하여 장안군을 대장으로, 번어기를 부장수로 임명하여 조나라를 치게 했다. 이때 장안군의 나이는 아직 17세였다.

"열일곱 살 밖에 안 된 장안군에게 군권을 맡기는 것은 무리한 처사가 아니오?"

일부 조정신하들은 불만을 나타냈다.

"그러기에 용맹한 부장수을 수행시켰소. 왕의 권위를 반석으로 다지기 위해서는 왕족이 젊어서 전공을 세울 일 말고는 없소."

여불위는 장안군에게 말했다.

"그렇다면 노련한 무장 몽오라도 전열에 참가시키는 것이 어떻겠소?"

불안을 표명한 조정신하 중 한 명이 제안했다.

"좋겠지."

여불위는 즉시 대답했다. 그러나 실은 이때 조정회의에서 발언한 자들은 모두가 여불위의 심복이었다. 불안을 표명한 것도, 제안한 것도 모두가 연극이었다. 미리 장안군이 통솔하는 조나라 정벌군 편성과 전략의 틀을 맞추기 위해서였다.

이렇게 하여 10만 조나라 정벌군은 두 군대로 나뉘어졌다. 하나는 5만 군사를 통솔한 몽오의 제1진이 선발대로 조나라 영토를 침입했다. 장안군이 이끄는 제2진은 우선 둔류(屯留: 산서성 둔류현)에서 주둔하면서 전황에 따라 출격하기로 했다.

얼핏 보기에는 장안군을 배려한 것 같이 보였지만 그것은 교묘하게 짜인 함정이었다. 다른 사람은 알지 못하지만 둔류에는 포고(蒲鶮)라고 하는 장사꾼이 있었다. 지난 날 여불위가 장사를 했을 때 값을 경쟁하여 여불위에게 파산당한 일이 있는 장사꾼이었다. 그 포고가 지금도 여불위를 원망하고 있다는 것을 여불위는 알고 있었다. 장안군이 병사를 둔류에 주둔시키면 포고가 역시 장안군의 보물을 탐내서 그것을 탈취하려 할 것이라고 여불위는 판단했다.

과연 장안군이 둔류성에 들어가니 포고가 접근해 왔다. 포고는 먼저 부장수인 번어기에게 접근하여 선동했다. 그는 진왕 정의 출생 비밀을 알고 있었다. 그래서 진왕 정을 폐위시키고 정적인 장안군을 왕위에 앉히라고 선동했다. 또한 미약하나마 자신의 가산을 털어 민병을 조직하여 목숨을 걸고 돕겠다고 했다.

싸움에는 강하지만 머리가 단순한 번어기는 도깨비라도 잡은 듯이 기뻐했다. 즉각 장안군이 결심하여 궐기할 것을 재촉했으나 장안군은 주저했다.

"이것은 정당한 권리를 회복하는 일이며 이른바 모반은 아닙니다. 대의명분이 있습니다. 그러므로 조정신하들도, 백성들도 모두 우리를 편들 것입니다."

번어기는 포고가 말한 대로 장안군에게 말하며 용기를 북돋았다.

"그러나 뜻대로 되지 않고 패할 경우는 어찌하겠소?"

장안군은 뜻밖에도 신중했다.

"만일 그렇게 된다면 연나라로 망명하여 중원 여러 국가들과 결집하여 함양으로 쳐들어갈 방법밖에 없습니다."

번어기는 간단하게 말했다. 아무리 대단하다곤 해도 장안군은 역시 아직 17세의 소년이었다. 번어기가 끈질기게 선동하자 마침내 장안군은 모반을 결심하고 함양을 향해 반기를 들었다. 그렇게 되기를 여불위는 기다리고 있었다. 뜻밖에도 빠른 장안군의 반응에 여불위는 자기도 모르게 회심의 미소를 지었다. 즉각 왕전(王翦)이 십만 병사를 이끌고 둔류로 향했다. 물론 반란군을 토벌하기 위함이었다.

 둔류에 도착한 왕전에게 장안군은 사자를 보냈다. 대의명분에 따르라고 왕전을 설득했다. 그러나 왕전은 설득에 응하지 않고 가차 없이 성을 공격했다.

 그런데 장안군이 모반한 것을 알고 누구보다도 당황한 것은 이미 조나라로 침입하여 조나라 군사와 싸우고 있던 몽오였다. 그것이 여불위의 음모임을 알지 못한 몽오는 잘못하면 모반의 연대 책임을 지게 될지도 모른다고 생각하니 오금이 떨렸다. 그것을 면하는 길은 오로지 하나, 반대로 장안군 휘하의 제2진을 공격하는 일이었다. 몽오는 그렇게 생각하고 실행에 옮기려 했으나 눈앞에는 조나라 대군에 가로막혀 있었다. 섣불리 철수하면 추격을 받게 되고 큰 피해를 입게 될 것이 뻔했다.

 그래서 심각한 고민 속에 빠졌지만 역시 몽오는 백전연마와 노장이었다. 몽오는 먼저 조나라 군사에게 맹렬한 공격을 가한 뒤에 서서히 군대를 철퇴시켰다. 작전은 좋았지만 그 때문에 시간이 지체되었다. 둔류로 진격하는 도중에 둔류성은 이미 함락되고 있었다. 몽오는 뜻밖의 큰 공을 세우게 되었다.

 둔류성을 함락하기 직전에 장안군은 번어기와 포고의 호위를 받으며 연나라로 망명하려고 성에서 빠져 나갔다. 그런데 몽오는 세 사람과 우연히 만나 세 사람 모두를 생포한 것이다.

세 사람을 생포한 몽오는 둔류성에 들어가 왕전과 합류했다. 왕전은 일단 세 사람을 성 안에 감금하고 함양에서의 지시를 기다렸다.

도성에서 소식을 전해들은 여불위는 무릎을 치며 기뻐했다. 그리고 진왕 정에게 진언했다.

"모반을 선동한 것은 번어기이며, 아직 나이가 어린 장안군은 용서해야 합니다. 그러나 이번 모반은 터무니없는 비어가 남발되었나이다. 하오니 관련이 있는 자는 모두 처형함이 마땅한 줄 아뢰옵니다.

"터무니없는 비어란 무어인고?"

진왕 정은 알면서도 고의적으로 물었다.

"전하의 출생에 관한 일입니다."

"그런 것은 아무래도 상관없노라."

"아닙니다. 사람 말에는 독이 도사리고 있는 법입니다."

"그만! 그런 것을 두려워할 필요는 없느니라. 누가 뭐라 해도 과인은 군주인 것을."

"하오나, 전하…."

"상관 없다하지 않았느냐. 그보다 좋은 기회라 이번에 분명히 말해두겠노라."

진왕 정은 자세를 바꾸어 뜻밖의 말을 시작했다.

"실은 3년쯤 전에 과거 3대 왕을 섬긴 객경의 채택(蔡澤)과 사냥을 나간 일이 있었소. 그때 사냥터 몰이꾼들이 왕의 용안이 재상과 비슷한데 어쩌면 두 사람은 부자지간이 아닐까 라는 말을 우연히 들었소."

"어떤가, 닮았느냐?"

그날 밤 진왕 정은 채택에게 물었다.

"닮았다고 생각하면 닮은 것 같고, 닮지 않았다고 생각하면 전혀 닮지 않았습니다. 그러나 그것은 아무런 상관이 없는 것입니다. 왕권을 이어 받는 것은 기량이지 혈통이 아닙니다. 현실적으로 제나라는 강(姜)씨 나라였지만 전(田)씨 나라로 바뀌었습니다. 진(晉)나라는 조나라·위나라·한나라 이렇게 혈통을 달리하는 세 나라로 나눠져 있습니다. 지난 날 제나라의 훌륭한 재상 안영(晏嬰)은 이렇게 말했습니다. '정당한 수속을 밟고 왕좌에 오르면 그 사람이 왕이다. 왕의 권위는 왕좌에 유래하는 것으로, 왕이 된 자가 타고나면서 갖춘 것은 아니다.' 즉 왕권을 획득하는 방법은 법에 정해진 절차입니다. 다만 그것을 끝까지 지키는 것은 왕의 기량, 즉 힘입니다. 힘이란 대외적인 강제와 대내적인 자제를 뜻합니다. 그 강제와 자제가 겸비되어 또한 균형을 이루지 않으면 왕좌에 갖추어진 권위를 발휘할 수가 없습니다. 또한 왕의 자제를 수반하는 강제의 힘이 왕좌의 권위에 바쳐져서 권력이 되는 것입니다. 자제를 수반하므로 권력은 만능이지만 그것을 행사하는 것은 흔히 생각하는 만큼 즐거운 것이 아닙니다. 그렇습니다. 왕권을 부여받은 재상의 경우도 같습니다. 그러므로 신은 재상 자리에서 일찌감치 물러났습니다. 하지만 물론 왕은 그렇게 간단하게 물러날 수는 없습니다. 황공하지만 즐겁거나 즐겁지 않거나 왕에게는 왕좌를 지키는 사명이 있는 것입니다. 왕권은 왕 자신을 위해서만이 있는 것은 아닙니다. 세상 질서를 위해서도 권위가 존재해야 하는 것입니다. 그리고 그 질서를 유지하기 위하여 행사되는 것이 말하자면 권력인 것입니다. 따라서 정치란 그 권력을 행사하는 기술입니다. 그러므로 국왕에게 중요한 것은 그 권위를 지키고 절도 있게 그 권력을 행사하는 것입니다. 그 밖의 일은 생각해서는 안 됩니다. 하물며 왕의 용안이 누구를 닮던 간에 그런 것은 문제되지 않으며 그런 일에 마음을 써서도 안 되는 것입니다."

채택은 일장 연설로 이치에 맞게 진왕 정을 설득했다. 그때 채택이 한 말 중에 납득이 가지 않는 점도 없지 않았지만, 진왕 정은 감동하여 마음을 바꾸었다. 그리고 깨끗이 마음에 있던 응어리를 씻어 버렸다.

이번에 분명히 말해둔다고 진왕 정이 여불위 앞에서 자세를 고쳐 말한 것은 이 말이었다. 즉 진왕 정은 일부러 채택의 말을 소개하면서 그 결의를 나타냄과 동시에 여불위에게 다짐을 해두었다. 여불위에게 쓸데없는 생각은 버리라고 못을 박았던 것이다.

"그러므로 과인의 얼굴이 누구를 닮든 전혀 문제되지 않노라."

진왕 정은 힘을 주어 말했다. 여불위는 그 순간 아찔했다.

"하오면 장안군을 용서하실 작정이십니까?"

여불위는 갑자기 좀 더 정중한 말투로 말했다.

"아니, 용서하지는 않겠노라. 단 비어를 남발한 것에 대해서는 대국에 영향이 있다고는 생각하지 않으므로 그 점은 용서하노라. 그러나 왕의 권위에 도전하여 조정 권력에 역행한 모반죄는 단연코 용서하지 않겠노라."

진왕 정은 사로잡은 장안군의 목을 베어 내걸라고 명했다.

"번어기와 포고는 목을 벤 뒤 삼족을 멸하고 장안군 막료와 군사는 전원 참수, 반란에 가담한 둔류 주민은 모두 변경 임조(臨洮: 감숙성 민현)로 옮기도록 해라."

하고 명령했다.

이리하여 장안군 모반사건은 일단락을 지었다. 여불위는 평생의 고민거리를 해소시킨 셈이다. 그러나 또 새로운 고민이 생겨났다. 이번에는 상대가 진왕 정이니 만큼 그 고민은 더욱 심각했다. 친아버지 인줄 알면서도 면전에서 '그런 것은 전혀 문제되지 않는다'고 딱 잘라 말한 것을 듣고 내심 슬프면서도 기특한 생각에 칭찬해 주고 싶은 마음이 가슴 한 구석에서 꿈틀거림을 느꼈다.

그러나 정치 세계에서는 그런 감상이 들어갈 틈은 어디에도 없다. 여불위 역시 포고처럼 정도의 차이는 있었으나 보물을 취하여 완벽하게 성공한 것은 아니었다. 실은 파멸의 시기가 눈앞에 닥치고 있었다. 그것을 예고라도 하듯이 그 해에 황하가 범람했다. 물고기는 사람보다 현명해서 황하가 범람하기 전에 물고기들은 일제히 상류인 위수(渭水)로 피했다고 『사기(史記)』는 기록을 남기고 있다.

다음 해 진시황제 9년, 진왕 정은 스물두 살이 되었다. 그러나 왠지 성년을 맞는 해에 마쳤어야 할 대관대검(戴冠帶劍)의 의식을 하지 않았다. 이 해도 중반을 지나 가을이 되었다.

그런데 뜻밖에 옹성으로부터,

늠름한 모습을 이 눈으로 보고 싶으니 대관대검의 의식을 옛 도읍 옹성에서 행하도록…

하고 태후의 요망을 전하는 사자가 함양에 나타났다. 진왕 정은 태후 조비의 속셈을 알고 있었다. 그래서 잠시 주저했으나 마침내 옹성에 갈 것을 결심했다.

그에 앞서 진왕 정은 성대한 관병식(觀兵式)을 열었다. 그리고 자기가 없는 동안의 일을 여불위에게 맡기고 장군 왕전에게 성을 지키도록 명한 후 성문을 나섰다. 배후에는 장군 환의(桓齮)가 지휘하는 3만 정예 부대를 거느리고 있었다.

옹성은 위수 상류에 있었다. 강을 따라 만들어진 도로는 일직선으로 서쪽으로 뻗어 있었다. 만추로 단풍진 길가의 경치는 참으로 아름다웠다. 그러나 진왕 정의 어두운 마음은 그 경치에도 밝아지지 않았다. 진왕 정은 다만 서쪽으로 향해 걸음을 재촉했다.

조비가 옹성으로 옮긴 지 3년이 지났다. 옹성에서 조비는 노애와 더불어 아무 부끄럼 없이 부부처럼 지내고 있었다. 함양에서 임신하여 옹성으로 와 사내아이를 낳았을 뿐만 아니라, 그 다음 해에 또 다시 사내아이를 출산했다.

노애는 옹성에서 성주 행세를 하고 있었다. 아니 군주처럼 행동했다. 그는 조비의 힘으로 장신군(長信君)이란 칭호까지 하사받았다. 그 채읍의 산양(山陽: 하남성 수무현)에서 거두는 막대한 세금으로 이미 천 명을 넘는 식객을 거느리고 있었다. 그리고 입버릇처럼 언젠가는 여불위의 자리를 탈취한다고 호언하고 있었다. 즉 노애와 조비는 자신들 사이에 낳은 이를 왕위에 앉히려고 음모를 꾸미고 있었던 것이다.

묘한 야망에 불을 붙인 것은 다름 아닌 조비였다. 조비는 진왕 정을 암살할 계획을 세워놓고 있었다. 그래서 대관대검 의식을 구실로 진왕 정을 유인해 냈던 것이다.

노애에게는 천 명이 넘는 식객과 성 안의 문지기에서 집사에 이르기까지 무예에 뛰어난 자도 상당수가 있었다. 이를 미끼로 진왕 정을 암살하는 것은 식은 죽 먹기라고 조비는 자신만만했다.

그러나 진왕 정은 첩자의 보고로 옹성의 모든 동정을 자세하게 알고 있었다. 그러므로 옹성에 도착한 진왕 정은 환의 휘하 정예부대를 성 아래에 숨겨두었다. 고르고 고른 근위병과 시종을 백여 명 정도 대동하고 옹성에 들어가 근년궁(蘄年宮)에 여장을 풀었다.

태후는 대정궁(大鄭宮)에서 살고 있었으며 근년궁과 대정궁은 상당한 거리가 있었다. 대정궁의 진왕 정은 도착 보고를 겸하여 내일 아침 태후를 대면하고 싶다는 뜻을 전하는 사자를 보냈다. 그리고 그날은 그대로 근년궁에서 꼼짝도 하지 않았다.

그날 밤 이경(10시)을 알리는 종소리와 함께 대정궁의 동태가 어수선 해졌다. 근년궁에 입궁한 진왕 정의 동정은 시시각각 대정궁에 전해지도록 되어 있었다. 노애가 상당한 수의 식객을 근년궁 사용인으로 잠입시켜 두었기 때문이다. 그러나 날이 저물자 근년궁 사용인들은 모두 한 곳에 모아져 감금되었다. 그래서 대정궁에 들어가야 할 연락이 끊겨 버렸던 것이다.

뭔가 이변이 생겼다고 깨달은 조비와 노애는 당황했다. 사태가 이쯤에 이르자 조비는 도망치려 했다. 그러나 노애는 계획을 바꾸어 한밤중에 근년궁을 습격하자고 조비를 격려했다. 조비도 마침내 승낙하고 움직이기 시작하여 어수선해졌던 것이다.

옹성에는 병사가 적은 수였으나 수비대가 있었다.

"근년궁에 도적이 침입했다. 놈들을 일망타진하기 위해 궁전을 포위하라!"

노애는 태후 이름으로 출동을 명했다. 그러나 평소부터 길들여 놓았던 대장이 뜻밖에도 출동을 주저했다. 왕명이 있기 전에는 출병하기가 곤란하다고 구실을 삼았다. 실은 이때 수비대의 지휘권은 이미 환의가 비밀리에 보낸 특명 장수 손에 넘어가고 있었다. 그러나 그런 사실은 꿈에도 알지 못하고 있는 노애는 거듭 태후의 날인을 찍어 위조한 왕의 출동명령서를 수비대장에게 주었다. 모반의 증거를 잡은 특명 장수는 즉각 사자를 보내서 환의에게 보고했다.

암살계획은 수비대에게는 진의를 알리지 않고 근년궁을 포위시키도록 되어있었다. 사용인으로 변장한 식객이 궁전 문을 열어 주면 무장한 식객들이 침입하여 진왕 정을 살해한다는 계획이었던 것이다. 수비대는 때를 보아서 출동했다. 이미 노애의 식객 중 거의 반수가 무기를 가지고 근년궁을 포위하고 있었다. 그런데 열려야 할 성문이 열리지 않아서 성 안에 들어가지 못하고 우왕좌왕하고 있었다. 수비대는 조용히 그 배후를 포위했다. 그리고 무장한 식객들을 일망타진했다.

이미 입성한 환의 휘하의 부대는 대정궁을 포위하고 있었다. 그리고 어려움 없이 노애와 그 부하들을 포박했다. 그러나 아무리 찾아도 조비가 낳은 두 아들의 모습은 보이지 않았다. 할 수 없이 태후의 시녀들을 잡아서 그 아들 두 명을 내놓지 않으면 모조리 참수에 처한다고 위협하여 끝내 자백을 받아냈다. 그리고 찾아온 두 아이를 따로 자루 속에 집어넣고 태후가 보는 앞에서 바닥에 집어던져 죽였다.

다음 날 아침, 잡혀온 식객들은 모두 처형되었고 남은 식객은 즉시 추방을 언도받았다. 노애는 자백서를 쓰게 하여 군법회의에서 차열형으로 처형되었다. 진왕 정은 그대로 태후를 만나지도 않고 옹성을 떠났다. 도성을 떠나올 때보다 더욱 무거운 마음으로 묵묵히 함양으로 귀환했다.

함양에 돌아온 진왕 정은 여불위가 법을 어겨 노애를 내전으로 들여보낸 혐의로 여불위를 재상직에서 몰아내고 도성에서 쫓아냈다. 그리고 노애의 자백서를 근거로 다음 해 낙양의 채읍에서 칩거하고 있던 여불위에게 노애의 자백서를 들이대고 그 일족을 촉(蜀: 사천성)

나라 땅으로 추방시켰다. 촉나라로 쫓겨난 여불위는 아무래도 추격을 피할 수가 없을 거라고 체념한 끝에 촉나라 땅에서 짐주(酖酒: 짐새의 털을 넣은 독주)를 마시고 스스로 목숨을 끊었다.

짐주가 담긴 잔을 들고 여불위는 '피는 물보다 진하다고 하는 말은 거짓말이다'라고 중얼거렸다고 한다.

제62장
수유만금불능용일수
(雖有萬金不能用一銖)

진시황제 10년, 진나라로 침입한 한나라의 대 첩보단이 적발됐다. 정국(鄭國)이라고 하는 수공(토목기술자)을 그 두목으로 하는 한 무리의 수공이 실은 첩자였다는 것이었다.

진시황제 원년에 진나라는 경수(涇水)에서 물을 끌어들이는 대규모의 관개수로를 완성시켰다. 그 덕분에 2년 후에 닥쳤던 큰 가뭄에서 농사를 구하고 나아가서 비약적으로 농업생산을 발전시켰다. 그때 관개수로의 효능을 깨달은 진나라는 다시 위수에서 물을 끌어들이는 새로운 수로를 구축하는 계획을 세웠다. 그 계획을 듣고 정국과 그의 일당이 진나라로 들어왔던 것이다.

수로를 파기 위해서는 그에 앞서 측량을 해야 된다. 측량기술자이기도 했던 수공들은 먼저 지형을 답사하여 측량을 시작했다. 그런데 그렇게 하여 제작한 지형도와 측량도, 그리고 훗날 수로의 설계서를 포함하여 몽땅 한나라에 몰래 빼돌렸던 것이다.

그것이 발각되어 첩보행위로 적발되었다. 분명히 그 자체는 부인할 수 없는 첩보행위였다. 그러나 한나라 측의 본뜻은 참으로 어이없는 일이었다. 그냥 관개수로 공사라고는 하지만 관개수로의 규모에 따라서는 국가적인 대공사이기도 했다. 그 대공사가 시작되면 진나라가 군사행동을 삼가게 되지 않을까 하고 어리석게도 한왕안(韓王安)은 그렇게 생각하고 정국 일행을 진나라로 잠입시켰던 것이다. 밀명을 받은 정국이 도면을 보낸 것은 그들이 한왕안이 원하는 대로 원대한 공사 계획을 세웠다는 것을 증명하기 위해서였다.

그러나 진나라 조정은 큰 '첩보사건'으로 소란스러워졌다. 때는 공교롭게도 함양 성내를 제집 드나들 듯이 활보하고 다니던 여불위의 식객 천 명을 겨우 추방한 직후였다. 게다가 노애와 그 식객들이 반란을 일으킨 직후이기도 했다. 그래서 별안간 조정에서는 '축객령(逐客令)'을 제정할 움직임이 보였다. 그 결과 진나라에서 '객(客: 외인)을 쫓아내자'고 의견이 모아졌다. 여기서 객이란 식객만을 가리키는 것은 아니었다. 당연히 채택과 이사와 같은 객경 역시 그 대상이 되었다.

때마침 진왕 정도 노애의 난을 진압하고 옹성에서 돌아온 직후여서 이른바 식객들에게 혐오감을 품고 있던 때였다. 진왕 정도 이의가 있을 리 만무였으며 축객령은 순조롭게 조정회의에서 통과되었다.

그 축객령에 놀란 것은 그 당시 객경으로 승진한 직후에 있던 이사였다. 겨우 얻게 된 지위를 잃으면 큰일이라고 당황한 나머지 진왕 정에게 상서를 올렸다.

"축객령을 제정한 것은 아무리 생각해도 옳지 못한 것입니다. 그 옛날 무공(繆公)께선 서에서 유여(由余), 동에서는 백리해(百里奚)를 얻어 나라를 합친 것이 20건에 이르렀습니다. 그것으로 인하여 진나라가 서역을 제패한 것은 아시는 바와 같습니다. 효공께서는 상앙을 등용하여 법을 바꾸고 풍속을 새롭게 하여 부국강병을 실천했습니다. 오늘날의 진나라의 융성이 그때에 구축된 기초 위에 성립되어 있음은 분명한 사실입니다. 더욱 혜왕께서는 장의를 등용하여 항진(抗秦)을 뜻하는 '합종'을 타파하고 '연형'을 제창함으로써 중원 여러 국가들의 단결을 교란케 했습니다. 중원 여러 나라들이 지금까지도 그 후유증을 앓고 있는 것은 보시는 대로입니다. 그리고 소양왕께서 범저를 기용해서 양제후와 화양군을 추방하여 사문(私門)을 막아서 왕실의 힘을 굳혔습니다. 이들 공신은 모두 객(客)이었습니다. 만약 이 네 분의 군주가 네 공신의 객을 배척했다면 오늘날과 같은 진나라의 영화는 바랄 수도 없는 일입니다. 게다가 지금 폐하께서는 곤산(昆山)의 옥, 사구(蛇丘)의 수주(隨珠)를 몸에 걸치시고 태아(太阿)의 검을 차시고, 섬리(纖離) 말을 타시며 취봉(翠鳳) 깃발을 펄럭이며 영타(靈鼉)의 북을 들고 계신데, 그런 보물들은 모두 외국에서 가져온 것입니다. 만약 진나라에서 나는 것 외에는 사용을 금한다고 하신다면 야광의 벽을 조정에 장식할 수도, 물소 가죽과 상아 그릇 등을 사용할 수도 없으며, 준마를 키울 수도 없습니다. 또한 후궁에서 미를 다투는 조·정·위나라의 미녀들도 외국으로부터 왔습니다. 또 강남의 금석(金錫)과 서촉(西蜀)의 단청(丹靑: 화장품)이 없다면 후궁에 기거하는 미녀들을 더욱 아름답게 꾸밀 수도 없습니다. 이와 같이 진나라에서 나온 것이 아니어도 중요한 것들은 얼마든지 있습니다. 마찬가지로 비록 진나라에서 태어나지는 않았으되 진나라를 사랑하고 진나라 왕께 충성을 맹세하는 유능한 인물이 있음은 말할 나위도 없습니다. 그런 연유로 악화(惡貨)를 구축하기 위해 양화(良貨)를 외국으로 쫓는 것은 적에게 무기를 넘겨주고 도적에게 양식을 주는 것과 같은 어리석음입니다. 축객령을 제정하는 것은 현명한 처사가 아니옵니다. 통촉하시옵소서."

이사는 능변으로 반대를 표명하여 축객령을 파기할 것을 호소했다.

그 말을 듣고 진왕 정은 고개를 끄덕였다. 진왕 정은 처음부터 축객령을 공포해도 유능한 이사와 믿음직스러운 채택, 두 사람에게는 예외를 적용하여 구제하리라고 생각하고 있었다. 그러나 생각을 고쳐 축객령을 철폐해버리기로 했다.

그 직후에 저명한 증조부를 둔 유서 깊은 가문 출신의 위료자(尉繚子)가 불현듯 함양성에 나타났다.

소위 병법칠서에 『육도(六韜)』 『손자(孫子)』 『오자(吳子)』 『삼략(三略)』 『사마법(司馬法)』 『이위공문대(李衛公問對)』와 나란히 『위료자』라는 것이 있다. 저자는 위료자인데 두 명의 손자가 있었듯이 두 명의 위료자가 있었다. 선대의 위료는 손빈(孫臏)과 거의 같은 시대의 인물이므로 이때 함양에 모습을 나타냈던 이는 그 증손인 위료였다. 그러나 증손자인 위료자의 존재를 아는 자는 적었다.

손오의 병법은 시간을 초월해서 쓰인 보편적인 글이었다. 그러나 위료자의 병법은 분명히 전국시대의 전란을 모아서 쓴 병법지침서이다. 아니 전국시대의 종결을 의도한 처방전이었다. 따라서 보편성에는 다소 미치지 못하나 그만큼 현실적이며 구체적이었다.

함양에 나타난 위료는 날이 저문 후에 객경 채택의 집을 찾아갔다. 위료가 찾아왔다고 하는 소리를 듣고 채택은 순간 고개를 갸우뚱거리다가 급히 옷을 차려입고 위료를 정중하게 맞이했다. 채택은 병법서 『위료자』의 애독자였다.

그 저자가 아직 생존해 있다면 이미 백 살을 넘은 노인일 것이다. 그러나 채택이 현실로 맞이한 위료는 아직 장년이었다. 채택은 당황하는 빛을 노골적으로 얼굴에 나타냈다.

"증조부님 덕분에 어디든 안심하고 무사히 통과할 수 있소. 참으로 감사한 일이오. 하루 저녁 신세를 질까 하오. 실은 조금 전에 친구 소개로 객경 이사를 찾아갔었소. 호쾌하게 맞아주기는 했으나 소개한 친구의 안부를 묻지도 않더이다. 게다가 그 위인은 자기가 대관(大官)임을 너무 우쭐해 하는 것 같았소. 그런 얼굴로 옛 친구를 소중히 여기지 아니함은 대개가 별 볼일 없는 인물이오. 그런 인물과 술을 함께 마신들 술맛이 날 것 같지가 않았소. 그래서 그 집을 나와 여기에 왔는데 폐를 끼쳐도 괜찮겠소?"

위료는 첫 대면에 인사도 하지 않고 엉뚱한 말을 했다.

"보시다시피 누추합니다만 언제까지고 계시도록 하십시오."

채택은 방긋 웃고 오히려 흥이 나서 술과 안주를 접대했다.

"훌륭한 나라는 백성을 부유케 하고(王國富民), 보통 나라는 선비를 부유하게 하고(伯國富士), 겨우 생존하고 있는 나라는 대부(大夫)를 살찌우고(謹存之國富大夫), 망하기 직전의 나라는 왕실 창고를 채운다(亡國富食府). 객경이 누추한 집에 살고 있다는 것은 진나라가 보통 나라는 된다는 증거요, 고마운 일이오."

하면서 위료자는 방을 둘러보았다.

"과찬의 말씀입니다. 지금 그 말씀은 『위료자』의 전위편(戰威篇)에서 읽은 듯합니다."

"오! 읽으셨다니 참으로 고마운 일이오."

"외울 수도 있습니다. 그리고 보니 제담편(制談篇)에 관중(管仲)이 10만의 병사를 일으키면 그 누구도 대적할 자는 천하에 없고(管仲有提十万之將天下莫敢富), 오기는 7만의 병사를 일으키면 천하에 감히 향하는 적이 없다(吳起有提七万之衆天下莫敢當). 그리고 손무(孫武)는 3만 병을 일으키면 천하에 감히 나설 자는 없다(孫武有提三万之衆天下莫敢當)고 했습니다만, 우리 위료 선생께서는 병사 몇을 일컬어 천하무적이라 하시겠습니까?"*

채택이 위료자에게 물었다.

"실은 인간을 상대로 싸우지 않고 바위산에서 호랑이를 쫓아 봤소. 그런데 자랑은 아니오만 지금까지 목표한 호랑이를 놓친 적은 한 번도 없었소."

"물론 그러실 테지요. 그 비결이라도 전수받을 수 있다면 영광이겠습니다만…."

"특별히 비결이라고 할 것까지는 없소. 적의 습성을 잘 알고 병사를 잘 훈련시켜서 필승의 태세를 갖추는 것이 전부요."

"과연 위료자의 병법 그대로시군요. 언제 한 번 데려가 주시지요."

"그건 어렵지 않소만, 좋은 병사가 없으면 할 수가 없소."

"저 쓸 만한 개를 빌릴 수는 있습니다."

"그러나 특수부대 병사와 같은 목적으로 훈련을 받은 개가 아니면 범 사냥에서 아무런 쓸모도 없소. 한나라에 있는 친구가 훌륭한 개를 가지고 있소. 그 개가 없으면 백전백승을 할 수가 없소."

"과연, 한나라에는 명견이 많다고 들었습니다. 그 친구의 개는 정말 뛰어난 명견이겠지요?"

"아니, 아무리 명견이라도 호랑이를 보면 기가 죽게 되지요. 보통 개라면 호랑이 냄새만 맡아도 꼬리를 감추고 도망을 가는데 그것을

---

* 원문: 有提九萬之衆 而天下莫能當者 誰 曰 桓公也. 有提七萬之衆 而天下莫敢當者 誰 曰 吳起也. 有提三萬之衆 而天下莫敢當者 誰 曰 武子也.

그 친구가 머리를 짜서 훈련시켰소."

"그렇습니까? 친구 분은 사냥개를 다루는 명인이군요."

"아니 개를 다루는 것보다 사람을 다루는 명인이오."

"그렇다면 역시 병법가입니까?"

"최고의 지략계모를 겸비한 인물이오."

"예. 그럼 유세사(遊說士)입니까?"

"아니오, 유세 따위를 하면서 돌아다니는 가벼운 위인은 아니오."

"그렇게도 훌륭하십니까?"

"그렇소. 세인은 잘 모르겠지. 나보다는 두 배, 세 배 뛰어나지. 그런데 실은 부탁이 있소. 그 친구가 쓴 책을 진나라 왕께 보이려고 두 편을 가지고 왔소. 번거롭겠지만 그것을 진나라 왕께 전해준다면 고맙겠소."

"잘 알았습니다. 그런데 그렇게 훌륭하신 분의 글이라면 직접 전해드리는 것이…."

"그런 생각도 해봤소만, 보다시피 포의(布衣: 평민복)를 입고 있소. 게다가 겉치레가 성미에 맞지 않고 정중한 말씨를 써본 적도 없소. 그리고 다만 전해주기만 하면 되는 일이니 굳이 만날 필요도 없소."

"아니 사실은 저도 부탁이 있습니다. 얻기 어려운 기회입니다. 선생 같은 분이야말로 왕을 만나셔야 됩니다. 만나 보시면 아시게 되겠지만 진나라 왕께서는 옷차림이나 말씨를 문제 삼는 분은 아닙니다."

"호! 그건 마음에 드오. 포의를 입은 채로도 상관이 없다면 꼭 만나뵙고 싶소."

위료는 진지하게 말했다. 이야기는 잘 진행되어 두 사람은 날이 새는 줄도 모르고 앞으로의 시대에 관해 말을 나누면서 잔을 주고받았다.

이틀 후 위료는 진왕 정을 만났다. 진왕 정은 위료를 만나기 전에『위료자』를 다시 읽었다. 그리고 채택으로부터 위료에 관한 예비지식도 들었다. 또한 위료는 진왕 정을 만나기 전에 함양과 그 근변 영어(固團: 감옥)를 보고 다녔다.

세상에 대해서, 아니 남에게 무엇을 구하는 일이 없는 위료는 그 천의무봉(天衣無縫)차림과 행동으로 후대를 받은 적도 있었고 그를 상대도 해주지 않았던 그런 경험도 있었다. 그러나 그런 위료도 진나라 왕이 기다리는 방에 들어가서 진왕 정을 보고 매우 놀랐다.

먼저 위료는 자기가 입궐하고 나서 많은 시간을 기다려야 할 것으로 각오하고 왔는데 반대로 진왕 정이 자신을 기다리고 있었기 때문이다. 게다가 자리가 남북(왕은 남쪽에 향한다)이 아니라 주객이 동서로 대좌하도록 마련되어 있었다. 그것보다도 진왕 정이 위료에게 맞추어 포의를 입고 있었다. 깜짝 놀란 위료는 슬쩍 진왕 정의 눈치를 살폈다. 눈은 빛나고 있었지만 별다르게 자기를 존중하는 기색은 아니었다. 명배우 정도는 아니지만 상황과 상대에 따라서 연기를 할 줄 아는 연기자라고 생각한 위료는 그의 태도에 감동했다. 그리고 가볍게 고개만 숙이고 조용히 자리에 앉았다. 그가 늘 하는 대로 인사를 생략했는데도 진왕 정은 그것이 아무렇지도 않은 듯했다.

"군사(軍師)께서는 시대의 발소리가 들린다고 하셨다는데 이 세상은 어떻게 자리가 잡을 것으로 생각하시오?"

진왕 정은 갑자기 시대의 전망에 대해 물었다.

"군사임을 자인한 적은 없으므로 한 남자로서 말씀드리겠습니다. 천하를 살아감에 있어서 여기저기에 국경이 있다는 것은 번거롭기 짝이 없는 일입니다. 여기저기에 세관이 있는 것도 마찬가지입니다.

그보다도 각국에서 생산되는 물건들이 자유롭게 유통되지 못하기 때문에 많은 폐단이 생기게 됩니다. 세관 관리들과 교역 상인들만 살찌게 되고, 일반 서민들은 비싸게 사야 되기 때문입니다. 천하는 하나이므로 하나로 만들지 않으면 아니 됩니다.”

“하나가 될 거라고 생각하시오?”

“실은 그 형편을 알아보고자 진나라에 들어왔습니다. 천하를 하나로 만들 나라는 아마 진나라 말고는 따로 없을 것입니다. 즉 천하통일의 열쇠를 쥐고 있는 나라는 진나라라고 생각합니다.”

“그런데 그대의 느낌은?”

“언젠가는 가능할 것입니다. 그러나 아직은 앞길이 깜깜한 느낌입니다.”

“선생은 그저께 이 나라에 들어왔다고 들었는데….”

“말씀대로입니다. 그러나 이미 영어를 둘러보았습니다. 소어(小圄)에서는 수십, 중어에는 수백에 이르는 미결, 기결의 각 용의자나 수인(囚人)이 있었고, 대어에서는 그 수를 거의 수천으로 보았습니다. 대충 셈을 하여도 십만이 넘었고 전국이라면 수십만은 될 거라는 계산입니다. 손자의 병서에 ‘십만 스승을 내면 하루에 천금을 소비한다’라고 적혀 있습니다. 수십만에 이르는 사람을 가두어서 공밥을 먹이고, 병역으로도 쓰지 않고, 생산에도 종사시키지 않는 것은 참으로 비생산적인 일입니다. 그런 낭비를 하고 있는 한 천하통일은 바랄 수 없을 것입니다.”

“그건 법치를 확립하기 위해 연좌형을 엄하게 집행한 결과요. 어쩔 수 없소.”

“법의 집행을 엄하게 하는 것은 바람직한 일입니다. 그러나 뽑을 바로 잡고자 소를 죽여서는 아니 됩니다. 한 가지를 보면 만 가지를 안다고, 그래서 천하통일은 아직 멀었다고 말한 것입니다.”

“꼭 천하는 통일되어야 한다고 생각하는가?”

“그것은 소망이 아니라 현실적인 요구입니다. 첫째, 사람들은 5백 년을 이어온 전란에 못 견뎌 하고 있습니다. 시대의 귀추라고 말씀드릴 수 있겠습니다. 춘추의 제후들은 정치 장난을 즐겼으며 요즈음 왕들은 전쟁놀이에 여념이 없기 때문입니다. 본래 병(兵)은 조민벌죄(弔民伐罪) 도존구망(圖存救亡)을 위해서 일으키는 것입니다. 즉 폭학(暴虐)을 토벌하여 백성을 위로하고, 생존을 꾀하여 망함을 방지하기 위함입니다. 그러나 요즘 세상은 위협과 항전, 약탈 때문에 전쟁이 이어져 왔습니다. 참으로 어린아이 장난과 같은 것입니다. 어린아이가 장난감을 서로 빼앗으려고 다투는 것과 같습니다. 그래서 모처럼 대군을 움직여서 빼앗은 영토를 굳게 지키려 하지 않고 상대가 기회를 보아 탈환하도록 내버려두고 있습니다. 혹은 고귀한 보물을 내놓거나, 사랑하는 자식을 인질로 삼거나 또는 영지를 할양해 화평을 청하기도 하는데 이는 신뢰를 저버리고 타산하는 지혜조차 없는 짓입니다. 예를 들면 그렇게 해서 얻은 구원군 십만이란 수가 실은 반수도 되지 않고 게다가 그 병사들은 진정으로 싸우려 하지도 않고 시끄럽게 기세만 올릴 뿐 참으로 전쟁놀이 그대로요. 이래서는 전란이 그칠 날이 없을 것입니다.”

“그렇다면 그런 세태에 종지부를 찍는 방도는 뭐요?”

“그것을 할 수 있는 나라가 진나라 말고는 없다고 한다면 금방 말씀드렸듯이 진나라가 감옥에 가두어 둔 죄수의 수를 줄이는 일입니다.”

“그러나 진나라는 법치로 인하여 강대화된 나라요. 연좌형을 시행하지 않고는 법을 지킬 수가 없으며 법을 소홀히 하고서는 정치고 나라고 성립될 수 없소."

"옳은 말씀이십니다. 그러나 실은 그 속에 문제가 도사리고 있습니다. 즉 진나라뿐만 아니라 지금 천하에 만연해 있는 염전(厭戰: 전쟁에 염증을 느낌) 분위기야말로 문제인 것입니다. 이제는 병사를 이끌고 전쟁터로 향하는 장수들은 누구나 할 것 없이 병사의 뺑소니와 적전 도망을 방지하는 것이 승리의 열쇠로 여기고 있습니다. 그것은 염전사상이 만연하다는 증거입니다. 아마 진나라 감옥에 가득 찬 죄수들도 그 태반은 그와 같은 도망병에 연좌한 사람들임에 틀림없을 것입니다. 그 수가 감소함과 동시에 전란이 가라앉는 날 통일의 날은 다가올 것입니다."

"그날을 위해 무엇을 해야 한다는 말이오?"

"법 집행을 엄하게 한다고 해도 문제가 일어난 후에는 때는 이미 늦습니다. 과감하게 금사개새(禁舍開塞)를 단행할 일이오, 즉 대악을 금하고 소악을 용서하여 살 길을 열고 죽음에 이르는 길을 막는 일입니다."

"옳거니! 그것이 바로 위료자 병법의 핵심이었지. 이야기가 어려워지는데 잠시 쉬기로 하고 식사를 하는 것이 좋겠소."

진왕 정이 말했다. 이미 정오가 지나고 있었다. 그런데 진왕 정은 자리에서 일어나지 않고 회견장에 수라상을 가져오게 하여 위료와 한 상에서 함께 먹었다. 검소한 수라상이었다. 웬만해서는 송구함을 모르는 위료였지만 역시 황공해 했다.

"자, 배를 채웠으니 이번에는 천천히 병법을 강의해 주겠소?"
진왕 정이 말했다.

"그러면 말씀드리겠습니다."

위료는 장난기 있게 자세를 바로잡으며 헛기침까지 했다.

"최상의 병법이란 그것을 알면서도 병법을 쓰지 않는 것입니다."

위료는 위엄 있게 말투를 바꾸며 엄숙하게 말했다.

"참으로 좋은 가르침이오. 명심하겠소. 그러나 묘한 일이오.『위료자』에는 그런 말은 없었소."

"음, 맞습니다. 틀림없이 그런 글은 쓰여 있지 않습니다. 실은 이 말은 친구가 가르쳐 준 말입니다. 더 정확하게 말하면 풍자한 말이지요."

"무슨 뜻이오?"

"최상의 권모술책이오. 다 알고 난 후에 권모술책을 쓰지 않는 것이라고 그 친구는 가르쳐 주었습니다."

"좋은 말이오. 그런데 그 친구란 누구인고?"

"아! 참, 잊어버릴 뻔 했습니다. 실은 그의 저서 중에서『고분(孤憤)』과『오두』라고 제목이 붙여진 두 편을 지참했습니다. 그를 느는데 도움이 될 것이며 틀림없이 쓸모가 있을 것입니다. 그러면 천천히 읽어 보시지요."

위료는 가지고 온 책자를 진왕 정 앞에 내놓았다.

"저자 이름은?"

진왕 정은 책자를 손에 들고 궁금한 듯 물었다.

"그 이름을 아끼는 것은 아닌데 우선 내용부터 읽어보시지요. 흥미가 없다면 어차피 인연 없는 중생이지만 인연이 있다면 기꺼이 가르쳐 드리겠습니다."

"옳은 말이오."

진왕 정은 허심탄회하게 대답하고 책자를 옆에 놓았다. 그리고 이야기를 다시 시작했다.

"그런데 최상의 병법은 병법을 쓰지 않는 것이라고 했는데 구체적으로 예를 들면 어떤 말인가?"

"여러 나라들은 지금 전쟁놀이를 하고 있습니다. 전쟁놀이를 하고 있는 것은 그들에게 국가 의식이 없고 애국심이 없기 때문입니다. 재능을 팔고 다니는 유세사에게는 국가 관념 따위는 전혀 없으며 국가끼리 서로 상(대신)을 교란하고 있습니다. 그 기묘한 치상은 드디어 제도화되었는데 그게 가능했던 것은 나라의 개념이 혼미해졌기 때문입니다. 진심으로 나라를 지키려고 하는 것은 아마 왕실뿐일 것입니다. 아니 어쩌면 오로지 국왕 하나뿐일는지도 모르지요."

"음, 정녕 그럴지도 모를 일이오."

"그리고 마음대로 이동할 수 있는 농민에게는 나라란 있어도 그만, 없어도 그만이며 누가 왕이건 아무 상관이 없는 일입니다. 지난날 진나라 재상인 양후가 그 전형이었듯이 전쟁놀이에서 배를 채우는 자는 일부 조정신하들과 호상뿐입니다."

"옳은 말이오."

"게다가 이제 와서는 경대부들이 신분적인 특권을 유지하기가 곤란해지고 있습니다. 한편으로는 유통과 화폐제도가 보편화되고 세상은 황금만능의 시대로 접어들고 있습니다. 이제 경대부들의 자리를 지키는 것은 관작도, 식읍도 아니고 오로지 돈인 것입니다. 그래서 천금은 죽지 않고 백금은 형을 면한다는 말이 공공연히 통하는 시대가 되었습니다."

"잠깐! 분명히 『위료자』 장리편(將理篇)에 지금 말한 천금불사 백

금불형(千金不死 白金不刑)이라는 말이 있었고, 수유만금불능일수(雖有万金不能一銖)라고 이어지는데 구체적으로 어떤 뜻이오?"

"소문이 자자한 총명한 진나라 왕께서도 역시 구름 위의 사람이었나 보군요. 천금이 있으면 사형을 면하고 백금이 있으면 감옥을 면할 수 있다, 이런 뜻입니다."

"그런 일이!"

"법치국을 자인하는 진나라 할지라도 결코 예외는 아닐 것입니다. 모르는 사람은 황공하게도 왕뿐입니다."

"명심하겠소."

"꼭 그리하십시오. 그러니 천금이 아니라 만금을 준비해도 매수당하지 않을 정도의 관리 체제를 갖추도록 하시오. 단 한 푼이라도 쓰는 틈을 주지 마십시오. 수유만금불능용일수(雖有万金不能用一銖)로 이어지는 것입니다."

"알았소. 이야기를 다시 하도록."

"다시 말해서 경대부는 애국심은 없고 돈만 탐냅니다. 그래서 전쟁을 일으켜서 나라를 빼앗는 것보다는 조정신하들을 매수하여 나라를 팔게 하는 편이 손쉽고 싸게 먹힙니다. 즉 병사를 움직이는 것보다 돈을 움직이는 것이 더 효과적이라고 할 수 있습니다. 그러므로 최상의 병법은 병법을 쓰지 않는 것이라고 말씀드렸던 것입니다."

"돈은 얼마 쯤 있으면 된다고 생각하오?"

"우선 삼십만 금만 있으면 충분할 것입니다."

"알겠소. 돈은 얼마든지 낼 것이니 잘 부탁하오."

"아닙니다. 그건 본인이 할 일이 아닙니다. 매수하는 데에도 그 기술이 있는 법입니다. 신용이 두텁고 대인관계가 부드럽고 능변자이

면서 거짓말을 태연하게 할 줄 아는 사람이 아니면 그 일을 성사시킬
수가 없습니다."

"실무를 보는 자는 별도로 선정하겠으니 선생은 지시만 해주시오."

"그건 곤란합니다. 나그네가 국가 기밀에 관여하는 법은 없습니다."

"그렇다면 선생을 객경으로 임명하겠소."

"사양하겠습니다. 본인은 관리가 될 재목이 못됩니다. 게다가 등용
되면 선생이라고 불러주지도 않을 것이고, 규율을 지키고 말씨를 고
쳐야 하는 것은 고역입니다. 사양하겠습니다."

"그렇소. 그럼 특별 고문이라면 어떻겠는가?"

"잠시라는 조건이라면 생각해 보겠습니다."

"결정됐소. 기왕 병법을 강의하는 역할이니 면허 전수까지는 있어
줘야겠소. 싫다고는 않겠지요?"

"병법을 전수하는 것이라면 기꺼이 하겠습니다."

"그럼, 즉시 시작하도록."

진왕 정은 자세를 고쳤다. 가르침을 부탁받고 기쁘지 않은 자는 없
다. 그런데 진왕 정의 굶주린 듯한 지식욕에 위료는 질려 버렸다. 그
리고 왕의 요청에 따라 원관편(原官流)을 설명했다.

관무사치(官無事治: 관리는 할 일이 없이 한가하고)
상무경상(上無慶賞: 왕은 경상할 행사조차 없으며)
민무옥송(民無獄訟: 백성은 죄를 범하지 않고 소송거리도 없으며)
국무상고(國無商賈: 나라에 장사꾼 모습은 보이지 않고 사람들은 농공
　　　　　　　에 전념한다.)

"이것이 최상의 치세입니다."

위료는 설명했다. 진왕 정은 해가 저물도록 공부했다.

여담으로 그 원관편에서 알 수 있듯이 위료자의 병법이 '무위허정(無爲虛靜)'을 제창하는 노자 사상이 깔려 있음이 분명하다.

제63장
원견명찰(遠見明察)

위료가 진왕 정에게 병법을 강의하기 시작한 지 3개월째 해가 바뀌었다. 진시황제 11년, 조나라는 연나라를 쳐서 어양(漁陽: 하북성 밀운현) 성을 함락시켰다. 그 틈을 타서 진나라는 조나라로 출병하여 병사를 둘로 나누어 대장 왕전은 알여(閼與)를, 동시에 환희는 안양(安陽: 하남성 안양현)을 함락시켰다.

이 싸움에서 진나라 군사 중에 도망병은 한 명도 없었다. 출동하기 전에 진왕 정은 왕전에게 명하여 과거에 군공이 없었던 병사를 부대에서 제외하고 정원 열 명인 편성부대에서 두 명만 선출시켜 소수 정예부대를 편성케 했다. 즉 도망갈 우려가 있는 병사를 뽑은 것이다. 이는 위료자의 병법에 따라 감옥 안의 죄수의 숫자를 늘리지 않으려는 노력의 결과였다.

가르친 보람을 느낀 위료는 더욱 열성으로 진왕 정에게 병법 강의를 계속했다. 그리고 거의 일 년 후에 면허 전수를 언도했다.

위료의 가르침을 받는 동안에도 진왕 정은 위료가 설파한 여러 국가 조정신하들을 매수하는 공작을 계획대로 진행시키고 있었다. 그

공작을 담당한 것은 객경 이사였다. 위료는 각 나라를 두루 다니고 있었으므로 각 나라 조정신하들의 동향에 밝았다. 그 정보를 바탕으로 이사가 일을 진행시키고 있었다.

그러나 위료는 처음 대면한 인상부터 그랬지만 이사와는 무엇인가 맞지 않았다.

언젠가는 이사가 참언을 하리라는 것을 안 위료는 오래 있을 게 못 된다고 생각하며 말없이 진나라를 떠날 계산을 하고 있었다.

그러던 중 때마침 그 일을 알고 있었다는 듯이 진왕 정의 부름을 받았다. 어쩔 수 없이 위료는 궁전으로 발걸음을 옮겼다.

"틈이 나서 전에 받아 두었던 그 『고분』과 『오두』 두 편을 읽어보았는데 참으로 멋있소! 읽기 시작하자 감동으로 책을 놓을 수가 없었소. 그 저자를 만나 이야기를 나눌 수 있다면 죽어도 한이 없겠소."

진왕 정은 위료의 얼굴을 보자마자 말했다. 그는 책을 읽은 후의 흥분이 아직 가시지 않았던 모양이었다.

"그렇다면 약속에 따라 저자의 이름을 알려드리겠습니다."

"그럴 필요 없소. 한비(韓非)라 부르는 한나라의 서공자(庶公子)라고 이사에게서 들었소. 틀림없소."

"그렇습니다. 그리고 보니 한비는 이사와 같은 시기에 순경에게서 가르침을 받았습니다."

"뭣이? 이사는 그와 동문임을 말하지 않았는데…."

"실력이 모자랐기 때문이지요. 두 사람의 그릇은 격단의 차가 있다고 순자도 말했었습니다."

"그럴 테지. 그런 그의 저작만 보아도 명백하지. 그래서 부탁하노니 그 한비를 당장에 함양으로 부를 수 있도록 조처하오."

"그건 부질없는 짓입니다. 아무리 불러도 응할 위인이 아닙니다. 그는 지금까지 단 한 번도 유세하러 나선 적이 없습니다."

"그 이유가 무엇이오?"

"그에게는 한 치의 통속적인 야심도, 욕심도 없기 때문입니다."

"그런가? 선생 역시 그러하듯이 욕심 없는 위인은 대하기 곤란하구려."

"아니, 그자와 본인을 같이 논하는 것은 그에 대하여 예를 다하지 못하는 일입니다. 그는 고매한 이상과 역사적인 사명감을 지닌 위대한 인물입니다."

"그 이상과 사명감이란 도대체 무엇이오?"

"동주(東周: 춘추전국) 이래 벌써 5백여 년 동안 정치의 참모습을 찾아서 사람들은 여러 번의 시행착오를 거쳐 권력의 참뜻을 계속 모색해 왔습니다. 그 성과를 무시해서는 아니 됩니다. 그것을 정리하여 새 시대와 새 정치를 구축하지 않으면 안 된다고 그는 입버릇처럼 말하고 있습니다."

"과연, 듣고 보니 그『고분』편에서 그는 첫머리에 원견명찰(遠見明察: 멀리 보고 똑똑히 살핌) 이라는 말을 사용하고 있었는데 바로 그런 뜻이었구려."

"아니, 그건 본인도 잘 알 수가 없습니다. 그러니 그는 부국강병을 추진하는 시대는 지났다고 했습니다. 천하는 통일하지 않을 수가 없고, 그렇게 되지 않을 수도 없다고 했습니다. 문제는 어떻게 통일하느냐 하는 것과 통일된 천하를 어떻게 다스리느냐에 있다고 늘 말을 했습니다. 그의 관심은 그 한곳에 집중되어 있습니다. 그리고 그는 그러기 위한 방략을 찾아냈습니다."

"그 방략이란?"

"그것은 소인도 모릅니다. 그러나 한 마디로 말하면 봉건 왕국을 탈피하고 집권제국을 이룩하라는 말인 것 같습니다."

"그건 천재적인 발상이오. 그러나『고분』과『오두』두 편에서는 그것을 다루지 않았소."

"그렇습니다. 그것은 퍽 오래 전에 쓰인 것입니다. 하오나 다시 한 번 읽도록 하십시오. 틀림없이 그것이 서장(序章)임을 알게 될 것입니다."

위료는 진지하게 말했다.

『고분』과『오두』는 한비자(韓非子)의 저작 55편 중 2편이다.『오두』에서 한비는 역사를 뒤돌아보고 정치적인 변화 과정을 밟으면서 정치의 참모습을 고찰했다. 그리고『고분』에서는 법술(法術)의 개념을 정하여 '법술사'를 정치 무대에 등장시키라고 제창하고 있다.

법(法)이란 법률을 뜻함이 아니라 법률을 집행하는 기술을 말하며, 술(術)은 관료를 통제 감독하는 기술을 뜻한다. 따라서 법술사란 그런 기술과 기능을 겸비한 인물을 뜻한다.

법술사가 되기 위한 조건은 무엇보다도 그들이 '원견명찰'해야 한다는 점이다. 그들은 부패한 관료와 특히 붕당비주(朋堂比周: 도당을 만들어 서로 악행을 눈감아 줌), 상여일구(相與一口: 말을 맞추어 위로는 군주를 속이고 아래로는 백성을 속임)하여 정치를 좀먹는 중인(重人), 즉 우두머리격인 관료와 대결해야만 하기 때문이다.

원견이란 역사를 회고하고 전망하여 시대의 흐름을 읽는 지혜를 말하고, 명찰이란 관장(官場: 정관계)의 부패 구조를 꿰뚫어 보는 힘을 말한다. 원견이 아니고서는 관장의 음모를 비추어내지 못한다. 또한 명찰이 아니고는 그 간행(姦行: 부정)을 바로잡을 수가 없다.

여러 국가들이 정치가 혼미하고 침체함은 경대부가 역사의 방향을 파악하지 못하고 관장이 부패했기 때문이다. 그 원흉은 바로 중인인 것이다. 그래서 한비는 이권(利權)이 얽힌 실무를 처리하는 경대부와는 별도로 전문적으로 군주의 정무를 보필하는 보좌관을 두어야 한다고 주장했다. 그리하여 원견명찰한 법술사를 그 보좌관으로 임명하여 행정감사와 관장사찰을 맡기라고 제창한 것이었다.

그 보좌역 집단이 군주의 지혜 주머니가 되고 참모 본부를 형성함은 말할 나위도 없다. 그리고 그 집단의 장(長)은 당연히 군사(軍師)가 되는 것이다.

또한 『오두』에서 한비는 중국의 건국 전설부터 제창하기 시작했다. 그리고 고금(古今)은 풍속을 달리하기 때문에 신고(新古)는 그에 대한 대비를 달리해야 하며 세상이 변하니 모든 일이 변하며, 따라서 일이 변하면 그 대비도 바꾸어야 된다고 역사적인 변화의 필연과 그것에 대응하는 혁신의 필요성을 역설했다.

옛날 살기 좋았던 시대에는 사람의 수가 적었고 식료는 많았으며 생활양식을 얻는 것이 손쉬웠으므로 세상은 잘 다스려졌다. 사람들의 성(性)이 선했기 때문이 아니다. 그러나 인구가 늘어나고 상대적으로 식량과 재화가 부족해지면서 세상은 어지러워졌다. 물론 인간의 성이 악으로 변했기 때문은 아니다. 식료 재화를 구하기가 어려워져서 생활이 빈곤해졌기 때문이다.

생존경쟁이 심해지면 인심이 거칠어지고 세태가 어지러워지는 것은 어쩔 수 없는 노릇이었다. 그래서 '상을 배로 늘리고 벌을 더해도' 세상의 어지러움을 바로잡을 수 없다. 그러므로 생활자원의 많고 적음과 이에 따른 생활수준이 사회를 변화시키며 정치를 바꾸어야만 한다(議多少, 論薄厚, 爲之政).

태고의 왕(요순)이 그 왕위를 미련 없이 선양(禪讓)했는데 현대에서는 현령(縣令)조차도 그 지위를 잡고 늘어지려고 하는 것은 두 사람의 덕성에 차이가 있어서가 아니다. 옛 임금은 힘을 많이 들이고도 얻는 것이 적어서 현대의 현령보다 생활이 박(薄)했기 때문이다.

흉년이 든 해에는 자기 아우에게도 식량을 주기를 꺼려함은 식량이 부족하기 때문이다. 풍년이 들면 길 가는 사람에게도 선심을 쓰는데 이는 식량이 많기 때문이다. 수레장수가 사람들이 부유해지는 것을 기뻐하며 장의사가 사람이 죽는 것을 좋아하는 것도 전자가 후자보다 더 착하기 때문은 아니다.

초나라 사람 중에 직궁(直躬)이라는 자는 자기 아버지가 염소를 훔친 것을 관에 고발하여 불효죄로 처형당했다. 그리하여 초나라에서는 법을 지키는 자가 없어졌다. 공자는 세 번 탈주한 병사를 칭찬했는데 그로 인하여 노나라에서는 탈주병이 끊이지 않았다. 윤리적인 가치(효행, 자비), 정치적인 가치(충성, 질서)와 상반된다.

배가 고파도 배불리 먹지 못하는 자는 고기를 바라지 않는다. 무명 옷도 없는 자는 비단옷을 구하지 않는다. 눈앞에 닥친 일을 급히 서두르는 자는 후에 느긋하게 일을 볼 줄 모르는 법이다. 이와 같이 인간의 욕구에 완급이 있듯이 정치에도 완(緩: 이상추구)과 급(急: 현실처리)이 있는 것이다.

이런 이치로 한비는 따로따로 여러 가지 예를 들어 가치 체계를 달리하는 윤리 도덕을 정치와 분리시키고 더욱 정치를 이상추구와 현실처리 두 가지로 나누어 먼저 정치를 윤리와 도덕에서 독립시켜 현실처리를 이상 추구에 우선시키라고 설파했다.

이 주장은 현대 정치학이 출발함에 있어 제정되었던 목표 그대로이다. 그리고 편명(篇名)이 되었던 '오두'는 '나무를 좀먹는 다섯 마리 벌레'를 뜻하며, 이는 말하지 않아도 알 수 있듯이 정치를 어지럽히는 다섯 가지 악당의 일이다.

그 필두는 고대 선왕의 길을 존중하여 인의(仁義)를 설파하며 화려한 옷을 걸치고 변설을 꾸미고 성용복이식변설(盛容服而飾辯說) 세상에 법의 존엄성을 의심케 하는 동시에 사람의 마음까지 어지럽히는 학자, 즉 유학도이다.

두 번째는 여러 나라를 두루 다니며 유세를 일삼고 그것을 정치 자본으로 삼아 엉뚱한 설교를 하여 자신의 입신출세를 꾀하는 유세가가 그것이다.

세 번째는 칼을 차고 도속을 모아서 인협(仁俠)이라는 명분을 높이고, 금하고 있는 제도를 어기는 인간, 즉 근객(近客)이다.

그 네 번째는 뇌물을 보내서 병역과 노역을 모면하고 중인에게 아첨하여 기득권을 손에 쥐고 중인의 의무를 다하지 않는 자, 즉 근어(近御)가 그것이다.

다섯 번째는 실용성이 없는 사치품을 만드는 공예인과 한결같이 재물을 축적하여 투기를 일삼고 농민의 이(利)를 탈취하는 상인, 즉 상예(商藝)를 말한다. 다시 말해서 유학자는 글로써 법을 문란하게 하고 유세가는 말로써 죄를 지으며, 협객은 무예로써 질서를 파괴하면서 그 용맹을 숭상 받아왔다. 그리고 근어와 상예는 정의와 양속(良俗)을 손상시키고 농민을 괴롭히면서 작호(爵號)를 사서는 귀하게 칭하고 있다.

이와 같이 법을 어기는 자가 세상에 공공연히 행세하고 심지어는 국왕까지 그 세평에 현혹되어 아래서 관리가 죄를 단절해야 할 오두에 위에서 군주가 예를 다하는 법취상하(法取上下)가 사상반(四相反), 즉 네 가지 상반하는 치세의 모습은 참으로 우스운 일이다.

게다가 그 옆에서는 땀 흘려 열심히 일하고 농경에 힘쓰며, 나라를 부강하게 하여 적을 물리치는 농민들을 말이나 소처럼 가볍게 여기며, 조정은 그 곤궁을 살피지 않고 오히려 업신여긴다. 즉 쓸모 있는 자는 버림을 받고 이로움이 없는 자가 소중히 여겨져 왔다. 이리하여 나라가 어지러워지고 또는 멸망하는 것은 당연한 일이 아니겠는가. 의심할 여지가 없는 것이다.

하고 한비자는 그『오두편』을 끝맺고 있다.

위료가『오두』와『고분』을 다시 한 번 읽어보라고 해서 진왕 정은 천천히 정독했다. 그리고 역시 그것이 통일국가를 치세하는 서장으로 되어 있음을 알게 되었다. 진왕 정은 더욱 하루 빨리 한비를 만나고 싶은 욕심에 위료를 부르기 위하여 객사에 사람을 보냈다. 그러나 객사에는 위료의 모습은 온데간데없고, 사감 이야기로는 잠시 국내 여행을 다녀온다고 하며 아침 일찍 떠났다고 했다.

도망쳤다고 진왕 정은 직감했다. 즉각 전국 관문에 긴급령을 내렸다. '위료자를 찾으면 이의 없이 단 정중하게 함양으로 호송하라'고 명했다.

마침내 위료자는 함곡관에서 그물에 걸렸다. 그리고 3일 후에는 함양으로 호송되었다. 다시 객사에 돌아온 위료는 다음 날 아침 스스로 진왕 정을 알현했다. 진왕 정은 평소와 다름없이 위료를 맞이했다.

그리고 미소를 지었다.

"한비자를 데리러 떠나던 길이었소."

위료는 창피함을 얼버무리려고 거짓말을 했다.

"아니 손수 수고할 것까지는 없소. 이사가 출장에서 돌아오면 사자로 보내려 하오."

진왕 정은 모르는 척 하며 그 말을 받았다.

"아니오. 이사를 보낸다 한들 한비는 움직이지 않을 것이오."

"예를 다해도 말이오?"

"예를 갖추는 것도 정도에 따라 다르겠지만 이사는 적임자가 아니오."

"왜 그렇소?"

"그도 이사에게 초빙되고 싶지는 않을 것이며 이사 또한 진심으로 한비에게 예를 갖추지 않을 것이오."

"음, 알겠소. 그러나 걱정은 없소. 억지로 끌고 오는 방법도 있으니."

"하긴, 지금의 진나라라면 그 정도야 쉬운 일이지요. 아니 그렇게 하는 편이 그에게도 오히려 마음이 편할는지도 모르죠."

"그렇다면 다행이오. 그럼 다시는 이상한 거동을 하지 말 것이며 천천히 그가 오기를 기다리도록 하시오. 그동안에 국내를 두루 다니며 우리 진나라의 결함이라도 진단해 준다면 고맙겠소."

진왕 정은 '우리'라고 했다. 그것은 위료자를 진나라에서 내보내지 않겠다는 의사표시였다.

한 달쯤 지나서 이사가 위나라에서 돌아왔다. 진왕 정은 즉시 이사를 한나라로 보냈다. 그러나 위료자의 추측대로 한비자는 오지 않았다.

진왕 정은 해가 바뀌기를 기다렸다가 한나라로 출병했다. 그리고 한나라 도읍의 신정성을 포위하고 한비를 사자로 보낸다면 화찬에 응하겠다고 한왕안(韓王安)에게 통보했다.

드디어 한비자는 새끼줄을 목에 감은 채 함양에 나타났다.

그것을 학수고대하던 위료는 한비를 성문으로 맞으며 그대로 그와 함께 외교 사절 객사에 들어갔다. 그리고 진나라에서 보낸 일 년 동안의 자신의 경험을 통한 견해와 경과를 한비에게 상세하게 이야기했다.

"아직 젊기는 하나 진왕 정에게는 틀림없이 천하를 통일시킬 수 있는 기량이 있소. 그는 대단한 학구파이며 추상적인 말이 나오면 반드시 구체적으로 예를 들라 요구할 것이오. 천성적인 총명함도 있으나 이해도 무척 빠르오. 좌우간 어떻게 해서든지 상대의 머리에서 모든 지혜를 뽑아내려 하지. 그런데 그것이 문제요. 아직 어린데도 불구하고 무엇이든지 알려고 하오. 아마도 전지전능을 목표로 삼고 있는 듯한데 이런 위인은 이제 모든 일을 자기가 스스로 하지 않으면 성이 차지 않으며 주변의 조언을 받아들이지 않게 될 거요. 언젠가는 천하를 통일하겠으나 그 후가 큰일이오. 뭐든 혼자서 처리하려고 하여 그것이 자기 무덤을 파는 격이 될 거요."

위료는 진왕 정에 대한 인물평을 시작했다. 한비자는 묵묵히 귀를 기울이고 있었다. 위료가 잠시 사이를 두고 다시 말을 이었다.

"그 위인은 코가 높고, 눈은 크고 옆으로 길게 찢어졌으며, 가슴은 튀어나왔고 승냥이와 같은 목소리를 내오. 천하통일을 이룩하는 왕에 어울리는 인상이기는 하나 이런 인상을 한 위인은 사귀기가 어렵소. 감정이 메마르고 이지적이지만 집념이 강하여 용서 없는 성격이라오. 필요를 느끼면 선뜻 허리를 굽혀서 자세를 굽히지만 일단 목적을 달성시키면 오만해지고 타협할 틈도 주지 않을 거요. 어떻든 길게 사귈 인물은 못되오."

"반대로 재미가 있을 듯하오."

한비는 잠시 생각하고 '반대로'라고 거듭 말했다. 한비자는 입이 무거웠다. 그는 말재주가 있는 편도, 없는 편도 아닌데 일단 입에서 나온 말은 돌이킬 수가 없음을 잘 알고 있어 신중하게 말을 했다. 그는 강조할 때는 말을 거듭 되풀이한다. 그를 잘 알지 못하는 사람은 그를 보고 말을 더듬는다고 착각할 정도이다. 말이 잘 통하지 않는 사람하고는 말을 하지 않는다.

"타협할 수 있는지 없는지는 성격이 아니라 달성하고자 하는 일의 중대성에 대한 인식과 그것을 완수하려는 의지와 신념의 강약에 의하는 것이오."

한비자는 말을 이었다.

"그 점은 문제가 없을 거요. 좌우간 패기는 있소. 그리고 그보다 그는 대단한 야심가라오."

"그것을 야심이라 하지 말고 사명이라고 하세. 이제 남은 문제는 그가 참으로 총명 한가 아닌가에 달려 있소. 권력은 만능이니 그것을 잡는 인물이 전지전능해서는 안 되는 일이며 그럴 필요도 없지 않겠소. 그것을 깨닫게 하는 것이 첫째 과제요. 이것은 그리 어려운 이론이 아니니 간단하게 납득할 거요. 진짜 문제는 권력이란 무엇인가를 가르치는 일이오. 그것을 밑바닥에서부터 이해한다면 모든 문제는 스스로 정리가 될 거요."

"아니, 그것은 설명하는 방법이 나빴기 때문이오. 실은 그것을 설명하기 위하여 후에 '모순(矛盾)'이라는 단어가 떠올랐소. 모순의 개념을 도입해서 설명하면 잘 알 수 있소."

"모순? 난 들어보지 못한 낱말인데?"

"그럴 거요. 내가 만들어낸 낱말이니까."

"음, 어떤 뜻이오?"

"실은 비유적으로 이야기를 만들었는데 먼저 이것을 들어보시오."

어느 날 무기를 만드는 것으로 유명한 초나라에서 어떤 사람이 함양으로 창과 방패를 팔러 왔다. 넓은 빈 터에 사람들을 모아놓고 먼저 창을 보이면서 그 사람이 말했다.

"자, 이 창을 사시오. 세상에서 제일가는 날카로운 창이오. 이 창으로 찌르면 뚫리지 않는 방패는 절대로 있을 수 없소. 자아 사시오. 싸게 팔 테니 사시오, 사!"

그 사람은 창을 만지면서 선전했다. 사람들은 자꾸 모여서 많아졌지만 사는 사람이 없었다. 그래서 그는 창을 치우고 이번에는 방패를 내놓았다.

"자, 이 훌륭한 방패를 보시오. 세상에서 제일 튼튼한 방패요. 아무리 날카로운 창이나 칼이라도 이 방패만큼은 절대로 뚫을 수가 없소. 사시오, 사."

그 자는 소리를 지르고 선전했다. 그때 아까부터 구경하고 있던 노인이 물었다.

"그런데 지금 들고 있는 세상 제일의 방패를 아까 보여준 세상에서 제일 날카로운 창으로 찌른다면 어떻게 되겠나?"

"음, 그건…"

그 남자는 말을 못하고 얼른 방패를 치우고 슬그머니 도망갔다.

"이런 이야기요. 그 창과 방패의 설화에서 모순이란 말을 만들어
냈소."

"그래서?"

"왕과 법은 바로 창과 방패와 같소. 왕은 모든 사람을 복종시키려
하고 법은 모든 사람을 복종하게 하오. 즉 틀림없는 모순인 것이오.
우선 그 모순을 해결하지 않으면 정치는 성립할 수 없소. 그것을 해
결하지 못 했기 때문에 창과 방패를 팔고 다니던 장사꾼도 슬그머니
도망쳤소."

"옳게나."

"사람들을 복종하도록 하는 것은 힘이라오. 그런데 왕도, 법도 실
은 그 자체에 힘을 주어 갖추어지고 있는 것은 아니요. 모든 힘이 작
용하기 위해서는 상응된 장(場)이 필요한 거요. 정치의 힘도 당연히
정치하는 장소에서 움직인다오. 그 정치의 장을 설정하는 것이 즉 법
이란 말이오. 그리고 왕은 그 장을 설정하기 위한 표식(標識)이라오."

"표식?"

"그렇소. 그것을 신호라고 해도 무방하고 부호라고 해도 상관없소."

"알았소. 그럼?"

"즉, 법은 질서이며 왕은 그 질서를 정리하는 신호인 것이오. 이와
같이 정리된 질서가 결국은 권력의 장이오. 권력의 장을 질서 있게
하는 신호 표지가, 즉 권력인 것이오. 지난날 법을 안고 세에 처한다
(抱法處勢)고 한 것은 이와 같은 의미라오. 왕은 권력이 아닐 뿐만 아
니라 왕에게 권력이 갖추어지고 있는 것도 아니요."

한비는 말했다.

"음, 설명으로는 알 수 있소. 그러나 그것의 요점은 왕도 법에 복종하라고 하는 것과 같소. 이론으로는 이해를 한다 하더라도 진왕 정이 현실적으로 납득할는지 어떨지?"

위료는 걱정했다.

"납득을 하든 안 하든 천하를 통일시키는 인물이 달리 없다면 싫어도 이상을 실현시키는 인물은 그 말고는 없소. 어쨌든 납득하도록 노력을 기울일 수밖에….'

"실패로 돌아간다면?"

"그때야말로 꿈과 이상, 포부 등 모든 것이 물거품이 되고 마는 것이오."

"그렇게 되면 어떻게 하겠소?"

"음, 그렇게 된다면 천하가 통일되어도 금방 또 다시 어지러워질 거요. 살고 있다는 사실이 매우 고통스럽겠는걸."

"아니, 그렇지도 않소. 난세는 난세대로 오히려 자유롭고 멋대로 다닐 수가 있어서 그런대로 즐겁지 않겠소. 실은 나는 귀공과 진왕 정이 힘을 함하여 행정 효율이 좋은 정치 체제를 만들면 안심하고 살 수는 있겠지만 숨이 막힐 거요. 백성들도 현실적으로 전란을 싫어하면서도 일단 세상이 바뀌면 난세가 역시 좋았다고 생각하는 건 아닌지?"

"귀공과 같은 위인을 가리켜 화외지민(化外之民: 교화가 미치지 못하는 지방의 백성)이라 한다오."

한비는 쓴웃음을 지었다.

"아니, 나는 귀공과 같은 고지식한 바보가 왠지 불쌍하오."

위료는 한바탕 웃고 나서 갑자기 시무룩해졌다.

제64장
모름지기 정치는 필연의 길이다

진시황제 13년, 한나라의 강화사절로 함양에 나타난 한비자(韓非子)를 진왕 정은 객으로 맞이했다. 그러나 한비는 분수를 지키고 화의를 언급했다.

"아니 원래가 선생을 오게 하기 위하여 출병했던 것이오. 선생 얼굴을 보아 무조건 철군을 명령하겠소. 실은 어제 선생이 도착함과 동시에 철군 지령을 내렸소. 새삼스럽게 화의를 체결할 필요는 없소."

진왕 정은 시원스럽게 말했다.

"감사하기 한량없습니다."

한비 역시 강화사절로서 진왕 정에게 정중하게 인사했다.

"아니 그렇게 어려워할 필요는 없소. 잘 와 주셨소. 오늘부터 선생은 과인의 손님, 아니 스승이오, 좋은 가르침을 기대하겠소."

진왕 정은 자신을 낮추었다.

"알지 못하면서 말하는 것은 부지(不知而言不智), 알고도 말하지 않음은 불충(知而不言不忠)이라고 합니다. 성의를 다하여 알고 있는 모든 것을 말씀드리겠습니다."

한비도 시원스럽게 대답했다.

이리하여 동경하던 스승을 얻은 진왕 정은 열심히 공부에 전념했다. 한비는 제일 먼저 천하통일이라는 급선무부터 설명하기 시작했다.

"이제는 천하에 통일의 기운이 감돌고 있습니다. 진나라 실력으로 이 일에 임한다면 그다지 큰 어려움은 없을 듯합니다. 지난날에도 진나라에 는 중원을 통일할 기회가 적어도 세 번은 있었습니다. 그 첫 번째는 소양왕 29년 초나라를 치고 초나라의 도읍 영을 함락시켰을 때였습니다. 그 때 진(陳)나라로 도망친 초왕과 군사를 추격하여 단숨에 초나라를 멸망시켰으니 그 여세를 몰아서 중원 각 나라들을 평정하는 것은 아주 쉬운 일이었습니다. 두 번째는 소양왕 34년 진나라 군사가 화양성 아래에서 위나라 군사를 무찌르고 참수 13만의 전과를 올렸을 때였습니다. 그때도 화양에서 병사를 위나라 도읍으로 진격하여 대량(大梁)을 함락시키고 위나라를 멸망시켰더라면 틀림없이 천하통일의 단서를 잡을 수가 있었습니다. 세 번째는 소양왕 48년 장평(長平)싸움에서 대승하여 조나라 병사 4십여 만 명을 갱살했을 때였습니다. 그때 장평에서 별로 피해를 입지 않았던 병사를 철군하지 말고 한단을 쳐서 조나라를 멸망시켰더라면 자연히 천하를 통일하는 길이 열렸을 것입니다. 애석하게도 세 번의 기회를 모두 놓친 것은 간신 양후(穰侯)의 죄입니다. 그러나 왕 또한 그 책임을 면할 수는 없습니다. 상고(上古)의 군주는 도와 덕을 쌓고 중세의 군주는 지모를 추구했습니다. 지금의 군주는 기력(氣力)을 닦아야 합니다. 기력이란 기백과 역량으로써 천하를 통일하는 기백과 그것을 달성시키는 역량입니다. 그때 진나라는 틀림없는 역량을 갖추고 있었는데 아깝게도 국왕이 천하통일의 기백을 갖지 못했습니다. 그래서 어리석게도 세 번이나 기회를 놓쳤습니다. 역량이란 군사력과 상대적인 것입니다. 상대적이라고 하는 것은 항상 역전의 위기에 처해 있다는 것을 뜻합니다. 이 세상에 정치적인 천재는 없지만 군사적인 천재는 갑자기 혜성처럼 나타나는 법입니다. 예를 들면 연나라를 부흥시킨 낙의(樂毅)가 대표적인 인물로, 그 낙의 앞에서 제나라는 단 한 번의 싸움으로 믿기 어려운 멸망의 고배를 마셨습니다.

이와 같이 현재 진나라의 군사력은 천하무적입니다. 그러나 항상 무적이란 보증은 없습니다. 따라서 중원 여러 나라들이 힘을 못 쓰는 지금이야말로 그 기운을 타서 조속히 통일을 달성시켜야 합니다. 그리고 역량에 문제가 없다면 필요한 것은 국왕의 기백입니다. 그 기백은 역사적인 사명감에서 생겨나는 것이고, 역사적인사명이란 단순히 천하를 전란에서 구하는 것만은 아닙니다. 즉 역사는 끊임없이 변화하고 있습니다. 때로는 그것을 진보라고 해도 상관없습니다. 보면 일목요연하듯이 농업 생산이 급속히 발전하여 상업 활동이 활발해졌습니다. 각 나라마다 위정자들이 상업을 억압하는데도 불구하고 상인들은 천하를 횡행활보하고 있습니다. 그리고 상업이 발달함으로써 화폐가 생겨나고 그것을 유통시켰습니다. 그렇게 되면 나라가 여러 개로 갈라지고 각각 다른 화폐를 사용한다는 것은 매우 불편한 일입니다. 더욱이 상업의 발달은 무조건 물자유통규모를 확대시켰습니다. 그렇게 되면 나라마다 도량형이 다른 것이 무척 번거로운 일입니다. 그리고 유통 규모의 확대로 유통량 또한 급속하게 증가했습니다. 따라서 각국의 수레가 그 길을 달리한다는 것 역시 불편합니다. 무엇보다도 각 나라에서 사용되고 있는 글씨가 다름은 불편하기 그지없습니다. 이런 것들은 모두 통일되어야 하며 그것을 위해서는 먼저 천하가 통일되어야 됩니다. 다시 말해서 천하통일은 역사의 변화와 사회변천에 응하는 것입니다. 그것이 바로 천하를 다스리는 자의 사명인 것입니다. 본래 천하통일은 필연적인 정치변혁을 수반합니다. 아니 천하통일이 언젠가는 무력으로 이룩된다면 그것은 변혁이 아니라 혁명이라고 해야 됩니다. 혁명은 제도를 포함한 지배 체제의 과감한 변혁으로 가능합니다. 그러나 역사는 연속을 거듭하므로 눈앞에 보이는 역사적인 유산을 취사선택하지 않으면 안 됩니다. 동주 이래 정치에서 사람들이 축적한 최대의 생산적 자산은, 법치에 대응하는 지식입니다. 여기에 이르러 사람들은 나라가 수레라면 권세는 말이며(以國爲車, 以勢爲馬), 법령이 재갈이며 형벌은 채찍임을(以號令爲轡 以刑罰爲鞭) 깨닫게 되었습니다. 또한 비생산적 자산은 어느 사이엔가 관장에서 개발된 권모술책과 부정부패의 수법이 되었습니다. 관가의 부패는 그 뿌리가 깊고 부정은 구조화되었으며 탐관오리가 날뛰는 것은 일상화되고 있습니다. 아니 풍속화 되기까지 했습니다. 생각만 해도 아찔할 정도로 놀라울 만한 유산입니다. 그런 비생산적 유산을 안은 채로 변혁을 이룩하기는 어렵습니다. 즉 그것을 청산할 수 있느냐, 없느냐가 정치변혁의 성패(成敗)를 결정하는 열쇠인 것입니다. 그런데 그것을 신속하게 청산하는 묘책은 어디에도 없습니다. 목이 터지도록 설교를 한들, 또 법을 엄하게 하는 것만으로는 어떻게도 할 수 없을 정도로 그 증상은 중증에 달해 있는 것입니다. 한편 이에 비하면 생산적 유산은 아직까지 굳건하게 사회에 뿌리를 내리지 못하고 있습니다. 예를 들어 경전간초(耕田墾草: 백성들이 생업을 즐기며 평화롭게 지냄)를 강요하는 것은 백성을 풍요롭게 하기 위함인데 농민은 그것을 가혹하다고 원망하며, 수형중벌(修刑重罰)은 사악을 금한다고 알면서도 사람들은 그것이 지나치게 엄하다고 한탄합니다. 부과세는 민생구제를 위해 있는데도 사람들은 그것을 탐욕이라 욕하고, 군사교련은 국토방위에 꼭 필요하다고 알고 있으면서도 그것을 싫어합니다. 즉 법치가 뿌리는 내렸으되 아직 그 뿌리는 깊지 못합니다. 그러나 그렇다고 해서 낙심할 필요는 없습니다. 비생산적 유산을 줄이고 유익한 유산을 늘리는 길은 스스로 존재합니다. 애당초 정치 세계에서 사람들에게 선(善)을 기대한 것이 잘못이었습니다. 태고의 좋은 시대는 아니더라도 현 정치세계에서는 사람들에게 '필연의 길'을 걷게 할 수밖에 없습니다. 필연적인 길이란 싫어도 그 길을 가지 않을 수가 없는 도리를 말합니다. 조직, 제도, 태세가 그것입니다.

그 조직, 제도, 태세를 통틀어서 세(勢)라고 합니다. 학자신도(愼到)가 제창한 세가 바로 그것입니다. 그러나 세는 한 글자이지만 그것은 여러가지 의미를 갖는 복합개념입니다. 다시 말해서 조직, 제도, 태세를 포함한 지배체제도 또한 세인 것입니다. 지금까지 관중(管仲), 상앙(商鞅)의 법(法)과 신불해(申不害)의 술(術) 그리고 신도(愼到)의 세(勢)가 치세의 3원칙으로 여겨져 왔습니다. 그러나 세를 '지배체제'라고 풀이한다면 세를 바로잡는 일이야말로 치세의 모든 것이 됩니다. 즉, 법도 술도 그 안에 수용되기 때문입니다.

그리고 '필연의 길'은 세를 정하는 방법과 조작으로 가능해집니다. 게다가 그것으로 인하여 훌륭한 임금과 어진 신하가 존재하지 않는다고 하더라도 치세는 순조롭게 할 수 있는 것입니다. 즉, 범용한 군주와 보통 신하라도 정치는 성립된다는 것입니다. 본래 치세에서는 명군현신을 기대해서는 안 되며 기대할 수도 없는 것입니다. 요순(堯舜)과 같은 명군과 태공망, 관중과 같은 현신은 좀처럼 나타나지 않습니다. 천 년에 한 명 탄생해도 드문 일인 것이므로 치세에 명군현신을 기대한다면 그야말로 천세(千世)가 어지럽고 한 세상이 잠잠한 결과가 되어 치세고 뭐고 없게 됩니다. 그것은 예를 들면 수레를 몰려고 할 때 그 왕량(王良: 전설적인 수레를 모는 명인)을 기다리는 것과 같습니다. 그 왕량은 수레를 몰고 하루에 천 리도 갈 수가 있습니다. 그러나 50리마다 좋은 말과 수레를 갖추어(夫良馬固車, 五十里羅三一置) 계주를 하면 보통 마부도 천 리를 달 릴 수 있을 것입니다. 즉 '세'를 갖추어 놓으면 왕량을 기다릴 필요가 없듯이 정치에서도 명군현신을 기대할 필요는 없습니다. 다시 말해서 세를 바로잡고 그것을 스스로 기능을 발휘시키는 것이 올바른 치세인 것입니다."

이렇게 한비는 정치적 필연의 길을 닦는 만전의 세를 정하는 것을 주안점으로 해서 치세의 요체(要諦), 즉 제왕의 학업을 진왕 정에게 강의했다.

들은 바대로 진왕 정은 난해한 대목에서는 줄곧 예를 들라, 구체적으로 말하라고 질문을 던지면서 스승의 설교를 열심히 경청했다.

그리고 어느덧 일 년이 지났다. 그런데 마지막 강의인 권력이란 무엇인가에서 진왕 정은 위료가 예측한 대로 반발했다. 왜 왕이 법에 복종해야 되냐고 진왕 정은 집요하게 질문했다. 그 의문에 한비는 간절한 해설을 했다. 그리고 어떤 경우에도 왜냐고 묻는 문제가 아니라 권력이란 그런 것이라고 말끝을 맺었다. 그래서 진왕 정도 마침내 납득하게 됐다. 아니 그렇게 보였다.

수업이 끝나는 날에 진왕 정은 별안간 한비에게 관직을 맡으라고 권했다.

"무임소 경이라도 좋소. 승상으로 취임해 준다면 더욱 좋소."

진왕 정은 말했다.

한비는 말없이 쓴웃음만 지었다. 그리고 잠시 생각하고는 깨끗이 거절했다.

그날 밤, 한비는 위료와 이마를 마주대고 의논했다. 천하를 통일한 후라면 모르되 지금 관직을 맡으라고 하는 것이 무엇을 의미하는지는 뻔한 것이었다. 즉, 진왕 정은 군사로서 한비를 예우하고 싶지 않았기 때문이었다. 그리고 관직을 줌으로써 한비로 하여금 신하로서의 예를 갖추게 하기 위함이었다. 그렇게 되면 장차 왕이 법 위에 서게 되더라도 그것을 마다할 인물이 없어진다고 생각했던 것이다.

"어떻게 할 거요?"

위료가 물었다.

"방법이 없소. 상대가 뜻을 바꿀 때까지 기다릴 수밖에."

"알고 있겠지만 그럴 가능성은 없소. 어떤가, 떠나버리겠소? 만약 떠난다면 오늘 밤 안으로…."

"아니, 도망치지는 않겠소. 도망쳐서 어쩌겠다는 건가?"

한비가 물었다. 물론 위료에게 답변할 말이 있을 턱이 없었다.

"그건 귀공이 정할 일이오. 결정만 한다면 무슨 일이든지 맞추어 하겠소. 아니면 체념하고 승상직을 맡아보겠소?"

"그것이 가능하면 문제는 없소. 도망을 쳐도, 승상자리를 인수해도 이상을 실현시키지 못함은 매한가지라오."

"그럼, 어쩔 셈이오?"

위료는 말하면서 생각에 잠겼다.

"될 대로 되겠지. 그보다 초가을이라 바람이 상쾌하군. 가을 사슴은 피리소리에도 모여든다고 하는데 오랜만에 사슴 사냥이라도 가보지 않겠소?"

"좋은 생각이오. 채택도 불러서 즐겁게 노세."

위료는 한비의 심중을 헤아려서 일부러 떠들어댔다.

"아니, 채택보다 부소(扶蘇)를 데리고 가세. 가을이 되면 사슴 사냥에 데리고 가겠다고 약속한 적이 있소. 그리고 이런 경우는 아이를 상대하는 것이 더 즐거운 법이오."

한비가 말했다. 부소는 여덟 살이 되는 진왕 정의 장남으로 한비와는 아주 친한 사이였다. 진왕 정이 훌륭한 스승이라고 소개한 탓도 있어서 한비를 잘 따랐다. 또한 한비가 사냥의 명수라고 들었기 때문이기도 했다.

이렇게 되어 다음날 아침 한비와 위료는 부소를 데리고 사슴사냥을 떠났다. 부소는 진왕 정의 아들이라는 것이 믿어지지 않을 정도로 순하고 다정한 이였고, 실은 사슴사냥보다 사냥과 개 이야기를 듣는 것을 좋아해서 한비자 곁에 꼭 붙어 다녔다. 그 날도 길을 가면서 이미 여러 번 들은 호랑이사냥 이야기를 들으면서 한비가 훈련시킨 사냥개처럼 자기가 키우고 있는 개를 가르쳐 달라고 졸라댔다.

"진나라에는 호랑이가 없습니다. 원래는 있었지만 부왕 마마가 무서워서 모두 도망가 버린 거라구요. 정말입니다. 믿어지지 않으면 부왕께 여쮜보세요. 그러니 왕자마마 개를 호랑이 사냥용으로 훈련시켜도 소용이 없다니까요."

위료는 묘한 농담을 했다.

"음, 부왕께 여쭈어 보겠소."

부소는 진담으로 받아들였다.

그리고 한 달이 지났다. 객경 이사가 정위(廷尉)로 승진했다. 아무 일도 아니었는데 위료는 심상치 않은 예감이 들어 한비에게 자신의 심경을 이야기 했더니 그도 동감하는 모습이었다.

아니나 다를까 이사가 정위로 승진하고 며칠 후 정부(廷部: 법무부)에서 한비에게 소환장이 날아왔다.

"내버려두오. 위협일 거요. 상관없소."

위료가 말했다.

"글쎄."

한비도 무시했다.

다시 열흘쯤 지나서 이번에는 이사로부터 사신이 전달되었다.

　동문의 옛정을 생각하여 알려주겠소. 모레 그대를 운양(雲陽: 섬서성 순화현 서북쪽) 감천궁(甘泉宮)으로 호송하겠으니 준비를 갖추도록 하시오.

라는 간단한 메모였다. 한비보다도 위료가 더 당황했다.

"무슨 뜻입니까?"

위료는 진왕 정을 알현하여 그 진의를 물었다.

"꼭 사관해 주기를 바라고 있노라. 그런 마음이 들도록 멀리 떨어진 곳에서 조용히 생각하고 결론을 내려주기 위함이로다."

진왕 정은 본심을 털어 놓았다. 말로만 조용하게 생각할 여유를 주는 것이지 실제로는 감금이나 마찬가지였다. 위료는 진왕 정에게 간언을 하려고 했는데 오히려 한비를 설득하라는 명을 받고 물러났다.

"어떻게 한다지?"

객사에 돌아온 위료는 침통한 표정이 되었다.

"보내주는 곳이면 어디든지 갈 수밖에."

한비는 의외로 남의 일처럼 침착했다.

"그럼 나도 함께 가겠소."

"그건 허락되지 않을 걸요. 그보다 도망가려면 지금이 기회인 것 같소. 함께 운양에 가봤자 무슨 소용이 있겠소. 그보다 내가 출발하기 전에 도망가 버리게."

"아니오. 함곡관 관리들이 내 얼굴을 아니 빠져나갈 수도 없소. 남쪽으로 도는 방법도 있으나 북쪽에서 나가는 편이 좋을 것 같소. 그렇게 한다면 운양까지도 함께 갈 수가 있소. 운양까지 자네를 배웅 간다고 하면 허락할 테지."

"그럼, 그렇게 하기로 하세."

한비가 대답했다.

위료의 생각대로 배웅은 허락되었지만 감천궁에서 묵어서는 안 된다는 조건이 붙여졌다.

한비를 동행한 위료는 운양에 도착하자 꾀병을 앓고 그날 밤은 감천궁에서 묵었다. 그러나 다음 날 아침에는 한비가 막 쫓아내려 했다.

"그렇게 서두르지 마오. 죽을 때가 되면 죽게 되니까."

"그런 뜻이 아니오. 지체하다가 도망을 못 가게 될까봐 걱정돼서 그러는 거라오. 아마 수일 내에 아니 내일 당장이라도 이사가 올지 모르오. 자네에겐 여러 가지로 폐가 많았소. 오랫동안의 친교에 감사하고 있소."

"나야말로 덕분에 많은 것을 알게 되었소. 자네를 벗으로 둔 것을 자랑으로 여기고 살겠소. 그런데 과연 놀랐소. 이 지경에 이르고도 얼굴에 동요의 기색도 없으니."

"아니 선택의 여지가 없으니 동요하지 않는 거요. 마음껏 살아왔소. 아무런 후회도 없소. 그러나 진왕 정은 내 죽음을 알고는 후회할 거요. 그는 무거운 짐을 혼자서 지지 않으면 안 되게 되었소. 대신 그 짐을 지는 자는 없을 거요. 그때는 싫어도 나를 생각하겠지."

"음, 그런데 잘못 본 걸까? 그 애송이(진왕 정)는 집념만 강하고 대단한 위인은 아닌 것 같소. 아니 형편없는 사람이오."

"그런 말은 마오. 정말 형편없는 위인이었으면 오히려 좋았을 것을. 어려운 문제는 던지지 않았을 테니까."

"하긴 그렇소. 그러나 역시 일류 스승은 일류 제왕과 양립될 수 없는 듯하오. 자네가 만든 말을 인용하면 이것이야말로 모순이오. 아니 숙명적인 상극이라고나 할까."

위료는 탄식했다.

"만약 내가 참된 스승이었다면 귀공 말대로요. 허나 엉터리 스승이라면 말이 안 되오."

"그렇지 않소. 절대로 엉터리 스승은 아니오. 그동안 잘 가르치지 않았던가? 틀림없는 일류 스승이오."

"참으로 고맙소. 좋은 작별인사로세. 정이 담긴 말을 남겨 주었으니 이제 가보도록 하오. 무사히 빠져나가길 빌겠소."

"알았소."

위료는 감천궁을 떠났다.

그 이틀 후에 예상대로 이사가 나타났다.

"동문의 정으로 짐주(독주)를 한잔 따라주겠는가?"

한비는 이사 얼굴을 보자마자 말했다. 허를 찔린 이사는 할 말을 잃었다.

"걱정 말게. 짐주를 내놓은 것은 위료라고 보고하게."

"위료는 알고 있는가?"

잠시 틈을 두고 이사가 물었다.

"여전히 소심한 위인이군 그래. 알고 있건 말건 그는 이미 진나라를 떠났네. 아무리 진왕 정이라도 이제는 그를 잡을 방법은 없네."

한비가 말했다. 이사는 말없이 그 자리를 떴다. 그리고 생각보다 빨리 짐주를 손에 들고 나타났다. 실은 한비가 말하지 않았어도 내놓으려고 준비해 왔던 것이다. 역시 하고 깨달은 한비는 그 술잔을 손에 들고 웃었다.

"정말 마실 거라고 생각하는가?"

한비가 이사를 놀려댔다. 이사는 숨을 죽이고 다음 말을 기다렸다. 그러나 한비는 다만 히죽히죽 웃기만 할 뿐이었다.

긴 침묵이 흐른 뒤 한비가 입을 열었다.

"생각보다 조심성이 없군 그래. 입에 독주를 머금은 후 자네를 안아서 입안에 옮기는 방법도 있단 말이네."

이사는 뜻밖의 말을 듣고 두 세 걸음 뒤로 물러섰다.

"농담이 통하지 않는 친구로군. 동문의 옛정을 생각해서 기꺼이 이 잔을 받겠네. 쌀창고에서 본 쥐처럼 쾌적하게 살게나."

한비는 짐주를 마셨다.

제65장
천하통일(天下統一)

진시황제 15년, 진나라는 전년에 이어 대거 조나라를 침공했다. 남북으로 병사를 나누어 대장 환의(桓齮)는 북쪽 태원(太原: 산서성 태원현) 으로 향하고 부대장 양단화(楊端和)는 남쪽 업성(鄴城)으로 진격했다. 각각 태원과 업을 함락시키고 동쪽으로 진격하여 거기서 양군이 합류해서 한단을 치는 작전이었다.

남쪽으로 향한 양단화가 이끄는 군대는 얼마 안가서 업성을 공격하여 함락시켰다. 그러나 환의 휘하 군대는 태원에서 고전했다. 조나라 대군의 태수 이목(李牧)이 원군을 이끌고 태원 전쟁터에 나타났기 때문이었다.

이목은 대군(代郡) 태수로서 조나라 북방을 튼튼히 하고 흉노들의 침입을 물리치고 있었다. 그는 염파가 죽은 후 조나라를 짊어진 무장(武將)이었다. 이목은 수비를 장기로 삼았던 염파와는 반대로 전쟁터에서 실전에 뛰어난 인물이었다. 마음대로 병사를 흩어지게도 하고 모으기도 했다. 그로 인하여 적장이 전쟁의 기선을 잡는 것을 혼란시켜 급습하는 전술에 매우 능숙했다. 따라서 이목은 적에게는 매우 싸우기 힘든 상대였다. 환의도 그 전술에 휘말려 진나라 군사는 엄청난 피해를 입었다. 환의가 고전하고 있음을 알게 된 양단화는 업성을 치고 나서 작전계획에 따르지 않고 병사를 태원으로 진격시켰다. 그러나 양단화가 태원 전쟁터에 도착했을 때 이미 환의 휘하의 진나라 군대는 그 병사의 태반을 잃었다. 그래서 양단화는 급히 이끌고 온 병사들을 전쟁터에 투입시키려 했으나 환의에게 제지당했다.

"이리떼와 같이 움직여도 상대가 안 된다. 철군하려고 해도 할 수가 없어서 진퇴양난의 지경이네. 이대로 전멸의 위기까지 맞이하는 줄 알았는데 마침 잘 와 주었네. 철군 외에 달리 방법이 없네."

환의는 철수의 원호를 부탁했다. 백전연마의 장수 환의가 하는 말이라 양단화가 참견할 여지가 없었다. 그리하여 진나라 군사는 태원에서 철군을 시작했다. 그러나 집요하게 추격하는 이목의 군사에 의해 이번에는 양단화 휘하의 진나라 군사가 큰 피해를 입었다.

대승한 이목은 병사를 이끌고 임지인 대군으로 돌아갔다. 이목이 대군 태수로 취임한 것은 5년 전이었다. 이때는 태수로 두 번째 임명된 것이었다. 최초에 임명받은 것은 8년 전이었다. 그러나 그때는 2년 쯤 재임하고 파면 당했었다.

대(代)는 구대국(舊代國)을 개칭한 군(郡)으로 북쪽으로는 임호(林胡), 동쪽으로는 동호(東胡)와 국경을 접하고 있었다. 그러므로 동호와 임호 및 그 안쪽에 있는 흉노가 교대로 국경을 침범하고는 약탈을 일삼았다. 그것을 막기 위해 8년 전에 이목이 태수로 등용되었던 것이다. 그러나 태수로 취임한 이목은 국경 경비대에게 국경을 침범한 흉노 병사와 싸우거나 그들을 생포하는 것을 엄히 금지시켰다. 그 대신 많은 첩자와 초나라 병사를 적지에 보내서 정보를 수집하게 하고 흉노의 동정을 분석하는 한편 여러 곳에 봉화대를 만들게 하여 경보 체제를 정비했다. 그리고 적의 침입 정보를 사전에 입수했으며 백성과 가축을 국경 주변에서 철수시켜 피난하게 했다.

흉노(匈奴)는 가끔 침입하면서도 수확이 없자 금방 철수했다. 그러나 조나라 조정에서는 이목의 그와 같은 방법이 마음에 들지 않아서 이목에게 엄중한 주의를 주었으나 이목은 그 주의를 묵살했다. 그래서 그를 태수자리에서 박탈했었다.

당연히 이목 다음으로 취임한 태수는 침입한 흉노를 그때마다 격퇴시켰으나 피해가 더 커졌을 뿐만 아니라 전쟁으로 인해 국경 부근에서의 농경과 방목이 불가능해지자 이목이 다시 태수로 임명됐다. 이목은 임지에서 당연히 이전과 똑같이 행동했다. 국경부근의 방위가 다시 약화되었음을 알고 흉노들의 국경 침범이 심해졌다. 결국 이목도 흉노를 치기 위해 출병하기에 이르렀다. 그런데 소수의 부대를 보내서 적당히 싸우고 철수하는 정도여서 주둔군 병사들은 욕구불만으로 이를 갈았다. 그것을 달래기 위해 이목은 매일같이 소를 잡아서 병사들을 포식시켰다. 동시에 맹렬한 조련을 시작했다. 그렇게 한 지도 일 년쯤 지났다.

어느 날 흉노의 왕이 동호(東胡), 임호(林胡)와 연합하여 십만 대군을 거느리고 쳐들어왔다. 이목은 이들을 국경 안으로 깊숙이 유인하여 완전히 포위했다.

"때는 지금이다! 직들은 한 놈도 살려 보내지 말라!"

이목은 명령하고 흉노군에게 총공격을 가했다. 그리고 이목 휘하의 조나라 군사를 깔보고 있던 흉노군을 일거에 섬멸시켰다. 흉노왕은 목숨을 겨우 부지하고 달아났다. 잠시 후 국경선은 조금 전까지의 대격전이 거짓말처럼 고요해졌다. 흉노는 그 군사력을 회복하려면 적어도 십 년은 걸릴 정도로 큰 타격을 받았던 것이다.

이 전투가 계기가 되어 이목에 대한 주둔군 십만에 이르는 병사들의 신뢰가 높아졌다. 이목도 정무(政務)의 틈을 타서는 병사들과 담소했고, 훈련 때에는 군사들과 기거를 함께 했다. 그래서 병사들은 이목의 수족처럼 움직이게 됐기 때문에 전쟁터에서 마음대로 병사들을 다룰 수가 있었다. 그리고 태원 싸움에서 대승리를 거둔 이목은 그 공으로 무안군(武安君)으로 봉해지고, 대장군으로 승진하여 한단 도성에 귀임했다.

태원(太原) 싸움에서 진나라 군사가 참패함으로써 누구보다도 놀란 사람은 진왕 정이었다. 승패는 병가지상사이다. 그럼에도 불구하고 진왕 정은 파랗게 질렸다. 지난날 한비자가, 제나라를 쓰러뜨린 낙의(樂毅)를 예로 이 세상에는 가끔 군사적인 천재가 불시에 나타난다고 가르쳐준 것이 생각났기 때문이다. 어쩌면 그 이목이 그런 인물이 아닐까? 하고 생각할 정도로 진왕 정은 불안해했다. 동시에 병사를 일으키기보다 돈을 쓰라고 가르친 위료자의 말을 떠올렸다.

진왕 정은 즉시 이사와 의논했다. 그리고 첩자에게 막대한 돈을 주어 한단으로 보냈다.

때마침 조나라에서는 염파를 밀어낸 대부 곽개(郭開)가 승진하여 재상 자리에 있었다. 첩자는 교묘하게 곽개와 접촉하여 우선 만 금을 주고 성공 시에는 원하는 대로 얼마든지 주겠다고 약속했다. 곽개는 기뻐하며 즉시 이목을 처치하려는 공작을 꾸미기 시작했다. 매수공작이 순조롭게 진행되었음을 알고 진왕 정은 안도의 숨을 쉬었다.

다음 해 진시황제 17년, 진나라는 한나라로 출병했다. 병사를 이끌고 한나라로 침입한 왕전(王翦)은 한왕안(韓王安)을 체포하고 한나라 땅을 진나라 판도로 편입시켜 영천군(潁川郡)을 설치했다. 끝내 한나라는 나라를 세운 지 104년 만에 멸망했다. 이로써 중원 6개국의 일부가 허물어졌던 것이다.

진시황제 18년, 진나라는 조나라 재상 곽개의 내통을 받아서 조나라로 출병했다. 통솔자는 역시 노장군 왕전이었고, 부장수는 양단화였다.

조나라로 침입한 진나라 군사를 이목은 미리 짜놓은 전략에 따라 한단성 아래에서 섬멸하려고 기다리고 있었다. 진나라 군사가 접근해 왔다는 보고를 받고 성에서 병사를 내보내 성 아래에 포신시켰다.

잠시 후 진나라 군사가 성 아래에 도착하자, 왕전은 포진을 마치고 즉시 이목에게 전서(戰書)를 보냈다. 이목은 굳이 합전일시를 지정하지 않고 언제든지 마음대로 하라고 답서를 보냈다. 또 다시 왕전으로부터 이번에는 일변하여 화의를 맺고 싶다고 사자를 보냈다. 겁을 먹은 모양이라고 생각하고 이목은 대화에 응했다.

그런 상황이므로 두 진지에서 사자가 왕래했다. 그 사자의 왕래 사실을 알고 곽개는 역시, 이목은 적과 내통하고 있고 이것은 모반을 일으킬 증거라고 조나라 유무왕(幽繆王)에게 참언했다. 이에 앞서 이목이 모반을 꾀하고 있다고 귀띔을 받았던 우둔한 유무왕은 그 말을 곧이 믿고는 장군 조총(趙忽)에게 병부를 내어주고 이목과 교체시켰다.

이에 진의를 확인하려고 이목은 성에 들어갔다. 그것을 기다리고 있던 곽개는 유무왕에게 진언하여 갑자기 이목을 체포하고 반란죄로 처형했다.

이리하여 전국시대 말기에 나타났던 거대한 장성은 미처 빛을 발하지도 못한 채 사라졌던 것이다.

  이목의 죽음을 전해들은 왕전은 총공격을 감행했다. 이목이 깔아놓은 특이한 진형(陣形)에 조총은 당황하여 병사를 장악하지 못해 패배의 고배를 마시게 됐다. 조총은 일단 병사를 성내로 철수시키고 후사를 꾀하려고 했으나 성문은 굳게 닫힌 채 성 아래에서 결전할 것을 하명 받았다. 일단 들뜬 병사들은 손을 댈 수가 없었다. 어떤 자는 도망하고, 또 어떤 자는 투항했으며, 얼마 안 가서 조총이 잡히자 조나라 군사는 어이없이 무너져, 진나라 군사는 성을 공격하기 시작했다. 아직 이목 모살(謀殺)에 대한 사례를 받지 않았던 곽개는 낙성 후에는 그 값이 내려가리라고 생각하고 열심히 성 방어를 독려했다. 그렇지 않아도 한단성은 천하의 명성이었다.

  그렇다고는 해도 반년이 지나고 해가 바뀌자 얼마 안 가서 성은 함락되어 조나라 유무왕은 사로잡혔다. 이로써 사실상 조나라는 멸망되었다. 그러나 유무왕의 형 조가(趙嘉)가 대(代)나라로 도피하여 '대왕(代王)'이라 칭했다.

  곽개는 한단 낙성이 혼란한 때에 도적의 습격을 받아, 재물을 빼앗기고 끝내 살해당했다.

  다음 진시황제 20년, 진왕 정은 연나라 태자 단(丹)이 보낸 자객 형가(荊軻)에게 습격을 받았다. 흔히 있는 사건이지만 만약 이때 형가가 진시황제를 암살했더라면 하는 후대 사가(史家)들의 간절한 소망에 의해 사건은 드라마로 각색되었다.

  먼저, 태자 단과 많은 그의 식객들이 흰옷으로 통일하여 차려입고 함양으로 가는 형가를 만천하에 첩자를 잠복시키고 있던 진나라가 그것을 전혀 문제 삼지 않고 역수(易水)의 강변에서 장행회(壯行會)를 열어 전송했다고 하니 대단한 일이었다.

바람소리는 쓸쓸하고 역수는 차다. 장사 한 번 떠나고 다시 돌아오지 않으리.

형가는 벗이 치는 축(筑: 대나무로 치는 가야금과 비슷한 악기)에 맞추어 노래를 읊었다는 것에서 드라마성이 짙다.

게다가 진왕 정은 궁전에서 비수를 손에 든 형가에게 쫓기어 당황해서 허리에 찬 칼도 빼지 못하고 허둥지둥 모양 사납게 도망쳤다는 통쾌한 드라마다.

어쨌거나 형가는 암살에 실패하여 목숨을 잃었다. 그러나 그 일로 진왕 정이 형가를 보낸 태자 단을 그대로 놔둘 리가 없었다. 게다가 그 전에 진나라에서 인질로 잡혀 있던 태자 단을 진왕 정은 유달리 후하게 대우했었다. 그런데도 태자 단은 진나라를 탈출하여 도망했던 것이다.

진왕 정은 즉시 왕전에게 대군을 맡겨 연나라를 치게 했다. 연나라는 필사적으로 항전했으나 진시황제 21년, 드디어 수도 계(薊)는 함락됐다. 태자 단(太子丹)은 연왕 희(喜)와 요동(요녕성 요양시)으로 도망쳤다. 그러나 연왕 희는 진나라 군사의 추격을 피하기 위해 태자 단의 목을 쳐서 왕전에게 바쳤다. 태자 단의 목을 들고 왕전은 일단 함양으로 개선했다.

왕전이 연나라로 원정 중이던 진시황제 21년에 진왕 정은 장군 왕비(王賁)에게 초나라를 치게 했다. 진왕 정은 제2의 이목이 나타날 것을 두려워하여 천하통일의 일정을 서둘렀으며 왕비 휘하의 초나라

토벌대는 그 전초전이었다. 왕비는 초나라에서 가볍게 열 개의 성을 함락시킨 후 철군했다.

거의 때를 같이 하여 왕전이 태자 단의 수급을 들고 연나라에서 개선했다.

"초나라를 쓰러뜨리려면 어느 만큼의 병력이 필요하오?"

진왕 정이 왕전에게 물었다.

"육십만은 필요할 것입니다."

왕전이 대답했다. 진왕 정은 고개를 갸우뚱거리며 같은 질문을 젊은 장군 이신(李信)에게 물었다.

"이십 만이면 충분합니다."

이신이 대답했다.

"그럴 테지. 이상히 여겼노라. 과연 준마도 늙으면 어쩔 수 없도다. 왕 장군도 많이 노쇠했도다."

진왕 정은 말하고 이신에게 병부를 주었다. 이신은 몽염(蒙恬)과 함께 2십만 군을 이끌고 초나라 정벌 길에 올랐다. 왕전은 펄쩍 뛰며 분노하여 은퇴를 청했다. 진왕 정은 묘한 농담을 했던 것을 후회하고 말렸으나 왕전은 단연코 응하지 않고 지체 없이 빈양(頻陽: 섬서성 동천시)으로 가서 은둔 생활을 했다.

초나라 땅에 침입한 진나라 군사는 파죽지세로 진격했다. 서쪽으로 향한 몽염은 곧 침구(寢邱: 하남성 침구현)를 함락시켰다. 남하한 이신은 초나라 옛 도성 언(鄢)과 영(郢)을 쳤다. 그리고 서북으로 진격하여 성부(城父: 하남성 보풍현)에서 몽염과 합류하고자 진군했다.

그러나 실은 초나라 군사가 언과 영, 두 성을 포기한 것은 초나라 장군 항연(項燕)의 고육지계(苦肉之計)였다. 성부로 향한 진군 배후를 항연은 2십만 대군을 이끌고 맹렬히 추격하자 이신은 3일 밤 동안 병사들을 쉬게 할 수가 없어서 끝내 대패하여 병력의 태반을 잃었다.

이신의 패배를 전해들은 몽염은 일단 병사를 정리하여 조나라 땅으로 피했다. 그리고 위급한 상황을 함양으로 고했다. 그 보고를 전해들은 진왕 정은 소스라치게 놀라며 동시에 불같이 역정을 냈다. 틈을 주지 않고 왕전이 은거하고 있는 빈양으로 수레를 달렸다. 그리고 왕전에게 자초지종을 설명하고 재출마를 간청했다.

"말씀하신 바와 같이 노신은 늙었습니다. 늙은 노마는 이젠 쓸모가 없습니다."

왕전은 비꼬았다.

"그건 농담이있소. 노여움을 푸시오."

진왕 정은 사과했다. 왕전은 쉽게 대답하지 않았으나 진왕 정이 계속 머리 숙여 간청하자 못 이기는 체하며 자리에서 일어섰다.

"단 병력은 무래도 6십만이 필요합니다."

왕전은 오기로 조건을 붙였다. 물론 진왕 정은 승낙했다. 그런데 왕전은 또 다른 조건을 붙였다.

"사력을 다해 반드시 승리할 것을 약속합니다. 단 개선하면 마당과 연못이 있는 이름다운 집을 하사하신다고 약조를 하시옵소서."

"그건 또 무슨 엉뚱한 말인고? 상은 그리 시시하지는 않을 것이오."

진왕 정은 어이가 없어 웃었다.

"아닙니다. 이번에 개선하면 진정으로 은거를 할 것입니다. 다른 상은 사양하리다. 노후를 즐기기엔 역시 아름다운 사저(私邸)가 제일입니다."

"알겠소. 보고 골라서 하사하리라."

진왕 정은 약속했다.

그리고 왕전을 수레에 태워서 함양으로 돌아왔다. 함양에서 병부를 받은 왕전은 다시 아름다운 사저의 약조를 확인했다. 그리고서 6십만 대군을 거느리고 장도에 올랐다.

진왕 정은 친히 왕전을 교외 파(灞)까지 나가 전송했다. 장도의 격려사를 하는 진왕 정에게 왕전은 또 다시 약속을 확인했다. 그리고서 초나라로 진격했는데 첫 번째 노영지에서 다시 심복 부장수를 함양으로 보내서 약속 이행을 확인하라고 명했다.

"너무 지나치십니다."

부장수가 말리려고 했다.

"바보 같으니라구! 노장이 6십만 군세를 인솔하고 함양성을 나섰으니 성 안의 병사(兵舍)는 텅 비지 않았던가? 게다가 노장 자식 놈(왕비)이 십만 군세를 이끌고 외지에 있다. 합하면 7십만이다. 만약 노장이 모반을 일으킨다면 어떻게 되겠나? 왕을 안심시키기 위해서 모반의 마음이 전혀 없음을 증거하기 위하여 조건을 붙였음이니라. 잔말 말고 빨리 가라!"

왕전은 이렇듯 호령했다.

왕비는 이때 위나라로 출정하고 있었다. 그리고 왕전 휘하의 대군이 초나라에 들어가서 얼마 후 왕비는 위나라 도읍 대량을 함락시켰다.

대량에 입성한 왕비는 명을 받들어 위왕 가(假)를 죽였다. 위나라 땅은 모두 진나라 판도로 편입되었고 위나라는 건국한 지 145년을 마지막으로 멸망했다.

초나라에서 싸우고 있던 왕전은 다음해인 진시황제 23년, 몽염과 이신 양군을 자기 휘하에 모아서 초나라 군사를 무찌르고 초나라 장수 항연을 잡아서 죽였다. 그 다음 해에는 초나라 신도수춘(新都壽春:

안휘성 수춘 현)을 침공하여 초나라 부추(負芻)를 사로잡았다. 이리하여 초나라 영토도 진나라 판도로 편입되어 초나라 또한 건국 519년으로 장장한 역사의 막을 내렸다.

진시황제 25년, 대장 왕비는 다시 병사를 이끌고 연나라를 마무리하기 위하여 요동으로 출격했다. 그리고 요동으로 피난 가있는 연왕 희를 사로잡았다. 이로써 연나라는 명실공히 건국 111년 만에 멸망했다.

연나라를 멸망시킨 왕비는 불시에 병사를 대(代)나라로 향하게 했다. 여기에서도 대왕을 칭하고 있던 조가(趙嘉)를 잡아서 참수했다. 이리하여 조나라 또한 건국 105년으로 멸망했다.

이어서 왕비는 번개처럼 제나라로 이동하여 제나라의 수도 임치를 함락시켰다. 제왕 건(建)은 항복하여 강(姜)씨로부터 정권을 찬탈했다. 전(田)씨의 제나라 또한 건국 139년으로 멸망했다.

이렇게 하여 진왕 정 26년, 전국시대의 여섯 나라는 때를 거의 같이 하여 소멸되었고, 진나라는 중원 6개 국을 휩쓸었다. 마침내 진왕 정은 천하를 통일했던 것이다. 연대기(年代記)로는 이 해를 마지막으로 춘추전국시대는 막을 내렸다.

천하를 통일한 진왕 정은 황제를 붙여 '시황제'라 칭했다. 역사에 진시황제가 출현한 것이다. 그리고 황제는 자신을 과인이라 하지 않고 짐(朕)이라 칭했다. 짐이란 자칭이 여기서 비롯되었다.

이제 제위(帝位)에 오른 진시황은 전국을 36구(區)로 나누어 36군(郡)을 설치했다. 각 군에는 군수를 임명하여 그 아래에 승(丞: 군수보)과 위(尉: 군무관), 감(監: 감찰관)을 두고 군정을 보게 했다. 조정(중앙정부)에는 정무를 맡아보는 경대부(九卿) 위에 승상(丞相: 정무), 태위(太尉: 군무), 어사대부(御史大夫: 승상보에 해당, 그 아래의 어사

중승은 감찰권을 지님)의 이른바 삼공(三公)을 두었다. 이 삼공이 결국은 한비자가 제언한 국왕의 보좌역, 행정감사와 관장사찰에 해당하는 원견명찰한 법술사가 모습을 바꾼 황제의 막료였다.

드디어 역사는 한 걸음 나아가서 봉건제를 배척하고 대신 군현제(郡縣制)의 법치를 바탕으로 하는 중앙집권국가인 진제국(秦帝國)을 출현 시켰다. 그 영역은 거의 현재 중국 영토와 일치한다.

그리고 그 영역을 구중원 제국들이 쌓았던 장성을 잇고 북방에 일부를 새로 만들어서 이었다. 동쪽은 요동 지방, 서쪽은 감숙성 임조까지 이르는 오천여 리 규모의 이른바 만리장성으로 둘러쌌다.

또한 진시황은 전국에서 금속 무기를 모아서 그 지금(地金)으로 거대 한 열두 개 금인(金人: 동상)을 주조하게 했다. 동시에 전국의 부호를 함양으로 이주시켜 반란의 싹을 미연에 방지했다. 그리고 도량형과 문자를 통일시켰다.

이 문자 통일은 특히 중국사에 중대한 역할을 했다.

다시 말해서 진시황은 진제국의 영역을 장성으로 둘러쌈으로써, 그 후대 중국인의 생활영역을 설정하여 문자를 통일하여 중국의 문화적, 종족적인 통일을 가능케 했던 것이다. 그런 의미에서 진시황제야말로 중국의 개조(開祖)이며, 역사적인 중국인의 시조인 것이다. 최소한 중국인의 역사적인 대은(大恩) 임에는 틀림이 없다.

그러나 반대로 진시황은 이제까지 중국사에 등장하는 인물 중 최악의 '폭군'으로 그 이름이 폭군의 대명사로 사용되어 왔다. 참으로 이유 없는 오명이 붙여진 것이다. 진시황제가 역대 다른 황제와 비교하여 유달리 나빴던 증거도 없으며 실제로 별다른 악업을 행한 것도 아니다.

물론 이른바 시황제의 '2대 악업'이라고 일컬어지는 것 중에서 그 하나는 만리장성을 쌓기 위해 많은 백성에게 가혹한 노역을 시켰다는 것이고, 또 하나는 언론 통제를 위하여 서적을 태우고 사상 탄압의 일환으로 유학도를 생매장한 분서갱유(焚書坑儒)이다.

이미 말했거니와 만리장성은 진시황 한 사람의 손으로 만들어진 것은 아니다. 그리고 실은 그 가혹한 노역의 신화가 널리 퍼진 것은 '맹강녀, 만리장성을 울음으로 허물다(孟姜女, 哭倒万里長城)'라고 제목이 붙여 진 연극과 노래에 의해서이다. 그런데 그 노래와 연극은 한참 후에 만들어진 것인데 이야기의 작자는 아마 고전도 제대로 읽지 못한 인물인 듯하다. 그 증거로 이야기 속의 주인공 이름은 알쏭달쏭하다. 맹(孟)은 분명 성(姓)이므로 그것이 장(蔣)이건, 모(毛)이건 아무 상관이 없다. 그러나 강(姜)은 '여자'라는 뜻이다. 그러므로 주인공 이름은 당연히 맹강 또는 맹녀가 되어야 하며 시황제와 동시대에 강녀(姜女)라고 불리는 여자는 존재하지 않는다. 결국 이야기는 제 이익을 위해 적당히 만들어진 것이다.

그러나 분서갱유는 사실이었다. 분명히 시황제는 유서를 불태우고 유학도를 포함한 4백 6십여 명에 이르는 여러 학자를 갱살시켰다.

역대 황제를 거론하지 않더라도 2천여 년 후인 현대 중국에서는 여전히 언론 통제의 분서는 행해졌으며, 게다가 사상 탄압으로 국민당과 공산당이 상호간에 참살한 반체제파의 수는 4백6십여 명의 수백 수천 배, 아니 만 배에 달하고 있다.

다시 말해서 시황제만이 특별히 잔학한 폭군으로 지탄을 받을 이유는 어디에도 없다. 시황제를 폭군의 대명사로 만든 것은 부당한 오해라기보다도 엉뚱한 아니 중국인답지 않은 망은(忘恩)의 결과이다.

폭군은커녕 시황제는 중국사에 진보의 개념을 도입했던 유일한 위대한 황제였다. 더욱이 그가 천하를 통일하여 중앙집권제국을 구축한 것은 유럽에서 로마제국이 출현하기 200년쯤 전의 일이었다. 즉 시황제의 진 제국은 세계사에 출현한 최초의 법치체제와 관료조직을 겸비한 제국이었다. 제국은 관료조직을 빼고는 논할 수 없으며, 일반적으로 서구의 정치학자는 로마제국의 초대 황제 옥타비아누스(Octavianus, Gaius Julius Caesar)를 관료조직의 창설자로 꼽고 있다. 그러나 그것은 큰 잘못이며 시황제는 그보다 2백 년이나 앞서 있었다.

현대 정치학의 원조 마키아벨리(Machiavelli, Niccolo Bernardo)가 정치를 종교와 윤리도덕에서 독립시켜 현대 정치학을 출범시킨 것은 훨씬 후대인 16세기 초엽이었다. 그러나 시황제의 스승 한비자가 정치를 윤리 도덕에서 독립시켜 현실 처리(정치)와 이상 추구(정치철학)를 구변하여 지배체제론(정치학)을 설파한 것은 기원전 3백 년 때의 일이다. 그 사이는 무려 1700~1800년의 격차가 있다. 덧붙여 말하면 같은 정치학이라도 마키아벨리는 주로 권력의 '작용'에 착안했으며, 한비자는 권력이 '작용하는 장'에 착안했다. 이런 연유로 만약 조(租)라는 이름을 굳이 고집한다면 시황제는 관료조직을 이룩한 할아버지이며 한비자야말로 현대 정치학의 시조인 것이다. 그리고 진제국은 그 당시의 세계에서는 정치적으로 빼어난 선진국이었던 것이다.

분명히 시황제는 역사적인 위업을 달성했으나, 그 위업은 그의 천재적인 능력으로 성취되었던 것은 아니다. 한 마디로 말한다면 그 위업은 그가 춘추전국의 풍성한 결실을 추수함으로써 이룩되었던 것이다.

한비자의 학문적인 성취 또한 춘추전국시대에 다투어 나타났던 제자백가의 사상과 학설이 바탕을 이루었던 것이다.

게다가 그것에는 뚜렷한 계보가 있었다. 첫 번째는 낙양 천자와 항쟁하여 기존의 권위를 거부한 채족(蔡足), 새로운 질서를 추구하여 패권을 구축하여 법치에 착안한 관중(管仲), 왕위계승의 수속을 밟고 즉위한 자를 왕으로 인정했던 안영(晏嬰), 법정(法鼎)을 공개한 자산(子産), 법경을 저술한 이리(李悝), 형정(刑鼎)을 주조한 조앙(趙鞅), 관료를 통괄하는 통제술을 짜낸 신불해(申不害), 전공 없는 왕후귀족의 특권과 그 상속을 부인한 오기(吳起), 간초령을 펴서 변법을 단행한 상앙(商鞅), 지배와 피지배 관계를 세(勢)로 다루어 왕의 권력을 상대화한 신도(愼到), 형식논리학의 기초를 제정하여 성(性)을 악이라 규정하여 덕화(德化)를 예치(禮治)로 바꾸어 놓은 순경(荀卿), 이들을 비판하고 섭취하면서 법(法)과 술(術)과 세(勢)를 통합하여 지배체제론을 이룩한 한비(韓非) 이와 같은 계보이다.

이 계보 중에서 전통적인 제자백가의 분류에 따르면 안영, 자산, 순경은 '유가(儒家)'이며, 오기는 '병가'에 속하며 신도는 '도가(道家)'였다. 채족은 잡가(雜家)에도 속하지 않고 나머지는 모두 '법가(法家)'이다.

앞에서 그러한 전통적인 제자백가의 분류는 춘추전국사를 이해하는데 도움이 되지 않고 오히려 혼란을 초래했다고 말한 것은 이 시대의 정치적 진보와 사상적인 발전을 거치는 이 계보가 실은 그 분류에서는 완전히 다룰 수 없다는 것을 염두에 두었기 때문이다.

그리고 이 계보에 흐르는 공통된 중심사상은 역사는 진보한다고까지 단언하지는 못해도 변화하는 것이라고 하는 인식에서 출발하고 있다. 즉 춘추전국을 활기찬 진보의 시대로 이룩한 것은 이 계보에 속하는 사람들이었다.

이 계보 첫머리에 태공망을 놓고 제일 꼬리에 모택동을 나열한다면 그것만으로도 예기치 않은 중국 4천 년사를 유교의 입장에서 봤을 경우의 '이단적 계보'가 만들어진다. 그리고 믿어지지 않는 일이지만 중국사에서 사상가들은 춘추전국에서 한꺼번에 나와 버렸고 2천 수백 년 후에 모택동이 나타나기까지 독창적인 사상을 지닌 참된 사상가는 끝내 나타나지 않았다. 아니 정확하게 말하면 나타날 필요도 없었으며, 오히려 나타나서는 안 되었던 것이다. 즉 공자의 가르침에 따라 정치 이상을 과거(西周初期)에 구한다면 부인하려고 해도 역사적인 시간은 공간화 될 것이며 그러한 역사 공간에서는 한결같이 과거 성현들의 가르침을 배우면 해결되기 때문이다.

아무튼 정치사뿐만 아니라 사상사적으로도 또한 춘추전국은 중국 4천 년사에서 유일한 황금시대였다기보다 사상, 학술, 정치의 기본을 구축한 시대이기도 했다.

대충 말하자면 춘추전국은 유럽의 고대 그리스와 로마시대와 비슷하다. 그리고 서구에서는 14~5세기에 사람들이 고대 그리스와 로마로 되돌아가 그 유산을 가지고 와서 정치, 사회, 학술, 문화 부흥에 쏟았다. 이른바 르네상스 운동으로 근대화를 이룩했다. 그러나 르네상스라는 말이 나타내듯이 근대화란 그 자체가 역사적인 재생인 것이다. 그래서 중국이 근대화를 바란다면 역시 역사적인 재생은 피할 수 없으며, 그리고 돌아갈 자리는 당연히 춘추시대 말고는 달리 있을 수 없다

혼돈에서 생겨난 중국 세계는 서구 세계와 같이 신(神)의 지배(中世)와 신에 유래하는 권력의 지배(近世)를 받은 적 없이 본질적으로는 인간이 합의에 기인한 표식적인 권력이 역사사회를 지배해왔다. 그

근원적인 차이에서 중국과 서구는 권력과 법질서에 대한 기본적인 인식과 대응을 달리하고 있다. 다시 말해서 안이한 모방은 이루어지지 않고 서구모델에 의한 근대화는 도저히 불가능하다.

남겨진 선택은 서두르지 말고 우선 춘추전국으로 돌아가서 그 지대한 유산을 가지고 와서 자기 모델을 만들어내는 일이다. 그것을 게을리 한다면 황하의 물이 맑아지는 날은 있어도 근대화를 달성하는 날은 결코 오지 않을 것이다.

그렇긴 하나 그러한 연구와 노력 외에도 근대화를 지향하는 경우, 중국에는 무엇보다 먼저 해결하지 않으면 안 될 한 가지 문제가 있다. 되풀이하지만 춘추전국은 틀림없는 역사의 황금시대였다. 그럼에도 불구하고 그 황금시대 위에 이룩된 그 멋진 진제국은 겨우 15년으로 시황제 승하 후 4년 만에 붕괴했다.

이유는 여러 가지가 있다. 그러나 진짜 이유는 진제국이 정치를 맡은 관료 당사자가 앞장서서 백성과 함께 법치체제 그 자체와 그 엄격한 법을 기피하고 혐오한 사실이다.

관료들은 엄격한 법의 존재 때문에 자유재량의 여지가 축소돼 업적 중시의 엄격함에서 태만할 수가 없었고, 또한 부정부패도 쉽지가 않았다. 그리고 자만심이 큰 중국의 민중들은 법 앞에서 조차도 자진하여 굴복하려고 하지 않았다. 그런 점들이 맞물려 진제국이 믿어지지 않을 정도의 짧은 수명으로 끝난 것은 당연한 일이었다.

전통적으로 탐오가 습성화된 관료와, 태어나면서 자유롭고 또한 자재임을 바라는 유아독존인 백성에게는 법치를 수용하기 위해서는 과도적으로 탄저의 통(彈疽의 痛: 즉 악성 종기를 도려내는 아픔과 약을 마실 때의 쓴맛)을 견뎌내는 각오가 없어서는 안 된다고 한비자는 가르쳤다.

다시 말해서 하나의 문제란 먼저 중국의 12억 국민이 상하를 막론하고 '탄저의 통'을 견뎌내고 '음약의 고'를 참아서 법치를 받아들이는 것을 맹세할 일이다. 그렇게 하지 않고서 근대화는 쉽지 않을 것이다.

왠지 중국의 법치의 물은 어느 나라보다도 더 쓴 것 같다.

그 쓴 물을 억지로라도 마시게 하라고 가르친 한비자와 그것을 억지로 마시게 한 시황제가 역사적 '악당'으로 취급되는 한 중국의 근대화는 있을 수 없을 것이다.

-大尾-

고사성어(故事成語)

街談巷說 가담항설	길거리나 항간에 떠도는 소문. 즉, 세상의 풍문 길거리의 화제로서 항담(巷談)과 같은 말.
苛斂誅求 가렴주구	세금을 혹독하게 징수하고, 강제로 제물을 빼앗음 탐관오리, 도탄지고(塗炭之苦), 함분축원(含憤蓄怨)과 유사한 의미.
假弄成眞 가롱성진	처음에 장난삼아 한 짓이 나중에는 참으로 한 것 같이 됨을 의미하는 말로서, 거짓된 것이 참된 것처럼 보이는 것을 뜻 한다.
家貧思賢妻 가빈사현처	집안이 가난해지면 어진 아내를 생각한다는 뜻.
家書萬金 가서만금	집에서 보내온 반갑고도 귀중한 편지.
可與樂成 가여낙성	일의 성공을 같이 즐길 수 있음.
可以東可以西 가이동가이서	이렇게 할만도 하고 저렇게 할만도 함. 가동가서(可東可西).
佳人薄命 가인박명	아름다운 여자는 명이 짧다는 말. 즉 여자의 용모가 너무 아름다우면 운명이 기박하다는 뜻.

家藏什物 가장집물	집안의 온갖 세간들.
家和萬事成 가화만사성	집안이 화목하면 하는 모든 일들이 잘 이루어진다는 말.
刻骨難忘 각골난망	은혜가 뼈에 새겨져 잊히지 않는다는 말로, 남의 은덕을 잊지 않음을 뜻한다.
刻骨痛恨 각골통한	뼈에 사무쳐 맺힌 원한이란 말로서, 원한이 매우 깊음을 뜻한다.
各人各設 각인각설	사람마다 주장하는 설이나 의견이 다름.
各人自掃門前雪 각인자소문전설	사람들 각자마다 자기 할 일은 자기가 할 것이요, 남의 일에는 절대 관여하지 말라는 뜻.
各自圖生 각자도생	사람은 제각기 살 길을 도모한다는 뜻.
刻舟求劍 각주구검	판단력이 둔하여 세상일에 어둡고 융통성이 없는 것을 말한다.
肝腦塗地 간뇌도지	참살을 당하여 간과 뇌가 땅바닥에 으깨어졌다는 뜻으로, 여지없이 패함을 말한다.
肝膽相照 간담상조	간과 쓸개를 서로 보인다는 말로, 서로 진심으로 터놓고 사귀는 것을 뜻함.
竿頭之勢 간두지세	대막대기 맨 끝에 선 것 같은 아주 위태로운 형세. 즉 어려움이 극도에 달함.
姦聲亂色 간성난색	간사한 소리는 귀를 어지럽게 하며 좋지 못한 색은 눈을 혼란스럽게 함.
間於齊楚 간어제초	제나라와 초나라 사이에 끼어 있다는 풀이로서, 약자가 강자 사이에 끼어 있어 괴로움을 당함을 의미한다.
渴不飮盜泉水 갈불음도천수	갈증이 난다하여도 남의 샘물을 몰래 훔쳐 마시지 않는다는 뜻으로, 아무리 곤경에 처해도 의롭지 않은 일은 하지 않는다.

渴而穿井 갈이천정	목이 말라서야 우물을 판다는 뜻으로, 어떤 일을 미리 예비해 두지 않고 임박하여 급히 한다는 말.
鑑明者塵垢弗能埋 감명자진구불능매	맑은 거울이 모든 것을 환하게 비추어 주는 것과 같이 사람의 음도 밝으면 올바른 도리를 얻는다는 말.
敢不生心 감불생심	감히 생각하지도 못함.
甘言利說 감언이설	다른 사람의 비위에 맞도록 꾸민 달콤한 말과 이로운 조건을 내세운 그럴 듯한 말.
敢言之地 감언지지	거리낌 없이 말할 만한 처지.
甘井先竭 감정선갈	맛이 좋은 우물물은 길어가는 사람들이 많으므로 일찍 마른다는 뜻으로, 재능 있는 사람이 빨리 쇠약해진다는 말.
甘呑苦吐 감탄고토	달면 삼키고 쓰면 뱉는다는 말로, 사리의 옳고 그름을 떠나 자기의 비위에 맞으면 좋아 덤비고 안 맞으면 돌아선다는 뜻.
康衢煙月 강구연월	강구는 4通5達의 거리로 강구에 흐르는 안온한 풍경. 즉 태평한 시대의 평화스러운 모습을 상징한다. 태평성대(太平聖代), 격양가(擊壤歌), 고복격양(鼓腹擊壤), 요순시대(堯舜時代), 비옥가봉(比屋可封)도 같은 의미이다.
强近之親 강근지친	도와줄만한 가까운 일가. 즉 강근지족(强近之族).
改過不吝 개과불린	잘못이 있으면 즉시 고치고 잠시도 지체하지 말라.
江山風月 강산풍월	강산과 풍월, 곧 자연의 아름다운 풍경.
綱常之變 강상지변	강상에 어그러진 변고.

强弱不同 강약부동	한편은 강하고 한편은 약하여 도저히 상대가 안 됨.
改過遷善 개과천선	지나간 허물을 고치어 착한 사람이 된다는 말.
改頭換面 개두환면	일을 근본적으로 고치지는 않고 사람만 바꾸어서 그대로 시킴.
開門揖盜 개문읍도	문을 열고 도둑을 불러들인다는 뜻으로, 제 스스로 재난을 불러들이는 것을 의미한다. 개문납적(開門納賊)과 같은 말.
蓋世之才 개세지재	일세(一世)를 뒤덮을 만한 재주. 또는 그런 재주를 지닌 뛰어난 인물을 말함.
客反爲主 객반위주	손이 도리어 주인 노릇을 한다는 말로 주객전도(主客顚倒)를 말함.
客隨主便 객수주편	손님이 주인 하는 대로만 따름을 의미한다.
客地眠食 객지면식	객지에서 자고 먹음을 뜻하는 것으로, 곧 객지생활의 상태를 말함.
客窓寒燈 객창한등	나그네의 외로운 숙소에 비치는 차고 쓸쓸한 등불로서, 즉 나그네의 외로운 신세를 일컬음.
更無道理 갱무도리	다시 어찌할 도리가 없음.
去去益甚 거거익심	갈수록 더욱 심함.
去頭截尾 거두절미	머리와 꼬리를 자른다는 뜻으로, 전후의 부수적인 잔사설을 빼고 요점만을 말함.
拒門不納 거문불납	문을 닫고 아무도 초대하지 않는다는 뜻으로, 거절을 의미함.
擧世皆濁 거세개탁	온 세상이 다 흐리다는 말. 즉 지위의 고하를 막론하고 모든 사람이 바르지 못함을 뜻하는 것으로서, 혼돈지세(混沌之世), 혹 세무민(惑世誣民)과 유사한 말.

居安思危 거안사위	편안하게 살면서도 항상 위험할 때를 생각함.
擧案齊眉 거안제미	후한(後漢)때의 양홍(梁鴻)의 처 맹광(孟光)의 고사에서 유래한 말로, 맹광은 남편을 지극히 섬겨 남편에게 밥상을 올릴 때는 남편을 공경하는 뜻에서 반드시 눈썹에 맞추어서 들었다고 한다.
擧一反三 거일반삼	할 일을 미루어 보아 모든 일을 헤아림.
去者日諫 거자일소	평소에는 매우 친밀한 사이라 하더라도 이 세상을 떠나 면 점점 서로의 정이 멀어짐을 의미한다.
車載斗量 거재두량	물건을 수레에 싣고 말로 헤아린다는 뜻으로, 아주 흔해서 귀하지 않음을 의미. 한우충동(汗牛充棟)과 같은 의미.
擧族一致 거족일치	온 겨레가 한마음 한뜻이 됨.
據虛博影 거허박영	어찌할 수 없는 것. 즉 속수무책(束手無策).
乾坤一色 건곤일색	하늘과 땅이 한 빛깔임.
乾坤一擲 건곤일척	운명이나 흥망을 걸고 단판걸이로 승부나 성패를 겨룬다는 말. 유사한 말로 해하지탄(垓下之彈), 중원축록(中原逐鹿)이 있다.
乞不竝行 걸불병행	요구하는 사람이 많으면 한 사람도 얻기 어렵다는 뜻으로, 무엇인가를 요구하거나 청할 때는 혼자서 가는 것이 최상이라는 것.
乞人憐天 걸인연천	집 없는 거지가 하늘을 불쌍히 여긴다는 의미.

乞骸骨 걸해골	자기의 한 몸은 군주에게 바친 것이니 그 해골만이라도 자기에게 돌려주기를 바란다는 의미로, 늙은 신하가 사직을 임금에게 주청하는 것을 뜻함. 걸해(乞骸)라고도 함.
儉德鬼神 검덕귀신	몸이나 얼굴이 몹시 더러운 사람.
隔歲顔面 격세안면	해가 바뀌도록 오래 만나지 못한 친구.
隔世之感 격세지감	딴 세대와도 같이 몹시 달라진 느낌을 일컫는 말.
牽强附會 견강부회	말을 억지로 끌어다 붙여 조건이나 이치에 맞도록 한다는 의미로, 곡학아세(曲學阿世), 지록위마(指鹿爲馬)와 유사한 말.
犬馬之勞 견마지로	임금이나 나라에 충성을 다하는 노력을 일컫는 말로서, 자기의 애쓰고 진력함을 낮추어 하는 말이다. 이와 유사한 숙어로는 견마지성(犬馬之誠), 진충보국(盡忠報國), 분골쇄신(粉骨碎身), 고굉지신(股肱之臣) 등이 있다.
見蚊拔劍 견문발검	모기를 보고 칼을 뺀다는 말로, 곧 보잘 것 없는 조그만 일에 지나치게 큰 대책을 세움을 비유한 말.
見物生心 견물생심	실물을 보면 욕심이 생긴다는 말.
結者解之 결자해지	맺은 사람이 풀어야만 한다는 뜻으로, 자신이 저지른 일에 관하여는 자신 스스로가 해결해야 한다는 말.
結草報恩 결초보은	죽어 혼령이 되어서 은혜를 잊지 않고 갚는다는 뜻.

傾國之色 경국지색	임금이 혹하여 국정을 게을리 함으로써 나라를 위기에 빠뜨리게 할 만큼의 썩 뛰어난 미인을 일컫는 말. 경성지색(傾城之色), 절세가인(絶世佳人), 화용월태(花容月態), 단순호치(丹脣晧齒), 월하가인(月下佳人)과 유사한 말이다.
耕當問奴 경당문노	농사일은 머슴에게 물어야 한다는 말로, 모르는 일은 잘 아는 전문가에 게 물음이 옳다는 말.
敬而遠之 경이원지	공경하기는 하되 가까이 하지 않는 것을 의미하는 말로, 경원(敬遠)이라고 한다.
輕敵必敗 경적필패	적을 업신여기면 반드시 패한다는 말.
經天緯地 경천위지	온 천하를 경륜하여 다스린다는 말로 제세지재(濟世之才)와 유사한 말이다. 흔히 뛰어난 인물을 가르쳐 경천위지지재(經天緯地之才)라 함.
鷄口牛後 계구우후	닭의 부리가 될지언정 소의 꼬리는 되지 말라는 뜻으로, 큰 단체의 꼴찌보다는 작은 단체의 우두머리가 되라는 의미.
鷄卵有骨 계란유골	달걀에도 뼈가 있다는 말로서, 뜻밖에 생긴 일 때문에 모처럼 얻은 좋은 기회가 허사로 돌아감.
鷄肋 계륵	조조(曹操)의 한중정벌시(漢中征伐時) 나온 고사로, '대저 닭의 갈비는 그것을 먹으면 얻는 바가 없지만, 버리기도 아깝다'는 말에서 유래하였다. 즉, 버릴 수도 없고 취할 수도 없는 경우를 뜻한다. 또는 몸이 몹시 연약함을 비유하기도 한다.
鷄鳴狗盜 계명구도	행세하는 사람이 배워서는 아니 될, 천한 기능을 가진 사람을 일컫는 말.

膏粱珍味 고량진미	살찐 고기와 좋은 음식. 이와 유사한 말로서는 산해진미(山海珍味), 주지육림(酒池肉林), 진수성찬(珍羞盛饌) 등이 있다.
鼓腹擊壤 고복격양	배를 두드리고, 땅을 치며 노래한다. 곧 의식(衣食)이 풍족하고 안락하여 태평세월을 즐기는 것을 상징하는 말.
孤城落日 고성낙일	원군이 오지 않는 외로운 성과 저무는 해. 즉 여명(餘命)이 얼마 남지 아니하였는데도 남의 도움을 받지 못하는 외로운 사정이나 형편을 일컫는 말.
姑息之計 고식지계	급한 대로 우선 편한 것만 취하는 일시적인 미봉책(彌縫策). 유사한 어휘로는 조삼모사(朝三暮四), 아랫돌 빼서 윗돌 괴기 등이 있다.
孤掌難鳴 고장난명	두 손바닥을 마주치지 않으면 소리가 나지 않는다는 의미로서 서로 협력하지 않으면 일이 이루어지기 어렵다는 말.
苦盡甘來 고진감래	쓴 것이 다하면 단 것이 온다는 뜻으로. 고생 끝에 즐거움이 온다는 말.
孤枕單衾 고침단금	홀로 쓸쓸히 자는 여자의 이부자리를 일컫는 말.
孤枕單衾 곡학아세	정도를 벗어난 왜곡된 학문으로 세상 사람에게 아첨하는 것을 이르는 말.
空中樓閣 공중누각	공중에 세운 누각. 곧 사물의 기초가 견고하지 못함을 비유하는 말로, 사상누각(沙上樓閣), 허장성세(虛張聲勢), 빛 좋은 개살구, 이름 좋은 한울타리 와 일맥상통하는 말.

管鮑之交 관포지교	관중(管仲)과 포숙(鮑叔)의 사이같이 썩 친한 친구의 사이를 가리키는 말로서 오늘날까지 널리 쓰이고 있다. 이와 같이 매우 다정하고 허물없는 친구 사이를 이르는 말로, 문경지교(刎頸之交), 금란지교(金蘭之交), 단금지교(斷金之交), 막역지우(莫逆之友), 죽마고우(竹馬故友)등이 있다.
刮目相對 괄목상대	눈을 비비며 다시 본다는 것으로, 전에 만났을 때와는 딴 판으로 학식이 부쩍 늘어서 딴 사람이 아닌가 하고 눈을 비비며 상대한다는 말. 즉, 남의 학식이나 재주가 갑자기 느는 것을 말한다.
矯角殺牛 교각살우	뿔을 고치려다가 소를 죽인다는 말로, 결점이나 흠을 고치려다가 수단이 지나쳐 일을 망친다는 뜻. 같은 의미로 소탐대실(小貪大失), 빈대 잡다가 초가삼간 태운다, 멧돼지 잡으러 갔다가 집돼지 잃는다 등이 있다.
巧言令色 교언영색	남의 환심을 사기 위하여 아첨하는 교묘한 말과 보기 좋게 꾸미는 얼굴빛이란 뜻으로, 곡학아세(曲學阿世), 지당장관(至當長官), 아유구용(阿諛苟容)과 일맥상통함.
教外別傳 교외별전	석존(釋尊)의 오도(語道)를 언설교(言設教) 외에 석존이 마음으로써 따로 심원한 뜻을 전하여 준 일. 즉 마음으로써 서로 통하는 것을 지칭한다.
口蜜腹劍 구밀복검	입으로 하는 말은 꿀과 같으나 뱃속에는 칼을 지녔다는 말로, 겉으로는 말을 좋게 하고 속으로는 해칠 생각을 가진 음흉한 사람을 지칭함. 표리부동(表裏不同), 면종복배(面從腹背)와 같은 의미.

九死一生 구사일생	죽을 고비를 여러 차례 겪고 겨우 살아남을 이르는 말.
九牛一毛 구우일모	아홉 마리 소에서 뽑아낸 털 한 개란 말로, 썩 많은 가운데서 극히 적은 미미한 것을 일컫는 말. 유사한 숙어로는 창해일속(滄海一粟), 홍로점설(紅爐點雪), 해변에 모래알 등이 있다.
九折羊腸 구절양장	아홉 번이나 꺾인 양의 창자란 말로, 산길같이 꼬불꼬불 하고 험한 것을 일컫는다. 즉, 세상살이나 앞길이 매우 험악한 것을 상징.
群鷄一鶴 군계일학	닭 무리 속에 끼어 있는 한 마리의 학이란 뜻으로. 범상 한 여럿 중에서 홀로 뛰어난 사람을 가리키는 말. 계군일학(鷄群一鶴)이라고도 하는데, 백미(白眉), 낭중지추(囊中之錐)와도 비슷한 말이다.
群雄割據 군웅할거	뭇 영웅이 세력을 다투어 땅을 갈라 버틴다는 말로, 제 마음대로 위세를 부리는 것을 지칭한다.
窮餘之策 궁여지책	궁박한 끝에 나온 한 가지 꾀를 지칭하는 말로, 궁여일책(窮餘一策)이라고도 한다.
權謀術數 권모술수	권모와 술수. 목적을 위해서는 수단과 방법을 가리지 않고 그때그때의 형편에 따라 권세와 모략, 중상 등의 술책을 쓰는 것.
捲土重來 권토중래	한 번 싸움에 진 사람이 다시 세력을 얻어 땅을 말아 올릴 정도의 기세로 공격해 온다는 말. 즉, 한 번 실패에 굴하지 않고 처음 뜻을 이루려고 노력하는 것을 지칭한다. 와신상담(臥薪嘗膽), 칠전팔기(七顚八起) 등이 같은 말.

貴鵠賤鷄 귀곡천계	따오기를 귀하게 생각하고 닭을 천하게 여긴다는 말로, 이는 가까운 것을 천히 여기고 먼데 것을 귀히 여기는 인정(人情)을 꼬집은 말.
歸馬放牛 귀마방우	전쟁에 쓰던 말과 소(馬牛)를 놓아 보낸다는 뜻이니, 이는 전쟁이 끝나고 평화스러운 시대가 왔음을 일컫는 말.
龜背刮毛 귀배괄모	거북이 등에서 털을 뜯는다는 뜻으로, 이는 될 수 없는 것을 턱없이 구함을 이르는 말.
近墨者黑 근묵자흑	먹을 가까이 하면 검어진다는 말. 곧 나쁜 사람과 가까이 있으면 그 버릇에 젖기 쉽다는 말로, 가까운 사람이나 환경이 영향을 미치는 것을 가리킨다. 이와 같은 말로 근주자적(近朱者赤)이 있다.
金科玉條 금과옥조	금이나 옥과 같은 법조. 곧 아주 귀중한 법칙이나 규범.
金蘭之交 금란지교	쇠보다도 굳고 난초의 향기와 같은 다정한 친구의 사이를 일컫는 말로, 견고한 벗 사이의 우정을 이른다.
錦衣夜行 금의야행	비단 옷을 입고 밤에 나간다는 뜻. 아무 보람이 없는 행동을 지칭한다.
錦衣還鄉 금의환향	비단 옷을 입고 고향에 돌아온다는 뜻으로, 객지에서 성공하여 제 고향에 돌아옴을 이르는 말.
金枝玉葉 금지옥엽	임금의 집안이나 자손, 또는 귀여운 자손을 일컫는 말.
氣高萬丈 기고만장	일이 뜻대로 잘 될 때에 기꺼워하거나, 또는 성을 낼 때에 그 기운이 펄펄 나는 일.

箕裘之業 기구지업	선대로부터 전하여 내려오는 사업.
起死回生 기사회생	중병으로 죽을 뻔 했으나 도로 살아나 회복됨.
奇想天外 기상천외	상식을 벗어난 아주 엉뚱한 생각.
杞憂 기우	기인지우(杞人之憂)의 준말. 기나라 사람이 하늘이 무너져 내려 앉지 않을까 걱정했다는 고사에서 유래한 말로 쓸데없는 군걱정을 지칭하는 말.
騎虎之勢 기호지세	호랑이를 타고 달리는 기세. 호랑이를 타고 달리면 호랑이가 지쳐 멈출 때까지는 중도에서 내릴 수 없다는 것. 곧 이미 시작한 일이라 중도에서 그만 둘 수 없는 형세를 말한다.
奇貨可居 기화가거	남의 불행을 이용해서 큰 이익을 남긴다는 말로, 한나라의 상인인 여불위가 진나라의 화양부인에게 5백금으로 산 진귀한 물건을 바쳐 서 신임을 얻은 다음에 자초를 그의 후계자로 삼도록 함으로써 후에 진나라의 승상에 올라 부귀영화를 누렸다는 고사에서 유래한다.
吉祥善事 길상선사	매우 길하고 상서로운 일.
落眉之厄 낙미지액	눈썹에 떨어진 액. 즉, 갑자기 들이닥친 재앙이라는 뜻.
難中之難 난중지란	어려운 가운데서도 어려움. 즉 몹시 어려운 일.
難兄難弟 난형난제	누구를 형이라 해야 하는지 아우라 해야 하는지 구별하기 어렵다는 말. 즉 두 사람의 우열을 분간하기 어렵다. 막상막하(莫上莫下), 백중지세(伯仲之勢)와 같은 뜻.

南橘北枳 남귤북지	강남의 귤을 강북에 옮겨 심으면 탱자나무로 변한다는 말로. 사람은 사는 곳의 환경에 따라 선하게도 되고 악하게도 된다는 뜻.
男負女戴 남부여대	남자는 지고 여자는 이고 감. 곧 가난한 사람들이 떠돌아다니며 사는 것을 말한다.
南田北畓 남전북답	가지고 있는 논밭이 여기저기에 흩어져 있음.
男左女右 남좌여우	음양설에서 왼쪽은 양, 오른쪽은 음이라 하여 남자는 왼쪽. 여자는 오른쪽이 중하다는 말.
囊中之錐 낭중지추	주머니 속의 송곳. 곧 재능이 뛰어난 사람은 숨어 있어도 자연히 드러나게 된다는 뜻.
內柔外剛 내유외강	사실은 마음이 여리고 약하나, 밖으로 드러나는 태도는 강건하게 보임을 뜻하는 말로, 외유내강(外柔內剛)과 반대개념이다.
來者可追 내자가추	이미 지난 과거의 일은 어찌 할 수 없으나, 장차 일은 조심하여 과거와 같은 과실을 범하지 않고 잘 할 수 있다는 뜻.
內助之賢 내조지현	내조란 안에서 돕는다는 뜻으로, 남편이 현숙한 아내의 도움을 받는다는 말.
老當益壯 노당익장	늙었어도 더욱 기운이 씩씩하다는 뜻으로, 사람은 늙을수록 뜻을 더욱 굳게 해야 한다는 말.
路柳墻花 노류장화	누수든지 마음대로 꺾을 수 있는 길가의 버들과 담 밑의 꽃이라는 뜻으로, 청부를 가리킨다. 이를 화류(花柳)라고도 한다.
老馬之智 노마지지	사물은 각기 특징이 있음을 일컫는 말로, 아무리 하찮은 사람이라도 각각 장점이 있다는 말이 된다.

怒蠅拔劍 노승발검	파리를 보고 칼을 뺀다는 말로, 사소한 일에 화를 내는 것을 뜻한다.
綠陰芳草 녹음방초	우거진 푸른 나무 그늘과 꽃다운 풀. 곧 여름의 자연 경치.
綠衣紅裳 녹의홍상	연두저고리에 다홍치마. 즉 젊은 여자가 곱게 차린 모습을 가리킨다.
弄假成眞 농가성진	장난삼아 한 것이 참으로 한 것과 같이 됨을 이르는 말.
弄瓦之喜 농와지희	옛날 중국에서 딸을 낳으면 길쌈할 때 쓰는 벽돌을 장난감으로 주었다는 이야기에서 유래한 말로, 딸을 낳은 즐거움을 말한다.
弄璋之喜 농장지희	옛날 중국에서 아들을 낳으면 구슬을 장난감으로 주었다는 것에서 유래한 말로, 아들을 낳은 기쁨을 말한다.
累卵之勢 누란지세	쌓아놓은 새알과 같은 형세. 즉 매우 위태위태한 형세를 이르는 말이다.
訥言敏行 눌언민행	말하기는 쉬워도 행하기는 어려우므로 군자는 말을 먼저 내세우지 말고 행동을 민첩하게 해야 함을 이르는 말이다.
陵谷之變 능곡지변	높은 언덕이 변하여 골짜기가 되고, 골짜기가 변하여 언덕이 된다는 말. 곧 세상일의 극심한 변환을 이르는 말이다.
陵遲處斬 능지처참	머리, 몸, 팔, 다리를 토막을 내는 극형. 즉, 육시(六弑)와 유사한 극형이다.
多岐亡羊 다기망양	도망친 양을 뒤쫓던 사람이 여러 갈래의 길에서 양을 잃는다는 말로, 학문의 길이 너무 다방면으로 갈리어 진리를 얻기 어려움을 나타낸다. 또는 방침이 많아서 도리어 갈 바를 모르는 것을 뜻한다.

多多益善 다다익선	많으면 많을수록 더욱 좋다는 말.
多情多感 다정다감	생각과 느낌이 많음.
斷機之戒 단기지계	학문을 중도에 그만둠을 경계하는 말.
單騎馳騁 단기치빙	홀로 말을 타고 싸움터에서 부산하게 다님.
軍刀直入 단도직입	한 칼로 대적을 거침없이 쳐서 들어감. 즉 너절한 허두를 빼고 요점이나 본 문제를 곧바로 말함.
斷末魔 단말마	말마는 인도에서 온 것으로 숨이 끊어질 때의 고통 또는 임종을 가리킴.
膽大心小 담대심소	문장을 지을 때 배짱을 크게 갖되 세심한 주의를 해야 한다는 말.
堂狗風月 당구풍월	서당 개 삼년에 풍월한다. 아무리 무식한 사람이라도 그 부분에 오래 있으면 그 영향을 입어 다소나마 알게 된다는 뜻.
當局者迷 당국자미	직접 그 일을 맡아 보는 사람이 도리어 실정에 어둡다.
黨同伐異 당동벌이	옳고 그름을 가리지 않고, 서로 의견과 뜻이 같은 사람끼리는 뭉치고 그렇지 아니한 사람은 배척함을 이르는 말.
螳螂拒轍 당랑거철	제 분수를 모르고 강적에게 대항한다는 뜻.
螳螂在後 당랑재후	눈앞의 욕심에만 눈이 어두워, 장차 입을 재화(災禍)를 알지 못한다는 말.
當來之職 당래지직	신분에 알맞은 벼슬이나 직분, 또는 마땅히 차례에 올 벼슬이나 직분.
大喝一聲 대갈일성	크게 한 번 소리침.
大驚失色 대경실색	크게 놀라 얼굴빛이 변함.
大公無私 대공무사	조금도 사욕이 없이 공평하다는 뜻.

大器晚成 대기만성	큰 그릇을 만드는 데 오랜 시간이 걸리듯이, 큰 인물은 오랜 공을 쌓아 늦게 이루어진다는 뜻.
大同小異 대동소이	거의 같고 조금 다름. 즉 큰 차이가 없다는 뜻.
戴盆望天 대분망천	동이를 이면 하늘을 바라볼 수 없고, 하늘을 바라보면 동이를 일 수 없다는 말. 즉 두 가지 일을 동시에 할 수 없다는 뜻.
大書特筆 대서특필	특히 드러나게 큰 글씨로 씀.
戴星而往 대성이왕	별을 이고 간다. 즉 날이 새기 전에 일찍 일어나 나간다는 말.
大聲痛哭 대성통곡	큰 목소리로 슬피 움.
大失所望 대실소망	바라던 것이 아주 허사가 되어 크게 실망함.
大言壯談 대언장담	제 주제에 당치 않은 말을 장담하여 지껄임
對牛彈琴 대우탄금	소에게 거문고 소리를 들려준다는 말로, 어리석은 사람에게는 도리를 가르쳐 주어도 알아듣지 못한다는 말.
大圓鏡智 대원경지	사지(四智)의 하나. 둥근 거울에 만물의 그림자를 비추듯이 세상 만법을 비치는 지혜.
大義滅親 대의멸친	국가의 대의를 위하여 부모 형제와의 사정(私情)을 끊는다는 말.
大義名分 대의명분	사람으로서 마땅히 지켜야 할 의리와 직분.
大慈大悲 대자대비	넓고 커서 끝이 없는 자비. 특히 관음보살이 중생을 사랑하고 불쌍히 여기는 마음.
對敵傍助 대적방조	적에 대하여 중립국이 방조하는 일.
大智如愚 대지여우	대인군자의 행동은 공명정대하고 잔재주를 부리지 않는다는 말.

戴天之讐 대천지수	하늘을 같이 일 수 없는 원수. 즉 이 세상에 같이 있을 수 없는 사이를 말한다.
大旱不渴 대한불갈	아무리 가물어도 물이 마르지 않음.
徒勞無功 도로무공	헛되이 애만 쓰고 공을 들인 보람이 없다는 말.
屠龍之技 도룡지기	용을 잡는 재주. 곧 쓸데없는 재주를 이름.
塗抹詩書 도말시서	어린아이의 별칭. 어린아이는 아무 거리낌 없이 중요한 책에 먹칠도 하고 줄을 그으므로 해서 유래한 별칭이다.
道模是用 도모시용	어떠한 주견이 없이 남의 말만 따르면 일을 성사시킬 수 없다는 뜻.
道傍苦李 도방고리	사람들에게 시달림을 받으며 길옆에 서 있는 자두나무. 곧 사람에게 버림받는다는 뜻.
道不拾遺 도불습유	나라가 태평하고 풍속이 아름다워 백성들이 길가에 물건이 떨어져 있어도 주워가지 않는다는 말.
徒費脣舌 도비순설	헛되이 입술과 혀만 수고스럽다는 말. 곧 부질없이 말만하고 보람이 없다는 뜻. 도비심력(徒費心力)과 동의어이다.
刀山劍水 도산검수	아주 험하고 위험한 것을 이름.
掉三寸舌 도삼촌설	세 치의 혀를 두드린다는 말. 즉 웅변을 토함을 이름.
桃園結義 도원결의	의형제를 맺음. 후한 때 황건적의 난으로 만난 유비, 관우, 장비가 복숭아밭에서 검은 소와 흰 말과 지전을 준비하고 힘을 사르며 의형제를 맺었다는 데서 유래한 말.
都將日字 도장왈자	아무 일에나 나서서 잘난 체 하는 사람.

塗炭之苦 도탄지고	흙탕물과 숯불에 빠지는 괴로움. 즉 생활 형편이 몹시 곤란하고 고통스러운 모습.
獨立不羈 독립불기	독립하여 어떤 것에도 매이지 않음.
讀書亡羊 독서망양	글을 읽다가 양을 잃었다는 말로, 다른 일에 정신을 뺏겨 중요한 일을 소홀히 하는 것.
讀書三到 독서삼도	독서하는 데는 눈으로 보고 입으로 읽고 마음으로 해독해야 된다는 뜻.
讀書三昧 독서삼매	오직 책 읽기에만 전념하는 것.
讀書尚友 독서상우	책을 읽음으로써 옛날의 현인들과 벗이 될 수 있다는 뜻.
突不燃不生烟 돌불연불생연	아니 땐 굴뚝에 연기 날까? 곧 어떤 소문 이든지 반드시 그런 소문이 날만한 원인이 있다는 뜻.
東家食西家宿 동가식서가숙	옛날 중국에서 한 여자가 밤낮 하는 말이 '돈 많은 동쪽 집에서 밥을 먹고, 잘생긴 서쪽 집에서 잠을 자고 싶다.'는 말에서 유래한 것으로, 떠돌이 생활을 가리킨다.
同工異曲 동공이곡	기술이나 재주는 같으나 곡이 다름. 곧 모든 기교는 훌륭하나 그 내용이 다르다는 말. 동공이체(同工異體)와 같은 말.
同氣一身 동기일신	동기간은 한 몸이란 뜻.
童男童女 동남동녀	사내아이와 계집아이란 말로, 선남선녀 (善男善女)라고도 한다.
東塗西抹 동도서말	이리저리 간신히 꾸며댄다는 뜻.
東道主人 동도주인	주인으로서 손님의 시중을 들거나 또는 길을 안내하는 사람을 일컫는 말.

棟梁之材 동량지재	대들보가 될 만한 훌륭한 인재를 일컫는 말로, 이와 유사한 숙어로는 제세지재(濟世之才), 경천위지지재(經天緯地之才) 등이 있다.
東問西答 동문서답	동쪽으로 물으면 서쪽에서 대답한다는 말로, 물음에 대하여 엉뚱하게 대답함을 비유함.
同病相憐 동병상련	같은 처지에 있는 사람끼리 동정하고 돕는 것을 의미.
東奔西走 동분서주	이리저리 바쁘게 돌아다닌다는 말. '치마에서 비파 소리가 난다'와 유사한 의미이다.
凍氷寒雪 동빙한설	얼음이 얼고 눈보라가 치는 추위. 즉 북풍한설(北風寒雪)과 같은 말이다.
同床異夢 동상이몽	같은 잠자리에 서로 다른 꿈을 꾼다는 뜻으로, 겉으로는 같이 행동하면서 속으로는 딴 생각을 가짐.
冬扇夏爐 동선하로	겨울철의 부채와 여름철의 화초란 뜻으로, 때와 맞지 않는 쓸데없는 물건을 말한다.
同聲相應 동성상응	같은 소리는 서로 대응한다는 뜻. 곧 같은 무리끼리 서로 통해 응함.
冬溫夏淸 동온하정	겨울엔 따뜻하게, 여름에는 서늘하게 한다는 뜻으로, 부모를 섬기는 도리를 말한다.
童牛之牿 동우지곡	송아지를 외양간에 동여맴과 같이 자유스럽지 못한 것을 이름.
東征西伐 동정서벌	여러 나라를 이리저리 정벌함.
凍足放尿 동족방뇨	언 발에 오줌 누기란 뜻으로, 어떠한 사물이 한 때의 도움이 되나, 곧 그 효력이 없어질 뿐 아니라 더 악화된다는 말.
童輒見敗 동첩견패	일을 하려고 움직이기만 하면 꼭 실패를 본다는 뜻.

杜門不出 두문불출	문을 닫고 출입하지 않는다는 말. 즉 집 안에만 있고 세상 밖에 나가지 아니하는 것.
得一忘十 득일망십	한 가지 일을 알면 다른 열 가지 일을 잊어버린다는 말로, 기억력이 좋지 못함을 꼬집는 말이다.
得全全昌 득전전창	무릇 사람이 일을 꾀하는데 있어서 만전지책을 쓰면 성공하여 창성하고, 그렇지 않으면 실패하여 망한다는 말.
登高自卑 등고자비	일을 시작하는 데는 반드시 차례를 밟아야 한다는 말 또는 지위가 높을수록 겸손해진다는 말이다.
登樓去梯 등루거제	높은 누에 오르게 하여 놓고 오르고 나면 사다리를 치운다는 말로, 이는 사람을 꾀어 어려운 곳에 빠지게 함을 일컫는 말이다.
燈下不明 등하불명	가까운 곳 사정에 어둡다는 말. 등잔 밑이 어둡다, 업은 아이 삼년 찾는다와 같은 뜻이다.
燈火可親 등화가친	가을이 되어 서늘하면 밤에 등불을 가까이 하여 글 읽기에 좋다는 뜻.
馬脚露出 마각노출	말의 다리가 드러남. 숨기고 있던 꾀가 부지중에 곧 드러나는 것.
摩拳擦掌 마권찰장	기운을 모아 돌진할 기회를 기다림.
馬頭出令 마두출령	갑작스레 내리는 명령.
磨斧爲針 마부위침	도끼를 갈아 바늘을 만든다는 말. 곧 아무리 어려운 일이라도 부단한 노력과 끈기와 인내로 나아가면 성공하고 만다는 뜻.
馬耳東風 마이동풍	말 귀에 봄바람. 즉 남의 말을 귀담아 듣지 않고 흘려버림을 이르는 말.

麻中之蓬 마중지봉	삼밭에 쑥. 좋은 환경이나 감화를 받으면 선량해진다는 말.
馬行處牛亦去 마행처우역거	말 가는 데 소도 간다. 곧 일정한 차이는 있을 수 있으나 한 사람이 하는 일이면 다른 사람도 노력만 하면 할 수 있다는 의미.
莫可奈何 막가내하	어찌할 수 없음.
莫莫强兵 막막강병	아주 막강한 군사. 막강지궁(莫强之弓).
莫上莫下 막상막하	우열의 차가 없음.
莫嚴之地 막엄지지	막엄한 곳. 즉 임금이 거처하는 곳이나 임금의 앞을 의미한다.
莫逆之間 막역지간	벗으로서 허물이 없는 사이.
莫逆之友 막역지우	서로 마음이 맞아 거슬리는 일이 없이 생사를 같이 할 수 있는 친밀한 벗.
莫往莫來 막왕막래	서로 왕래가 없음.
莫此爲甚 막차위심	더할 수 없이 몹시 심함.
萬頃蒼波 만경창파	한없이 넓고 넓은 바다.
萬頃打令 만경타령	요긴한 일을 등한시 함.
萬古不變 만고불변	길이 변하지 않음.
萬古不朽 만고불후	영원히 썩거나 없어지지 않음.
萬古絶色 만고절색	만고에 유례가 없을 만큼 뛰어난 미인.
萬古風霜 만고풍상	오래오래 겪어온 많은 고난.
萬口成碑 만구성비	여러 사람이 칭찬한다는 것은 비를 세움과 같다는 말.
萬口一談 만구일담	여러 사람의 의견이 일치함.
萬口稱讚 만구칭찬	여러 사람이 한결같이 칭찬함.

萬年不敗 만년불패	오래 되어도 절대로 오손되거나 패하지 않음.
萬年之宅 만년지택	오래 가도록 튼튼하게 썩 잘 지은 집.
萬端改諭 만단개유	여러 가지로 타이름.
萬端情懷 만단개유	온갖 정서와 회포.
萬里同風 만리동풍	천하가 통일되어 풍속이 같아짐.
滿面愁色 만면수색	얼굴에 가득 찬 수심의 빛.
滿面喜色 만면희색	얼굴 가득히 차 있는 기쁜 빛.
滿目愁慘 만목수참	눈에 보이는 것이 다 시름겹고 참혹함.
萬無一失 만무일실	실패한 적이 전혀 없음. 또 그럴 염려조차 없음을 뜻함.
萬鉢供養 만발공양	많은 바리때에 밥을 수북이 담아 많은 사람에게 베푸는 공양.
萬不失一 만불실일	조금도 틀림이 없음.
萬死無惜 만사무석	죄가 너무도 무거워 용서할 여지가 없음. 곧 죽어도 아까울 것이 없음.
萬事如意 만사여의	모든 일이 뜻과 같이 됨을 이르는 말.
萬事瓦解 만사와해	모든 일이 기왓장이 무너지는 것과 같이 됨을 이르는 말. 즉 한 가지 잘못으로 모든 일이 다 틀려 버리는 것.
萬事亨通 만사형통	모든 일이 뜻과 같이 되는 것.
萬事休矣 만사휴의	더 손쓸 수단도 없이 모든 것이 헛되이 됨을 말함.
滿山遍野 만산편야	산과 들에 가득히 덮여 있음. 즉 많다는 말.
萬世不忘 만세불망	영원히 은덕을 잊지 아니함.

萬世不易 만세불역	영원히 바뀌지 않는 것. 즉 영구불변의 의미.
晩時之歎 만시지탄	기회를 잃고 때가 지났음을 한탄하는 것. 이와 유사한 숙어로 사후약방문(死後藥方文), 망양보뢰(亡羊補牢) 등이 있다.
晩食當肉 만식당육	배가 고플 때 먹으면 맛이 있어 마치 고기를 먹는 것과 같다는 뜻. 즉 시장할 때의 음식은 무엇이든지 맛있다는 의미.
滿身瘡痍 만신창이	온 몸이 흠집투성이가 됨. 또는 아주 형편없게 엉망이 된다는 말.
滿室憂患 만실우환	집안에 앓는 사람이 가득함.
萬牛難回 만우난회	많은 소가 끌어도 돌리기 어렵다는 뜻으로, 고집이 매우 센 사람을 지칭 한다.
萬人周知 만인주지	많은 사람들이 두루 암.
萬丈紅塵 만장홍진	만 발이나 되도록 하늘 높이 뻗쳐 오른 먼지, 또는 한없이 구차스럽고 속된 이 세상.
萬折必東 만절필동	황하는 아무리 곡절이 많아도 결국에는 동쪽으로 흘러간다는 뜻으로, 충신의 절개는 꺾을 수 없다는 말.
滿紙長書 만지장서	사연을 많이 적은 편지.
萬化方暢 만화방창	따뜻한 봄날에 온갖 생물이 잘 자람.
萬彙群象 만휘군상	여러 가지의 일과 물건. 삼라만상(森羅萬象), 만물상(萬物象)이라고도 한다.
末大必折 말대필절	나무의 가지가 커지면 반드시 부러진다는 뜻. 곧 변방의 힘이 세어지면 나라가 위태함을 지칭한다.

亡國之音 망국지음	나라를 망칠 저속하고 잡스러운 음악을 일컫는 말로, 망국지성(亡國之聲)이라고도 한다. 이는 "예기"에 전하는 은나라 주왕의 음악사 사연(師涓)의 죽은 혼이 허공을 헤매면서 주연하는 곡을 지칭한데서 유래하였다
亡國之歎 망국지탄	나라가 망한 것에 대한 한탄. 망국지한(亡國之恨).
忘年之友 망년지우	나이를 따지지 않고 재주와 학문으로만 사귀는 벗. 망년우(忘年友), 망년지교(忘年之交), 망년교(忘年交).
望梅止渴 망매지갈	허황된 생각으로나마 스스로를 만족시킨다는 뜻.
望梅解渴 망매해갈	목이 마른 병졸이 매실 이야기를 듣고 입안에 침이 생겨서 목마름을 풀었다는 고사에서 유래한 말.
茫無頭緒 망무두서	정신이 아득하여 아무 두서가 없음.
茫無涯畔 망무애반	아득히 넓고 멀어 끝이 없다는 뜻으로, 망무제애(茫無際涯), 일망무제(一望無際)라고도 한다.
望門寡婦 망문과부	정혼을 한 남자가 죽어서 시집도 가보지 못한 과부. 즉 까막과부.
望門投食 망문투식	돈이 떨어져 남의 집을 찾아가서 먹을 것을 얻어먹음.
罔赦之罪 망사지죄	용서할 수 없을 만큼의 큰 죄.
亡羊得牛 망양득우	양을 잃고 소를 얻는다는 말이니, 작은 것을 잃고 큰 것을 획득하는 것을 이른다.

亡羊補牢 망양보뢰	양 잃고 우리를 고친다는 뜻. 곧 일을 실패한 뒤에 뒤늦게 손을 쓴들 무슨 소용이 있겠느냐는 말로 유비무환의 정신을 깨우치고 있다.
亡羊之歎 망양지탄	달아난 양을 쫓는데 갈림길이 많아서 잃어버리고 탄식 한다는 뜻으로, 학문의 길이 다방면이어서 진리를 깨닫기가 어려움을 한탄함에 비유한 말.
望洋之嘆 망양지탄	힘이 미치지 못하여 하는 탄식.
妄言多謝 망언다사	편지 등에서, 자기의 글을 낮추어 겸손히 이를 때에 쓰는 말.
望雲之情 망운지정	멀리 떠나온 자식이 부모를 그리는 마음.
罔有擇言 망유택언	말이 모두 법에 맞아 골라 빼낼 것이 없음을 이르는 말.
忘恩負義 망은부의	은혜를 잊고 의리를 저버린다는 의미.
亡子計齒 망자계치	죽은 자식 나이 세기. 즉 이미 지나간 쓸데없는 일을 생각하며 애석하게 여긴다는 뜻.
忙中有閑 망중유한	바쁜 중에도 한가한 틈이 있음.
明鏡止水 명경지수	거울과 같이 맑고 잔잔한 물로, 마음이 고요하고 깨끗한 것을 비유.
明眸皓齒 명모호치	맑은 눈동자와 하얀 이란 뜻으로, 미인을 지칭한다.
名實相符 명실상부	이름과 실상이 서로 들어맞음.
毛遂自薦 모수자천	제가 저를 추천하는 것을 이르는 말.
矛盾 모순	말이나 행동의 앞뒤가 서로 맞지 않음.
目不忍見 목불인견	눈으로 차마 볼 수 없음을 이르는 말.

木人石心 목인석심	의지가 굳어 어떤 유혹에도 마음이 흔들리지 않는다는 말.
目前之計 목전지계	눈앞에 보이는 한 때만을 생각하는 꾀, 즉 일시적인 꾀를 지칭.
眇視跛履 묘시파리	애꾸가 환히 보려 하고 절름발이가 먼 길을 걸으려 한다는 뜻으로, 분수에 맞지 않은 일을 하면 오히려 화가 미친다는 의미.
刎頸之交 문경지교	죽고 살기를 같이 하여 목이 떨어져도 두려워하지 않을 만큼 절친한 사귐을 이르는 말.
尾生之信 미생지신	신의가 두텁다는 뜻. 또는 우직하다는 뜻으로 쓰인다.
博學篤志 박학독지	널리 공부하려고 뜻을 굳건히 한다는 뜻.
盤溪曲徑 반계곡경	일을 순리대로 하지 않고 억지로 하는 것을 이르는 말.
半途而廢 반도이폐	일을 하다가 중도에서 그만두는 것을 뜻한다.
半面之分 반면지분	일면지분도 못되는 교분. 곧 교제가 두텁지 못한 것을 이른다.
班門弄斧 반문농부	실력도 없으면서 함부로 덤빈다.
反覆無常 반복무상	배반했다 복종했다 하여 그 태도가 늘 일정하지가 않다.
半生半死 반생반사	거의 죽게 되어서 죽을지 살지 알 수 없는 지경에 이름.
半信半疑 반신반의	반쯤은 믿고 반쯤은 의심한다는 뜻.
斑衣之戲 반의지희	늙은 부모를 위로하려고 색동저고리를 입고 기어가 보였다는 고사에서 유래한 말로, 늙어서 효도하는 것을 이른다.

反哺之孝 반포지효	까마귀가 자라서 늙은 어미에게 먹이를 물어다 준다는 말로, 자식이 커서 부모를 봉양하는 것을 말한다.
拔本塞源 발본색원	나무의 뿌리를 뽑고 물의 근원을 막는다는 뜻. 곧 폐단의 근본을 아주 뽑아서 없애 버린다.
傍若無人 방약무인	좌우에 사람이 없는 것 같이 언어와 행동이 기탄없는 것을 말한다.
方長不折 방장부절	한창 자라는 초목을 꺾지 않는다는 뜻. 곧 장래성이 있는 사람이나 사업에 대해 해살을 놓지 않는다.
蚌鷸之爭 방휼지쟁	조개와 황새가 서로 싸우다가 어부에게 붙잡혔다는 말로, 눌이서 버티고 싸우다가 제3자에게 이익을 햇김을 비유한 말. 유사어로는 어부지리(漁父之利), 자승자박(自繩自縛), 남의 다리 긁는 격 등이 있다.
背水之陣 배수지진	위태함을 무릅쓰고 필사적으로 모든 힘을 다하여 성패를 다부는 경우를 비유하는 말.
百無所成 백무소성	일마다 하나도 성취되지 않음.
百無一失 백무일실	일마다 틀린 것이 하나도 없음.
白首北面 백수북면	재덕이 없는 사람은 늙어서도 북쪽을 향하여 남의 가르침을 받아야 한다는 뜻.
白眼視 백안시	업신여기거나 냉대하여 본다는 뜻.
白雲孤飛 백운고비	멀리 떠나는 자식이 어버이를 그리워한다는 뜻.
白衣蒼狗 백의창구	구름이 흰옷 모양 같이 되었다가 갑자기 강아지 모양으로 변한다는 뜻. 곧 세상 일이 자주 바뀌는 것을 비유한다.

百尺竿頭 백척간두	백 척 높이의 장대의 끝. 곧 위험이나 곤란이 극도에 달한 상태를 말한다. 같은 말은 위기일발, 명재경각, 풍전등화 등이다.
百弊俱存 백폐구존	온갖 폐단이 죄다 있다는 뜻.
伐齊爲名 벌제위명	겉으로는 어떤 일을 하는 체하고 속으로는 딴 짓을 하는 것을 이름.
辨明無路 변명무로	어떻게도 변명할 길이 없음.
兵家常事 병가상사	전쟁에서 이기고 지는 것은 흔히 있는 일이니 낙심할 것 없다는 뜻.
病風傷暑 병풍상서	바람에 병들고 더위에 상한다는 뜻. 곧 세고(世苦)에 쪼들림을 일컫는다.
覆車之戒 복거지계	앞의 수레가 엎어지는 것을 보고 뒤의 수레는 미리 경계하여 조심한다는 뜻으로, 남의 실패를 거울삼아 경계하라는 뜻.
復水難收 복수난수	한 번 저지른 일은 다시 어찌할 수 없다.
腹心之友 복심지우	마음이 맞는 극진한 친구 사이를 지칭하는 말.
本來面目 본래면목	자기의 본분. 즉 중생이 본래 가지고 있는 인위가 섞이지 않은 심정을 지칭한다.
鳳麟芝蘭 봉린지란	봉과 기린같이 잘난 남자와 지초, 난초 같은 여자. 곧 젊은 남녀의 아름다움을 표현한 것이다.
夫唱婦隨 부창부수	남편이 창을 하면 아내도 따라 하듯, 남편의 뜻에 아내가 따르는 것이 부부 화합의 도리라는 뜻. 유사어로는 여필종부(女必從夫), 부전자전(父傳子傳) 등이 있다.

附和雷同 부화뇌동	일정한 주관이 없이 남들 여럿의 의견을 그대로 좇아 따르거나 덩달아서 같이 행동한다는 뜻. 이와 유사한 숙어로는 부화수행(附和隨行), 기회주의(機會主義) 등이 있다.
粉骨碎身 분골쇄신	뼈가 가루가 되고 몸이 부서지도록 노력한다는 뜻. 곧 목숨을 걸고 힘을 다하는 것을 뜻한다.
焚書坑儒 분서갱유	중국 진시황이 재상 이사(李斯)의 말에 따라 진(秦)의 기록 이외의 서적을 모두 불사르고, 불로장생의 신선술에 심취하여 60여 명의 유생을 함양(咸陽)에서 구덩이에 생매장시켜 죽인 일.
不暇草書 불가초서	한자 초서를 쓸 때에는 획과 점을 일일이 쓰지 않는데, 이것도 쓸 틈이 없다는 뜻. 곧 매우 바쁜 것을 의미한다.
不敢生心 불감생심	힘에 부쳐 감히 할 생각도 못한다는 의미.
不俱戴天 불구대천	하늘을 함께 할 수 없다는 뜻으로, 이 세상에서 함께 살 수 없는 원수를 이름.
不立文字 불립문자	도를 깨닫는 것은 문자나 말로써 전하는 것이 아니라 마음에서 마음으로 전한다.
不分東西 불분동서	어리석어서 동서를 분별 못한다는 뜻. 곧 어리석어 사리를 분간 못함을 이른다.
不問曲直 불문곡직	잘잘못을 묻지 아니하고 다짜고짜로 행동함.
不世之功 불세지공	세상에 보기 드문 큰 공로.
不遠千里 불원천리	천리를 멀다 여기지 않음.
不撤晝夜 불철주야	밤낮을 가리지 않음. 곧 조금도 쉴 사이 없이 일에 힘쓰는 모양.

髀肉之嘆 비육지탄	재능을 발휘할 기회를 얻지 못하고 헛되이 세월만 보내는 것을 탄식함. 곧 역량을 발휘하지 못하는 탄식.
飛鳥不入 비조불입	성·진지의 방비가 튼튼하여 나는 새도 들어갈 수 없다는 뜻.
非朝卽夕 비조즉석	아침이 아니면 저녁이라는 뜻. 곧 시기가 임박했음을 이르는 말.
四顧無親 사고무친	사방을 둘러보아도 친한 사람이 없음. 곧 의지할 곳이 전혀 없는 외로움을 의미한다.
四面楚歌 사면초가	전후좌우에 초나라 군인들의 노래란 뜻으로, 적에게 포위되어 고립된 상태나 주위 사람들이 모두 자기 의견에 반대하여 고립된 상태를 뜻한다.
四面春風 사면춘풍	항상 좋은 얼굴로 남을 대하여 누구에게나 호감을 삼. 곧 누구에게나 다 모나지 않게 처세하는 일. 또는 그런 사람.
砂上樓閣 사상누각	모래 위에 지은 누각. 곧 어떤 일이나 사물의 기초가 견고하지 못함을 이르는 말.
死而後已 사이후이	죽은 뒤에야 그만 둠. 살아 있는 한 끝까지 힘쓴다는 뜻.
死中求活 사중구활	죽을 지경에서 살 길을 찾아냄. 곧 사중구생(死中求生).
四通五達 사통오달	사방으로 막힘없이 통함. 사통팔달.
死後藥方文 사후약방문	죽은 후에는 좋은 약이 있어도 소용이 없다는 뜻으로, 때가 이미 늦었음을 이르는 말.
山戰水戰 산전수전	산에서의 전투와 물에서의 전투를 다 겪음. 곧 험한 세상일에 경험이 많음.
殺身成仁 살신성인	몸을 죽여 인을 이룸. 곧 자기를 희생하여 착한 일을 한다는 뜻.

三尺案頭 삼척안두	석자의 책상머리라는 뜻. 곧 좁은 책상 위를 뜻한다.
喪家之狗 상가지구	초상집 개. 곧 여위고 기운 없는 사람을 빈정거리는 말.
桑田碧海 상전벽해	뽕나무 밭이 바다로 바뀐다는 말로, 세상일의 변천이 심하여 사물이 바뀜을 비유한다.
上濁下不淨 상탁하부정	윗물이 맑아야 아랫물도 맑음. 곧 윗사람이 정직하지 못하면 아랫사람도 그렇게 되기 마련이라는 말.
塞翁之馬 새옹지마	인생의 행·불행은 돌고 도는 것이어서 예측할 수 없다.
生面不知 생면부지	한 번도 만나본 일이 없어 도무지 모르는 사람.
生不如死 생불여사	형편이 몹시 어려워서 사는 것이 죽느니만 못하다는 뜻.
生殺與奪 생살여탈	살리고 죽이고 주고 뺏고 마음대로 하는 일.
生者必滅 생자필멸	무릇 이 세상에 생명이 있는 것은 빠름과 늦음의 차는 있어도 반드시 죽기 마련이라는 뜻.
西施矉目 서시빈목	월나라의 미인 서시가 눈을 찌푸린 것을 아름답게 본 어느 못난 여자가 자신도 아름다우리라고 그 흉내를 냈는데, 더욱 보기 싫게 보였다는 고사에서 유래한 말로, 함부로 남의 흉내를 내는 것을 뜻한다.
碩果不食 석과불식	큰 과실은 다 먹지 않고 남긴다는 말. 곧 자기만의 욕심을 버리고 자손에게 복을 끼쳐 준다는 말.
石佛反面 석불반면	돌부처가 얼굴을 돌린다는 뜻. 곧 아주 미워하고 싫어한다는 뜻.

先見之明 선견지명	일이 생기기 전에 미리 알아차리는 밝은 지혜
蘇秦張儀 소진장의	소진과 장의처럼 구변이 좋은 사람을 이르는 말.
宋襄之仁 송양지인	지나치게 착하기만 하여 권도(權道)가 없음을 이르는 말이다.
首丘初心 수구초심	고향을 그리워하는 마음. 여우가 죽을 때는 제 태어난 곳을 향해 머리를 둔다는 데서 유래한 말이다.
袖手傍觀 수수방관	팔짱을 끼고 옆에서 보고만 있다는 말로, 응당해야 할 일에 조금도 손을 쓰지 않고 그저 보기만 하는 것을 뜻한다.
羞惡之心 수오지심	불의를 부끄러워하고 남의 착하지 못함을 미워하는 마음을 일컫는다.
守株待兎 수주대토	융통성이 없는 어리석음, 곧 시대의 변천을 모르는 것을 비유한다.
脣亡齒寒 순망치한	입술이 없으면 이가 시리다는 뜻으로, 가까운 두 사람 중에서 한 사람이 망하면 다른 사람도 그 영향을 받아 위험하게 됨을 이른다.
信賞必罰 신상필벌	상벌을 공정히 한다는 의미.
實事求是 실사구시	사실을 얻기에 힘써 그 사실을 토대로 하여 진리를 탐구하는 것을 뜻한다.
我田引水 아전인수	'내 논에 물대기'란 뜻으로, 자기에게만 이롭도록 말하고 행동하는 것을 뜻한다.
言中有骨 언중유골	말 속에 뼈가 있음, 곧 예사로운 말 속에 단단한 속뜻이 들어 있다는 말.
如出一口 여출일구	한 입에서 나온 것처럼 여러 사람의 말이 한결 같음. 이구동성(異口同聲)과 유사하다.

如廁二心 여측이심	뒷간에 갈 때 마음 다르고 올 때 마음 다르다는 뜻으로, 자신에게 필요할 때는 급하게 굴다가 일단 그 일이 끝나면 마음이 변하는 것을 의미한다.
易地思之 역지사지	처지를 바꾸어 놓고 생각한다는 뜻으로, 타산지석(他山之石), 가는 말이 고와야 오는 말이 곱다란 말과 유사하다.
緣木求魚 연목구어	나무 위에 올라가서 물고기를 구한다는 뜻으로, 곧 불가능한 일을 굳이 하려함을 이른다.
吳越同舟 오월동주	원수끼리더라도 같은 처지나 한 자리에 놓이면 서로 돕는다는 뜻이다.
烏之雌雄 오지자웅	까마귀의 암수를 구별하기 어렵다는 뜻, 곧 선악과 시비를 가리기 어려움을 말한다.
烏合之卒 오합지졸	갑자기 모인 훈련받지 않은 군사를 지칭함. 오합지중(烏合之衆)이라고도 한다.
臥薪嘗膽 와신상담	섶에 누워 자고 쓸개를 씹는다는 뜻. 곧 원수를 갚으려고 괴롭고 어려움을 참고 견딤.
愚公移山 우공이산	아무리 힘든 일도 끊임없이 노력하면 마침내 성공하게 된다.
牛踏不破 우답불파	소가 밟아도 깨어지지 않는다는 뜻으로, 사물의 견고함을 비유함.
牛溲馬勃 우수마발	소의 오줌과 말의 똥, 곧 소용없는 말이나 글, 또는 그런 물건을 비유한다.
牛耳讀經 우이독경	소 귀에 경 읽기, 즉 아무리 가르치고 일러 주워도 알아듣지 못함을 비유함. 마이동풍(馬耳東風)과도 유사한 말.
雨後竹筍 우후죽순	비온 뒤에 돋는 죽순처럼, 어떤 일이 한때에 많이 일어남을 비유.

雲捲天晴 운권천청	구름이 걷혀 하늘이 맑게 갠다는 뜻으로, 병이나 근심이 씻은 듯이 사라짐.
遠交近攻 원교근공	전국시대 진나라 범저(氾雎)가 주장한 외교정책으로, 먼 나라와 친교를 맺어 이웃 나라를 치는 것을 이름.
圓轉滑脫 원전활탈	말이나 일의 처리가 모나지 않고 잘 변화하여 자유자재임을 뜻함.
月滿則虧 월만즉휴	달도 차면 기운다는 말, 곧 사람의 부귀 영화도 끝이 있다는 뜻.
月態花容 월태화용	달과 같은 태도와 꽃과 같은 모습. 즉 아름다운 여인을 비유한 것이다.
危於累卵 위어누란	계란을 쌓아 둔 것처럼 위태로운 상태를 이름.
韋編三絶 위편삼절	책을 맨 가죽 끈이 세 번 끊어졌다는 뜻으로, 되풀이 하여 열심히 책을 읽는 것을 의미한다.
有口無言 유구무언	입이 있어도 말이 없다는 뜻으로, 변명이나 항변할 말이 없음을 비유한다.
柔能制剛 유능제강	부드러운 것이 능히 강한 것을 이긴다는 뜻.
類萬不同 유만부동	많은 것이 서로 같지 않음. 또는 분수에 맞지 않음을 뜻함.
有備無患 유비무환	어떤 일에 미리 준비가 있으면 근심이 없다는 말.
有始無終 유시무종	처음이 있고 끝이 없다는 뜻. 곧 일을 시작만 해놓고 결말을 보지 못하는 것을 의미 한다.
有始有終 유시유종	시작할 때부터 끝맺을 때까지 한결같이 변함이 없다.

唯我獨尊 유아독존	천상천하 유아독존(天上天下 唯我獨尊)의 준말로, 이 세상에서 자기가 제일 높다고 뽐내는 것을 이른다.
有耶無耶 유야무야	있는지 없는지 흐리멍덩한 모양.
流言蜚語 유언비어	아무런 근거 없이 널리 퍼진 풍문이나 헛소문.
類類相從 유유상종	같은 것끼리 서로 내왕하며 사귄다는 말로, '초록은 동색' '가재는 게 편이다'와 동의어.
唯一無二 유일무이	오직 하나뿐. 곧 둘이 아니라 하나라는 뜻.
陸地行船 육지행선	육지로 배를 저으려 한다는 뜻. 곧 되지 않는 일을 억지로 하고자 하는 것을 이름.
殷鑑不遠 은감불원	멸망의 전례는 멀지 않다는 뜻으로, 다른 사람의 실패를 자신의 거울로 삼으라는 말.
隱忍自重 은인자중	마음속에 감추어 참고 견디면서 신중하게 행동함. 인지위덕(忍之爲德)이라고도 한다.
因果應報 인과응보	사람이 행한 좋은 일에는 좋은 결과가 따르고, 나쁜 일에는 나쁜 결과가 따른다는 말로, 사람이 짓는 선악의 인과에 응하여 그에 마땅한 파보가 있다는 말.
人命在天 인명재천	사람의 삶과 죽음은 하늘에 매여 있다는 말.
人謀難測 인모난측	사람의 마음은 간사하여 가히 측량하기 어렵다.
人死留名 인사유명	사람은 죽어도 삶이 헛되지 않으면 이름이 남는다는 뜻.
因人成事 인인성사	남의 힘으로 어떤 일을 이룸.

仁者無敵 인자무적	어진 사람은 모든 사람이 그를 따르므로 적이 없다는 말.
人衆勝天 인중승천	사람이 많으면 가히 하늘도 이길 수 있다는 뜻. 곧 많은 힘이 모이면 이루지 못할 일이 없다.
人之常情 인지상정	사람이 보통 가질 수 있는 인정.
忍之爲德 인지위덕	매사에 잘 참는 것이 덕이 된다는 뜻.
日久月深 일구월심	날이 오래고 달이 깊어진다는 말로, 골똘히 바라는 것을 의미함.
一脈相通 일맥상통	성격·솜씨·처지 등이 서로 통한다는 것.
一鳴驚人 일명경인	밥 한 술 정도의 은덕. 곧 아주 작은 은덕.
一飯之德 일반지덕	한 번 일을 시작하면 세상 사람들이 깜짝 놀랄 만큼 성과
一絲不亂 일사불란	질서나 체계가 정연하여 조금도 어지러운 데가 없음.
一瀉千里 일사천리	강물의 물살이 빨라, 한 번 흘러 천리 밖에 다다른다는 뜻, 곧 사물이 거침없이 진행되는 것.
一石二鳥 일석이조	돌팔매질을 할 때 하나의 돌로 두 마리의 새를 잡는다는 말로, 한 가지 일로 두 가지 이득을 얻는 것을 이름.
一魚濁水 일어탁수	한 마리의 물고기가 물을 흐르게 하니, 곧 한 사람의 잘못으로 여러 사람이 그 피해를 입게 됨.
一葉知秋 일엽지추	나뭇잎 하나로 가을이 옴을 안다는 뜻으로, 한 가지 일을 보고 장차 될 일을 미리 아는 것을 이른다.
一以貫之 일이관지	한 이치로써 모든 일을 꿰뚫음.

一日三秋 일일삼추	하루가 3년 같다는 뜻으로, 몹시 지루하거나 애타게 기다리는 것을 비유한다.
一長一短 일장일단	장점도 있고 단점도 있다.
一場春夢 일장춘몽	한바탕의 봄, 꿈처럼 헛된 영화. 남가일몽(南柯一夢), 백일몽(白日夢)과 같은 의미.
一場風波 일장풍파	한바탕의 심한 야단이나 싸움.
一觸卽發 일촉즉발	한 번 스치기만 하면 곧 폭발함. 곧 사소한 것으로도 폭발할 것 같은 몹시 위험한 상태.
一寸光陰 일촌광음	매우 짧은 시간을 뜻함.
臨機應變 임기응변	그때그때 일의 형편에 따라 변통성 있게 처리함.
自激之心 자격지심	자기가 한 일에 대해 스스로 미흡하게 여기는 마음. 자곡지심(自曲之心)이라고도 한다.
自愧之心 자괴지심	스스로 부끄러워하는 마음.
子莫執中 자막집중	융통성이 없는 사람.
自繩自縛 자승자박	제 새끼로 제 목을 맨다는 뜻. 곧 자기 마음씨나 행동으로 자신 스스로 괴로움을 당하는 것을 이름.
自暴自棄 자포자기	스스로 포기하여 행동이나 말을 되는 대로 마구 취하고 자신을 돌보지 않음.
自行自止 자행자지	제 스스로 하고 싶으면 하고, 하기 싫으면 마는 것.
作心三日 작심삼일	억지로 먹은 마음 사흘도 못 간다는 뜻으로, 결심이 굳지 못함을 비유함.
將功贖罪 장공속죄	공을 세워 죄를 씻음.
張三李四 장삼이사	이름이나 신분이 평범한 사람을 지칭하는 말.

賊反荷杖 적반하장	도둑이 오히려 매를 든다는 뜻으로, 잘못한 사람이 도리어 잘한 사람에게 시비나 트집을 잡아 덤비는 것을 비유하여 이른다.
積小成大 적소성대	작은 것이 모여 큰 것이 된다는 뜻으로, '티끌 모아 태산'과 같은 뜻.
赤手成家 적수성가	아무 것도 없는 사람이 맨손으로 가산을 이룸.
積羽沈舟 적우침주	새의 깃털도 많이 쌓이면 배를 침몰시킨다는 뜻으로, 작은 힘이라 할지라도 모이면 큰 힘이 된다.
適材適所 적재적소	적당한 인재를 적당한 지위에 쓴다는 말.
前人未踏 전인미답	이제까지의 세상사람 그 누구도 해보지 못함.
專任責成 전임책성	오직 남에게 맡겨 그 책임을 지게 함.
戰戰兢兢 전전긍긍	매우 두려워하여 벌벌 떨며 조심함.
轉敗爲功 전패위공	실패를 이용하여 도리어 공을 세움.
轉禍爲福 전화위복	화가 바뀌어 오히려 복이 된다는 뜻. 새옹지마(塞翁之馬)와 동의어.
切磋琢磨 절차탁마	옥돌을 쪼고 갈아서 빛을 내듯 학문과 덕행을 닦는 것.
正正方方 정정방방	사리가 밝아서 조금도 흐트러짐이 없음.
堤潰蟻穴 제궤의혈	개미구멍으로 인해 큰 제방이 무너짐.
濟世安民 제세안민	세상을 구제하고 백성을 편안하게 함.
朝改暮變 조개모변	아침에 고치고 저녁에 또 바꿈.
助桀爲惡 조걸위악	못된 사람을 부추기어 악행을 하게 함. 조걸위학(助桀爲虐)이라고도 한다.
朝東暮西 조동모서	아침에는 동쪽, 저녁에는 서쪽. 곧 정한 곳이 없어 이리저리 옮겨 다님을 뜻함.

朝令暮改 조령모개	아침에 내린 명령을 저녁에 고침, 곧 변덕이 심하여 종잡을 수 없다는 뜻. 조변석개(朝變夕改), 고려공사삼일(高麗公事三日), 변덕이 죽 끓듯 하다와 같은 뜻
朝變夕改 조변석개	아침저녁으로 뜯어 고친다는 말.
朝三暮四 조삼모사	간사한 꾀로 어리석은 사람을 농락함.
種瓜得瓜 종과득과	오이를 심으면 오이를 얻는다는 말. 곧 원인이 있으면 반드시 결과가 따른다는 뜻.
終身之計 종신지계	한평생 몸 바쳐 일할 계획. 즉 인재를 양성하는 일을 가리킴.
縱橫無礙 종횡무애	자유 자재하여 거리낄 것이 없는 상태.
縱橫無盡 종횡무진	자유 자재하여 거리낄 것이 없이 마음대로 함.
左右挾攻 좌우협공	양쪽에서 쳐들어가며 공격함.
坐井觀天 좌정관천	우물 안에 앉아서 하늘을 본다는 말로, 견문이 좁다는 의미.
主客一致 주객일치	주체와 객체가 하나로 된다는 말로, 물심일여(物心一如)와 같은 뜻.
主客顚倒 주객전도	주인과 손님의 위치가 바뀜. 곧 사물의 경중·선후·완급 등이 서로 바뀜.
晝耕夜讀 주경야독	낮에는 밭 갈고 밤에는 글을 읽음. 곧 가난을 극복하고 어렵게 공부함을 뜻함.
走馬加鞭 주마가편	달리는 말에 채찍질하기. 곧 정진하는 사람이 더 잘 되어 가도록 부추기거나 격려하는 것.
走馬看山 주마간산	말을 타고 달리면서 산을 본다는 뜻. 곧 바빠서 자세히 보지 못하고 지나치는 것.
走尸行肉 주시행육	몸은 살았어도 죽은 것과 같이 아무런 소용이 없는 사람.

走獐落兎 주장낙토	노루를 쫓다가 토끼를 얻었다는 말로, 뜻 밖의 이익을 얻음을 뜻한다.
竹馬故友 죽마고우	어렸을 때의 친한 벗. 대나무로 말로 놀던 옛 친구란 뜻으로, 어릴 때부터 친하게 놀며 자란 친구를 이른다.
衆寡不適 중과부적	적은 수효로 많은 수의 적을 대적하지 못함. 즉 쌍방의 세력 차이가 매우 큰 것을 뜻한다.
中途改路 중도개로	일을 하다가 중도에서 바꾸는 것. 일을 하다가 중도에서 그만두는 것을 중도이페(中道而廢)라 한다.
重言復言 중언부언	한 번 한 말을 자꾸 반복하는 것.
至近之地 지근지지	썩 가까운 곳을 이르는 말로, 지근지처(至近之處)라고도 한다.
支離滅裂 지리멸렬	갈가리 어지럽게 흩어져 살피를 잡을 수 없음.
知恩報恩 지은보은	남의 은혜를 알고 그 은혜를 갚음.
知彼知己 지피지기	적을 알고 나를 알면 백번 싸워도 위태로울 것이 없다.
指呼之間 지호지간	손짓해 부를 만큼 가까운 거리.
盡忠報國 진충보국	충성을 다하여 나라의 은혜에 보답하는 마음.
差先差後 차선차후	앞서기도 하고 뒤서기도 함.
借虎威狐 차호위호	호랑이의 위엄을 빌린 여우란 뜻으로, 권세 있는 사람을 배경삼아 뽐내는 것.
慘不忍見 참불인견	너무나 참혹하여 차마 눈으로 볼 수가 없음. 참불가언(慘不可言)은 너무 참혹하여 말할 수 없는 것을 뜻함.

滄海一粟 창해일속	넓은 바다에 좁쌀 하나. 즉 광대한 것 속에 있는 극히 작은 물건이나 보잘 것 없는 존재.
處世之術 처세지술	세상을 살아가는 태도나 방법.
天高馬肥 천고마비	하늘은 높고 말이 살찐다는 뜻으로, 가을이 썩 좋은 계절임을 이른다.
千慮一失 천려일실	지혜로운 사람이라 할지라도 생각 중에 간혹 잘못된 생각이 있다는 말. 천려일득(千慮一得)과 상대되는 말.
天方地軸 천방지축	못난 사람이 종작없이 덤벙이는 것. 또는 너무 바빠서 방향을 잡지 못하고 허둥지둥 내닫는 모양. 천방지방(天方地方)이라고도 한다.
天崩之痛 천붕지통	하늘이 무너지는 듯한 아픔이라는 뜻으로, 임금이나 아버지의 상사로 인한 슬픔을 이른다.
千辛萬苦 천신만고	온갖 신고. 즉 여러 가지 어려운 일을 당해 무한히 애를 쓰는 고심.
天衣無縫 천의무봉	문장이 자연스럽고 훌륭하여 손댈 곳이 없을 만큼 잘 되어있음을 이름.
天眞1沒 천진난만	아무런 꾸밈없이 천진 그대로 나타나는 것, 천진무구(天眞無垢)와 유사한 말.
千差萬別 천차만별	여러 가지 사물이 모두 차이가 있고 구별이 있다는 뜻.
千篇一律 천편일률	사물의 변화가 없고 비슷비슷한 것. 또는 여러 시문의 격조가 변화 없이 엇비슷한 것.
青出於藍 청출어람	제자가 스승보다 뛰어나다는 말.
草綠同色 초록동색	서로 같은 무리끼리 어울린다는 뜻.

焦眉之急 초미지급	눈썹에 불이 붙는 것 같이 매우 위급한 것을 이름.
初不得三 초부득삼	첫 번에 실패한 것이 세 번째는 성공한다는 뜻으로, 꾸준히 노력하면 결국은 성공할 수 있다는 말.
焦心苦慮 초심고려	마음을 태우며 몹시 염려함.
楚材晉用 초재진용	초나라 인재를 진나라에서 쓴다는 말로, 자기 나라 인재를 다른 나라에서 이용함을 이르는 말.
初志一貫 초지일관	처음에 먹은 마음을 끝까지 밀고 나감.
秋高馬肥 추고마비	가을 하늘이 높고 말이 살찐다는 말로, 가을이 썩 좋은 절기임을 이른다.
秋風落葉 추풍낙엽	가을바람에 흩어져 떨어지는 낙엽. 곧 세력 등이 낙엽처럼 시들어 떨어짐.
惻隱之心 측은지심	맹자가 말한 사단의 하나로, 맹자는 인간의 본성이 선하다고 보아 이 선한 마음을 확충해 가는 것을 인간의 도리로 여겼다.
針小棒大 침소봉대	바늘을 몽둥이라고 말하듯, 작은 일을 크게 허풍떨어 얘기하는 것을 이름.
卓上空論 탁상공론	실천성이 없는 허황된 의론.
蕩滌敍用 탕척서용	죄명을 씻어주고 다시 벼슬에 올려 씀.
蕩蕩平平 탕탕평평	어느 쪽에도 치우치지 않음.
泰山北斗 태산북두	세상 사람들로부터 우러러 존경을 받는 사람. 또는 어떤 전문 분야에서 썩 뛰어나 있는 사람을 이름.
土崩瓦解 토붕와해	흙이 무너지고 기와가 깨어진다는 뜻으로, 단체가 무너지고 헤어짐을 이르는 말.

兔營三窟 토영삼굴	토끼가 위기를 피하려고 굴을 세 개 만든다는 뜻으로. 자신의 안전을 위하여 미리 몇 가지의 술책을 짜 놓음.
破竹之勢 파죽지세	세력이 강대하여 대적을 거침없이 물리치고 쳐들어가는 당당한 기세.
平地落傷 평지낙상	평지에서 넘어져 다친다는 말로. 뜻밖의 불행을 뜻함.
平地突出 평지돌출	평지에 산이 우뚝 솟았다는 말로. 가난한 집에서 도와주는 후원자도 없는데 출세 함.
暴虎馮河 포호빙하	호랑이를 맨손으로 때려잡고, 황하를 걸어 건넌다는 뜻으로, 용기는 있으나 무모하게 행동함.
表裏不同 표리부동	겉과 속이 다르다는 뜻.
表裏相應 표리상응	밖에서나 안에서나 서로 손이 맞음.
風前燈火 풍전등화	바람 앞의 등불. 즉 몹시 위급한 처지에 놓여 있음을 비유하는 말.
匹夫之勇 필부지용	소인의 혈기에서 나오는 용기란 뜻으로. 경솔한 행동을 이른다.
夏葛冬裘 하갈동구	여름의 서늘한 베옷과 가을의 따뜻한 옷. 즉 격에 맞음을 이르는 말.
夏爐冬扇 하로동선	여름의 화로와 겨울의 부채란 뜻으로, 때가 지나 아무 쓸모없는 것.
下石上臺 하석상대	아랫돌 빼서 윗돌 괴고, 윗돌 빼서 아랫돌 괸다는 말로, 임시변통으로 이리저리 둘러맞추는 것.
下厚上薄 하후상박	아랫사람에게는 후하고 윗사람에게는 박함.
咸興差使 함흥차사	한 번 가기만 하면 돌아오지 않거나 소식이 없다는 뜻으로, 심부름을 시킨 뒤에 아무 소식도 없음.

偕老同穴 해로동혈	살아서 함께 늙고 죽어서도 같은 무덤에 묻힌다는 뜻으로, 생사를 같이하는 부부의 사랑의 맹세를 이름.
行尸走肉 행시주육	살아 있는 송장이요, 걸어 다니는 고깃덩어리란 뜻으로, 배운 것이 없어서 아무 쓸모가 없는 사람을 일컬음.
行雲流水 행운유수	떠가는 구름과 흐르는 물. 곧 일이 거침이 없거나 마음이 시원하고 씩씩함.
向隅之歎 향우지탄	좋은 기회를 만나지 못한 한탄.
虛氣平心 허기평심	기를 가라앉히고 마음을 평정하게 하는 것.
虛張聲勢 허장성세	실력이 없으면서 허세만 떠벌림.
螢雪之功 형설지공	온갖 고생을 이기며 공부하여 쌓은 보람.
狐假虎威 호가호위	다른 사람의 권세를 빌어 위세를 부림.
毫釐不差 호리불차	털끝만큼도 틀림이 없음, 호리지차(毫釐之差)는 근소한 차이.
虎尾難放 호미난방	잡았던 범의 꼬리는 놓기가 어렵다는 뜻으로, 위험한 일에서 이러지도 저러지도 못하는 궁지에 빠짐을 이른다.
好事多魔 호사다마	좋은 일에는 흔히 방해되는 것이 생긴다.
浩然之氣 호연지기	넓고 큰 기운. 즉 천하에 부끄러울 것이 없는 정대(正大)한 기운.
呼兄呼弟 호형호제	서로 형이니 아우니 하고 부른다는 뜻으로, 썩 가까운 벗 사이를 이름.
魂飛魄散 혼비백산	몹시 놀라 혼백이 흩어진다.
渾然一體 혼연일체	조그마한 차별이나 균열도 없이 한 몸이 됨.
定晨省 혼정신성	저녁에는 잠자리를 정하고 아침에는 살핀다는 뜻으로, 조석으로 부모의 안부를 물어서 살핌을 의미한다.

畵龍點睛 화룡점정	사물의 가장 요긴한 곳, 또는 무슨 일을 함에 가장 긴요한 부분을 마치어 완성시킴을 이름.
畵蛇添足 화사첨족	쓸데없는 짓을 덧붙여 하다가 도리어 실패함.
確固不動 확고부동	확고하여 움직이지 않음.
換骨奪胎 환골탈태	얼굴이 변해 전보다 아름답게 되는 것. 또는 남의 문장의 취의를 본뜨되 그것을 완전히 자기 것으로 만들어 버리는 것.
患得患失 환득환실	얻기 전에는 얻지 못할까 걱정하고, 얻은 후에는 잃을까 걱정함.
荒唐無稽 황당무계	말이나 행동이 허황하여 믿을 수 없음.
遑遑罔措 황황망조	마음이 급하여 허둥지둥 하며 어찌할 줄 모름.
後生可畏 후생가외	후배는 나이가 젊어 기력이 왕성하므로 학문을 쌓으면 후에 어떤 큰 역량을 발휘할지 모르기 때문에 선배는 공경하며 두려워해야 된다는 뜻.
會稽之恥 회계지치	마음속에 깊이 새겨져 영원히 잊을 수 없는 치욕.
會心之友 회심지우	마음이 잘 맞는 벗.
會者定離 회자정리	만나면 반드시 헤어지기 마련이라는 말.
興盡悲來 흥진비래	즐거운 일이 다하면 슬픈 일이 온다는 뜻으로, 세상이 돌고 돌아 순환된다는 것